다시 시작하는 끝

조갑상 소설집

다시 시작하는 끝

산지니

차례

혼자 웃기

전화를 받으러 간다는 건 언제나 거북살스러운 일이다.

“김 주사 전화!” 소리만 들어도 괜히 얼굴부터 달아오른다. 딱 잡아낼 수 없이 주뼛주뼛 어색한 몸짓이 되어 사무장 책상 앞으로 가게 되는 것이다.

그건 오늘도 마찬가지였다. 사무장이 자리를 지키고 앉아 있는 한 모든 전화는 그의 손으로 받아진다. 내가 전화를 받으러 가는 동안 사무실의 모든 사람들이 나를 주시하는 것만 같아 마음이 편치 않는 것이다. 정신없이 주민등록 등 · 초본을 복사기에 밀어넣는 고 양만 해도 그렇고 특히 박경남이나 이수영이 더 그럴 것 같았다.

뒤의 둘은 내가 서류에다 숫자나 글씨 한 자만 더 써넣고 일어나는 동안에도 “김 주사, 전화 왔다잖아요. 전화!” 하고 떠들어대는 것이다.

나에게 전화가 올 때마다 그들이 실금실금 웃는다고 생각되는데 그건 그들에게 등을 보이고 전화기 쪽으로 걸어갈 때 특히 나를 사로잡는다. 전화벨소리를 예사롭게 듣거나 걸려오는 전화에 대해서 별 신경을 쓰지 않을 수 있다는 것은 얼마나 좋은 일일까. 박경남이나 이수영이처럼 말이다. 그들은 사무실 전화를 사적으로 제일 많이 사용하는 편이다. 사무장의 눈치를 전혀 보지도 않고 전화통에 붙어 있어도 그들에게만은 사무장도 별 잔소리를 하지 않는다.

전화가 오더라도 그들은 아주 느긋한 태도를 보인다. "응, 전화요? 어떤 놈일까?" 천천히 몸을 일으켜 어쩌면 귀찮다는 표정까지 지으면서 다가가는 것이다. 그러나 나는 그렇지 못하다. 집에 전화가 없어 그런지 전화를 걸거나 받는 일에 서툴고 어색하다. 내가 아는 전화번호라야 으레 상급관청인 구청이나 시청을 빼고 나면 내 서랍 속에 든 볼펜 숫자만큼도 안 된다. 물론 전화가 걸려올 데도 그런 정도이다. 사무장이 미리 "구청이야!" 알려줄 때도 나는 언제나 허겁지겁이다. 전화는 대개 업무상의 독촉이나 통계수치의 확인들인데 직무상의 하자가 없을 때에도 생리일에 우연히 담임 앞에 불려간 여중 1학년처럼 쩔쩔매는 것이다. 더욱 고약한 건 첫소리를 더듬는 버릇이 전화기 앞에선 유난히 심하다는 것이다. "어디 경찰이라고 하는데, 잡음이 심해."

그러고 보니 사무장의 얼굴이 좀 이상하다. 언제나 그는 나를 처음에는 반대했다가 아들 고집으로 들어온 셋째 며느리 보듯 한다. 왜 그러는지 나는 그 이유를 모른다. 하기야 사무장이 나를 싫어한다는 것은 순전히 나 혼자만의 생각일지도 모른다. 그러나 나는 그가 나를 싫어한다는 기분을 지울 수가 없다. 언젠가 지금은 사업소로 나간 천 주사에게 술자리에서 그 이야기를 슬쩍 비쳤더니 그게 바로 사무장의 아랫사람 다루는 방법이라고 말한 적이 있었다.

그런데 갑자기 경찰이라니? 나는 심한 요의를 느꼈다. 너무 엉뚱한 곳이라 가슴이 뛰고 변소부터 가고 싶었다.

"아, 아, 여-보세요. 저 전화 바꾸었습니다."

나는 징그러운 구렁이 만지듯 수화기를 잡았다. 사무장이 잡고 있었던 부분에 미지근한 온기가 남아 기분이 덜 좋았다. 귓가를 윙윙대는 소리와 시끌거리는 잡음만 들릴 뿐 아무런 반응이 없었다. 거리가 먼 것 같았다.

"김갑령 씨요? 여기 경찰이요! 예문식이 알지요? 문식이, 당신 친구 맞지요? 그 사람 때문에 그러는데 광복동 ××빌딩 옆에 고래다방이라고, 아니 그러지 말고 ××파출소 근방에 와서 설 과장을 찾아요!"

"왜 그, 그러시는데요?"

나는 겨우 말할 시간을 찾아냈다. 상대편의 목소리는 매우 빨랐고 그리고 높았다. 그러면서도 상태가 좋지 않아 희미하게 들렸다.

"그런 건 와보면 알아요, 지금 시간이 없으니 당장 와요. 급하니 빨리!"

그러고는 소음은 끊어졌다.

"무슨 일이야, 김 주사! 뭐, 일 생겼어?"

수화기를 귀에서 조금 내린 나를 보고 사무장이 말했다. 그는 줄곧 내 표정을 살펴보았을 것이다. 그는 이야기할 때 상대방의 시선을 꼭 잡아둔다. 매사에 빈틈없고 때로는 능글맞도록 여유 있고 수완 좋은 사람이 사십 줄에 앉았어도 아직껏 사무장이라니 좀 의아하다고 나는 자주 생각했다. 그러나 그는 부자라고 소문이 나 있다. 부동산이 많다고 들었다. 그는 자주 "옛날 동서기 대우와 지금 대우와는 천양지차야. 예전엔 공무원 취급이나 옳게 해줬나? 지금이야 당당하지. 살 만해! 암, 살 만하고 말고!" 떠들어대지만 어쩐지 나는 그의 말을 거꾸로 새기고 싶기만 하다.

"글쎄 무슨 일인지……."

"아니, 전화받은 사람이 모른다니, 그게 무슨 소리야."

정말 모를 일이었다. 문식이는 안다. 국민학교와 중학교를 같이 다닌 동네 친구니까. 그런데 경찰과 광복동이라니. 그는 방위근무 중인데.

"경찰이라고 하던데?"

사무장은 뭐 자기 귀찮은 일이 생길까 지레 다그친다. 그가 목청을 조금 높이자 사무실 안의 모든 사람들이 쉴 거리라도 생겼다는 듯이 시선을 모았다. 동회도 다방처럼 밀물과 썰물 시간이란 게 있다. 다방이 봄철에 보통 7시 전후로, 토요일은 3시가 밀물이라면 동회는 오전 10시 전후, 오후는 3시 전후가 밀물이다.

"김 주사, 혹시 직권남용한 거 아니요?"

말을 먼저 꺼낸 놈은 박경남이다.

"그 정도면 우리 김 주사 멋쟁이게! 술 마시고 괜히 헛소리한 거 아니요? 요새 그런 사람 많다던데, 고발정신이 보통이 아닌 세상이 돼놔서."

이번엔 보던 책을 덮어두고 이수영이 끼어든다. 책표지엔 〈3급 채용 승진 헌법〉이라고 씌어 있다. 둘 다 대학교 재학 중이다. 그런 점 말고도 가끔 자가용 타고 사무실에 나온다는 점이 닮아서인지 죽이 잘 맞는다. 사무장이 그들의 집 자가용을 자주 이용하고 동장도 가끔 알게 모르게 이용하는 모양이었다. 문식이도 같은 방위지만 옷만 같다 뿐이지 이건 고급장교와 사병의 차이다. 문식이는 해안 초소에서 경비를 선다.

"뭐 짐작 가는 일이라도 없어?"

남들은 이런 경우 담배라도 태우겠지만 나는 그럴 수도 없다. 담배를 못 배운 게 이럴 땐 후회스러울 정도가 아니라 불쾌하기까지 하다.

"그, 글쎄요. 친구 이름을 대며 와보라는데요."

"뭐, 친구야? 난 또…… 아무것도 아니야, 신병인도서 쓰는 정도겠지."

병사계의 서 주사가 제일 먼저 결론을 내린다. 그는 그렇게 빨리 결론을 내린 자신에 대해 심히 유쾌하다는 듯이 빙그르르 의자를 돌린다. 월급은 살림에 한푼도 축 안 내고 몽땅 계에 넣는다는 귀신같은 친구다. 박경남이와 이수영이가 처음 전입 와서 술을 산 다음날 서 주사가 이렇게 말한 적이 있었다.

"청소나 시키고 마구 부려먹을 치들이 아니야, 김 주사도 전에 있던 놈들같이 생각지는 말라고, 큰코다칠 거야."

하기야 전에 있던 방위애들하고 다르다는 건 전입주 낼 때부터 알 수 있었다. 불고깃집이나 맥주집이 아니라 처음부터 호텔 나이트클럽으로 끌고 가 코를 눌러놀 대로 눌러놓은 것이다. 고 양이 저녁식사만 마치고 간 뒤 남은 여섯 중 그런대로 제법 여유 있고 몸에 익은 듯이 처신한 사람은 사무장뿐이었다. 나머지는 모두 노골적으로 아가씨들에게 눈치와 퇴박을 받았다. 말만 듣던 진짜 양주란 걸 겁 없이 홀짝홀짝 받아 마신 내가 다음날 결근했던 일은 두고두고 웃음거리가 됐다.

"일은 대충 다 했어요?"

경찰이라는 말에 사무장도 별 수 없는 모양이었다.

"아! 아직. 그런데 동장님은?"

"뭐, 괜찮아요. 서 주사 말대로라면 서둘 것도 없지만."

"바, 바쁘다던데요. 무슨 다방으로……."

"점점 모를 소리군."

"오죽하면 갈구리……."

인감을 맡아보는 강창우다. 갈구리 이야기만 나오면 나는 기분이 상한다.

신규 임명자는 의무적으로 동회 1년 근무라는 인사규정을 벗어나면서까지 수도사업소 직원들의 대폭 경질 때 동회 발령 6개월이 채 못 된 내가 그곳으로 가게 되었다. 수도사업소에서 나 같은 신임이 제 밥그릇 찾는 일은 검침을 맡는 것인데 그 검침에 필요한 게 양수기 뚜껑을 열어보는 드라이버 끝을 휜 갈구리이다.

나는 결국 갈구리 한 번 못 쥐어보고 다시 동으로 돌아왔다. 동직원들은 사업소로 간 나를 은근히 부러워하고 있었는데 쫓기다시피 돌아왔으니 심심하면 한마디씩 슬쩍슬쩍 던지는 것이다. 사업소에서 내가 소속된 검침 2계장은 안경을 추스르며 말했었다.

"말도 조금 더듬는 것 같고 몸도 허약해 보이니 우선 민원봉사실부터 근무해요."

민원봉사실이라는 것도 말이 좋아 행정직이지 사실은 수도용품 들여오고 내주는 창고 담당이었다. 검침 2계로 발령받고 나는 계장을 사적으로 찾아가지 않았다. 뒤에 들은 이야기지만 계장은 부양가족이 굉장히 많았고 검침은 구역을 잘 맡는 게 중요했다. 그건 이른바 국민학교 선생들이 학교를 A급, B급으로 따지는 것과도 같았다. 나는 6개월 동안 13밀리 양수기 · 소형 밸브 · 급수관 · 와사관을 헤아리고 기름으로 닦는 일만 했다.

"가봐요."

책상 서랍 속에 외출증을 넣어두고 뜸을 들이다 내주는 중대 인사계처럼 사무장이 말했다. 나는 대충 책상 위를 정리하고 〈외근 및 조퇴 외출 기록부〉에다 날짜와 이름을 기입한 후 목적란 밑에다 가사라고 썼다. 전화가 오기 전까지 나는 전입대장을 정리하고 있었다. 나는 변소에 가서 오줌을 눈 뒤 사무실을 빠져나왔다.

바깥은 봄의 햇살이 제법 훈훈한 바람 속에 부서져 내리고 있었다. 근무 중 밖으로 나오는 일은 드물었다. 나는 자주 모든 사람들이 직장이나 학교로 간 뒤의 거리가 어떨까, 어떤 사람이 다니고 있을까 하는 좀 엉뚱한 궁금증을 가지고 있었다. 버스 정류소까지의 길은 한산했다. 사무실에서 단골로 이용하고 퇴근 후 간단히 일차가 이루어지는, 맥주 너댓 병 정도를 외상으로 그을 수 있는 황씨상회조차도 조용했다.

그러나 간선도로로 나올수록 통행인이 많았다. 사람들은 제각기 자기가 탈 버스를 눈여겨 기다리고 있었고 자동차의 경적과 전파사에서 흘러나오는 노랫소리로 제법 시끌한 게 생기가 돌았다. 그러면서도 어딘지 모르게 한풀 꺾여 보이는 것은 통행인의 대부분이 아녀자들이거나 노년층이라는 것 때문인지, 오후의 느슨한 햇볕 때문인지 알 수 없었다. 나는 손목시계를 들여다보았다. 설 과장인가 뭔가 하는 사람이 시간을 말하진 않았지만 저절로 눈이 그리로 갔다. 버스를 타면 시내까지는 한 삼십 분 걸릴까.

그러나 지금은 출퇴근 시간이 아니라 더 걸릴지도 모른다. 택시를 탄다? 그러나 무슨 일인지도 모르면서 괜히 서두를 필요가 있을까 싶기도 했다. 나는 물 위에 가만히 떠 있는 물방개같이 천천히 지나가는 빈 택시를 그냥 보냈다. 내가 고등학교를 졸업하고 한동안—반년도 채 못 되지만—집에서 하는 일 없이 놀고 있을 때 어머니는 자주 말씀하셨다. "아침저녁으로 버스를 타지 않는 사람은 죽은 사람이야." 그리고 공무원이 월급은 적고 늘푼수는 없어도 그래도 안정되고 마음 편한 직업이라고 이야기하시곤 했다. 사실 어머니로선 남자가 낮에 빈둥대는 것이 견딜 수 없었을 것이다.

철도청에 다니시던 아버지가 장사하신다고 나와서는 퇴직금 하며 집의 돈 다 날리고 간경화증으로 돌아가시기까지 꼬박 3년을 노셨으니 말이다. 아버지가 선로반원으로 바래서 푸르죽죽한 작업복을 입고 다니실 때 나는 참으로 문식이가 부러웠다. 미군부대 노무자로 나가던 아버지 덕분에 입에 들어가면 과자가 녹는지 혀가 녹는지 알 수 없는 기막힌 과자가 문식이한테서 떨어질 날이 없었다.

버스는 넓었다. 나는 앉을 수 있었다. 아침 출근 때 옷이 헝클어지고 구두가 밟히는 것하고는 달랐다. 아기를 밴 임부가 시장바구니를 들고 탈 수 있다는 것도 신기로웠다. 한 움큼 햇살이 바구니 속의 시들한 배추와 비닐주머니에 든 도막 난 고등어 위에 앉아 흔들렸다. 흔들리는 햇살만큼이나 내 의식도 혼란스러웠다. 도대체 무슨 일이 문식이에게 일어났을까? 서 주사 말마따나 신병인도서를 쓰는 정도일까? 그러나 문식이는 방위병이다. 그리고 설사 문식이가 무슨 일로 입건되었다 치더라도 문식이 어머니가 있는데, 또 문식이는 성년이 아닌가.

그리고 더욱 이상한 것은 설 과장인가 뭔가 하는 사람이 처음 ××빌딩이라고 말한 점이다. 문식이 일에 내가 관계될 이유가 없다. 문식이를 최근에 만난 것은 전번 토요일 밤이다. 옛날 동네에서부터 같이 살아온 갑경이 형이 휴가 나와 함께 술을 마셨을 때다. 그때도 문식이에게 별다른 점은 없었다. 갑경이 형이 군대 이야기할 때 문식이는 "그래도 형은 괜찮소. 내 신세는 군발이도 아니고 민간인도 아니고 비싼 집엣밥 먹고 기합받는 방돌이요!" 하고 방위신세를 탓했지만 그건 자주 하는 소리다. 아, 그러고 보니. 갑자기 버스가 급정거했다. 충격으로 가슴이 앞으로 쏠렸다.

"야, 이 개새끼야!"

운전사가 창밖으로 얼굴을 내밀고 욕을 했다. 몇몇 사람들이 자리에서 일어나 창밖을 내다보았다. 오토바이를 탄 기름작업복을 입은 젊은이가 지지 않고 대들었다.

“똑바로 눈깔 뜨고 몰아! 팔에 찬 것 보니 아직 큰집 갈 기회도 남았군!”

버스 운전사의 팔에는 모범운전사라는 노란 완장이 둘러져 있었다.

“아, 아니, 저 새끼가!”

그러나 오토바이는 송사리처럼 빠르게 달려가 버렸다. 젊은이는 맨발에 슬리퍼를 신고 있었다.

그러고 보니 문식이 육촌 형이 내가 근무하는 동에 산다. 한 달 전쯤인데 문식이가 그 사람을 소개했고 턱이 뾰족하게 빠진 점이 문식이와 닮은 그는 주택개량일을 부탁했다. 내가 근무하는 곳의 일부가 녹지대에 묶여 있는데 원칙상 증축이 금지되어 있기 때문에 문식이를 통해 부탁을 한 것이다. 나는 담당도 아니고 또 딱 잘라 거절하기도 뭣하고 해서 사무장을 소개시켜 주었다.

그 뒤 어떻게 되었는지 열흘 전쯤 문식이 재종형이 5만 원이 든 봉투를 주어 받았다. 그 일 때문일까. 그 정도 가지고, 누구나 다 하는 일인데. 그리고 그런 일을 관할이 다른 외부에서 조사해 오는 일도 드물다. 나는 사무장의 얼굴을 떠올렸다. 물에 씻은 뒤 마른 수건으로 잘 닦은 토마토 같은 얼굴을. 버스가 신호대 앞에서 멈추었다. 내가 앉은 쪽으로 햇볕이 들고 있었다. 햇볕이 너무 강렬해 나는 마치 햇살의 보자기에 들씌운 것같이 갑갑했다. 버스는 철길 위로 난 다리를 지나고 있었다. 철길가로 서 있는 커다란 공장이 문식이가 다니던 곳이다. 도색을 하지 않아 시멘트의 맨살이 그대로 드러난 건물은 우중충하게 보였다. 창밖에 쳐놓은 철망 안으로 여공들의 작업하는 모습이 얼기설기 부서져 눈에 들어왔다.

한 굽이 기찻길만큼이나 긴 담벽에 여러 표어들이 씌어 있었다. 그러고 보니 문식이뿐만 아니라 문식이 어머니와 동생들도 역시 저곳에 다닌다. 문식이 어머니는 내가 알기로도 우리가 국민학교 다닐 때부터 저곳에 나갔다. 작고 가냘픈 몸매에 얼굴이고 손, 보이는 모든 게 하얬다. 고무가루를 마셔서 저렇다고 어머니가 자주 말씀하셨지만 사실 어머니로서는 문식이네가 부럽기도 했을 것이다. 지독한 술꾼이던 문식이 아버지가 돌아가신 뒤이긴 하지만 문식이 아래로 두 동생이 모두 공장엘 나갔다.

"그래도 저 집이 따시다. 지 입은 지가 막으니까 말이다." 자기 어머니 힘인지 어쨌든 문식이는 고무신 공장에 나갔고 방위 소집을 받아 석 달째 근무하고 있는 것이다.

버스는 부산진역을 지나 고관입구 쪽으로 오르고 있었다. 옛날 살던 동네이다. 지금은 산복도로가 나고 시민아파트가 들어서 있다. 우리가 살던 동네는 외솔배기라고 부르기도 했다. 옛날, 언덕바지에 소나무 몇 그루가 심겨 있었다고 붙여진 이름인 것 같았다. 그러나 사실상 동네는 산동네와 아랫동네로 구분하여 불렀다. 어렸을 때 우리들은 장대와 나무로 만든 칼을 휘두르며, 그리고 연탄재를 던지면서 동네 패싸움을 자주 벌였다. 산동네는 지금 완전히 없어졌다.

우리가 중학교 2학년 때 그곳은 철거되었다. 지금 거기에는 산중턱까지 낡고 꺼죽한 아파트가 바다를 정면으로 보고 서 있었다. 집단으로 시에서 마련해 준 정착지로 이사를 간 뒤 어머니와 문식이 어머니는 자주 옛날 동네를 이야기하였다. 우리가 새로 이사 온 곳도 바다가 보이긴 했다. 그러나 그곳은 산중턱으로 난 길을 얼마나 올랐을 때에야, 그것도 항내가 아니라 아치섬과 외항이 보이는 곳이었다. 똑같은 집과 똑같은 골목이 난 곳으로 이사 온 뒤 문식이와 나는 그렇게 친하지 못하였다. 중학을 마친 뒤 그는 공장엘 나가고 나는 학교에 다니느라고 시간도 어긋났고 왠지 문식이가 피하는 기색이었다. 그러나 내가 학교를 졸업하고 바다를 향해 있는 천주교도들의 〈주 곁의 영원한 안식처〉를 찾으며 빈둥댈 때 우리는 다시 가까워졌다. 덕분에 나는 공돌이로 이력이 붙은 문식이를 통해 술도 배우게 되고 임질이라는 것도 앓게 되었다. 어머니는 내가 취직이 된 뒤 자주 "옛날 동네에도 근무할 수 있재? 그러면 좋을낀데"라고 말씀하시곤 했다. 물론 옛날 살던 동네에 대한 그리움과 애착에서 나온 말일 것이다. 그러나 나는 어머니의 말 속에 철거당한 땅에 대한 묘한 자기 과시나 반발심이 스며있다는 생각을 떨쳐버릴 수가 없다. 어머니의 그러한 태도는 문식이와 퍽 대조적이었다. 내가 한번 옛날 동네에 놀러나 가보자고 예사롭게 말했을 때 문식이는 버리고 간 몹쓸 어미 이름이라도 들은 듯이 펄쩍 뛰었다. "뭐 임마! 그놈의 동넨 왜 가?" 하긴 문식이에게 있어서의 옛날 동네는 아버지 때문에 그렇게 마음 편한 땅이 될 수는 없을 것이다. 술을 밥보다 더 찾던 문식이 아버지가 사고를 낸 것이다. 숙취에 가누지 못하는 몸으로 철거 감독관에게 시비를 걸었고, 모두들 가재도구를 싸는 북새통에 그들에게 떠밀리어 언덕 밑의 수채로 굴러떨어졌다. 그리고 그것이 재수 없게도 뇌진탕이었다.

역전광장 앞의 시계가 4시 10분을 지나고 있었다. 새로 탄 두 명의 중늙은이가 광복동에 심상찮은 일이 일어났다는 이야기를 했다.

"웬 방위놈이, 하난가 둘인가가."

"그래, 아까 방송에서 잠깐 이야기하데."

나는 전화로 들었던 곳과 장소가 일치하는 바람에 기대고 있던 등받이에서 몸을 바로 했다. 그러나 그뿐이었다. 일순간 내 등을 타고 흐르던 긴장감은 넓은 버스 안을 채우고 있는 나른한 햇살 속에 파묻혀 버렸다. 내 몸은 이제 햇살의 보자기 정도가 아니라 푸대에 파묻힌 듯했다. 당장 내려 택시를 탈 엄두도 나지 않았고 두 중년에게 물어보고 싶지도 않았다. 운전사는 시계를 두어 번 보더니 천천히 앞차 뒤를 따라가기 시작했다.

"미친놈이 한둘이야재! 훤한 대낮에 지랄 났군. 방위면 감지덕지지!"

"세상이 어떤 세상인데 그 지랄이야 지랄이……."

그들은 자리에 앉으면서 담배를 피워 물었다. 그들 앞에 아이를 무릎에 앉힌 부인이 못마땅하다는 듯이 잠시 돌아보았다. 그녀는 조는 아이의 손에 쥐어진 흙빛으로 변한 사과를 베어 먹고 있었다. 뒷자리의 임산부가 기침을 했다. 기침 소리가 피어오른 파아란 연기를 헤치고 요동쳤다. 나는 시청앞과 남포동 어디에서 내릴 것인가로 잠시 망설였다. 아무래도 남포동이 빠르겠지. 그러나 저러나 도대체 무슨 영문인지. 내가 남포동에서 내렸을 때 꽁초가 다 된 담배를 피우면서 중늙은이들은 여전히 앉아 있었다. 토요일 오후나 일요일이 아닌 날에 시내에 온 일은 처음이 아닌가 싶다. 무슨 일이 일어났다고 믿을 수 없을 만큼 거리는 무표정했다. 그러나 남포동을 가로질러 광복동으로 나가는 샛길은 달랐다. 사람들이 몰려 서 있어 헤치고 나가기가 힘들었다. 나는 곧장 광복동으로 나가는 것을 포기했다.

전화에서 말한 건물을 어림잡아 충무동 쪽으로 걸어 올라갔다. 내가 극장을 바라보며 오른편으로 꺾었을 때 거기에도 인파는 여전했다. 등을 보이며 고개를 기웃거리는 사람들을 보았을 때 나는 다리의 힘이 풀렸다. 그들은 넓은 어깨와 튼튼한 다리로 버티고 서 내 앞을 완강하게 막고 있었다. 그러나 풀린 다리와는 달리 나는 미적미적 앞으로 나가고 있었다.

"왜 이래, 이 사람이!"

흰 와이셔츠에 까만 넥타이를 맨 술집 종업원이 신경질을 부렸다. 그 다음에 나는 정말로 키 큰 사람들 사이에 파묻혀 버렸다. 만원버스에서 입구로 나오는 것보다 더 힘들게 나는 앞으로 나갔다. 그렇게 밟히고 밀리고 눈총을 받으며 정신없이 나갔을 때 갑자기 내 앞의 거리가 텅 비었다. 이제는 뒤에서 밀어대는 힘을 막아야 했다. 고등학교 다닐 때 어느 외국의 대통령을 환영하기 위해 자동차가 통과하는 길목에서 텅 빈 거리를 한 시간이나 넘게 지켜 서 있었던 기억이 났다. 그때는 오직 지치고 지겨운 분위기였지만 이번엔 달랐다. 내 몸부터 긴장되어 있었고 사람들은 들떠 있었다. 봄날 오후의 따사로운 햇살 아래 떠도는 호기심 속에서 어딘가 나른하고도 헐거운 살의가 묻어나고 있었다. 주위를 살펴보니 전화에서 내가 말한 장소와는 상당히 떨어진 곳이었다. 나는 한 발자국 앞으로 나갔다.

"뭐요, 당신?"

내 앞을 가로막고 서 있던 전투복 차림의 경관이 말했다.

"저……."

"좋은 일 없소. 미친놈이 갈기면 개죽음이요!"

"그, 그게 아니라 설 과장……."

"뭐야, 뭐?"

"저 사람은 뭔데?"

내 주위 사람들이 나를 바라보며 웅성댔다.

"설 과장을 만난다고요?"

권태로움이 묻어 있는 살집 좋은 그의 얼굴이 천천히 달라졌다. 그와 말하는 사이에 밀어대는 뒷사람들 때문에 나는 순경보다도 오히려 더 거리 쪽에 있는 꼴이 되었다.

"어이, 김 순경 이쪽 좀 맡아!"

10미터쯤 떨어져 서 있는 다른 동료에게 그가 소리쳤다.

"시민 여러분! 여러분의 안전과 사건의 신속한 해결을 위해 시민 여러분의 협조가 필요합니다. 사건현장에의 접근을 금합니다. 다시 한 번 알립니다……."

어디선가 확성기 소리가 들려왔다.

"갑시다!"

나는 텅 빈 길 가운데 서 있었다.

"어떤 사이요?"

"저, 전화가 왔어요."

그를 따라간 곳은 파출소였다. 경찰차 세 대가 붉은 등을 돌리며 서 있었다. 신문사와 방송국 이름이 적힌 차들도 보였다. 세워놓은 사이드카의 무전기에선 알아들을 수 없는 웅얼거림이 흘러나오고 있었다.

"과장님을 찾습니다."

나를 데리고 온 사람이 문 앞에 서 있는 다른 전투복에게 말했다.

파출소 안은 나무로 된 건물이라면 벌써 부서졌을 정도로 사람들로 복작거렸다. 장발의 젊은이나 술주정꾼이나, 터져서 부어오른 눈을 감싸 쥐고 악을 써대는 접대부들이 자리할 곳에 맨숭한 뒷덜미가 드러난 전투복 차림의 경찰들이 득실거렸다.

나는 창가에 서 있는 사람에게 안내되었다. 그는 팔짱을 낀 채 창

밖을 보며 담배를 피우고 있었다.

"과장님! 이 사람이 찾습니다."

고개를 돌린 그는 날카롭고도 신경질적으로 보였다. 팔짱을 낀 채였다.

"그래, 당신이요? 당신이 예문식이 친구……."

"……네."

나는 그가 애써 기억하려는 내 이름을 말하지 않았다. 나는 내 입으로 이름을 말하는 것을 참으로 싫어한다.

"차를 보낼 걸, 너무 늦었군. 따라오시오!"

그가 먼저 몸을 돌려 문으로 나가자 모든 사람들이 길을 내주었다. 어디서 나타났는지 네댓 명의 사복 입은 사람들이 나를 따랐다.

"범인과는 어떤 사이요?"

질문과 카메라의 플래시 소리가 동시에 터져 나왔다.

"친구 간이요."

어리둥절한 나를 앞질러 설 과장이라는 사람이 말했다.

"범행동기에 대해서 아는지?"

"그래서 지금 온 것 아니오!"

언성을 높이면서도 설 과장이 나를 바라보았다.

"저, 김갑령입니다. 동, 동서깁니다."

평소 잘 돌지 않던 ㅂ과 ㄹ 소리가 그런대로 잘 굴러 나온 것 같았다.

"범인의 가족은 아직 안 나타났습니까?"

"친구부터 찾았어요. 연락은 돼 있어요."

"범인의 학력은?"

"중학교입니다."

우리들은 거리를 걷고 있었다.

"무슨 중학?"

"여자 관계는?"

"범인의 가족 수는?"

"방위 근무 전에 공장엘 다녔다는데 그것과 어떤 관계가 있는지?"

"그만들 합시다! 급한 건 그게 아니니."

설 과장이 그들의 충전된 입을 막았을 때 우리는 전투경찰이 입초를 서 있는 파출소 오른쪽의 3층 건물 앞에 서 있었다. 그것도 골목으로 꺾이는 후문인 것 같았다.

계단을 오르니 다방이었다. 다방 안은 엉뚱하게 경찰들뿐이었다. 아침나절의 술집 홀처럼 의자와 탁자가 한쪽으로 몰려 있었다. 무전기와 전화벨 소리가 요란했다. 가슴을 썰렁하게 하는 것은 창문마다 전투복 차림의 경찰이 총을 겨눈 채 웅크리고 있는 모습이었다. 나는 창문의 반대편인 카운터 옆자리로 안내되었다.

"이 사람입니다."

설 과장이 앉아 있는 정복의 사나이에게 말했다.

"앉으시오."

그가 말했다. 탁자 위에 놓인 모자의 금테가 눈을 어지럽혔다. 그는 점잖은 회사의 중역같이 보였다. 어깨가 무거울 정도로 많이 달린 은빛 계급장만 아니었다면.

"어려운 일이 벌어졌고 범인이 당신을 찾았소. 어디 공무원이시라고?"

"네, ××동에 있습니다."

"범인과는 언제 적 친군가요?"

"같은 동네에서, 국민학교 때부터 죽……."

"가족관계는 어때요?"

"어머니하고 여동생 셋에 남동생 하납니다."

"평소에 성격은 어때요. 포악하거나 난폭한 점은?"

"글쎄요, 별로……."

그는 일방적으로 질문만 했다. 문식이는 지금 어디에 있는가? 그리고 무슨 짓을 하고 있단 말인가.

"해주실 일은 알고 계시겠지요. 이런 일은 쉽다면 쉽고 어렵다면 어려운 일인데, 빨리 그리고 조용히 포기하도록 하는 거요. 범인의 행동이 아무 소용없고 무의미하다는 점을 강조하면 돼요. 가족 이야기를 하면서. 조금 있다 통화를 해서 약속을 하시오. 다방으로 가겠다고. 아, 설 과장! 전화를 내요."

설 과장이 자리에서 일어나 카운터 쪽으로 갔다.

"인질이 열인데 여자가 다섯 명이요. 인질부터 내보내도록 이야기해 주시오. 군부대 이야기로는 씩스틴에 수류탄이 한 발 있는 모양이요. 당신이 침착하고 안정된 마음을 가져야 해요. 자극은 금물이니까."

"전화를 받지 않습니다."

설 과장이었다.

"조금 있다 다시 해보시오. 우리는 잠시 살펴볼까요."

그는 주방에서 두 번째 창 앞에 섰다. 전투복 차림들이, 한 명은 망원경을 들고 있었는데, 옆으로 비켜섰다.

"고개를 너무 내밀지 마시오."

누군가가 말했다. 그러나 그럴 필요는 없을 것 같았다. 밖으로 보이는 것은 모두가 예사로웠다. 거리가 텅 비어 있다는 걸 제외하고는, 햇볕으로 건물들이 조금 부풀어 졸고 있는 듯했다. 무슨 일이 일어나리라고는 조금도 생각할 수 없었다. 하기야 너무 조용했다. 경적과 소음이 멀리서 한풀 꺾여 들려오리만큼 지나친 조용함 속에 불길한 조짐이 숨어 있는 것인지도 몰랐다.

"맞은편 건물이요. 기성복 판매점 오른쪽 태평양제과 지하, 고래다방."

등 뒤의 목소리는 아주 정확하게 내 시선을 끌고 갔다. 그러나 눈에 들어온 것은 흔해빠진 아크릴 간판과 평범한 입구였다.

"지하실이 돼 놔서 애를 먹고 있소. 입구도 하나고."

"통화가 되었습니다."

순경 한 명이 다가와 말했다. 우리는 전화기 쪽으로 걸어갔다.

"아, 나 설 과장이요. 내, 그래요……알아요, 알아. 그런데 여기, 뭐라고……그래요, 그래……. 그런데 여기, 당신 친구……."

녹음기 테이프 돌아가는 소리가 설 과장의 목소리 사이로 사그락거렸다. 사그락대며 감기는 검은 테이프 속에 문식이가 있었다. 길 하나 건너편의 지하실 속에서 문식이가 전화하고 있다.

"그래, 김갑령 씨, 바꿀 테니 이야기해요!"

설 과장이 전화기를 내밀었다. 내가 전화기를 귀에 대었을 때 아무런 소리도, 신기하리만큼 아무 소리도 들리지 않았다. 나는 내 숨소리를 들을 수 있었다. 나를 지켜보는 설 과장의 입이 실룩대더니 눈이 차츰 커졌다. 그리고는 수첩과 볼펜을 꺼냈다. 그때였다.

"임마, 갑령이가?"

갑자기 뒤에서 내 어깨를 툭 치는 것 같아 나는 깜짝 놀랐다. 너무나 갑작스러웠다.

"으응, 나야, 나!"

나는 고함을 치듯 크게 말했다.

"그, 그래 내다!"

"짜아식, 놀랬나? 한바탕 했다. 더러워서 말이다!"

문식이의 말이 끊기었다.

"응, 그랬나!"

"임마, 니 떨고 있구나? 철모에 머리를 박고 있는데 수채에 처박힌 아버지 얼굴이 떠오르더라. 후닥닥 일어났지. 그담에는 나도 모르겠다. 시팔! 허허."

그때 설 과장이 쪽지를 내 눈앞에 펴보였다.

"으응, 그랬나. 내가 그쪽에 가께. 한 이십 분 있다가. 괜찮재?"

"새끼, 누가 그렇게 시키재? 생각해보고 다시 전화하께!"

전화가 끊겼다. 내가 수화기를 내려놓은 건 귀에다 리시버를 꽂고 있던 경찰이 녹음기의 테이프를 정지시킨 뒤였다.

"자, 앉읍시다."

나는 의자 쪽으로 갔다.

"사태를 악화시키지 않고 해결하려는 게 우리들의 최선의 목표요."

자리에 앉을 때 은빛 견장이 무거운 사람이 말했다. 그도 역시 리시버로 전화내용을 들은 모양이었다.

"조금 전에도 이야기했지만 처음에 동기를 물었을 때 더럽다고만 할 뿐 구체적인 답은 피했어요. 인질극의 세 가지 유형 중 꼭 포함시켜야 한다면 광인형일 것 같은데 그쪽의 동기란 게 실로 우발적이고 단순한 거고, 단순한 만큼 극히 막연해요. 조금 전에 이야기한 거와 같이 부대 내에서 흔히 있을 수 있는 불만이군요. 그게 평소에 간직되었던 아버지에 대한 감정과 매치됐고. 사실상 현재로선 우리들에게 동기 같은 거야 별 중요한 것도 아니고 또 선생 친구의 요구

조건도 없으니 친구의 감정을 다스리는 길밖에 없어요. 그리고 지금 김 선생 친구의 진짜 고민은 자기 불만의 해결책보다 자기가 벌여놓은 엄청난 일에 대한 당혹감에 있을 거요. 왜냐하면 구체적인 동기, 구체적인 요구조건, 구체적인 해결방법이 없으니까 말이요."

그는 담배연기를 빨아들이며 잠시 말을 멈추었다. 탁자 위에 놓인 미색(米色) 리시버에서 소리가 흘러나올 것만 같은 착각이 들었다. 드리워진 미색 선처럼 그렇게 가는 목소리가.

"자기 스스로 놀래버린 거지요, 자기가 저지른 행동에 대해. 사실이 세상에 불평 불만 없는 사람이 어느 직장, 사회, 조직에 있겠소? 그러나 문제는 어떤 일이든지 그것이 닫혀 있을 때는 물속의 고기처럼 커다랗게 확대되어 보이지만 막상 열어놓고 보면 꺼내놓은 물고기처럼 어이없이 작고 보잘것없는 게 되고 만다는 거예요. 바로 거기에 당신 친구의 어려움이 있어요. 그것은 손에 움켜쥔 모래가 힘없이 손에서 빠져나가는 것과 같아요. 그렇다고 싱겁게 손을 들지도 못하는 게 범인의 심리고요."

그의 이야기는 물 흐르듯이 차분하고도 길게 이어졌다.

"조심할 것은 바로 여기부터인데, 인질극 같은 일은 범인의 심리적 요소가 아주 중요해요. 미묘한 심리의 변화, 가령 자포자기식으로 빠지면 사태는 아주 불행하고도 엄청난 결과를 빚게 돼요. 그것을 막는 데 김 선생이 필요한 겁니다. 이런 경우엔 가족보다도 더 효과적일 수 있어요. 가족은 잘못하면 범인을 충격적인 상태로 몰고 갈 여지도 있어요. 물론 우리로서는 이단계 삼단계 작전을 세워놓았지만 아무쪼록 김 선생의 설득에 큰 기대를 걸어보는 거요. 기술적인 절차는 설 과장이 설명해 줄 거요."

억양처럼 조용히 그는 일어섰다. 어디선가 조금 후터분한 바람이 불어왔고 무전기 소리가 들려왔다.

"가족들 이야기를 먼저 하지 마시오. 친구가 이야기하도록 내버려두시오. 그리고는 인질을 내보내는 게 어떠냐고 조심스럽게 그리고 끈질기게 주장하시오. 결국 아무 일도 아닌 걸 가지고 일을 저지른 거다, 지금이라도 포기해버려라. 밖에서도 크게 신경 안 쓰고 있다는 식으로 이야기하시오. 어느 정도 김 선생이 친구의 입장이 되어야 이야기가 잘 풀릴 거요. 들어간 뒤 삼십 분을 기다리겠소. 그때까지 연락이 없으면 이쪽에서 전화를 걸어 다시 지시하겠소."

설 과장의 말은 단호했고 속도도 빨랐다.

"그리고 범인은 당신이 들어갈 때 엉뚱한 걱정을, 가령 경찰이 갑작스레……."

그때 전화벨이 울렸다. 반사적으로 설 과장이 일어났고 나도 덩달아 일어났다.

"받으시오!"

나는 세 번째 벨소리를 멈추게 했다.

"갑령이가?"

"으응, 내다."

"임마, 오는 건 좋은데 괜히 자수니 지랄이니 시시껄렁한 소리할 생각은 말아! 그저 얼굴이나 한 번 보는 거다! 알겠재?"

"으……응, 그래 지금……."

"그래 기다리께!"

"갑시다."

설 과장이었다.

"아까 이야기의 계속인데 다른 행동은 절대 않겠소. 인질이 있는 이상 어떻게 할 수도 없고요. 그리고 바깥 형편에 대해 물으면 친구가 저지른 일에 대해서 그렇게 큰 반응을 보이지 않고 있다고 거듭 말하시오. 저격수 같은 소리 하면 안 돼요! 알지요?"

설 과장이 다시 한 번 다짐을 주었다. 우리는 은빛 계급장이 무거운 사람 앞에 섰다.

"가시오."

우리는 건물의 뒤편으로 나왔다. 내가 들어갔던 다방은 문식이가 있는 다방과 거의 정면이었다. 시청 쪽으로 툭 트인 길의 저쪽으로 바리케이드와 사이드카가 멀리 보였다. 양장점, 양복점, 시계방, 금은방, 전파사, 양과자점, 길게 이어진 그만그만한 건물들이 셔터를 내린 채 무표정하게 서 있었다. 미처 완전히 다 내리지 못한 셔터도 보였다. 설 과장은 거리를 걸으며 아무 말도 안 했다.

"여기까지입니다."

큰 길의 중간 지점에서 그가 멈추어 섰다. 그리고 그는 뚜벅 돌아섰다. 그가 등을 돌린 쪽의 경양식집 건물 옥상 위로 검게 반짝이는 총신과 녹색 모자가 눈에 얼핏 띄었다. 바람은 불지 않았으나 하늘은 참으로 화창하게 푸르렀다.

길고도 긴 거리, 텅 빈 아스팔트 위에 오직 나 혼자였다. 그러나 내가 지하다방을 향해 발을 옮겼을 때 어느 골목길이고 미어져 튀어나오려는 구경꾼들의 끈질기고도 단내 나는 호기심과 권태롭고도 헐거운 살의의 함성을 듣는 듯했다.

나는 태양의 역광으로 몹시도 어두워 보이는 지하실 입구를 향해 걷기 시작했다. 그때 문득, 묘하게도 수도 검침하러 들어가는 듯한 생각이 들어 나도 모르게 웃음이 터져 나왔다. 나는 갈고리가 없는 손을 내려다보며 소리 내어 웃었다.

그러나 그렇게 크지는 않게.

폭염

“미국요? 의사? 도대체 무슨 이야길 하는 거요?”

갑자기 그가 내 말을 가로막고 나섰다. 땀에 젖는 것을 피해 그는 아까부터 의자에 등이 닿을까 조심해오다 이제 내 쪽으로 완전히 몸을 기울이고 있었다. 실내는 후터분했다. 그냥 가만히 앉아 있어도 땀이 흘렀다. 내가 이야기하는 동안 그는 부채를 신경질적으로 팔랑댔다.

“이 더운 날 정전으로 선풍기도 돌지 않는데 서로 감정을 엉망으로 만들지 맙시다.”

투박스럽지만 직업에서 오는 끈질김과 날카로움으로 그는 한 시간 전부터 나를 괴롭혀오고 있었다.

하기야 내게는 시작부터가 엉망이었다.

나는 9시 반쯤 전화를 받았다. 남(南)약국에서 밤샘을 하고 돌아와 누운 지 세 시간도 채 못 되는 시각이었다. 밤샘이야 주말이면 언제나 해온 일이지만 전화는 엉뚱한 곳에서였다. 조사할 게 있으니 급히 와달라는 일방적인 통화였다. 나는 빼근한 머리를 주체할 수가 없었다. 도대체 무슨 일일까. 언제나 해온 짓거리라지만 또한 언제나 시선이 가는 쪽이 경찰이었기에 긴장하지 않을 수 없었다.

단속기간인가. 그런 정보야 재빨리 주워 올 사람들이 한둘인가. 너무 길었다. 아니, 판이 너무 컸다. 실상 얼굴만 몇이 바뀔 뿐 거의 정해진 멤버에다 근래 들어 판돈이 너무 크다 싶은 건 사실이었다. 아침 햇살이 퍼진 거리를 걸으면서 내가 생각할 수 있는 것은 당장 그것뿐이었다. 모자라는 수면과 더위로 가는 도중에 나는 사이다 한 병을 사 마셔야 했다.

"김 선생님, 어제부터 오늘 아침까지의 행적을 좀 알아야겠습니다."

나(羅) 형사라고 자기소개를 한 뒤 그는 대뜸 본론부터 꺼내는 것이었다.

"행적요? 뭣 때문에 그러시는지요?"

내 질문은 던지듯 건네주는 볼펜과 몇 장의 백지 앞에서 묵살당했다. 화투건이 아닐 거라는 느낌은 불려온 사람이 나밖에 없다는 것으로도 어느 정도 짚이는 일이었지만 먼저 내 쪽에서 들먹일 수도 없는 노릇이었다.

어쨌든 나는 모자라는 잠으로 헝클어진 기억을 더듬는 수밖에 없었다.

"남약국에서 모여 놀았다? 도대체 뭐하고 놀았소? 마누라하고 누워 있어도 짜증 나는 밤에."

나는 피할 수가 없게 되었다. 내가 쓴 내용은 대충 몇 시에 학교로 가서 몇 시에 나왔다. 몇 시부터 몇 시까지 어디 있었다는 그런 식이었다.

"화투 좀 쳤습니다."

"하하, 재미있는 걸 하셨군. 말이 들리긴 했지만. 그래, 어떤 사람들이오?"

나는 공직에 있는 사람이나 초장에 떠난 사람들을 피해 몇 명의 이름을 들먹였다. 나 형사는 조금 떨어져 앉은 정복 근무자에게 내가 말한 이름을 불러주었다.

"그런데 김 선생, 서진숙이란 이 여자와는 몇 시에 헤어졌나요?"

"네?"

"여기 적지 않았소, 어제 한 시쯤 만났다고."

그가 종이 위를 부채 끝으로 툭툭 치며 말했다.

"아, 네. 그런데 그 여자가 왜?"

그가 아무 말도 안 했기에 나는 어제의 긴 낮 가운데서—해가 나 있는 동안은 모두가 그게 그것 같은 후텁지근하고 끈적한 시간 속에서— '여섯시 조금 지나'를 헤아려내었다.

"그리고 저녁 먹고는 남약국엘 갔다, 그렇게 됩니까?"

나는 수긍했다.

"그럼 서진숙이란 여자와는 어떤 사이요?"

"대학 다닐 때 알았습니다. 그런데……?"

"대학요? 그런데 왜 이런 읍내까지 김 선생을 찾아왔을까?"

나 형사의 눈이 재미있다는 듯이 가늘게 주름졌다.

"또 하나, 다섯 시간 가까이나 같이 있었던 사람인데 어째 그 이름을 딱 한 번밖에 쓰지 않았소?"

어떻게, 이야기가 잘못되어 간다 싶었다. 도대체 진숙이 어쨌다는 것인가.

사실 진숙의 출현은(그래, 그게 출현이 아니고 무엇이란 말인가) 엉뚱했다. 그러나 경찰서로 오는 동안에도 그랬지만 그녀와 헤어진 뒤 밤새 화투짝에 파묻혀 있는 동안에도 진숙에 대한 생각은 거짓말같이 한 번도 떠오르지 않았다. 나 형사가 내민 종이를 받아 들고 백지의 하얀 여백 속에서 폭염 아래 허우적거린 어제 낮 동안의 시간을 생각하자 비로소 진숙이 떠올랐을 뿐이었다.

"그 이야길, 만났을 때부터 헤어질 때까지를 좀 구체적으로 해주셔야겠는데요."

그는 농기가 묻어나던 얼굴을 딱딱하게 바꾸었다. 나는 주전자의 물을 따라 마셨다. 물은 조금도 차갑지가 않았다. 어디선가 한바탕 매미가 울어댔다.

토요일은 3교시면 벌써 파장인 셈이다. 아이들은 그렇다 치더라도 그런 기분은 선생들로부터가 더했다. 도시로 나가는 쪽은 벌써부터 슬금슬금 책상을 정리하고 시계를 흘금거리며 J시로 나가는 직행시간을 맞추는 것이었다. 그건 신임에 비담임들이 내놓고 심했는데 이제 3년째인 나도 한물 간 건지 음악선생의 부탁으로 시간을 4교시로 바꾸어놓고 담배를 피우고 있었다.

"김 선생, 전화!"

교감이 수화기를 들어 보인 건 그때였다. 나는 느긋하게 일어나며 요즘 들어 부쩍 열을 올리는 보건소의 낚시건일까 남약국 쪽일까를 셈하고 있었다.

"저 진숙이에요, 서진숙."

나는 깜짝 놀랐다.

"조금 전에 도착했어요. 여기 로타리 다방인데요."

윙윙대며 돌아가는 교감 옆의 대형 선풍기에 손이라도 집어넣은 기분이었다. 마치는 대로 가겠다는 말로써 땀이 밴 수화기를 내려놓는 일밖에 더 할 수 있는 게 없었다. 어제 마신 술을 겨우 달래놓았는데 속이 온통 뒤틀리는 것 같았다. 자리로 걸어온 채로 나는 창

밖을 내려다보았다. 운동장은 온통 백색이었다. 모래의 메마른 서걱거림이 손으로 옮겨지는 기분이었다. 따갑게 감겨오는 눈을 질금거리며 나는 텅 빈 운동장을 바라보고 있었다. 그렇게 한참 동안 서 있노라니 햇빛이 만드는 순백색의 명함에 빠져드는 것 같았다. 텅 빈 백색의 명함 가운데서 나는 무엇인가를 찾아내려고 애썼다. 그러나 서진숙이란 이름 외에 더 이상 이어지는 다른 이름이나 낱말은 없었다. "김 선생, 종 쳤는데."라는 교감의 말이 있기까지 나는 내처 눈부신 운동장을 내려다보고 있었다.

수업을 마치고 교무실로 내려오니 칠판은 토요일답게 붐볐다. 나는 교무수첩을 꺼냈다. 〈학기말고사원안지10일까지제출나라사랑글짓기10장화요일제출교외지도반편성물놀이익사사고예방지도대청소담임필히검사특히유리창미……〉 미쳤군, 하고 나는 〈미〉자를 쓰다가 지워버렸다.

나는 학급으로 올라갔다. 다른 반에서 쏟아져 나오는 홍옥같이 반들거리는 아이들의 얼굴을 보자 그들이 저 밖의 땡볕과 더위와 싸우러 가는 것인지도 모른다는 엉뚱한 생각이 들었다. 이 무더위 속에서 무엇을 기억할 수 있을 것인가. 다시 내려온 교무실은 읍내에 자리를 굳힌 늙다리 몇뿐, 텅 비어 있었다. 일부러 늑장을 부리는가. 학급애들도 종례가 늦다고 짜증을 부리지 않았는가. 나는 탈색된 운동장으로 나섰다.

"선생님, 오늘도 낚시 가십니까?"

교문을 빠져나오는 한 무리의 애들이 내 곁을 지나고 있었다.

"고기도 일사병 걸린다."

"그럼 수박밭은요?"

"오줌 누기 귀찮아서."

까르르르. 애들이 웃어댔다. 내리쬐는 햇빛으로 눈부신 그들의 흰 블라우스가 재채기를 하는 것 같았다. 웃음소리는 금방 건조한 공기 속으로 말려들었다. 언덕길을 내려오기 전에 시야에 들어온 강 중류의 대뫼리(竹山里) 쪽 벌판이 멀리 가물거렸다. 거리의 함석지붕들은 손이 닿기라도 하면 당장 물집이 부풀어 오를 것만 같이 뜨겁게 빛났다. 나는 앞으로 누운 자그마한 내 그림자를 밟으며 걸었다. 그것은 변함없이 일정한 크기로 흔들렸고 어딘가 잘려나간 듯한 기분을 주는 그림자의 일정한 부위만을 나는 계속 밟고 있었다. 하교시간인데도 불구하고 거리는 텅 비다시피 했다. 쏟아져 나온 애들은 모두 어디로 기어들었단 말인가. 가로수는 이제 발밑에서 조금씩 제 그림자를 키우고 있었다.

다방의 나무계단은 삐걱거렸다. 건조한 흙냄새가 마른기침을 나게 했다. 카운터의 노(盧) 양이 푸른 티셔츠를 들어 가슴으로 선풍기 바람을 쓸어 넣다 슬며시 웃었다. 자리에 앉자 거리에서 묻힌 열기가 모두 얼굴로 올라오는 것 같았다.

"많이 기다리셨겠군요."

"삼 년 만인데 세 시간이야 기다릴 만하죠."

진숙이 예쁘장한 부채를 펼친 듯한 웃음을 지었다. 더위에도 불구하고 진숙의 얼굴은 극히 정성 들여 화장한 모습이었다. 창백한 얼굴이라도 기대하는 듯한 그런 관찰에 스스로 화가 치민 나는 엉뚱한 말을 꺼내고 있었다.

"여전히 예쁘시군요."

"칭찬이라기엔 과분하고 빈정댄다기엔 오히려 제가 실례될 테니 어떻게 받아들이죠?"

"서울 사실 테고?"

이래서는 안 되는데. 거리에서의 더위가 아직도 식지 않았는지 자꾸 내 쪽에서 먼저 시답잖은 말을 꺼내고 있었다.

"앞으로는 살지 않을 거예요."

주스가 탁자 위에 놓였다.

"멀리 가요, 미국으로. 남편이 전문의를 따서 영주하기로 했어요."

그늘이라고 앉았을 자리에 햇살이 조금씩 창틀을 넘고 있었다. 커튼을 조금 젖히니 남산(南山)이 커다란 덩어리로 서 있었다. 그것은 햇빛으로 온통 검게 타 보였다.

"좋으시겠군요."

나는 커튼 자락을 만지작거렸다. 연한 보라색의 그것은 껄끄러웠다.

"언제나 좋아서 미안할 지경이군요."

진숙이 또 한 번 미소지었다.

"왜 안 물으세요?"

"무엇요?"

나는 고개를 약간 돌렸다. 햇빛이 이제 슬글슬금 내 바지 위에 올라앉고 있었다.

"어떻게 왔느냐고."

"그거야 그쪽에서 말할 테니까."

호호호호. 진숙이 웃어댔다. 갑작스런 데다 소리까지 높아 나는 당황스러웠다. 그러다 거짓말같이 뚝 그쳤다.

"비겁해요! 근후 씨는 여전히."

나는 커튼을 놓았다. 그것은 조금 살랑대다 이내 그만이었다. 햇빛은 벌써 내 바지는 물론 탁자 위까지 자리 잡고 있었다. 깨어진 유리처럼 조각난 채였다.

"다 끝난 거 아닙니까?"

나는 바지 위의 빛살을 손가락으로 지워대고 있었다. 되도록 거절하고 싶었다. 7월 한낮의 엉뚱하고도 새삼스런 악수를.

"뭐가 끝나요? 이제 정말 시작이지, 미국으로 가면."

진숙이 재빨리 말했다. 나는 빨대를 빼내고 주스를 마셨다. 진숙은 손도 대지 않고 있었다.

"어, 덥다!"

"어디 더위 먹고 뒈진 년이 있나! 어, 김 선생 아니요?"

고개를 돌려보니 농지개량조합의 오 주사였다. 몇 번 판을 짰던 친구였다.

"복수할 기회를 한 번 주셔야지. 요새는 남약국 쪽으로 진출하셨다며?"

"그러죠. 오늘밤에라도."

"우린 공범자죠, 근후 씨?"

나는 깜짝 놀랐다. 갑작스러운 진숙의 말은 낮고도 은밀스러웠다.

"허허, 글쎄요. 진숙 씬 별로일 것 같은데."

"아니에요, 같아요. 오히려 내가 더할지도 모르죠."

여전히 가라앉은 소리였다.

"그렇다고 합시다. 그럼, 축배라도 들어야겠군요."

"친구 밀고했다는 게 뭐 그리 대단해요? 자살케 한 사람은 난데. 우리 나가요, 정말."

진숙이 벌써부터 가방을 챙기고 있었다. 노란 매듭으로 짠 바구니였다. 진숙이 먼저 나가고 몇 걸음 떨어져 걸어가며 나는 호주머니를 뒤졌다.

"애인이에요? 잘 보이려고 그러는지 화장을 두 번이나 고치던데요."

노 양이 실없는 참견을 해왔다. 나는 아무 말 없이 돈을 치르고 나왔다.

"미국요? 의사? 지금 무슨 소릴 하고 있는 거요?"

나 형사가 귀퉁이가 찢어진 부채를 놓으며 언성을 높였다. 창문을 다 떼어놓았지만 바람기라곤 없었다.

"이혼녀인지는 몰라도 주민등록증에는 혼자로 되어 있어요. 부모 밑에."

나는 영문을 모른 채 그를 쳐다볼 수밖에 없었다. 진숙이 거짓말을 했단 말인가. 아니, 결혼한 건 나도 알지 않는가.

"이거……."

나 형사가 몸을 조금 구부려 책상 밑에서 가방을 들었다.

"이 가방 맞지요?"

"그런데?"

"그 여자 말이오, 죽었어요."

"네?"

"나 형사! 대충 맞는 것 같애. 이 친구들 밤새 화투짝 만졌어. 한 건 단단히 잡았는데."

입구 쪽에서 전화를 돌려대던 정복이 의자를 돌려 앉으며 큰소리로 말했다.

"언제요? 어디서요?"

나도 목소리를 높이고 있었다.

"아침에, 서평다리 밑에서 발견했는데 어떻게 된 게 물도 많이 먹지 않았어요. 그래서 사망시간이 더 애매하단 말이오."

"가봅시다! 지금 어딨어요?"

나는 자리에서 벌떡 일어났다.

"아니, 김 선생! 왜 이래요?"

"가보자니까. 갔다 와서 이야기해도 되잖아요!"

"나 형사, 그렇게 해."

다른 음성이었다.

"계장님!"

"조금 전에 연락받았어. 거주지에는 조회했어?"

"네, 서울인데 기다리고 있습니다."

베이지색 점퍼를 입은 계장이 앞쪽으로 걸어왔다.

"여학교에 계십니까?"

"네."

"자살이라고 보기 전에 모두 헤아려 보아야죠."

우리는 일어섰다. 뒤편의 차고 옆에 딸린 방문을 열어보더니 나 형사가 고개를 흔들었다.

정문 앞에서 우리는 택시를 탔다. 자리에 앉자 숨이 컥컥 막혀왔다.

"다방에서 나온 게 몇 시였나요?"

택시가 출발하자 나 형사는 또다시 내게 이야기를 강요해왔다. 햇빛이 차장 정면으로 쏟아져 내리고 있었다.

진숙의 파라솔은 두 사람이 햇빛을 가리기엔 너무 작았다. 그러나 진숙은 고집했다. 시가지는 무더위로 주저앉아 버린 듯했다. 읍 입구에 세워진 로터리클럽의 시계탑이 2시 20분을 가리키고 있었다. 둥근 시계의 그림자는 짜부라진 프라이팬 모양으로 눅진한 아스팔트 위에 누워 있었다.

"강으로 갈까요?"

나는 느릿하게 말했다.

"아무래도 좋아요."

진숙은 자꾸만 양산을 내 쪽으로 기울이고 있었다. 농고 쪽에서 타이탄 트럭 한 대가 밭은기침 소리로 부르릉거리며 달려왔다. 메마르고 뜨거운 흙먼지가 한동안 떠돌았다. 4개의 국민학교 중 제일 나중 지었다는 학교의 담벽을 따라 약간의 그늘이 펼쳐져 있었다. 아이들이 떠들어대는 소리가 담벽을 넘은 해바라기꽃 사이로 들려왔다. 거기서부터는 논과 밭이었다. 비닐하우스는 햇빛으로 하얗게 빛나고 미루나무 잎사귀들은 반짝거리며 잘게 흔들렸다. 남방은 벌써부터 등에 찰싹 들러붙어 끈적거렸다. 그러나 진숙은 풀빛 방울이 구르는 원피스자락을 살랑이며 잘도 걸었다.

둑으로 오르자, 강이 하얗게 누워 있었다. 건너편의 포플러숲이 강을 따라 시원스레 펼쳐져 있었다. 강 아래쪽에 걸린 아치형 철교가 정물처럼 눈에 들어왔다. 그것은 푸른 하늘과 벌판을 눈부시게 가득 채운 햇살과 주위의 고요 속에서 덩그렇게 걸려 있었다.

"저 철길은 어디로 가는 거예요?"

가쁜 숨을 가라앉힌 진숙이 물었다.

"어디든지."

"그런 게 어딨어요?"

"서울이겠지."

나는 왠지 짜증스러웠다.

"아, 근후 씨가 가고 싶어도 못 가는 곳!"

대뜸 진숙이 받았다. 도대체 이 여자는. 나는 몸을 돌렸다. 둑의

풀들은 C급의 군대 모포처럼 서걱거렸고 열기가 훅훅 끼쳐 왔다.

"도대체 근후 씨는 이런 읍내에서 무엇을 기다리며 지내시는 거죠? 강물이 멈추는 것이라도 바라는가요?"

끈적이는 등 뒤에서 진숙이 재빠르게 쏘아붙였다.

"교장이 되는 거겠죠."

진숙이 내 어깨 옆에서 깔깔거렸다.

"망각이겠죠, 세월이 만들어주는."

나는 대꾸하지 않았다. 어서 어디 그늘이라도 찾고 싶었다.

"저 산은 무슨 산이에요?"

진숙이 가방 든 손을 들어보였다. 거기에는 높이도 너비도 짐작 못할 커다란 산줄기가 주름져 있었다. 검푸른 연봉(連峰)이었다. 나는 제법 감동을 주어 국립공원으로 지정된 산이름을 들먹였다. 그러나 진숙은 아무 말도 안 했다. 오히려 시선을 역으로 흐르는 강물에 둔 채였다. 무엇을 골똘히 생각하는 듯한 모습이었다. 강둑을 내려와 우리는 송림으로 들어섰다. 햇빛이 듬성듬성 빗살져서 내리쳤다. 나는 아무 집이고 술집 문을 열었다.

희한하게도 진숙은 땀 하나 흘리지 않았다. 손수건을 꺼내는 일도 없었다. 두 잔의 맥주를 나는 거푸 마셨다. 어제 마신 술과 오늘 마시는 술이 악수를 나눌 때였다.

"술이 늘겠죠, 이런 데 있노라면."

"그럼요. 매일이죠."

나는 예사롭게 받아넘겼다. 그것이 또한 틀림없는 사실이라 해도.

"죄책감 때문이죠?"

"네?"

진숙은 내가 거북할 정도로 얼굴을 가까이 했다.

"왜 변명을 하지 않으셔요?"

"아니, 그것보다……."

"제 이야기요, 왜 왔느냐는 거? 미국 가기 때문이라니까요. 앞으로 못 볼 거잖아요. 그리고 우리는 어떤 이에 대해 반만큼씩 죄책감에 시달리는 사람들이고."

진숙이 단숨에 말했다.

"즐기는 것 같군요."

나는 다시 잔을 기울였다.

"아니에요, 근후 씨. 무슨 말씀이세요, 전 듣고 싶어요."

"또 그 이야길 하란 말입니까?"

"왜 못해요? 나는 그분이 죽었다는 소식을 듣고는 매일이다시피 찾아갔어요. 둘 다 살아 있을 땐 별게 아니던 게 왜 그리 할 말이 많지요. 매일 변명했어요. 내가 잘못했다고. 기다리지 못하고 남의 아내가 되어 미안하다고. 그러니 그분도 나중엔 이핼 해주던 걸요."

농담이 심했다. 그러나 진숙은 굳은 표정에 어찌 보면 겁먹은 듯한 눈을 크게 뜬 채 진지하게 이야기하고 있는 것이었다.

"그래서 나도 하란 말입니까? 무덤에라도 찾아가서!"

내 목소리에 놀란 듯 진숙이 갑자기 시선을 내리깔았다.

"유도심문에 당했다고 또 한 번 말할까요?"

"그래요."

진숙이 다시 고개를 들었다.

"친구분들 중에서도 깊이 아는 사람들이 몇 안 돼요."

조금 전과는 다르게 눈이 빛났고 자신에 차 보였다. 나는 그러한 진숙의 변화를 이해할 수가 없었다.

"억울하지도 않으셔요?"

"다 끝났어요. 그 일 때문에 괴로워하는 일도."

"거짓말, 매일 밤 꿈에 시달리면서, 호호호."

진숙이 웃어댔는데 그 웃음은 어린애 같다기보다는 어딘가 요괴스럽기까지 했다.

"피해 다니는 친구를 팔아버린 거나 기다리지 못하고 시집간 거나 똑같아요."

그리고 진숙은 또다시 무겁게 고개를 떨구어버렸다. 나는 종잡을 수가 없었다. 남의 가슴 저 밑바닥까지 후벼 팠다가 스스로 맥없이 가라앉아 버리는. 그러나 확실한 건 스멀거리며 일어나는 짜증스러움을 내가 감당할 수 없다는 것이었다.

"돌아가세요."

나는 일어설 준비를 했다.

"무엇을 기대하며 오셨는지 모르겠지만 나로선 무엇 하나 충족시켜 드릴 수가 없습니다."

택시가 멎었다.

바람은 없었지만 그래도 살 것 같았다. 나 형사가 먼저 강둑을 내려갔다. 읍내 아래쪽의 서평리는 강폭이 좁아 인도교가 세워져 있었다. 수초지 조금 지나 모래밭에 방위병 둘이 서 있고 그 둘레로 사람들이 서성거렸다. 멀찍이 떨어진 원두막에 앉아 있던 순경 하나가 천천히 다가왔다.

나 형사는 손수건으로 연신 얼굴을 닦았다. 날벌레와 파리들이 얼굴을 맴돌고 있었다.

"보셔야 되겠죠."

나는 고개를 끄덕였다. 나 형사가 턱짓을 하자 새까맣게 그을은 방위병 하나가 코를 감싸 쥐며 가마니를 젖혔다.

나는 선 채로 모든 걸 보았다. 왜 그늘에 눕히지 않을까. 나는 그 생각을 하고 있었다. 어딘가 그늘이 있을 텐데. 정말 그늘이라도 찾으려는 듯이 나는 주위를 두리번거렸다. 시선이 닿는 어디고 햇빛이었다. 후터분한 공기와 뒤끓는 불볕 아래 누워 흐르는 저 강은 도대체 무언가. 아니, 왜 진숙은 거짓말을 했을까. 그리고 어제의 어딘가 달뜬 듯한 진숙의 언행은? 나 형사가 뭐라고 했지만 들리지 않았다. 내가 죽은 그에 대해서, 아니 내 스스로에 대해서 똥물까지 다 올려 이야기했다면 진숙은 이렇게 이 땡볕 아래 누워 있지는 않았을까. 진숙이 원한 게 정말 회한 어린 고통뿐이었다면.

"그런데 그 친구는 왜 죽은 거요? 도대체."

대기시켜 놓은 택시 쪽으로 걸어가며 나 형사가 말했다. 그는 후줄그레 젖은 손수건으로 목덜미를 훔치고 있었다.

"네?"

"여자 애인이었던 그 남잔 왜 죽었냐고!"

그의 얼굴은 벌겋게 달아 있었다. 나는 자동차의 노란 보닛에서 반사되는 빛에 얼굴을 찡그렸다.

"좌절이랄까, 그런 거겠죠."

지금까지 한 번도 해본 적이 없는 말이었음을 깨닫고 나는 스스로 놀랐다. 조금 전에 목격한 진숙의 주검이 극히 비현실적으로, 강렬한 햇빛 속의 몽롱한 착시처럼 생각되었다.

"술집에서 다투지는 않았나요?"

"아니요."

"몇 시에 헤어졌다고 했죠?"

"아까 올 때 말한 대로…… 여섯 시가 다 되어서."

"일곱 시에 읍내에서 본 사람이 있어요, 로타리의 노 양."

"이곳엔 해가 몇 시에 지나요?"

술집 문을 나서며 진숙이가 물었다.

"이곳이라고 뭐, 요새는 7시가 지나서겠죠."

"징그럽게 긴 낮이군요."

진숙이 가방을 흔들어댔다.

"틀림없는 말이군요. 그런데 지금 J시로 나가서 어떡할려구요? 야간열차가 있는데."

"친구 집이 있어요, 아주 친한."

돌아오는 길은 훨씬 빨랐다.

"그런데 근후 씨."

진숙이 또 한번 뚫어져라 얼굴을 가까이 하며 나를 불러세웠다.

"너무 괴로워하지 말아요, 네?"

중앙 로터리에서 헤어지기 전에 진숙이 마지막 한 말이었다. 나는 설핏 웃으며 손을 약간 흔들어 보였을 뿐이었다.

"아, 나 형사! 서울서 전화가 왔었는데 계장님이 직접 받았어."

수사과 문을 들어서자 기다렸다는 듯이 정복이 말했다.

"가족이 출발했대. 그런데 말이야."

그가 앉았던 자리에서 천천히 몸을 일으켰다.

"그 여자 이혼하고 줄곧 병원에 있었다는데, 정신병원!"

"뭐야?"

나 형사가 부채로 가져가던 손을 멈추었다.

"그렇대. 얼마 전에 집으로 데리고 왔었다는데."

정복이 나를 빤히 쳐다보고 있었다.

"어디 짚이는 데가 있어요?"

나 형사가 자리로 걸어가며 물었다.

"아니요."

나는 자리에 털썩 주저앉고 말았다. 내가 왜 그걸 눈치 채지 못했을까. 아무리 내 스스로의 문제, 툭툭 던져서 후벼 파는 듯한 진숙의 질문에 빠져 있었다 하더라도.

"그러니까……."

나 형사가 담배를 내밀며 띄엄띄엄 말했다.

"결국, 자살한 친구 하나에 여자 하나와 남자 하나가 죽을 쑤었다는 이야기가 되나요?"

어디선가 날카로운 매미 울음소리가 들려오고 있었다.

"특히 여자는 완전히."

나는 실소(失笑)했다. 결론도 잘 맺는 사람들이었다.

그러나 어쩔 수 없이 그의 말을 나는 인정해야 했다. 진숙이 그토록 애써 주장하던, 내가 이 읍내에서 보낸 시간의 허위성을 그녀의 주검 앞에서 비로소 받아들여야 했듯이. 담배는 녹진하여 잘 빨리지 않았다. 나는 힘들여 연기를 빨아들였다. 창으로 한 가닥 바람이 서성이는 것 같았다. 차고가 있는 뒷마당 쪽에는 그늘이 몇 발짝 드리우고 있었다.

나는 담배를 비벼 끄고 자리에서 일어섰다. 나 형사가 내미는 끈끈한 손을 잡았다 놓으며 수사과 문을 나서려는데 예의 정복이 말했다.

"김 선생! 근간에 다른 일로 한 번 더 만날 것 같소."

그는 땀으로 번들거리는 얼굴에 웃음을 짓고 있었다. 밖은 여전히 불볕이었다. 나는 거리를 천천히 걸어 하숙집으로 돌아왔다.

아주머니가 걱정스런 얼굴로 나를 맞이했다. 부임하여 첫 6개월을 제외하고 내내 이 집에서 하숙을 붙여왔다.

"다 끝났어요?"

"네."

우물 옆 꽃밭의 수국이 이제 막 그늘에 잠기고 있었다.

"좁은 바닥에 그렇잖아도 말 많은 놈의 데, 또 뭐라고 입방아를 찧어댈지."

그녀가 퍼 올린 두레박의 물이 시원스레 쏟아졌다. 나는 소리 내어 얼굴을 씻었다.

"여기도 떠날 때가 된 거겠죠."

비누를 집으며 나도 모르게 불쑥 그런 말을 하고 있었다.

사육

이제 나는 이야기를 하나 해야겠다. 그러는 것이 잠시 동안의 한 만남에 대해 마침표를 찍는다는 의미가 된다면. 내가 이야기를 다 생각하다니, 아직까지 연이가 내 곁에 존재한다는 뜻일까. 아마도 이야기는 곧 소설이라는 식의 일반적인 인식 때문에 그런 마음이 든 것이리라.

그러나 아파트 문을 열고 들어섰을 때부터 내가 그런 계획을 가진 건 아니었다. 나는 사실 그냥 들렀을 뿐이다. 2년 가까이 알고 지낸 여자를 떠나보낸 감회가 만감이 어릴 정도는 아니라 해도 착잡할 수는 있는 게 아닌가. 그리고 뒷수습을 위해서도 어차피 한 번은 들러야 했다. 좁긴 하지만, 그래서 기억이 더욱 단순하고도 옹골차게 모여 있는 실내를 이리저리 거닐다 지나간 시간들이 어느 정도 일관성 있는 흐름으로 내 마음에 차오르기 시작했다. 그것을 두고 나는 이야기라고 불렀을 뿐이다.

나는 소파에 앉았다. 초롱한 눈빛으로 생글거리며, 또는 찡그리기도 하면서 연이가 내게 이야기를 들려주던 그 소파다. 그러나 연이는 이제 없다. 나는 다시 일어나 피아노 쪽으로 간다. 뚜껑을 열고 '도 레 미'를 확인하듯 천천히 눌러본다. 소리들은 한동안 설렁한 실내를 맴돌다 사라진다. 주방으로 나가 위스키를 한 잔 따르고 자리에 앉는다.

여기가 술집이라면, 누군가가 저기에 놓인 피아노를 치고 있다. 2년 전 여름이 거의 다 갔던 그날 밤도 나는 오늘처럼, 의미는 다소 다르겠지만, 외로웠는지 모른다. 아내의 1주기를 맞아 애들을 데리고 제 엄마 묘소에 다녀온 주말이었다. 그걸 어떻게 헤아렸는지 김 부장이 퇴근 후 나를 끌었다. 그는 재혼 이야길 꺼냈다. 있을 수 있는 이야기였다. 그리고 나는 나대로 거기에 대해 정리된 생각을 갖고 있기도 했다. 오십 줄에 앉아 새로운 아내며 처가며, 그런 얽힘 속에 들어가야 할까. 아이들이야 틀림없이 좋겠다고 하겠지만 그것만으로 해결되는 것도 아니었다. 무엇보다 새로 맞을 상대가 문제인데 조화를 이룬다거나 내 방식을 요구한다는 데 대해 자신이 서질 않았다.

"그래도 쓸쓸할 텐데요."

그 정도 이야기 끝에 나온 쓸쓸하다는 말이야 뜻을 헤아리기 어렵잖았다.

"그거야 방법이 생기겠지 뭐, 허허."

김 부장은 덩달아 웃어주고는, 그럼 없었던 걸로 합시다, 면서 조금은 엉뚱하다 싶게 피아니스트를 불렀다.

"이 세상에서 제일 냉정하면서도 고독한 남자를 위해 한 곡 쳐줄 수 있겠나."

"그런 남자를 위한 곡은 없을 걸요. 음악은 따스한 마음을 가진 자의 몫이지 차가운 영혼을 가진 자의 것이 아니에요."

분홍색 드레스가 어울리는 아가씨였다.

"그런데 어느 선생님이시죠?"

"이런, 나까지 상무님처럼 보이다니, 마누라가 서운해 하겠는걸."

"어머, 죄송해요. 그럼 이쪽 선생님만을 위해서 한 곡 쳐드리죠."

앞머리가 제법 이마를 덮었는데도 여전히 하얀 이마가 남아 있는, 웃을 때의 볼우물이 인상적인 그녀가 연이였다.

한두 달 만나는 동안, 연이에게 내가 들은 이야기는 음악도 영화도 아닌 소설이었다.

"영화화된 소설은요, 소설이 죽어요. 도대체 미남인지 뭔지 배우가 떡 가리고 서선, 로버트 조단이니 라비크는 도대체 생각도 안 나니 문제죠. 조단은 없고 게리 쿠퍼만 있는 거죠. 장면도 그래요. 거창하고 생생하다 싶으면 그게 모두 영화화면이에요. 그냥 소설로만 남은 건, 생각할 때마다 정지된 상태로 숨을 쉬어요. 그게 내 상상력이 내쉬는 숨소리지만."

"전공을 잘못 택한 것 같군."

그녀는 실제로 처음엔 영문과를 택할 마음도 있었다고 대답했다. 그러나 독립하는 데는 피아노가 낫겠다 싶어 음대를 지원하고, 2년을 못 다닌 채 휴학인지 뭔지 모르는 상태로 지금까지 이르렀다는 것이었다.

"내 소원이 뭐였는지 알아요? 아무 일 않고 소설만 죽도록 읽는 거였어요."

시집간 언니가 하나 있지만 그녀를 위해선 전혀 도움이 되지 않는, 연이는 고아 아닌 고아였다.

"그래서 아직도 그 꿈을 이루기 위해 사나?"

"이루어질 수 있는 건 이미 꿈이 아니죠. 근데 선생님은 소설은 한 편도 읽지 않으신 분같이 보이니 어쩐 일이죠?"

사실이었다. 내가 법대를 택한 건 이성과 논리의 세계를 택한 것이고, 그럴 바엔 꿈이니 감정은 되도록 멀리하는 게 현명하다고 판단했다. 무엇보다 내 가난한 생활과 마음을 문학으로 적당히 윤색하거나 약하게 만들고 싶지가 않았다. 그 당시의 나에게 문학은, 현실에 당당히 맞서지 못하는 자의 선택이거나 보상으로 보였다. 내일 당장 판·검사 임용장이라도 받을 기세로 라스콜리니코프를 두고 벌이는 친구들의 논쟁도 치기나 사치로 보일 뿐이었다.

"어머, 작중인물을 두고도 재판연습을 해요? 목적을 위한 잔인함이에요, 그건."

"글쎄, 연이 말대로라면 나는 솔직한 바보 정도는 되겠군."

"그래서 선생님은, 지극히 인간적인 걸 버리고 지위와 부를 얻으셨군요."

"연이의 비난이니까 그 문젠 적당히 얼버무린 채 넘어가고 싶군. 그런데 문학이 연이의 외로움을 씻어주었는진 몰라도 생활의 고달픔까지 해결해주지는 못했을 텐데."

나는 정곡을 찔러보았다.

"그러나 문학은 가난함을 가난함 그 자체로만 받아들이게 하지는 않았는걸요."

그래서 나는 이렇게 말해주었다.

"그게 문학의, 뭐더라, 허구성의 힘이겠지. 일종의 환상, 또는 마취."

"오 하느님, 이런 남자에게 내가 빠져 있다니."

그럴 즈음, 나는 지방에 있는 골치 아픈 생산업체의 책임자로 내려가게 되어 있었다.

"연이의 꿈이 글만 읽는다는 거였지. 그걸 한번 이루어볼래?"

나는 연이에게 동거 이야길 꺼냈다. 그런 제의가 연이에게 무리라

거나 부담 주는 것이라고 나는 생각지 않았다. 스물여섯의, 자기가 돈을 벌어 이루어질 가망도 없는 복학의 꿈을 안고 위험이 노출된 채 불안정하게 살아가야 하는 여자에게는. 기대도 하지 않았고 상관도 없는 일이지만 사실 내가 연이를 알았을 때, 그녀는 이미 순결한 여자는 아니었다. 그리고 나에게도 결정의 어려움은 있었다. 지위에 따르는 사회적인 문제, 특히 향후 연이의 태도 변화 여부 등등. 세상에 일방적인 입장이란 건 있을 수 없다는 게 내 생각이다.

나는 연이에게 물질적인 안정과 풍요를, 연이는 내게 활력과 낭만을 주는 것으로 우리의 관계는 이루어질 수 있는 것이 아닌가.

"그래 볼까요. 이성과 물질만을 숭상하는 성주(城主)에게 몸을 의탁하는 이웃나라 가련한 공주가 되어볼까요. 그보다는 아무래도 하룻밤에 이야기를 하나씩 함으로써 목숨을 부지하는 세헤라자데가 어울리겠죠."

"그거 좋겠군."

그것이 동거의 조건은 물론 아니었다. 몇 년이든, 언젠가 그녀가 떠나든지 내가 보내준다는 사실만이 가장 확실성 있는 조건일 뿐이었다. 그런 막연한 계산은 연이에게도 있었을까. 그녀가 내게 들려준 숱한 이야기 중에서, 비교적 초기에 했던 것으로 이런 게 있었다.

"오늘 참 재미있는 걸 읽었어요. 들어봐요……."

연이는 언제나 그렇게 시작하곤 했다.

남불(南佛) 휴양지의 호텔에 신혼부부가 도착하고, 그들은 이상한 남자 둘과 전기(傳記)를 쓰고 있는 노신사와 사귀게 돼요. 노신사는 탁월한 직관력으로 신랑과 신부에 대해 우려를 하는데, 신랑은 여자보다 남자를 더 좋아하는 타입이고, 여자는 신혼 초의 성에 대한 두려움에 빠져 있어요. 이상한 남자 둘이 신부에게 '남편 좀 빌릴까요'라면서 적극적으로 나서고 노신사는 그동안 신부와 시간을 보내게 되죠. 그때 노신사는 이렇게 예쁜 여자가 잘못된 결혼으로 불행한 일생을 사느니 차라리 자기에게 온다면 하는 생각을 해요. 그러면 능력이 있는 한 행복하게 같이 살다 그녀를 떠나보낼 수 있을 텐데, 그런 열정이 입까지 맴돌다 결국 말하지는 못해요. 그런데 그 신사가 얘기하는 능력이란 여러 가지 의미예요, 호호.

나도 그 이야길 예사롭게만은 듣지 않았다. 그래서, "연이도 떠날 때가 있겠지."라고 말했다. 연이는 "전 아니에요, 그렇게 옛날도 아닌 서양소설을 보면 사십 대나 오십 대 남자에게 시집가는 아가씨들도 많았어요."라면서 여느 때보다도 더 열정적으로 내 가슴을 파고드는 것이었다.

목을 타고 흘러가는 알코올이 가슴을 덥혀왔고, 그 뜨거움은 그 시절 연이에 대한 내 사랑의 밑뿌리까지 흔들어놓고 있었다. 나는 다시 일어나, 좁은 방안을 서성이다 베란다 쪽으로 나갔다. 여기서는 바다가 보이지 않았다. 불빛으로 웅크리고 선 앞동(棟)만이 시야를 가로막을 뿐이었다.

본사에서 내려오는 책임자를 위해 사택이 마련되어 있었다. 그건 이 도시에서 가장 대단지라는, 해변가에 위치한 아파트촌의 32평짜리였다. 나에겐 너무 넓은 평수였다. 나는 같은 단지 내에 18평 하나를 빌렸다. "'정말 환경이라는 게 중요한가 봐요, 그냥 가슴이 탁 트이니! 오 분만 걸으면 바다라니, 서울사람들은 상상이나 해보겠어요. 해수욕장 끝에 어패류 시장이 있는데 굉장해요. 이번 토요일날 회 사놀 테니 일찍 들어와요!" 그런 일상의 자질구레한 기억들은 별로 남아 있지도 않을뿐더러 그렇게 중요한 것도 아닐 성싶다.

매일 밤, 나는 여기서 연이의 이야기를 들었다. 그녀는 그게 우리 둘 사이를 묶어두는 마법의 끈인 양 열심이었다.

그러나 연이는 세헤라자데가 아니다. 목숨을 담보로 한 절박한 의무는 없었다. 솔직히, 싱싱한 회를 사놓고 밤새 기다렸는데 전화도 해주지 않았다고 토라지던 연이의 그런 애교가 내게 필요했던 거지 꿈같이 허황된 소설 따위는 아무 관계 없었다. 읽은 이야기를 하나씩 해준다는 그녀대로의 고집에, 연이의 묘한 결벽증과 자존심이 도사리고 있었다. 사회적 통념상의 그렇고 그런 관계나 입장을 그녀는 용납하기 싫었던 것이다. 그러기에 연이는 아파트를 구입할 때도 전세니 자기 명의니 하는 말을 꺼내지도 않았다.

그러나 생각해보면 소설을 읽고 내게 이야기해준다는 데는 그녀 나름의 재미라는 것도 있었을 것이다. 소설을 맘껏 읽는 게 소원이라던 말이 그냥 해본 소리가 아닐 만큼 연이의 문학적 소양은 보통이 넘었으니까. 세헤라자데라는 여자도 이야기하는 스스로의 기쁨이 없었다면 그 일을 이어가지는 못했으리라. 나는 그렇게 생각한다.

내려다보이는 길에 빈 택시 하나가 아까부터 그 자리에 붙어 서 있다. 차갑게 켜진 공차등(空車燈)이 이유도 없이 연이를 떠올려서 나는 다시 방으로 들어왔다. 그러면서도 나는 그녀를 생각한다. 오늘 밤이야 어쩔 수 없겠지.

그런데, 우리 사이에 이야기되는 소설의, 그 본질이라는 게 문제가 된 적이 있었던가. 가공의 진실이니, 현실의 그림자니 하는 소설의 성격 말이다. 나에게 그것은 지극히 상식적인 전제이면서 갈등이란 염두에도 둘 수 없는 문제였는데, 연이는 그렇지 않을 수도 있었던 것이다.

나는 이야기를 듣는 동안이나 듣고 나서도 "거 참, 재미있군" "어제 것보다는 별로인데" 정도만 코멘트했을 뿐이다. "현실적으로 그런 일이 가능할까"나 "소설이니까 역시"라는 말은 하지 않았다. 할 필요가 없었던 것이다. 나이 오십에 소설이 또 다른 세계로 자리할 수는 없는 것이니까.

그런데 연이는 아니었다. 어렵고 외로웠던 환경이나 성격에서부터, 허구와 사실 사이의 혼동이나 갭에 빠질 소지가 다분히 있었던 것이다.

"이런 비도덕적인 삶을 사는 사람들이 현실에서 가능할까?"

"술집 나가는 여자들에 대해서 작가가 전혀 모르고 쓴 것 같애."

"선상에서 일어난 일로는 다소 비현실적이야, 그렇잖아요?"

그런 정도야 소설을 관심 있게 읽는 독자라면 누구나 가져볼 수 있는 일반적인 그것에 지나지 않을 수도 있다. 그런 말을 할 때만 해도 연이가 내게 들려주는 이야기는 퍽이나 단순했으니까. 제목이 무엇이든, 그녀는 주로 남녀관계에 대해서만 얘기했다. 노신사와 신혼부부가 나오는 작품에서처럼. 그러니까 우리들 사이의 관계나 생활에 어울리는 화제만을 그녀는 의도적으로 택했던 것이다. 흥행에 성공할 영화를 만들기 위해 원작의 의미를 제멋대로 해석하는 감독처럼. 연이로서는 어쩔 수 없었던 일일 테고 또한 나에게도 마음 편한 것이기도 했다.

"사실 이런 사랑 얘기만이 그 작품의 전부는 아닌데, 어쩔 수 없이 그렇게 되어버려요. 독자의 수준이 워낙 그렇고 그러니까 말야. 이러다간 내가 통속작가가 되어버리겠는걸."

"그래야 내가 너를 사랑하지."

"아니야, 독자의 수준을 향상시키는 것도 글 쓰는 것만큼 중요한 작가의 의무일 거야."

한두 번 연이는 자기의 그런 말을 실천해 보려고도 했다. 그때가 해수욕장을 옆에 두고 실컷 수영 않으면 후회할 거라면서 바다에서 살다시피 하던 지난여름이었다. 그러나 애정과 사랑을 빼놓고 하는, 짧은 시간 속에서의 이야기가 내게 흥미로울 리 없었다. 처음부터 연이의 '이야기'는 내게 별 의미가 없기도 했지만.

"아니, 주무시는 거예요? 이런 엉터리!"

"재미가 있어야 듣지."

"그것뿐만 아니지? 이야기 듣는 건 뒷전이고 오직 내 몸뿐이지, 내게 원하는 게. 저리 가요, 싫어!"

"무슨 소리, 아니야."

내가 그녀에게 무얼 원한단 말인가. 연이의 이야기를 듣는 내 태도부터가 그랬다. 그녀가 하는 이야기가 어떤 내용이든, 조금은 도톰하다 싶어 육감적인 입술을 통해 전달된다는 사실만이 내겐 중요할 뿐이었다. 풍족하게 주는 생활비로 맛있는 음식이나 만들고 끊임없이 내게 새로운 활기를 제공하는 꽃, 그 이상이기를 내가 그녀에게 원한 적이 있었던가. 그런 본래적인 둘 사이의 입장과 관계를 연이가 세헤라자데니 뭐니 하면서 어떻게 윤색하든, 그녀 스스로 몰랐을 리도 없었을 것이다.

그러면서 여름이 가자, 연이는 자주 짜증을 부려댔다. 따져보니 연이를 안 지 1년이 될 즈음이었다.

"나도 팔짱 끼고 시내나 활보해보았으면. 오늘은 버스 타고 거기까지 갔었어요. 회사 앞에서 점심 먹고 커피까지 마셨는걸. 여자종업원들이 많은지 온통 먹는 장사들뿐이야. 사무실로 썩 들어가 놀래주려다가 참았어요."

아는 사람 하나 없는 낯선 도시에서 일에만 파묻혀 사는, 내일이라도 당장 남일 수 있는 남자 하나만을 보고 산다는 게 어려운 일일 수도 있었다. 어쩌다 한적한 술집을 찾거나 드라이브하는 정도, 또는 서울 출장 갈 때 같이 올라가서 뒤처져 며칠 머물다 오는 것 외에 연이의 생활반경은 아파트 숲의 18평이었다. 정상적이거나 당당한 입장을 갖고 싶다는 건 동거하기로 결심했을 때부터 그녀에게 있을 수 있었던 욕구였으리라. 아무리 못나고 모자라는 여자라 해도, 치마만 둘렀다 하면 가질 수 있는 본능일 테니까. 사람에 따라서는 그걸 나쁘게 이용하거나 발전시킬 수도 있을 텐데, 연이는 한 번도 정색을 하고 나서지 않았다.

"옆집 아줌마가 급히 어딜 간다고, 글쎄 갓난아기를 맡기잖아요. 유일하게 이 아파트에서 인사하고 지내는 사인데. 근데 울어서 혼이 났지만 꼼지락거리는 손하며, 신기해 죽겠는 거 있지? 남자가 매일 술 마시고 늦게 들어와서 미워 죽겠다더니 그래도 사는 재미는 다 따로 있는 모양이지."

실제 옆에 아이를 두고 하는 양, 손짓까지 해가며 하는 얘기도 나는 그런 의미로 들어주곤 했다.

"나이 오십에 애기 낳으면 세상사람들이 막 웃겠지."

내가 그런 농담을 했을 때, 연이는 의외로 입을 다물어버리는 것이었다.

"그래도 난 스물일곱인걸."

그 정도야 대뜸 할 수 있는 소리일 텐데도.

그 후로 연이는 그 따위 얘긴 하지 않았다. 장난기 서린 투정이더라도 나로선 신경 쓰이는 일이었기에 다행이다 싶었다. 열심히 책이나 읽기로 했는지 문학잡지도 몇 권씩 눈에 띄기 시작했다.

"소설이 달콤한 사랑이나 흥미 위주의 재밌는 얘기만 하는 것도 문제일 것 같애. 현실에서 너무 벗어나 있으니까. 우리 인간은 소설세계와 현실세계가 다르다는 걸 알면서도 어쩌면 같은 것일 수도 있다는 착각 속에서 사는 건지도 몰라. 그게 과연 말 그대로의 착각인지는 아직 잘 모르겠지만."

"이제 아주 이론가가 되었구나. 그러다 정말 작가라도 되는 거 아니야?"

그때부터, 그러니까 한 편의 글에서 그럴 듯하게 재미있는 요소만 추려서 내게 들려주길 거부하고, 자신의 처지를 강짜 삼아 투정부린 뒤부터 연이의 독서 패턴도 조금씩 달라지고 있었던 것 같다.

"지금 한 말을 농담으로 들을 게 아니에요. 텔레비전이니 신문은 소설에 중독된 내가 볼 땐 형편없이 시시하고 또 엉터리야. 세상일을 생생하게 알려주고 드러내주는 것처럼 보여도 본질은 손도 못 대."

"이러다간 피곤한 임금이 되겠는걸. 세헤라자데도 연이 같은 수법을 썼다면 쉽게 살아날 수 있었을 텐데."

그럴 즈음 연이는 이런 이야기까지 하는 것이었다.

"내가 너무 안이하게 사는 건 아닐까, 문득문득 그런 생각이 들어요. 열심히 일하면서도 풍족하게 살기 어려울 텐데 나는 뭔가, 하는. 철거민들의 애환을 꼬마 입으로 하는 얘길 읽다 또 한 번 그런 생각이 들었어요."

그럴 때 나는 어떻게 말했던가.

"그런 걸 다 생각했어? 해볼 수도 있는 거지만 심하면 곤란해. 전에 이야기했던 대로 현실과 소설을 혼동하면 큰일이잖아."

아니면 보통 이런 정도였다.

"네가 요즘 하는 이야기는 신문에서 매일 보거나 이미 알고 있는 것들이라서 내겐 사실 별로야. 연이는 나이에 비해 순진해서 탈이야."

그런데, 그런데 아무래도 한 잔은 더 마셔야겠다.

느닷없이, 연이가 가게 이야기를 꺼냈다. 회사에서 일이 벌어지기 전이니까 작년 11월이었다.

"나, 자그마한 가게라도 하나 열면 안 될까? 그보다는 집에서 피아노 강습을 해보는 게 현실적인 것 같기도 하구."

그 말을 나는 두 가지로 받아들였다. 지내기 갑갑하니까 소일거리라도 찾아보겠다는 것이거나, 서서히 우리 관계를 정리하겠다는 의미로. 어느 쪽이든 내 마음에 들지는 않았다. 그래서 우선 이렇게 말했다.

"꼬마들이 낮 동안 울리고 간 피아노 소리가 숨어 있다, 우리가 자는 밤에 고스란히 되살아나 퉁탕거리면 어떡하지?"

연이는 잠깐 웃었을 뿐 여전히 주장을 굽히지 않았다.

"그래도 너무 견디기 힘이 든 걸 어떡해요."

그래서, 나는 이런 말까지 하고 말았다.

"가게라면 내가 언제 본사로 올라갈지도 모르니 문제가 있잖아. 피아노 강습이 네 말대로 손은 쉬운데 가르치는 입장이 되면 선생님과 학부형의 관계가 성립되고, 그렇게 될 때의 연이 입장을 생각해봐야지."

그날 밤 끝내 연이는 울음을 터뜨리고 말았다.

"그게 내 신세란 걸 왜 몰라요. 알면서도 미칠 것 같으니까 해보는 소리지."

"하지 말아야 할 소리를 했는가 모르지만 연이를 아끼기 때문이야. 권태야 오는 게 당연하잖아. 조금 지나면 괜찮을 거야. 어디 여행이라도 다녀와. 그리고, 내 곁을 떠나겠다는 뜻으로 한 말은 아니겠지?"

"그건 아니야, 난 그런 여자는 아니야!"

"연이가 들려준 그놈의 소설 속의 영감처럼 내가 연이를 행복스럽게 해줄 자신이 없을 때 내가 먼저 보내줄게. 그러나 지금은 아니지?"

그날 밤은 내게 여러 가지 생각을 들게 했다. 왜 사람은 끝이 없는 것일까. 연이는 나와 정식 결혼이라도 원하는 걸까. 그보다, 물질적으로 풍요롭고 고상하게 살 수 있는 여건. 그 이상이 뭐 그렇게 필요하단 말인가. 사람은 어쩌면 원래부터 제 입장과 분수를 모르고 태어나는 존재일지도 몰랐다. 그런 생각은 직장에서 노사문제에 부닥칠 때마다 한 번씩 해보는 것이기도 했다. 근로자들의 요구라는 건 어찌 보면 끝이 없는 것이기도 하니까.

연이는 내 제의대로 며칠 여행을 다녀왔다. 적어도 겉으로 보기에는 건강해 보였다.

그녀가 돌아온 지 며칠 뒤인가, 회사 내에서 분규가 발생했다. 원래 내가 이곳의 책임자로 내려온 이유도 거기에 있었다. 생산업체들 중에서 노사문제로 가장 골치를 썩이는 곳이 여기였다. 그걸 근본적으로 해결하는 게 사실상의 내 임무였다. 나는 부임 초부터 지속적으로 그 작업을 진행하고 있었다. 그러나 그 후유증인지 일이 크게 벌어지고 만 것이었다. 어떤 의미로 그건 내가 바라던 바이기도 했다. 내가 해야 할 일은 근본적인 수술이었으니까. 나는 단호하면서도 합리적으로 처리했다.

그런데 뜻밖에도 연이에게서 엉뚱한 말을 들었던 것이다.

나는 회사에서의 일을 집에 와서 이야기하지 않는다. 죽은 아내에게도 그렇게 해왔었다. 그러니 연이에게 그럴 소지는 더욱 없었다. 그런데 회사에서의 일을 수습하는 동안 나는 거의 들르지 못했고, 두 번이나 급히 본사로 올라갔어야 했기에 연이가 전혀 모를 수는 없었다. 신문에도 어쩔 수 없이 자그맣게 이틀에 걸쳐 보도가 되기도 했다.

"대화만 나오는 이상한 작품인데 이런 말이 있어요. '똥사건이야. 신문에 슬쩍 비쳤다 만 똥사건. 겁 없는 아이들이 회사에서 정해준 사람들을 마다하고 즈이들이 대표를 뽑겠다고 법석을 떨었어. 회사에서는 체육관 아이들을 동원해서 각목과……' 지나가듯이 하고 마는데도 종일 머리를 떠나지 않고, 가슴까지 뛰었어요…… 왜 그럴까 생각해보니 얼마 전에 아빠 회사에서 일어난 일도, 현실과 능률만을 중요시하는 사람들이라면 비슷한 식으로 처리할 수 있겠구나 싶어서……."

"이젠 별걱정을 다 하는구나. 공장 근무 경험도 없는 네가 얼마나 안다고. 이쪽저쪽 입장을 다 헤아려서 사태를 보고 해결해야 하는데 그게 좀 쉬운 일이겠니. 그리고 요즘이 어떤 세상인데 그런 식으로 처리한단 말이냐."

도대체 내가 왜 이런 소리까지 해야 하는지 슬며시 화가 나기도 했다. 그리고 나는 이렇게 덧붙였다.

"이제부터는 그런 소설일랑 읽지 않는 게 좋겠구나."

그런데 연이가 이렇게 말하는 것이었다.

"얘기가 나왔으니까, 앞으로 소설 이야긴 하지 않겠어요. 피차 피곤한 일이잖아요."

그게 구태여 나로서 괴로울 일도 아니었다. 그리고 세헤라자데이기를 스스로 포기했다는 사실은 그나마 지키려고 애쓰던 자존심을 포기했다는 의미이거나, 더 이상 생활의 안정을 담보로 한 삶을 살고 싶지 않다는 반발일 수도 있지만 뒤쪽이라기엔 그 후속조처가 없었다. 피아노 강습이니 가게 소리는 꺼내지도 않았으니까. 연이는 드물게 피아노에 손을 대기도 했지만 전처럼 유행가나 그 비슷한 것이 아닌, 내가 전혀 알 수 없는 곡들이었다. 그러면서 그녀의 육체는 하루가 다르게 굳어져갔다. 내 손이 닿는 대로 피어나는 꽃처럼 반응하던 몸이 아니었다. 그녀가 이전처럼, 정말 세상에서 가장 중요한 일이기도 한 양 진지하게 소설 이야길 하지 않고 오직 몸만을 내맡기고 있기 때문이라고 나는 생각했다. 그런 의미에서는 정말이지 불편했다. 또한 그것은 이상한 일이기도 했다. 정작 필요로 하는 것은 뜨거운 육체뿐인데도 거기에 이야기하는 입이 따라야 한다니.

지금 생각해보면, 연이의 달라져가는 말투나 이야기 속에서 오늘의 그녀를 엿볼 수 있기도 했다.

"내가 아무래도 판단을 잘못했나봐. 밤늦게까지 피아노 치고 쓸쓸하게 내 방을 찾아가는 그런 고달픔이, 고달픔이 아닐 수도 있었는데……."

"내 사는 방식이 아무래도 잘못인 것 같애. 새벽에 도시락 싸 들고 열 시간씩 일해도 살기 어렵다는데 나는 요리나 하고 책이나 읽으면서 뒹굴다니."

왜 사람이 자기 이외의 사람들 때문에 괴로워해야 하는 것인지. 그렇다고 그것이 인간이니까 가져볼 수 있는 감정 이상의 그 어떤 것일 수도 없으면서. 고기반찬에 손대기가 두렵다는 터무니없는 소리에 나는 이렇게 말해주었다.

"대부분의 여자들이 어떤 면으로는 연이처럼 사는 거 아닌가? 책 읽는 것도 취미생활이니까. 다소 민감하다는 것뿐이야."

연이의 갈등은 역시 자신의 떳떳하지 못한 입장으로부터 받는 괴로움이 근본적인 것일 터였다. 글을 읽고 헤아리는 이 세상의 어쩔 수 없는 모순에 대한 피상적인 갈등도 그런 문제에 수반되는 것이고. 그렇다면 그것은 정식으로 결혼할 수 없다는 확연한 사실만큼이나 해결도 쉽지 않을까 싶었다. 시일이 지나면 어쩔 수 없이 연이는 자신의 처지로 돌아올 수밖에 없을 테니까. 그리고 어느 시일에 가서는 결국 헤어지는 것일 테고.

사실이지 그쯤에서 나는 그녀에게 가게 하나 내어주는 것으로 끝내야 옳았다. 그런데 나는 연이가 다른 여자들보다 다소 특수하다는 착각에 빠져 있었다. 그게 나의 어처구니없는 실수였지만 한편 생각하면 어쩔 수 없었던 일이기도 했다. 애초부터 문학이니 뭐니 하는 그런 면이 내가 연이에게 끌린 이유의 하나인 것만은 사실이니까. 외로운 생활환경에 유달리 자의식이 강하고, 그러면서 지나친 독서로 해서 자기 자신이나 세상을 보는 눈이 예민하다는 정도로 나는 연이의 고민을 헤아리고 있었던 것이다.

"병원엘 가봐야 할까요?"라는 말은 연이가 먼저 했다.

그녀를 대하는 게 점점 피곤해서 어쩌다 한 번씩 찾던 때였다.

"그렇게 심각해? 스스로 자꾸 이상하다고 여기지 않는 게 좋아."

말은 그렇게 했지만 연이의 몸은 표 나게 망가지고 있었다. 윤기 잃은 집안의 가구나 화초마냥. 내가 찾지 않는 동안에는 식사도 제대로 않는 모양이었다. 어떤 조처를 취해야겠구나라는 생각이 확연히 든 날이었다.

"이번 주말에 우리 이야기 좀 할까? 그럴 때도 된 것 같애."

그런데 토요일날 연이는 없었다. 열흘 전이었다. 그리고 연이는 어제 돌아왔다. 한밤중에 내 아파트로.

그녀는 어딘가 잘못되어 있었다. 오랜만에 보아서이거나 여행 끝이어서가 아니었다. 나는 우선 어딜 갔었느냐고 물었다. 예전에 있던 술집에 다시 나갈 수 있을까 의논하고 왔다는 거였다.

"그런데 사람들이 내가 이상해졌대. 마음이나 몸부터 고치고 오라잖아."

그 말을 할 때 연이는 슬며시 웃기조차 했다. 나는 어떡할까 망설였다. 가서 자고 내일 이야기하자고 할까. 아니면 헤어지는 조건을 지금이라도 말해보라고 할까. 그런데 내가 입을 열기도 전에, 연이가 벌떡 일어나 그 퀭한 눈으로 나를 쏘아보았다.

"허덕수 씨, 당신은 날 사육했어!"

그녀가 처음으로 내 이름을 부르면서 한 말이었다.

"타인과 사회에 대한 거리감에서 오는 강박관념입니다. 동일시 현상과 거기에서 비롯된 분열증세죠. 증상이 심한 데 비해 그동안 바깥으로 나타나지 않은 것은 환자의 놀라운 자제력 때문인데 그게 어디서 연유했는지는 지금으로선 알 수 없군요."

의사는 연이를 내보내놓고 그렇게 설명했다.

"통원치료도 가능한데, 아시겠지만 그건 환경을 완전히 바꾸고 나서입니다. 선생님부터가 중요한 병인(病因)의 하나이니까요."

물론 나는 입원에 찬성했다. 연이의 동의가 무슨 소용이 있겠는가만 그녀도 순순히 응했다. 나는 병원을 찾았을 때부터 줄곧 스스로에 대해 화를 내고 있었다. 그토록 매사를 시기적절하게 처리해오던 내가 이 지경에까지 이르다니.

병원문을 나설 때, 늦겨울의 지는 햇살의 쓸쓸함이 가슴에 가득하여 나는 고속도로를 타고 경주까지 갔었다. 그러고는 마지막이다 싶어 이렇게 그녀의 아파트에 들러 지금까지 서성거린 것이다.

그런데 지금까지도 이해되지 않는 것은 사람이 다른 사람들 때문에, 그것도 지어낸 이야기에 지나지 않는 소설로 인해 고통이 시작되고 마침내는 파멸할 수 있다는 사실이다. 정말 이해할 수 없는 일이다. 그러나 확실한 건 내가 앞으로도 여전히 소설 따위는 읽지 않으리라는 사실이다.

살아 있는 사람들

결국 편지를 쓰기로 마음을 정했다. 강종구 씨에게 쫓긴 듯한 기분도 없잖아 있긴 하지만 문제를 풀기 위해서는 어쩔 수 없는 일이기도 했다.

우연히 발견한 광고 몇 줄이 이렇게 꼬리를 물고 마음을 심란하게 할 거라고는 생각지도 못한 일이었다. 편지 쓰기를 망설이게 한 가장 큰 이유는 어떤 사연인지도 모르면서 뛰어든다는 게 주제넘은 짓이 아닐까 하는 우려였다. 열흘 넘게 수첩 속에 들어 있는 신문광고는 정말이지 바라보기만 해도 내가 끼어들기에는 너무 좁아 보이는 게 사실이었다.

찾는 사람

金今子(이마꼬), 현재 59세, 고향(창녕, 창원(?))
39년 전 태평양전쟁 당시 중국 양자강 중류 H시 주둔 일본군 식당일에 종사했던 인정 많고 착했던 젊은 여인임. 당시 주둔했던 한 군인이 사죄 보은코자 김 여인을 찾고 있음.
본인이나 친지 중에 김 여인의 소재를 아시는 분은 연락하여 주시면 후사함.

찾는 이의 주소는 동경시로 신문사 광고국 전화번호와 같이 나와 있었고 이름은 입천행부(立川幸夫)였다.

아무렇게나 대충 흘러가던 눈길이 그 광고문에서 멎은 것은 '이마꼬'라는 일본 이름과 고향 때문이었다. 찾는 사람이 고향에 자신이 없었는지 두 곳을 써놓았는데 앞쪽이 내 고향이었던 것이다. 물론 김씨라는 성부터가 맞았다. 읽어가다 보면 내용 또한 호기심을 끄는 것도 사실이었다. 나는 얼른 진주에 사시는 친척 할머니를 떠올렸다. 일본식으로 자주 부르던 그분의 이름을 기억하고 있었던 건 아닌데도 순간적으로 두 이름이 맞닥뜨린 것이다.

그러나 그것은 잠시였다. 나는 석간을 밀쳐두고 밥상으로 가 앉았다가 첫 숟갈을 들다 말고 다시 신문을 주워들었다. 그리고는 "밥 먹다가 이 이가"라는 아내의 잔소리를 흘리며 가위로 그것을 오렸다.

그 뒤 한 사흘 수첩에 넣어둔 채 전혀 잊고 있다 여동생 혼사문제로 형 집에 갈 일이 생겨서야 그 광고를 다시 떠올렸다. 나는 우선 어머니에게 촌수부터 물어보았다.

"그건 갑자기 와? 네 아버지에게 종고모 되지 아마."

"그런데 그 할머니 이름이 뭐예요? 今자 子잔가, 환갑은 지났어요?"

"그걸 어찌 아노, 예사로 이마꼬라고만 부르니. 나이는 돌아가신 네 아버지하고 비슷할꺼다만."

"누구 잘 아는 분이 없을까. 중국에도 계셨던가요?"

"중국은 무슨 뚱딴지 같은 소리고, 일본 있다 귀국했다던데. 그만두고 은경이 혼사 문제나 이야기해라, 짜른(짧은) 밤에 시간 없다."

어머니 말씀대로라면 할머니 연세도 광고에서와 같이 59세 정도였다.

다음 날 직장에서 나이 든 분에게 일본식 이름 읽는 걸 물었더니 '금자'는 일단 이마꼬라 읽는다는 거였다. '자'자야 子일 테니 '금'자가 문제였다. 광고의 김 여인이 진주 할머니일 가능성은 없다는 생각이 들면서도 머리에서 쉽게 떨쳐지지가 않았다. 이럴 게 아니라 신문사로 전화를 해보면 어떨까. 다른 사람이 나타났을지도 모르고, 또 어떤 내용인지도 좀 더 자세히 알 수 있을 테니.

그런 심정으로 다이얼을 돌렸던 것인데 설명 끝에 나온 이가 강종구 씨였다. 대뜸 반가운 소리를 질렀다.

"어떤 사이십니까? 어디세요? 본인이 지금 옆에 있나요?"

어떻게나 조급하게 주워 삼키던지 나는 실제로 전화기 주위를 둘러볼 뻔까지 했다. 거기서 한걸음 더 나아가 강종구 씨와 직접 만나게까지 되었는데 물론 그가 서둘러서 된 일이었다.

"일주일에 한 번씩 사 주 동안 내달라고 했어요. 그리고 광고 문안도 그 사람이 직접 써 온 걸 번역만 했죠."

병약해 보이는 60대 신사로서 신문사를 찾아온 다음 날 다시 일본으로 돌아갔는데 더 구체적인 내용은 자기도 모른다는 것이 강종구 씨의 설명이었다. 40대 중반으로 보이는 그는 일본어를 조금 안다는 것으로 이번 광고의 뒷연락을 맡게 되었다고 덧붙였다.

"어떻게 한자 이름을 정확히 알아볼 수 있을까요? 고향이야 저쪽에서도 정확히 모르는 일이니까."

서두르는 폼이 찾는 쪽으로부터 각별한 부탁이라도 받은 느낌이었다.

"그런데 그것보다도 나라가 틀려요. 내가 아는 분은 일본에서 귀국했거든요."

"그래요?"

강종구 씨는 식은 물잔을 만지작거리더니 "직접 확인한 겁니까?" 하고 되물어왔다.

"아니 그건 아닙니다만."

"실없는 전화야 몇 번 왔었지만 단서라고 할 수 있는 건 이번이 처음이니까 끝까지 확인해볼 필요는 있지 않나 싶은데요. 김 선생님도 그 할머니가 일본에 살았다고 단정적으로 말하지는 못하는 거니까."

"그건 그렇습니다만 틀릴 리야 있겠습니까. 그런데 전화가 왔다는 건 뭡니까?"

"아, 별게 아닙니다. 희한한 사람이 다 많잖습니까. 어느 쪽발이놈이 그런 광고를 냈느냐는 반일주의자에서부터 돈이나 뜯어볼까 하는 축까지."

결국 내가 알고 있는 게 너무 막연했기 때문에 첫 번째 자리는 그 정도로 끝날 수밖에 없었다.

헤어지고 난 뒤 강종구 씨로부터 알아보았냐는 전화가 두어 번 왔었지만 한자 이름이나 중국과 일본 문제를 확인할 기회는 좀처럼 만들어지지 않았다. 회사일도 맡아 바쁜 데다 앉아서 쉽게 알아볼 수 있는 성질도 아니었다.

그러다 겨우 여동생 잔치 때에 가서야 진주에서 내려오신 당숙을 붙잡고 할머니의 신상에 대해 이것저것을 물어볼 수 있었다. 아저씨는 고향의 면소에 근무하면서 늦게까지 그곳에 남아 있었다.

"나이는 내보다 몇 살 윈데, 회갑이 이태 남았다지 아마. 이름은

今자 子자지."

예사롭게 맞아떨어지는 데 내가 놀랄 지경이었다.

"그런데 중국에 가셨다는 말은 못 들었나요?"

"일본 있다 왔는데 중국은 무슨 중국?"

"일본은 누구하고 갔었는데요, 친척이 계셨나?"

"아니지, 아마 단체로 갔을 거다. 그때만 해도 순사하고 면직원 끼고 모집하러 오는 사람들이 있었는데, 데신따이라 했지. 일본 공장이나 병원 가면 돈 많이 번다고. 뒤판에는 영장 내듯이 딱질 보냈지만."

"데신따이라뇨?"

"응, 정신대지. 여자 징용 택이지."

정신대라는 말을 들어본 것 같기도 했다.

"그럼 같이 갔다가 돌아온 사람이 있겠군요?"

"그건 잘 모르겠는데. 타성들도 있고 혼란통이었으니. 그런데 뭐 그리 알아볼라 해쌓노?"

"아니, 이름이 이상해서 여쭤봤어요."

나는 광고 이야기를 꺼내지 않았다. 그건 딱히 무슨 이유가 있어서가 아니라 확실한 것도 모르면서 괜히 집안에 말이나 나면 곤란할 것 같다는 마음에서였다.

"근데 촌에서 그 당시에 어떻게 고녀까지 다녔어요?"

어렸을 때 누구에겐가 그런 이야기를 들은 기억이 있었다.

"글쎄 그게 희한하지. 오빠 되는 어른은 소학교 문턱도 안 갔거던. 소학교 안 보내준다고 그리 울더라 카데. 없어졌다 카면 이십 리 되는 학교에 동네 남자애들 따라 간 기고. 그래서 톳골(土谷) 아저씨가 에라 니 마음대로 해봐라 카면서 넣었단다. 고녀는 소문만 그렇게 났지 다닌 건 아니지 아마. 그때 일본 선생이 아깝다고 대구로 한 번 데려가 본 게 말이 그렇게 났지."

신통한 건 다른 건 몰라도 일본말 하나는 웬만한 어른들보다도 낫더라는 것이었다.

"그리 울고불고 학교 간 것도 무엇에 씐 거지, 그 얼굴에 떳떳하게 살아나 봤나."

"지금 딸이 있죠."

"양딸 아니가."

해방 후 결혼을 했는데 아이를 못 낳는다고 소박맞은 뒤로 남의 재취로, 작은마누라로 들락거렸다는 것이었다.

"자유당 때 마산서 경찰 간부하고 살림했을 땐 집안사람들 모두 덕 좀 봤지."

나는 아저씨께 할머니가 사시는 집의 위치를 가르쳐 달라고 했다.

"무슨 영문인지 모르겠네."

아저씨는 고개를 갸우뚱거리셨다.

약도를 손에 쥐기는 했지만 막연하기는 마찬가지였다. 그렇게 하루 이틀 미적거리고 있는데 강종구 씨로부터 연락이 왔다. 만나보지 않을 이유도 없었다.

"이름하고 나이는 일치하는 것 같은데……."

"그래요, 그럼 중국문제만 남았군요. 번거롭겠지만 이번 일요일에 저하고 같이 사시는 곳으로 한번 갑시다. 어디예요?"

혈색 좋은 얼굴이 더욱 펴지며 떠드는 모양이 아무래도 일을 벌여놓은 것 같았다.

"일본에다 연락을 하셨군요."

"아, 네. 일단 알려는 두어야 할 것 같아서요. 근사치는 김 선생 한

분이시니까요.”

일본인이 찾는 사람이 할머니가 맞다는 확실함도 없으면서 일을 벌여놓은 것이 마음을 쓰이게 했다. 그리고 무엇보다 찾는 사연도 깊이 알고 있지 못하고 있는데 말이다.

“내가 일단 편지를 쓰겠어요, 일본으로. 그러니 강 선생께선 더 이상 일을 확대하지 않았으면 좋겠습니다.”

“그렇게 기분 나빠 하실 게 있나요, 단지 다찌가와 씨의 간절한 부탁을 도와주자는 거지 뭐 별다른 뜻이 있다고는 생각지 말아요.”

“또 하나 저로선 식당일이니 사죄 보은이니 하는 말 뒤에 숨은 뜻을 헤아릴 수가 없어요. 그게 상당히 중요한 것일 수도 있는데 말입니다.”

“글쎄요, 본인이 밝히지 않는 이상 알 수가 없죠. 부대원의 생명에 관계되는 문제일 수도 있겠고 아니면 그냥 우연히 생각나서 찾아볼 수도 있겠고.”

“목숨에 관계되는 거라면 유독 다찌가와라는 사람 혼자서 찾을 이유도 없는 게 아닐까요?”

“그거야 있을 수도 있겠죠. 기억의 강도에 따라서는.”

처음부터 따라다니던 광고의 숨은 사연은 언제나 이 정도에서 막힐 수밖에 없는 것이었다.

“하여튼 김 선생이 아는 데까지 편지를 해보세요. 지금으로선 그게 최선일 테니까.”

편지는 결국 강종구 씨에게 쫓기듯이 내가 자초해서 쓰게 된 꼴이었다.

초면에 편지 드림을 용서해 주십시오.
한편으로 먼저 생각이 드는 것은 선생께서 한국에서 오는 편지를 고대하고 있을 거라는 사실입니다.
저는 선생이 내신 광고를 보고 신문사의 강종구 씨를 만나기도 한 사람입니다. 강종구 씨가 선생께 연락을 드린 것으로 알고 있는데 저로선 그 내용을 알지 못합니다.
제 이야기의 요점부터 말씀드리겠습니다.
선생께서 찾고 있는 김금자라는 분과 같은 나이(59세) 같은 이름(金今子, 이마꼬)을 가지신 할머니 한 분을 알고 있습니다. 애매한 것은 선생께서 고향을 창녕과 창원 둘로 썼는데 내가 알고 있는 분의 고향은 앞쪽입니다. 확인이 가능할는지요.
다음으로 가장 큰 문제는 중국 H시인데 제가 아는 분은 일본에서 종전(終戰)을 맞았다는 사실입니다. 본인에게 직접 확인한 것은 아닙니다만 만일 이게 틀린다면 앞에서 일치하던 몇 가지는 아무 소용이 없어진다는 것 또한 사실입니다. 이 문제는 제가 다시 알아볼 것을 약속드립니다.
저로선 다음과 같은 내용을 알고 싶습니다.
언제부터 김 여인이 H시 주둔 부대에서 일을 했으며 그 이전의 행적을 아느냐.
식당에서 일했다는 것을 설명할 수 있는 데까지 좀 더 자세히 알려 줄 수 있는가.
끝으로 제일 중요한 건 찾는 이유를 구체적으로 들려줄 수 있는가. 이런 것들입니다.
답장 주시면 고맙겠습니다.

일요일 아침에 나는 진주행 버스를 탔다.

"당신 요즘 무슨 일에 그렇게 신경을 써요? 진주도 그 일 때문인가요."

"일은 무슨 일."

아내의 입을 그렇게 막기는 했지만 우연히 발견한 광고에 이토록 빠져든 자신을 스스로 생각해봐도 알 수가 없었다.

11월 말의 어수선한 들판을 바라보며 담배를 피워 물었다. 선뜻 편지도 쓰고 진주행도 결심하기는 했지만 광고에 엉킨 실타래는 좀처럼 풀리지가 않았다.

군인 식당에서 일을 한 조선인 처녀와 일본군 병사(장교인지도 모르지만) 사이에 어떤 일이 있을 수 있었단 말인가. 그리고 만일 할머니가 중국에는 가지 않았다고 한다면 이름과 나이, 고향의 일치는 또 어떻게 되는가. 광고에서 말하고 있는 사죄보은이란 낱말은 어느 정도로 받아들여야 하는 걸까.

스치는 차창 풍경에다 눈을 둔 채 나는 생각을 가다듬어 보려고 애썼다.

집안사람 모두가 일본에 가 있었던 것으로 알고 있는데 백에 하나 할머니가 중국에 있었다면 그것은 또 어떻게 설명되어야 하는 걸까. 하기 쉬운 말로 그냥 일본에 있었다는 걸까, 아니라면 속여야 할 속사정이라도 있다는 말인가.

주차장 근방에서 이른 점심을 들고, 카스테라 한 통을 사서는 택시를 잡아 진주여고 쪽으로 방향을 일렀다. 비봉산 쪽으로 조금 치켜 올라간 할머니 집은 생각보다 그렇게 찾기 어려운 편은 아니었다.

집은 자그마한 기와 독채였는데 퇴색한 문패에 세로로 누운 '金

今子'라는 먹글씨가 당숙에게 말로 들었을 때보다 훨씬 실감 있게 다가왔다.

"누고?"

방문을 열고 나온 할머니는 나를 의아스럽다는 듯이 마루에서 내려다보았다. 나는 아버지 택호와 진주 당숙을 들먹여 겨우 내 자신을 나타냈지만 촌수도 가깝지 않고 왕래도 없어 뜻밖이다라는 느낌만 할머니에게 준 것 같았다.

"들어온나, 손희는 친구랑 약속이 있다고 나갔다."

나는 좀 힘들게 집안 이야기며 이번에 결혼시킨 누이 이야기로 어색한 분위기를 몰아내려고 애썼다.

"그런데 할머니, 할머니 비슷한 분을 찾는 사람이 있어요."

"그게 무슨 소리고?"

"일본인인데요, 이거 한 번 보십시오."

나는 수첩째로 광고를 내밀었다.

미심쩍은 듯이 손을 내민 할머니가 서너 줄을 읽었을까, 갑자기 수첩을 방바닥에 팽개쳤다.

"이기 도대체 무슨 일고! 니가 어떻게 이걸 넣어 다니노 응?"

생각지도 못했던 반응이었다.

"전 우연히 신문에서……."

당황하여 나는 내가 알고 있는 대로 대략 설명했다.

"누가 너더러 이따위 일 하라 하더노. 나는 H시 아니라 중국 근처에도 가본 일 없다. 나가거라 썩!"

할머니가 광고에 대해 이토록 서슬 푸른 반응을 보이리라고는 생각지도 못한 내 불찰이 마음을 찔렀지만 서둘러대는 할머니의 성화에 어떻게 다시 한 번 자초지종을 밝힐 형편도 못 되었다. 마루를 내려서려는 때였다.

"이 일을 또 누가 알고 있노?"

똑 부러지는 소리였지만 방에서보다는 훨씬 낮았다.

"아무도. 진주 너실 아저씨한테는 그냥 할머니 집만 물어보았습니다."

"누구 죽는 꼴 볼라면 입 열고 아니면 함부로 입 열지 마라. 일본에는 모른다고 해라, 또 모르는 일이기도 하고."

대문을 닫아거는 소리가 무엇보다도 크게 마음을 흔들었다.

부산으로 돌아오는 버스 속에서도 나는 어떻게 마음을 가라앉힐 수가 없었다. 결국 할머니가 일본인이 찾는 본인일 거라는 사실과 아울러 어떤 엄청난 일이 몇 줄의 광고 문맥 속에 숨어 있다는 점으로 정리할 수밖에 없었다.

집으로 들어가기 전에 나는 술집을 찾았다. 내가 놓친 게 있다면 무엇이었을까. 종잡을 수 없는 말로써 곤혹스럽게 시인하고 만 중국은 도대체 어떻게 된 것일까. 왜 할머니는 일본에 있었다고 거짓말을 했을까. '데신따이'. 당숙이 예사롭게 말하고 나도 흘려들었던 정신대의 성격에 모든 비밀이 들어 있을지도 몰랐다. 사려 깊지 못한 스스로를 채찍질하며 나는 술잔을 털어 넣었다.

다음 날 퇴근길에 나는 시내의 큰 서점을 찾았다. 역사 매장에서 가장 최근에 나온 한국현대사 한 권부터 손에 쥐고 맴돌다 〈일제하 강제 인력수탈〉이라는 제목이 눈에 들어왔다. 서가의 맨 아래 칸에 처박힌 먼지투성이의 문고판이었다.

그날 밤 나는 잠을 이루지 못했다. 여성근로정신대에 종군위안부가 포함되어 있었던 것이다.

다찌가와 씨의 첫 번째 편지

주신 편지 감사히 받았습니다. 제가 낸 신문광고에 대해 이토록 관심을 보여주시고 단서까지 제공해주셔서 뭐라고 고마움의 말씀드려야 할지 모르겠습니다. 강종구 선생에게선 찾는 데 결정적으로 도움이 될 수 있는 사람이 나타났으니 조금 더 기다려보는 게 좋겠다는 소식이 왔었는데 바로 김 선생이셨군요.
김 여인의 고향은 지금도 정확히 가려낼 수가 없습니다. 다만 마을에서 조금 나가면 큰 강이 흐른다고 들은 것 같습니다. 김 여인을 처음 본 것은 44년 10월경입니다. 그리고 헤어진 건 45년 7월 2일 정도가 아닌가 생각됩니다. 김 여인은 장교식당에서 일을 했는데 나는 취사병으로 같이 있을 기회가 많아 자연스레 친숙해졌습니다. 특히 가까워진 것은 내가 열병을 앓았을 때(후송 갈 상황이 못 되었습니다) 김 여인이 극진히 돌봐준 뒤부터입니다.
김 선생의 친척 할머니가(강 선생께 들었습니다) 중국 H시에 계셨는지를 알아보셨는지요. 주소만 알려주신다면 제 쪽에서 찾아보는 건 어떨까요. 크게 실례되지 않는다면 허락해주셨으면 감사하겠습니다.
빠른 회신 기다리겠습니다.

우리말로 번역된 다찌가와 씨의 편지를 받고(나는 강종구 씨를 생각해보기도 했지만 괜히 번거로울 것 같아 그냥 우리말로 편지를 썼었다) 내가 가장 강하게 가진 느낌은—큰 강이 흐른다는 일치도 중요한 게 아니고—뭔가 숨기고 있구나 하는 것이었다.
그것은 내가 질문했던 내용에 대해 모두 다 대답한 것 같으면서도 상당히 모호한 구석이 있다는 사실에서였다. 찾으려는 사람의 입장치고는 말이 너무 짧은 것이다. 다찌가와 씨의 처지로서는 아무리 하찮은 기억이라고 하더라도 모두 동원하여 그때의 형편과 사연을 설명해야 되지 않겠는가. 그리고 무엇보다 혼란스런 전쟁 말기에 조선 처녀가 장교 식당에서 일만 온전하게 할 수 있었다는 것도 무리였다. 찾는 이유야 그 정도로 안 될 것도 없지만 왜 하필 지금 와서 찾느냐는 설명도 필요한 것이었다.

맨 뒷말까지 보태어 다찌가와 씨가 이렇게 모호한 편지를 한 것은 할머니가 종군위안부였다는 사실을 덮어두려는 저의일 수 있었다.

편지를 받은 다음 날 강종구 씨로부터 만나자는 연락이 왔다. 나는 편지를 보여주고는 정신대 이야기를 조금 비쳐보았다.

"그런 게 있었죠."

강종구 씨는 엽차를 훌쩍 비웠다.

"내가 어릴 때 고향에서 쫓겨나듯 도망친 사람이 있는데, 징용 보내는 데 앞장을 섰다나."

강종구 씨는 예사롭게 말을 이었다.

"그런데 그게 언젭니까. 벌써 끝난 일인데 지금 와서 심각하게 생각할 필요가 있을까요. 누구 잘못도 아니고 시대가 그랬는데. 그런 걸 자꾸 따진다면 동광동이나 중앙동에 걸어 다니는 일본인들은 어떻게 설명할 겁니까."

"그래도 예사 문제가 아니잖아요."

"거북스러운 게 어느 쪽입니까. 할머니예요, 김 선생이에요?"

"우선은 나부터죠."

"친척 할머니가 본인이라면 김 선생으로선 몰랐던 것보다야 못하겠죠. 그러니 김 선생같이 젊은 사람이 그런 쪽으로 매달린다는 건 이해하기 힘든데요. 다시 한 번 다찌가와 씨에게 연락이나 해보는 게 어떨까요. 일은 다된 것 같기도 한데."

"강 선생님은 참 수월하시군요."

"허허 내가 수월한 게 아니라 한일 관계는 서로가 따지면 따질수록 손해 아닙니까. 역사가 본래 그런 건데 뭐."

"그건 그렇고 나 외에 다른 데서 연락은 없었나요?"

나는 저번에 들었던 전화 이야기로 화제를 바꾸었다. 또 다른 제보자가 나타났으리라는 기대에서가 아니라 도대체 어떤 사람들이 이번 광고에 관심을 갖고 있나를 알아보기 위해서였다.

"뭐 그렇고 그런, 쓰잘 데 없는 전화나 사람들이죠."

"사람이라니, 누가 찾아왔던가요?"

나는 강종구 씨를 다잡았다.

"누구한테서 연락이 있었느냐고, 묻는 품이 좀 이상한 영감이었어요. 제보자가 있으면 자기에게 꼭 연락을 해달라나요."

강종구 씨에게 전화번호를 받아 적고 비좁은 버스에 올랐을 때 문득 강종구 씨가 진작부터 여자 정신대에 대해서 마음속에 접어두고 있었던 게 아닐까 하는 생각이 들었다.

집에 가니 아내가 진주 당숙에게서 전화가 왔었다고 했다.

나는 가슴이 덜컥 내려앉았다.

"너 언제 진주 왔었나, 어저께 일이 있어 가보았더니 누워 계시더라. 본인은 그냥 몸살이라고 하지만 손희 말로는 그렇지도 않은 것 같단다. 일전에 부산서 물어 쌓던 게 생각나서 너가 왔더냐고 했더니 아니라고는 하더라만 혹시나 해서 전화 내봤다."

"제가 그때 물어본 건 그냥이었어요. 어렸을 때부터 사람들이 '이마꼬' '이마꼬' 하던 게 이상스러웠거든요. 아저씨를 만난 김에 여쭤본 거지 아무것도 아니었어요. 집이야 대소사(大小事) 있을 때 필요할까 해서 기억한 거고요."

나는 아내가 저녁상을 보는 걸 확인하고서야

"진주에 간 일도 없구요."

라고 덧붙였다.

답답한 사람이 우물 파는 격이랄까. 할머니에게 저질러놓은 스스로의 일에 주체할 수 없이 마음만 무거워진 나는 윤영우 씨 댁으로 전화를 해보기로 작정했다. 어떤 눈에 보이는 기대에서가 아니라 내가 정신대라는 것에 대해 놓쳤던 무지를 다시는 되풀이하지 않아야 된다는 생각과 혹시나 앞으로의 일에 도움이 될지도 모른다는 심사에서였다. 직접 관련이 있지도 않으면서 신문사까지 찾아와 제보자를 만나겠다는 것이 확실히 끌리는 구석을 갖고 있는 것만은 사실이었다.

"지금 선생이 하고 있는 일이 어떤 거라고 깊이 생각해보았소? 만나서 이야기합시다."

은행에서 퇴직했다는 윤 노인은 강종구 씨를 통해 내가 떠올리고 있던 인상과는 전혀 다른, 깔끔하고 생활에 어느 정도 여유도 있어 보였다. 거기다 놀랍게도 내가 오려두었던 광고가 철해진 파일을 내보였는데 거기엔 일본과 관계되는 자료가 전부였다.

"생각해봐요, 광고 뒤에 숨은 뜻을. 김 선생도 따져봤는지 모르지만 이름까지 내서 그 당시의 여자를 찾는다는 건 무리가 있어요. 이건 육이오 때 하우스보이나 동거 여인을 찾는 경우와는 다르거든요. 김 선생 할머니가 종군위안부라는 사실이 밝혀진다면 할머니는 두 번 죽는 게 될 거요."

"벌써 그렇게 된 것 같습니다."

나는 힘이 쭉 빠졌다.

"그 참, 내가 신문사에 연락한 게 바로 이런 경우를 예측해서인데."

이런 종류의 광고를 보고 알아보려는 사람은 틀림없이 본인이 아닌 친척일 경우이기 때문에 자기로서는 염려가 되었다는 것이었다.

"그런데 어르신께서는 어째서 이런 일에 깊은 관심을 갖고 계십니까?"

"그야 아무것도 모르는 젊은이보다야 조금 더 아는 늙은이니까."

며느리가 내온 맥주를 한 모금 마신 뒤 윤 노인이 한 대답이었다.

"김 선생의 할머니의 경우, 일본과 중국은 조금만 생각해보면 충분히 바뀔 수 있는 거요. 해방 후 귀환한 미혼 여성들 중 만주나 중국, 남양에 있었다고 말할 사람은 아무도 없었을 거요. 그리고 종군위안부 쪽으로는 자료가 너무 빈약한 것도 사실이지요. 그 숫자조차 천에서 만 단위까지 통계가 다르니까. 철저하게 은폐하지 않을 수 없을 만큼 살아 있는 죄악이지요."

"지금 저로선 찾는 일본인에게 어떻게 할까 하는 문제보다 할머니 걱정이 앞섭니다."

"그렇겠지요. 생각해봐요, 무슨 무슨 부대 동지회 같은 계모임에서 술이나 마시면서 히히덕거린다든지 감상적인 추억으로 돌릴 경우를."

"열병 이야기가 있기는 했죠."

"그것도 일단은 과거를 잊고자 하는 데서 출발한 거 아닌가요. 우리하고는 입장이 다르죠. 할머니는 참으로 어려운 문제죠. 김 선생 마음의 짐이라 생각하고 풀어봐요. 나로서도 김 선생만큼 답답하군요."

이야기는 잠시 거기서 끊어졌다. 윤 노인이 나에게 술 들기를 권하면서 작년에 '망향의 동산'에 세웠다는 사죄비 이야기를 꺼냈다. 일제 때 어느 현(縣)의 노무보국회 동원부장으로 있던 사람이 사죄의 뜻으로 세운 비인데 자기 입으로 밝힌 숫자가 정신대 950명 등 모두 6천 명을 끌고 간 장본인이라는 것이다.

"그때 내가 알기로 국내에서 반대운동이 일어나지는 않았어요. 나설 수 있는 사람이 없었을 거요. 당한 사람이 오히려 죄인이 되어 드러나기가 두려웠을 테니까. 무조건 반대하고 응징하자는 건 아니에요. 적어도 우리네 태도는 어느 정도 확실히 해둬야 하는 것 아니겠소."

자리에서 일어나기 전에 다시 물어보고 싶은 말이 있었다.

"아무래도 이상하시군요, 파일을 몇 권이나 가지시면서 일본에 대해 관심을 보이시는 게."

"허허 그래요."

대문 밖까지 따라 나온 윤영우 노인이 이렇게 덧붙였다.

"내한테도 개인적인 아픔이 있소. 그 정도로 해둡시다. 그리고, 그런 사람이 소리 없이 또 있다는 걸 아셔야 합니다. 숫자와는 관계없는 일이지요."

다찌가와 씨의 두 번째 편지

첫 번째 편지 뒤 연락이 없어 강종구 씨에게 전화를 내었더니 내 편지 내용이 너무 미진하다는 것과 데신따이 이야길 김 선생이 꺼내더라 했습니다.

본론으로 들어가기 전에 거듭 과거의 잘못된 역사에 대해 개인적으로 진심에서 우러나는 사죄의 말씀을 드립니다.

김 여인은 사실 장교 전용 위안부였습니다. 그런 한편으로 일본말이 뛰어나고 영리해서 현지 부대 사정으로 장교식당 일을 도왔습니다. 그러므로 김 여인은 다른 여자들과는 달리 상당히 자유로웠고 인간적 대우도 받았습니다.(이 말에 잘못이 있다면 용서해주십시오.)

나는 후쿠이(福井)의 시골서 소학교를 나와 상해에서 삼촌의 가게 일을 도우다 17세에 징집되었습니다. 제가 김 여인을 만난 건 이년병 때였습니다. 가까이 지낼 기회가 많아졌고 김 여인이 영민해서 내가 어느 정도 끌리기도 했습니다. 그러다 내가 열병을 앓았을 때 구하기 힘든 약까지 가지고 격리막사까지 찾아와 극진히 간호해주었습니다. 그때 김 여인이 아니었다면 나는 십중팔구 죽을 몸이었습니다. 나는 열아홉이라는 내 나이로 돌아왔습니다. 그 말은 감히 연정이라는 말로 바꿀 수 있겠습니다. 사병들 사이에 "둘이 애인 사이다"라는 말이 떠돌 정도였습니다.

전세가 거의 기울어진 6월 말 부대는 이동명령을 받았습니다. 나는 김 여인과 주소를 주고받고는 다시 만날 것을 눈물로 약속했습니다. 나는 완쾌한 후 일반 전투병이 되었는데 그때 사병들의 군기는 말이 아니었습니다. 이동 이틀 전날 밤에 누군가가 김 여인을 소대 막사로 데려왔습니다. 나도 모르는 일이었습니다. 김 여인은 내가 찾아서 따라왔다는 것이었습니다. 나는 순간적으로 소대원들의 음모를 알아차렸습니다만 때가 늦었습니다. "이마꼬, 도망쳐!" 고함을 지름과 동시에 야전삽에 일격을 당하고는 밖으로 끌려나갔습니다.

그 뒤의 이야기는 더 이상 드리지 않겠습니다. 이마꼬는 다음 날부터 만날 수 없었습니다. 다른 여자들과 같이 떠났다는 말만 들었을 뿐입니다. 이동 중에 고참과 동료들이 놀려댔습니다. "장교놈의 계집은 별맛이던데." "다찌가와 너 임마 이제는 조센삐(朝鮮婢)와 연애할 마음 다 달아났겠지." 나는 하룻밤을 울고 난 뒤 이마꼬의 기억을 지우기로 마음먹었습니다. 이마꼬를 다시 만날 나대로의 자격이 없어졌다는 생각에서였습니다. 그 후 나는 종전과 함께 귀국했고 자연스럽게 김 여인은 잊혀졌습니다. 이제 남은 문제는 한 가지, 왜 지금 와서 김 여인을 찾느냐는 겁니다. 변명이 될지 모르겠습니다만 실은 석 달 전에 암 진단을 받고 지금 시한부 인생을 살고 있는 몸입니다. 이것이 이제 와서 새삼 김 여인을 찾는 이유가 될는지에 대해서는 자신이 없습니다. 죽음을 선고받은 뒤에 떠오르는 여러 갈래의 과거 중에서 김 여인이 손끝에 잡혀왔습니다. 이런 정도로 이름을 밝혀 찾는다는 것이 실례되는 일인지에 대해서는 잘 모르겠습니다. 다만 40년 가까이나 지난 일이라 용서될 줄 알고 있습니다. 사치스런 감정으로 받아들여지지 않는다면 감사하겠습니다.

다찌가와 씨의 편지에 대해 마음도 채 정리하지 못한 다음 날 오후 강종구 씨에게서 전화가 왔다. 다찌가와 씨가 부산에 왔다는 것이었다. 너무 갑작스러워 우물쭈물하는 나에게 "어쨌든 김 선생이 만나는 봐야 하지 않겠소."라며 그는 일방적으로 시간과 장소를 정하고는 전화를 끊어버렸다.

다찌가와 씨는 백발에다 키가 크고 몹시 여윈 노인이었다.

"알리지도 않고 느닷없이 찾아와 미안하다는구먼."

초밥집 이 층에 앉아 강종구 씨가 우선 그렇게 말을 옮겼다. 나는 당신이 불러들이지는 않았느냐고 따지려다 그만두었다.

"삼 년 전에 운수회사에서 퇴직하고 그해 상처도 했다. 아들 둘, 딸 하나가 있는데 병이 난 뒤로 혼자 된 딸과 같이 있다. 이번 일은 아이들도 모른다."

대화는 일방적으로 쉬엄쉬엄 진행되었다.

"김 선생 친척 할머니가 내가 찾는 사람이 아니라면 다행이겠느냐, 맞다고 해서 불행이라고만 생각할 수 있느냐. 내가 찾는 것도 무리가 있을 수 있겠지만 근사(近似)한 사람을 두고도 만나지 못하는 것 또한 무리가 있는 게 아니냐."

"그건 경우가 다르지."

나는 처음으로 입을 열었다.

"당신에게는 숨길 게 없는 해결된 과거의 시간일지 모르지만 내 할머니에게는 뼈아프게 살아 있는 현재의 시간이다."

"여러 가지 입장은 충분히 안다. 그러나 사실은 사실대로 엄연히 남아 있지 않느냐, 나와 김 선생 할머니가 살아 있는 것처럼."

"그 말은 옳다. 나로선 두 분 다 살아 있다는 게 이상스러울 정도다. 그러나 할머니를 만나는 것하고는 다른 문제다."

"김 선생은 젊지 않느냐, 나나 김 선생 할머니는 곧 죽을 과거의 인물이다. 만나게 해달라. 김 선생은 가운데 선 입장이 아니냐."

그 말은 본인도 아니면서 왜 가운데서 막느냐라는 뜻인 것 같았다. 나는 벽에 비스듬히 기대어 앉은, 주름이 깊은 다찌가와 노인을 한 번 물끄러미 바라보았다. 그러나 아직까지는 할머니가 몸져누워 있다는 소리를 하기는 싫었다.

"본인의 의사는 물어보았느냐? 그게 제일 궁금하다. 통화라도 했으면 좋겠다."

나는 고개를 저었다.

거기까지 통역을 마친 강종구 씨가 맥주를 비우고 나서는 용케 참아왔다는 듯이 말을 꺼냈다.

"이렇게 따질 시기는 아닌 것 같애, 이분이 여기까지 온 이상은. 앉아 있기도 힘들어하는, 내일 죽을 영감인데 소원 하나 못 들어줘?"

"그렇게 간단한 게 아니에요. 그냥 잊고 살아가는 사람에게 왜 평지풍파를 일으킵니까. 저분 문제보다 더 중요한 할머니 문제가 내게는 남아 있어요. 그냥 돌아가라고 하세요."

"참 젊은 사람이 꽉 막혔군. 과거는 과거고, 중요한 건 오늘이잖아. 할머니는 뭐라 그러시는데."

"몸져누웠어요!"

나도 모르게 버럭 소리를 높이고 말았다. 강종구 씨가 잠시 멈칫하더니 길게 다찌가와 노인에게 설명했다.

"정말인가 하고 묻는데."

"그쪽에서 생각하는 것하고는 많이 다르다 그러세요."

"자기로서는 이해가 잘 가지 않는다. 사십 년이나 지났고 김 여인으로서는 어쩔 수 없었던 일 아니냐. 더구나 나는 사죄를 전제로 했었는데 도대체 그게 아무 소용없단 말인가."

나는 문득 윤 노인이 이야기했던 사죄비를 떠올리고는 다찌가와 씨를 다시 한 번 보았다.

"광고쟁이 이십 년에 이토록 어려운 건 처음이군."

"호기심 많은 젊은 월급쟁이가 벌어놓은 일 치고는 너무 크군요."

"허허."

강종구 씨가 허탈하게 웃었다.

"호텔까지 모시고 갑시다."

나는 자리에서 먼저 일어났다.

"그렇게는 해야 김 선생 마음이라도 편켔지."

다짜가와 노인을 방까지 데려다 주고 호텔을 나왔을 때 강종구 씨가 불쑥 말했다.

"사람들이 도대체 너무 오래 사는 거 아니야?"

"글쎄요."

"저번에 이야기했던 고향에서 쫓겨났다는 사람은 내 삼촌이었어."

강종구 씨가 내 어깨를 툭 치고는 멈춰선 택시를 향해 바바리코트를 펄럭이며 달려갔다. 나는 부두로 뻗어 내려가는 자동차의 불빛을 바라보며 망연히 서 있었다.

바다로 가는 시간

무슨 색깔일까. 높이를 알 수 없는 천장 벽지의 색깔이. 무슨 색깔이었을까. 어둠의 뒤편에 어둠과 가장 가까이 등을 댄 천장의 벽지가. 아침에 신고 나온 양말의 색깔을 물었더니 거의 기억하지 못하더라는 어느 조사와 비슷한 경우일까. 이 밤중에 신문에 난 조사결과 따위가 생각날 건 또 뭐람. 늘 보는 신문이니까.

연속무늬, 사방연속무늬 또는 이방연속.

어둠이 부풀어 오른다. 벽지의 무늬가 어디론가 펼쳐져 있는 것처럼 어둠이 달리고 있다. 아내의 숨결이 높아진다. 방 안에 떠도는 건 아내의 숨결뿐이다. 숨소리는 빛깔을 알 수 없는 무늬로 달리고, 아니면 무늬가 숨결로 달리고. 어둠은 결국 아내의 숨소리에 의해 만들어진다. 아내는 어둠을 만들고 그는 그 속에 갇혀 있다. 나는 어둠으로 달리는 무늬의 어느 귀퉁이에 매달려 있는 것인가. 왜 무늬의 빛깔 따위에 매달려 잠을 자지 못하는가.

그는 몸을 뒤챈다. 눈을 감는다. 순간 자갈돌에 쓸려가는 파도소리를 듣는 듯한다. 잘못 돌아누웠다.

타협하기로 한다. 아내와 아내의 수면에. 아내의 숨소리에 그는 자신의 호흡을 맞춘다. 낮잠 자는 버릇을 들이지 못한 자신으로선 이렇게 썰렁한 어둠 속에서 신경의 모든 끝자락의 한 올까지 부풀게 한다는 것은 고통스러운 일이다. 하나부터 오십까지. 오십부터 백까지. 숫자를 헤아리는 것보다는 이게 나을 것이다. 어둠을 만드는 아내의 숨결에 자신을 일치시킨다면 그도 어둠이 될 테니까.

그러나 곧 재채기를 할 것 같은 기분이 목을 간지럽힌다. 목이 마르다. 방 안이 건조하다고 생각한다. 그건 발견이다. 가습기가 있을 텐데. 손주가 기관지앓이를 했을 때 며느리가 사 온, 아니면 아내가 사 왔을. 그놈을 찾아야지. 전기료가 오르면 얼마나 오를까. 아내 쪽을 잠시 훔쳐본다. 먼지를 털고 마른 걸레로 닦아 물을 넣고 작동시키면.

건조한 공기와 햇살을 녹여 줄, 뿜어 나오는 입자 같은 김을 생각하자 다소 편안해진다. 내일 한나절을 보낼 수 있다. 시간에 묶일 수 있다. 그는 작년 가을 이래로 시간으로부터 풀려나 있다. 내동댕이쳐졌는가. 그렇다. 나는 여덟 시간으로부터 또는 스물네 시간으로부터 아니면 삼십일 년으로부터 내던져졌다.

이건 김 계장 혼자의 문제가 아니죠. 제도라긴 뭣하지만 후진을 위한다고 생각하신다면 관계고 제도고 따질 게 아니죠.

따진 사람은 아무도 없다. 한창 일할 나이니, 경험을 바탕으로 한 원숙한 실무능력이라고도 말하지 않았다. 손가락에 군살이 박히도록 일해온 데에서 계속 일하고 싶다는 것뿐. 사우디아라비아엔 법률이 없다지. 웃기는 나라야. 그놈의 글씨부터가 또 얼마나. 언젠가 그는 기술협력국장이라는 사람을 환영하는 실무를 맡은 적이 있었다. 어떻게 알아왔는지 밑엣직원이, 이게 저희 시를 방문하신 귀하를 우리 시민은 뜨겁게 환영합니다라는 말입니다. 내민 서류에 결재를 하며 그는 쿡 웃었다. 수고했소.

수고했습니다, 그동안. 모든 직원들은 공인으로서 김태상 계장이 보여준 높은 인품과 투철한 사명의식을 오랫동안 기억할 것입니다. 사회에 이바지하는 건강하고 즐거운 노후가 되시길 진심으로 바랍니다. 너무 완벽한 말이다. 틀린 말은 하나도 없다. 그들은 틀림없이 기억했으니까. 신년하례 리셉션에 온 초대장을 보더라도. 또 아니면 구정(區政)협의회에 참석해달라는. 모든 게 기록에 있다. 그러나 참석할 수 없는 사람에게 초대장을 보낸다는 건. 생각 나름이지. 못 갈 이유가 있는 것도 아니다. 아들을 위해서나 사업을 한다고 생각한다면. 그게 아니더라도 자신의 떳떳함을 위해서라도 냅킨을 두른 잔에 삼분의 일쯤의 칵테일을 들고 국장이니 구청장까지는 찾을 수 있지 않겠는가. 그건 법이 아니니까. 떳떳하도록 만들어줄 때 떳떳해져 버려야지. 왜 쭈뼛거리는가. 거세당했다고만.

당신 마음먹기잖아요. 눈치가 보이고 안 보이는 건. 육십까지 버티는 사람은 별난 사람인가요.

그는 현관 앞에 서 있었다. 대문이 열려 있어 벨을 누를 필요가 없었다.

많은 사람들이 아버지처럼 어중간한 나이에 직장 그만두고 나오잖아. 작은아들의 말은 계속되고 있었다. 자의든 타의든 그게 현실인 바에야 받아들여야지. 왜 그만두고 나오느냐, 더 붙잡고 있고 싶지만 그게 마음대로 될 바에야 얼마나 좋아요. 그러니까 어머니가 마음을 바꿔 잡수셔야 된다고.

그때 나는 어떻게 했지. 저녁 무렵이라 어둠이 제법 실팍하게 마당을 채우긴 했지만 현관에 켜논 형광등 불빛은 아직 제값을 못하여 어정쩡해 보였고, 반쯤 열린 현관문을 통해 닫힌 큰방에서의 말소리가 형광등 불빛과 어둠이 같이 앉은 마당으로 흘러나오는데 나는 그 가운데에 어정쩡하게 그냥 서 있을 수밖에 없었다.

"그래도 그렇지. 네 아버지 성질이 걸음을 재촉했어. 말도 마라, 성질 어렵기로는. 너희들은 모른다. 집에서 놀아보니 마음 편할 턱이 있어? 신경질만 늘지. 이제는 남부끄러워 앞앞이 말도 다 못하고. 이 경대만 해도, 옛날 증세가 다시 살아나는 것 같아 무섭다. 참 그때 너희들은 어려서 모르겠지만……."

"왜 몰라요, 중학교 3학년이었는데."

"그때 아버지의 노이로제도 직장 때문에 그랬던 거지. 후배나 동료는 진급되는데 자꾸 그 자리에 맴도니. 지금도 그 신경질이 다시 살아나는 건지도 몰라. 간섭 안 해도 될 일에 일일이 입을 떼니, 자기야 아니라지만 그게 잔소리가 아니고 무어니. 결국 네 아버진 그냥 직장엘 나갔어야 하는 거라고."

"나도 사십 밑자리 깔아논 나이에 말단이지만 아버지의 처세와 성격이 빨리 나오게 한 것만은 사실이라고. 과장이 못 된 것은 아버지 스스로 그렇게 만든 거야. 일이야 누가 못 해. 업무만 잘 봐서 진급이 될 바에야 세상 살기 얼마나 좋아."

큰아들이다. 어정쩡한 것은 어둑함이나 그만큼의 불빛이나, 헛기침을 하고 현관을 들어서지도 못하고 또 아니면 선뜻 대문 밖으로 나오지도 못하는 태도보다는 차라리 술일 것이었다.

그렇게 가깝다고 할 수 없는 집안 동생이 "심심하실 터이니 저녁이나 같이하자"고 불러냈다. 술 끝에 식사를 한 것처럼 이야기 끝에 집안 동생이 자기 사업과 관계있는 시의 과장을 만나게 해줬으면 하는 눈치를 묻혀냈다. "출입도 되실 터이고" 뒷말을 붙였지만 후배되는 사람을 불러내어 저녁 같이하는 게 출입일 것 같지가 않았다. 외출에서 반주로 곁들인 게 음식점에서의 술이 언제나 그렇듯이 참으로 어중간하게 핏속을 돌고 있었다.

"그래도 지금은 어쩔 겁니까. 건강만 나빠지실 뿐이에요. 그렇잖아도 소심한 성격이 자신을 괴롭히기나 할 뿐. 놀기가 얼마나 힘들어요. 말이야 바른말이지만."

"자기 좋아 택했는데 왜 힘들어. 낚시 다니고, 요즘은 돌을 주워 와서 큰일이다. 경대나 부수려고 돌을 주워 오는지."

"어허 엄마는, 문제는 그런 데 있는 게 아니라잖아. 스스로 최선을 다했다고 생각하는데 옆엣사람들의 시선이 이상스러울 땐 그게 다 무너져버린다구. 아무리 잘 살아왔다고 해도 후회일 텐데 옆에서 못 했다 자꾸 그래 봐. 남을 게 뭐 있겠어. 사업한 것도 아니고, 펜대 쥐고 살아온 아버지 같은 사람에게 자부심 빼고 나면 뭐가 남겠어."

"너야 선생이니까 진급이랄 것도 없으니 일반회사나 관공서의 체질을 몰라."

큰아들의 목소리는 빠르다.

"그리고 같이 있지 않으니 더 몰라. 성격이 변하고 있다고. 어머니나 나나 왜 아버질 이해하지 않으려고 하겠니. 성격이 변하고 있다고. 내가 보기에도. 경대만 해도 그렇지."

그는 돌아눕는다. 한숨과 같이. 오른쪽 갈비뼈 쪽으로 무거운 통증이 있다. 갑갑하고 배긴다. 답답하다. 막혀가는 건 가슴이 아니라 바다일 텐데. 그는 트럭을 피해 또다시 돌아눕는다. 벽지의 빛깔 따위야 생각나지 않아도 좋다. 그것을 몰라서 잠이 들지 못한다고 매달리는 내가 틀린 거니까. 아내의 숨소리에 빨려들지 못하는 건 아내에게 이끌리기 싫기 때문인가. 언제부터 아내가 '남 같은 어둠'으로 다가왔다. 어디선지 들어온 바람이 등짝을 쓸어가는 것 같다. 귀밑과 코끝이 시리다. 문은 꼭 닫았을 테고, 이가 벌어진 환기창의 틈서리엔 신문지를 끼우지 않았는가. 시리다 생각이 드니 이불 밖으로 드러난 얼굴과 머리가 견딜 수 없이 허전하다. 일어나 앉는 어둠이 된다. 뒷머리가 마구 들고일어났을 자신의 모습을 잠시 떠올려본다. 아내는 등을 보이고 누워 있다.

그는 자리에서 빠져나와 문 앞에 선다. 발뒤꿈치를 들어 문틈에 끼워진 신문지를 확인하고 양팔을 크게 벌려 양쪽 문을 안으로 민다. 본래는 벽이었는데 채광이 좋지 않아 허물고 유리문을 달아냈다.

당신, 그렇잖아도 외풍이 센 방에 또 문을 내요? 정신이 있어요, 없어요.

어둡잖아.

어두운 걸 이제 알았어요? 십몇 년을 살아왔는데.

그야 낮에 나가고 밤에…….

그는 말을 다하지 않는다. 해버린다면…… 할 말이 없어질 테니까.

왜 까탈이 그리 심해? 방이 어두우니까 좀 밝게 만든다는데.

시끄러워요! 할 일이 없으면 등산이나 낚시 가시구려. 원 집에 들어앉아 이일 저일 간섭하고. 현관에 타일 깐 것만 해도 그렇지. 내가 못살겠어요.

그는 경대 옆에 앉아 있었다. 경대는 문 쪽의 벽에 기대어 있어 거울을 통해 보이는 게 모두 어둑했다.

뭐라고, 말 다했어!

그의 손길이 창틀 가까이의 문풍지를 더듬는다. 한쪽으로 조금만 잘못 밀려도 빈틈이 생길 수 있다. 파르르 문풍지가 떤다. 파르르 그의 신경이 떨렸다. 그는 경대의 거울 속에 비친 자기의 얼굴을 보지 못했다.

이 여편네가 사람을 어떻게 보고 말을 함부로 하는 거야!

일어서며 경대 위의 손에 잡히는 무엇인가를 들어 거울을 향해 집어던졌다.

너희 아버지가 이제는 패악을 친다, 패악을.

그래서 작은아들도 오고 세 모자가 이야기를 하고 있었는가. 그날 어스름에.

바람은 어디에서고 들어온다. 바람은 어디에도 떠도니까. 그의 앞에 놓인 시간처럼 바람은 무한정이다. 땡. 바람이 들어온다. 아니 시간이. 울림은 하나로 그만이다. 30분. 몇 시 삼십 분일까. 앞에 들은 게. 지금까지 이 어둠 속에서 헤아려온 게 시간뿐일 텐데도 도저히 알 수가 없다. 그는 갑자기 절망에 싸인다. 어둠처럼. 어둠 속의 보이지 않는 바람이 그를 절망케 한다. 다시는 이 어둠 속에서 눈을 감고 잠들지 못하리라. 어디에도 속하지 않는 30분은 어디에도 속하지 않기 때문에 언제까지나 나를 쫓으며 떠돌고 있을 것이다. 앞뒤가 잘려버린 반 시간짜리 시간이 이 밤에 자기 혼자 던져져 있다는 느낌을 부채질한다.

쫓기듯이 그는 이불 속으로 파고든다. 그 순간 다시 돌을 주우러 갔던 바닷가의 자갈 쓸리는 소리를 듣는다. 물이 빠질 때 자갈이 물살에 부딪혀, 또는 자기들끼리 비비며 내는 소리는 이 밤중에도 징그럽도록 피를 말린다.

낚시가 먼저인지 돌을 주운 게 먼저인지는 틀림없이 낚시가 먼저였다.

바닷돌도 수석이 되나요?

글쎄 그냥 모아보는 거지.

돌돌돌, 돌 좀 없애요. 가뜩이나 좁은 집에 온통 돌이니.

퇴직 후 서너 달은 새벽낚시에 취미를 붙였다. 오후 한나절 동안 낚싯대를 닦고 줄을 살피고 찌와 추를 갈고 그래서 밤에는 내일의 낚시를 위해서 일찍 잠들려고 애쓸 수 있었다. 며느리와 마누라까지 새벽에 일어나 밥을 지었다. 그때까지의 낚시는 당당했다. 그가 리셉션에 초대장을 받았던 공식적인 것만큼이나. 아내까지도 퇴직한 남편이 낚시를 다니면서 건강과 시간을 관리하는 게 예사 그런 건 줄 여겼던 모양이다. 아니면 사업이라도 해보겠다고 덤비지 않는 것만도 다행이리라 싶었을지도 모른다. 그러나 국에다 저녁의 식은 밥을 말아주는 것으로 바뀌고 종내는 들어가 자거라 너도 출근해야 하니, 내가 할 수 있다. 아버님 노란 냄비에 국 있고 그 옆에 식은 밥 있어요. 스스로 부시럭거리며 국을 데워 밥을 말아 먹던 게 언제부터인가. 물론 그것 때문에 새벽낚시에 긍지를 잃은 건 절대 아니지. 아마 혼자 떨고 선 아침바다에서 세월을 드리우고 있다는 생각이 든 때부터 빛이 사그라지는 저녁 바다처럼 낚시가 시들했지. 그리고 또한 햇빛이 만드는 바다의 색깔 변화가 이상스레 마음을 흔들어 연초록이나 녹두색의 청명함이나 무한함 속에 낚싯줄처럼 자신을 담그고 싶은 충동이 일어난 건 또 언제부터였지. 돌을 줍기 시작한 게 그때부터였는가. 형체도 없이 무한정한 바다의 무력함보다는 모양과 무게를 지닌 돌은 무엇보다 단단하고 실제적이다. 또 다르게 무엇보다 바다는 메꾸어지고 있었다. 가장 손쉽게 갈 수 있는 바다가 매립되고 있었다. 낚시며 바다를 생각하면 기중기와 불도저와 트럭이 그의 가슴 위에다 돌과 흙을 쏟아 넣었다. 낮은 낮대로 밤이나 새벽은 또 그대로 바다는 갇혀져 갔다. 공사가 시작되었을 때부터 그곳을 가지 않았어야 하는데 늘 가던 데라는 이유로서가 아니라 어떤 고집처럼 메꾸어지는 바다를 찾았다. 오늘은 이만큼 며칠 후엔 또 그만큼 그의 가슴은 매립되어가고 있었다. 간

혀가는 바다를 보면서 스스로의 가슴도 닫아가고 있은 거지. 그러나 아니다. 낚시가 별찮아진 건. 어정쩡하게 시들한 불빛과 어둠 속에서 어쭙잖게 서서 반쯤 열린 현관 너머의 꼭 닫힌 큰방에서 새어나오던 세 개의 목소리를 듣던. 트럭에서 쏟아져 내리던 흙덩이가 자신의 가슴을 메우듯이 그렇게 가슴팍을 꼭꼭 다져오던 목소리를 들었을 때부터이다. 아내와 아들은 가족이지. 이런 말을 해보는 건. 도대체. 나만이 큰방에 있지 않았다는.

그날 어스름이 뜰에 앉았을 때 그는 헛기침을 한두 번 하고 마루로 올라서지 못했다. 어허, 작은애 왔구나. 어, 반주가 지나쳤나, 제법 취하는데. 그래도 네가 날 이해하려고 하는구나까지는 못하더라도. 너무 걱정하지 마라. 정년이고 퇴직이고 반드시 닥쳐오고야 마는 건데. 장성한 너희들도 있고 손자녀석들까지도 있는데 뭐가 걱정이니까지는 못하더라도.

그러나 그는 어스름을 밟을 때 구두가 낼 소리에 대한 걱정만이 앞섰다. 그리고 집 밑의 큰길로 내려오면서 작은아들의 말을 곱씹었다. 작은아들의 말이 큰아들보다야 못한 말은 아닐 터인데도 선뜻 받아들이지 못하는 건 그 애가 고등학교 다닐 때 가출에서 돌아와 왜 집을 나갔어라는 말에, 집이 갑갑하고 아버지도 답답해서, 내가 꼭 아버지같이밖에 못살 것 같아서라고 했기 때문은 아니다. 또 결혼한 지 다섯 달 된 아들에게 그런 이해 따위를 고맙게 받아들여야 하는 자신의 처지가 서글퍼졌기 때문만도 아닐 것이었다. 품 안의 자식이 아니라 어차피 머리 커지면 또 다른 관계가 맺어져야 하는데 그걸 모르거나 알아도 자연스레 받아들이지 못하니 나는 나대로 그들의 비난이나 이해나 동정 따위를 받지 않을 일만을 해야 한다는 것이다. 아들이 이 세상에서 아버지께 할 수 있는 일 중의 가장 큰 하나가 배신이 아니라면 결국은 연민이다. 그래서 나는 현관문을 열고 들어서지 못했는가. 대문을 남의 집 대문처럼 살며시 빠져나와 술집도 아니고 집 밑의 큰길가 이 층 다방으로 가서 텔레비전을 보았다. 한가한 변두리 주택가 이 층 다방의 한가한 영감손님이 되어 금방 물에 감은 듯하게 젖은 머리를 한 심심해빠진 딸애에게 우유를 사주며. 그 뒤 한 열흘 동안 몇 차례 오후나 저녁나절을 거기서 시간을 죽였는데 그것이 자기의 가슴패기를 메꾸어오는 듯한 예송리에서의 낚시보다야 나을 수 있기도 했다. 그리고 거기서 그 딸애의 젖은 머리는 방금 감아서 그런 게 아니라 '돈이 얼마나 든' 물파마라는 것과 빨리 그리고 어색하지 않게 그 애들의 손을 만져줘야 한다는 걸 알았다. 그러나 그 애나 그 애들에게 그가 해줄 수 있는 건 우유나 요구르트를 사주는 일밖에는. 딱 한 번 그 애가 쉬는 날 그 애와 낚시를 간 적이 있지. 물론 예송리는 아니었다. 노래미 세 마리와 꺽다구 새끼 한 마리를 잡고는 횟집에서 다리도 쉴 겸 맥주를 마셨는데 은주는 돈 얘기를 두 번이나 했다. 저도요, 이 나이에 팔팔 뛰는 애들하고 연애를 해야지만서도요, 아저씨가 적적하시니까 뭐, 아저씨도 이젠 후회가 될 거예요. 연애도 못 해보고 기분대로 살지 못한 게. 그 애의 말이야 그냥 해본 소리겠지만 상식적으로 살아온 사람에게—제아무리 아무렇게나 살아도 상식적일 수밖에 없을—늘그막에 드리워지는 것은 후회의 자락뿐인 것 또한 사실이고. 낚시바구닐 메고 가 이놈아, 남들이 웃겠다. 웃어요, 누가요? 남이 뭐 저 영감하고 딸애 같은 딸애하고 종남동 삼거리 희다방에서 만나 거길 들어간다 할 줄 아세요. 단순하고 간단한 게 얼마나 편안하고 정확할 수 있는가. 삼십일 년을 그걸 알고 버티었다면, 그러나 지랄 같은 건 그렇지 않았기에 삼십일 년 동안 별 탈 없이 지낼 수 있었다는 생각이다. 나머지 몇 년을 다 채우지 못했다는 쪽보다 그래도 바람에 날리지 않고 그 나이까지 붙어 있을 수 있었다는. 바람이 유리창을 덜컹대고 머리 뜨겁게 기대했던 바다의 소금기 묻어나는 끈끈함과 죽어버려도 좋을 깊이 모를 나락보다는 덜컹대는 바람이 먼저 가슴을 쓸어가고, 커튼 사이로 지는 해의 빛살이 벽지에 힘없이 흔들리며 바다는 메꾸어지고, 눈을 감고.

그는 눈을 떴다. 눈이 당기고 무겁다. 아내는 여전히 어둠을 부풀리고 있다. 어쩌면 아내는 자신의 퇴직 후 더 잘 잠이 드는 것인지도 모른다. 엉뚱한 생각이 방 안의 썰렁한 공기와는 다르게 맹렬하게 그의 가슴에 적개심을 불러일으킨다. 그러자 시계가 울렸다. 마루의 벽시계가 하나 둘 셋…… 차라리 넷이라면. 통금이 없어졌어도 네 시가 무엇을 풀어주고 바꾸어줄 것같이 생각되는 건 또 뭐냐. 그는 또 한 번 돌아누워 본다. 어둠에 익은 시야로 천장이 제법 반듯하게 누워 있다. 무늬는 꽃무늬. 목단. 틀림없다. 아니라도 맞다. 잠들지 못할 이유가 없다. 그는 모든 것을 용서하기로 한다. 어둠 속에 떠도는 냉랭한 바람과, 정체된 인사(人事)를 위해 틔워야 하는 숨통과, 벽시계의 똑딱임과, 시계처럼 정확하게 살았던 사람이 시간에 허위적거려야 하는 배신과, 제도라고 하긴 뭣한 제도와, 위하기 위해서 있는 후진과 더불어 있겠다고 했을 때 따갑도록 붙어올 아래위의 눈총을 미리 다 받아버린 자신의 상식까지. 그래서 아내의 숨결과 이제 겨우 세 시가 지난 시계와 걷힐 줄 모르는 어둠살에 지금까지 골백번이고 타협해온 대로 타협하기로 한다. 갈래갈래 헝클어지고 뻑뻑하게 들고 일어났을 머릿속에 모래나 바닷가의 돌들이 서걱이고 마침내는 수분과 피 한 방울 없이 말라빠진 자신의 육체를 천장에 떠 있도록 할 수는 없다. 이불을 목덜미까지 다시 한 번 끌어당기며 그는 돌아누웠다.

"김 과장 오늘 좀 늦었구려."

파란 플라스틱 물통의 뚜껑을 닫으며 차(車)씨가 말했다. 몇 차례 계장이라고 고쳐 말했지만 차 씨는 "아, 과장 주기 싫어서 나가라 했으니 과장이지 뭐."이다. 줄을 서지 않아도 샘물을 받을 수 있는 것이 늦은 시각임이 사실이었다.

"늦잠을 잤어요."

"몸이 무거운 게로군."

일본 방송이 차 씨의 허리에 찬 트랜지스터에서 흘러나왔다.

그는 허리를 굽혀 바가지를 집었다. 샘물을 흘려보내는 바위에 서리가 끼어 있다.

"그러니까 말이오. 잡념이 생겨서 몸이 무거운 거니까 모임에 자주 나오시라고. 오늘 오후에 있잖아요."

차 씨는 바위 위에 얹어놓았던 노란 털이 부숭부숭한 파카를 입었다. 그는 차 씨의 가려지는 분홍색 남방 색깔 같은 건강과 자신만만함이 어느 정도는 부러웠다. 세무서 주사 출신이라는 차 씨는 환갑을 훨씬 넘긴 나이지만 퇴직은 갓 오십에 했다고 했다. 길가 건물 하나를 어떻게 마련하여 관리하다 몇 년 전부터는 아들에게 넘겨주고 지금은 '항태조기회' 부회장 일만 슬슬 보고 있다. 슬슬 한다고 했지만 슬슬 하는 가운데 자기 사업도 포함되어 있다. 서너 달 전인가 차 씨가 산을 내려오다—일부러 그렇게 걸음을 맞춘 것 같지만—던진 말이 묘했다.

"퇴직하고 그냥 노는 사람 있나, 슬슬 소일거리 삼아 일도 해봐야지. 하기야 마누라들이 움켜쥐고 내놓지 않지. 기백만 원 되는 걸 말이야. 마음에 들고 가능성만 있으면 덤벼들어야 해요. 김 과장 같은 사람에게 누가 돈을 대주지 않을려구."

"사업이 쉬울 바에야 누가 못 해요."

"어허, 이 양반 공직생활 때 닦아논 경력하고 안면이 보통 거요. 그게 벌써 반은 먹고 드는 거라고."

뒤에 안 일이지만 차 씨 돈을 빌려 쓰고 있는 항태조기회 회원이 몇 되는 모양이었다. 처음 한동안 몇몇 옛 동료나 친척들이 "잘 나오신 겁니다. 몸 다치지 않고 나오신 것만 해도 명예로운 것 아닙니까." 하며 다음에 소일삼아 해볼 만한 일을 몇 차례 들고 나왔지만 그는 스스로 포기하고 말았다. 아내의 반대야 차치하고라도 세상에 결코 소일거리로 적당한 사업이 말처럼 있지 않으며, 자신의 오지랖 정도로 할 수 있는 일이란 이제 더 할 수도 없지만 펜대나 쥐고 서류나 매만지는 것뿐이라는 걸 퇴직하고서 더 확실히 알 수 있었다.

"오시오, 오늘. 시장 번영회 사람들과 간담회가 있어요. 찬거리 사 먹는 동네시장이 우스운 게 아니오. 지역 발전에 우리 같은 사람이 앞서야지."

둘은 시래기 국이며 메추리알, 막걸리 들을 파는 너럭바위 밑에서 헤어졌다.

조금 늦은 아침을 먹고 신문을 찾았다. 아까 신장 위에 있었는데. 그는 부엌의 아내를 불렀다.

"아침부터 느닷없이 가습기 찾아 닦고 또 닦고 하더니 지금이 몇 신데 신문 찾아요. 아침밥이라도 같이 먹으면 내가 좀 편해요. 벌써 열 시가 넘었는데 신문 볼 시간인들 어디 있어요."

뒷산엘 갔다 와서 장독대 쪽의 나무 밑으로 쥐구멍이 나 있어 그걸 돌과 흙으로 메꾸었다. 그리고 손을 씻고 화장실 출입을 했는데 그때 큰아들이 마루 신장 위에 놓아둔 신문을 들고 들어가지 않았다. 그러고는 잊어버릴까 싶어 다락에서 가습기를 찾아내었다.

저 양반은 밥 먹기가 무서운 거야. 아침이나 저녁이나 밥상 차려 놓으면 딴 일을 벌인단 말이야. 일이 꼭 밥 먹기 전에만 생겨요. 아무리 집에서 논다고 하지만 삼시 세때 밥 먹는 것도 못 맞추어요.

아침등산을 다녀와서 손바닥만 한 정원이나 허드렛일을 좀 하고 있으면 아들 며느리는 밥상에 앉고 재수하는 딸은 숟가락을 놓는다. 밥상은 언제나 정해진 시간에 차려지는 것이지만 또 집안의 여기저길 살펴보면 어디라도 손을 보아야 할 게 눈에 띄기 마련 아닌가.

그래도 아침에 온 신문이 가면 어딜 간단 말인가. 다 펼쳐 봐야 현관에도 깔리지 않을 신문이.

말은 그래도 과연 자기에게 신문이 그 정도의 넓이일까. 퇴직 후 처음 당분간은 집 뒷산엘 올랐다가 돌아온 직후 식전에 읽기도 했다. 다 읽지 못한 부분은 아침식사 후 짬짬이 읽었다. 그러나 밥상 머리에 앉는 게 늦어지듯 식후로 미루는 습관이 자연스레 이루어졌다. 정치면 대충, 사회면 조금 자세히, 경제면 대충, 문화면이나 레저면은 건성으로 뛰어넘는 게 아니라 아내 말마따나 집어삼킬 듯이 그리고 아껴가면서 주물렀다. 아들이나 며느리가 바쁘게 읽고 간 흩어진 석 장을 소중하고도 가지런하게 챙겨 들고 햇살이 들기 시작하는 마루에 앉았을 때의 기분은. 얼마 전에 물청소하기 좋게 타일을 깐 현관의 너비 정도가 아니라 12면 신문은 한나절을 죽일 수 있는 행복스런 면적인 것이다.

그가 직장에서 나온 후 가장 견디기 어려운 요일은 월요일이었다. 신문이 오지 않는다는 게 참으로 막막하게, 막막하게 시작되는 월요일은 그게 월요일이라 더욱 일주일을 막막하게 만드는 것이었다. 그래서 지방지도 보아야 하지 않겠는가. 일요일 아침엔 중앙지가 오고 월요일 오후엔 지방지가 오니까. 신문사야 어느 하루를 쉬든 간에 쉬겠지만 나에겐 하루도 쉬는 날이 없지 않는가. 언제나 쉬고 있으니까. 꽉 찬 일주일. 독자의 난까지 가득 채운 일주일.

요즘 신문 뭐 읽을 게 있다고 두 개나 봅니까 똑같은데. 마누라가 아니라 아들이었다.

일본 TV 안테나 다는 문제만 해도 그랬다. 한때 단속을 한 적이 있었다. 공직자부터 시작했는데 그때는 달지 않았으니까 그뿐이었지만 지금이야 누가 뭐래도 꼭 달아야 하지 않겠는가. 프로야구 같은 거야 보지 않는다 하더라도. 그런데 아들이나 며느리의 눈짓에는 낮이 아니라 밤프로가 오갔다. 11시 넘어서인가 12시 지나서인가 한다는 그 재미있는 프로를 떠올린 거지.

그때는 희한하게도 낚시바구니 메고 여관에 들어간다 하더라도 저 늙은이와 딸애 같은 딸년이 종남동 삼거리 희다방에서 만나 저길 들어간다고 아무도 손가락질하지 않았던 뒤인데도 아들 내외와 마누라만이 알고 있는 것만 같이 생각되어 제풀에 물러서 버렸다.

그는 며느리 방의 경대 위에서 신문을 찾아들었다. 어쩔까. 아내가 10시가 조금 지난 시간을 반이라고 말한 건 결국 12시도 곧 닥친다는 뜻이다. 계주 아내의 남편으로 궁상맞게 긴 소리 짧은 소리 늘어지는 3시까지 딸년 방에 웅크리고 앉아 있을 수는 없다. 이 시간에 낚시를 간다 해도 멀리는 못 간다. 가장 손쉬운 데가 매립공사를 하고 있는 예송리이다. 어젯밤 그렇게 자기 가슴패기 위로 트럭이 오갔지만 그래도 띠를 두른 채 똑같은 모자를 쓰고 건널목이나 버스정류소에서 깃발 들고 서 있기를 결의하는 항태조기회보다야 나을 것이다. 아내 말처럼 왜 남들처럼 그냥그냥 섞여 지내지 못하는지에 대한 마음 편치 못함도 있긴 하지만, 도시 혼자 있는 것보다 못하다는 기분이 앞서는 건 어쩔 수 없는 일이었다.

조금 다르긴 하겠지만 그가 지금 나가는 두 군데 계모임에서 받는 기분도 어느 정도 근사한 것이었다. 퇴직 후 처음 한두 번의 모임에서는 “아이구, 잘 나오셨어요.”, “시원하겠네.”, “요즘 어떻게 지내, 건강이 제일이야.” 인사치레가 오갔지만 점점 상 위의 손이 잘 가지 않는 음식처럼 그냥 앉아 있는다는 기분을 지울 수가 없었다. 그런 자리에서의 대화가 주로 직장이나 사업관계에 연결된 뒷이야기이니 그럴 수밖에 더 있겠는가 하고 술이나 몇 잔 마시고 친구들 얼굴이나 보면 그만이지 내가 괜한 자격지심에 잡혀 있구나 싶었지만 그런 기분을 훨훨 떨치기가 또 그렇게 쉬운 것도 아니었다.

기껏 그가 꺼낼 수 있는 화제는 바쁜 사람들이 스쳐 지나간 뉴스의 뒤를 신문 주무른 끝으로나 일본방송 들은 결과의 좀 깊은 뒷이야기지만, 출입하는 사람들이 의외로 더 정확히—한두 마디로 끝내버리는—알고 있는 수도 있고 그렇지 않다 하더라도 그 정도 가지고 늘상 초점을 모을 수도 없었다. 오늘 자리에서는 이런 이야기를 해야지라고 생각하는 것 자체가 벌써 자리에서 스스로 쫓기고 있다는 단서가 아닌가.

찌가 물결에 따라 심하게 움직였다. 금방이라도 가라앉아버릴 것 같은 찌는 언제나 물결 높이만큼 빨간 머리를 내밀고 떠 있었다. 그런 찌에만 온신경을 주다 보면 가슴 썰렁하게 자신도 물결 위에 떠다니는 기분이었다.

그는 잠시 고개를 들었다. 갈매기 몇 마리가 해안가를 맴돌고 있었다. 시린 바람 때문인지 갈매기는 차가운 무게로 눈에 잡혀왔다. 바다는 이제 반 이상이나 메꾸어져 있었다. 예송리는 작년까지만 해도 해수욕장이었다. 시내에서 가까워 사람들이 즐겨 찾던 곳이었는데 이제는 그 이유로 매립되고 있었다. 해수욕장을 폐쇄하고 아파트를 짓는다는 건 생각할 수도 없었던 일이었다. 그리고 무엇보다 그렇게 넓어 보이던 바다를 반이나 메울 수 있었다는 사실이 눈앞에 보면서도 실감되지가 않았다.

바닷물은 남겨진 백사장 쪽으로 여전히 몰려들고 있었지만 왠지 맥없어 보였다. 본래부터 있던 해수욕장 끝의 방파제를 길게 연결하여 둑을 쌓으면서 안쪽을 매립해오고 있었다. 해안에서 바다 쪽으로 곧게 뻗어 있던 방파제는 ㄱ자의 윗부분을 돌려놓은 모양으로 바뀌어 쉴 새 없이 트럭이 오갔다. 방파제 끝으로부터 그가 앉아 있는 산 언덕 사이의 바다에는 빨간 깃발을 단 부표가 떠 있었는데 그는 부표의 안쪽으로 낚싯대를 드리우고 있었다. 곧 메꾸어질 바다에 낚싯대를 던져 놓고 있는 것이었다. 새로운 낚시터를 찾아야 된다고 생각하면서도 그리고 잠자리에서 트럭이 쏟아 붓는 흙에 쫓기면서도 드물게 낚싯대를 들면 찾아오게 되었다.

그는 잠시 눈을 감았다 떴다. 하품과 같이 눈물이 찔끔거려 눈이 따가웠다. 눈이 따가운 건 햇빛을 안고 있는 바다 때문인지도 몰랐다. 아침에 챙겨 가지고 나온 신문도 도착하자마자 다 읽었기에 할 수 있는 일이라곤 아무것도 없었다. 바다 밑으로 한 번 힘차게 당겨지는 일도 없는 찌를 내려다보며 그는 그냥 앉아 있었다. 4시 20분이었다.

사라진 사흘

병원 앞에 꽃집이 있다는 걸 처음 알았다.

버스에서 내려 조금은 짜증스러울 정도로 강렬한, 지는 햇살을 마주하며 걸으면서 생각은 오직 '내일'뿐이었다. 드디어, 마침내, 어쩔 수 없이, 결국은 그런 수식어들이었다. 조금씩 바뀌는 말뜻에 따라 내 마음이 실려 있기도 했지만, 입원기간의 짧음을 생각하면 어울리지 않는 낱말들이기도 했다. 겨우 나흘째니까. 그러나 내 마음속을 헤집고 다니는 그런 말들은 내가 아버지의 발병을 당신의 전 생애로 헤아리고 있다는 감회 때문인지도 몰랐다.

그랬다. 아버지를 찾아다니고 병원에 입원시키고부터 와락 달려든 생각은 온통 아버지의 과거와 그 시간의 그물에 걸려 있는 나였다. 그 이전까지는 덤덤했거나 막연했고, 어쩌면 애써 헤아려 보려고도 하지 않았던 세월의 저쪽으로 나는 던져진 것이다.

나는 발걸음을 꽃집으로 옮겨놓았다. 햇살이 조금 비켜서는 듯했다. 왜 꽃집이 이제 눈에 들어온 것일까. 하기야 간병이었지 병문안은 아니었으니까, 무엇보다 경황이 없었다.

이북에 피는 꽃. 나는 그렇게 말할 뻔하였다. 그러나 그것은 북쪽 지방이거나 함경남도에 피는 꽃으로 고쳐져야 했다. 고쳐진다 해도 말이 선뜻 나오지 않기는 마찬가지였다. 도대체 발상부터가 틀려먹은 것인지도 몰랐다. 그토록 무지했던 아버지의 고향에 대해, 아니 아버지의 과거를 꽃 몇 송이로 드러내려고 하니 말이다.

결국 말은 지금쯤 북쪽 지방에 피는 꽃으로 고쳐져 나왔다. 가게를 지키는 남자는 40이 넘어 보였다. 그는 내 말을 곱씹는지 잠시 나를 바라보기만 했다. 분재나 화분에 심어진 갖가지 화초들이 매우 낯설게 보이는 순간이었다. 좁은 실내를 채운 꽃나무들이 시원한 느낌을 주는 것만도 아니었다.

글쎄, 거기라도 이것저것일 텐데요.

그렇죠.

나는 선뜻 동의해버렸다. 차라리 나와버리고 싶기까지 했다.

요즘 철이 있습니까. 어디나 마찬가지지. 들꽃이 아닌 다음에야.

내 눈에 잡히는 것은 어느 시골 집마당에 아무렇게나 심어진 꽃이었다. 그런데도 겨우 해바라기, 국화, 맨드라미 정도만이 맴돌았다. 사과꽃은 피기나 하는지, 또 어느 때인지도 몰랐다.

사과꽃은 언제 피죠?

그건 늦은 봄이죠. 남자는 그런 꽃을 찾으려면 곤란하다는 표정을 지었다.

결국에는 국화였다. 내가 아는 상식으로 늦여름에 함경남도 함흥 부근에(그때 지도가 생각났다) 많이 피거나 특징적인 꽃을 알 수는 없었다. 배우지 않았거나 그런 의문 자체가 잘못된 것일 수도 있었다. 북쪽 지방엔 꽃이 피지도 않는다는 생각까지 내 상식 속에 들어 있지 않으면 다행일지 몰랐다. 나도 물어본 적이 없지만, 아버지 또한 당신 고향을 물들이던 꽃 이야기를 딸에게 한 적이 없었다. 아마 잘못은 거기에 있을 것이다. 그래, 아버지는 고향 이야길 한 적이 없다. 가게문을 나설 때 그런 기억이 새삼 내 가슴을 흔들었다.

바깥이 차라리 시원한 편이었다. 선선하다고까지는 할 수 없어도 확실히 여름은 가고 있었다.

4층까지 오르는 동안 나는 두 번을 멈추어 쉬었다. 배가 조금 당겨오는 듯했고 요의도 느껴졌다. 개학 이틀 뒤라 학교생활이 아직은 피곤했다.

병실 문을 열자 동생이 보던 책을 놓고는 일어나 가방과 꽃다발을 받았다. 아버지는 눈을 뜨고 있었다. 약간 올려지는 손이며 움지작거리는 입술이 나를 알아본다는 뜻이었다.

괜찮으세요? 나는 소리치듯 음성을 높이며 아버지에게로 다가갔다. 아버지는 눈만을 껌벅일 뿐이었다. 나는 손을 잡았다 놓고는 욕실로 들어갔다. 김치냄새가 났다. 오줌은 생각보다 시원스럽지 못했다. 쿨럭이는 변기의 물 내려가는 소리도 마찬가지였다.

별일 없었지.

그래 식사도 오늘은 많이 드셨어. 웬 꽃이야. 아버지 국화 보여요!

아버지의 시선이 조금 움직였다. 녹색 블라인드를 헤집고 들어온 햇빛이 아버지의 얼굴을 지나 가슴께의 흰 시트 위에 앉아 있었다. 그 순간 아버지에게는 동생이 들고 있는 국화가 보이지 않을지도 모른다는 생각이 와락 달려드는 것이었다. 그래서 하마터면, 아버지 어렸을 때 고향집에도 국화가 피었죠라는 어처구니없는 말을 할 뻔했다. 국화가 피지 않는 땅이 우리나라에 어디 있을라구요.

홍미가 빈 오렌지 주스병 두 개를 들고 욕실로 가고 물소리가 들리고, 나는 의자에 앉았다. 아버지는 눈을 뜨고 있기는 했지만 천장을 보는지 다시 초점이 없었다. 해가 들 때와 나갈 때 아버지는 눈을 떴다. 그것을 안 것은 이틀 전이었다. 처음엔 아버지에게 실명까지 겹치는 줄 알았다. 볼 때마다 거의 눈을 감고 있었으니까. 하루 두 번. 하루를 확인하는 것일까. 아니면 눈을 계속 감고 있는 상태에서 뜨고 싶은 충동을 느낄 때가 바로 그 시각일까. 맹인들에게도 눈을 뜨고 싶은 충동이 일어나는 시간이 있다면 해 뜰 때와 질 때가 아닐까 하는 생각까지 들었다. 눈꺼풀이나 그보다 더 깊고 내밀한 기관의 스멀거림, 그런 게 있을지도 몰랐다. 빛은 이제부터 블라인드 틈서리 사이로 물러나 있었다. 그것은 차라리 묻어 있다고 해야 정확할지 몰랐다. 그러면서도 진저리치고 있다는 느낌이 들 만큼 강렬한 것이었다. 진저리쳐지는 듯한 근질거림은 내 몸속으로부터 나오는 것일지도 몰랐다. 아버지는 눈을 감고 무슨 생각 속에 빠져든 것일까. 해야 할 말이 정녕 없을까. 그러나 그것은 지나친 기대이리라. 아버지에게 이제 생각은 없다. 따라서 기억조차도. 그의 의식이나 몸뚱이에서 저 햇빛의 마지막 떨림 같은 게 사라진 지는 오래다.

형부는? 홍미가 꽃이 꽂힌 주스병을 들고 나왔다.

전화가 없었니?

오후에 왔었어. 동생이 나머지 꽃병을 들고 나와 이번엔 침대 머리맡에 놓았다.

언니 뭐 좀 먹을래? 밥도 남아 있는데.

아니, 생각 없어. 그보다 가져갈 걸 챙겨야지. 내일은 되도록 간단해야 하니.

나는 의자에서 일어났다.

앉아 있어, 나 혼자도 돼.

일어서서 보니 아버지는 눈을 감고 있었다. 어둠이 내린 건 아니지만 실내에는 햇빛의 어느 한 자락도 남아 있지 않았다. 나는 우선

불부터 켰다.

오늘 밤은 내가 잘 거야. 넌 챙겨서 일찍 들어가거라.

왜 내일 출근도 해야 하잖아. 동생이 욕실에서 말했다.

연가를 냈어.

그래? 반찬하고 모두 싸? 저녁은 되겠는데.

다 가져가, 사 먹는 게 나아.

짐 뭉치가 두 개나 되었다.

홍주가 기다릴라, 가거라.

그럴게. 아버지, 나 가요! 홍미가 소리를 높였다. 나 역시 마찬가지였다.

아버지, 잠시 내려갔다 올게요.

불편한데 왜 내려와.

운동을 해야지.

펑퍼짐한 임신복 아래로 눈길을 주며 동생이 웃었다. 교대를 나온 홍미는 발령을 기다리고 있다.

내일 퇴원이라고 연가를 냈어? 꽃도 사 오고, 이상하다 언니.

뭐가 이상해. 우리가 모두 정신이 없었지. 나 아까 꽃집에서 아버지 고향집에 피던 꽃이 무엇일까 생각했었어.

그래서 겨우 국화야? 하기야 나도 모르겠는걸. 입을 다무시기 전에 알아둘걸 그랬지.

거리는 아직 그런대로 밝은 편이었다. 초량 뒷산에 발그레한 기운이 엷게 얹혀 있었다. 택시를 기다리는 동안 정작 내 생각은 입을 다물기 전이라는 동생의 마지막 말에 매달려 있었다. 사람이 입을 다문다는 게 뭘까. 어제까지 말을 하던 사람이. 동생이 앞쪽으로 달려갔다. 택시가 섰다. 나도 뒤뚱거리며 다가가 작은 보퉁이를 택시

안으로 넣어주었다.

전화할게. 문을 닫으며 동생이 말했다. 나는 돌아섰다. 그래 어제까지 말을 하던 사람이 오늘 갑자기 입을 다문다는 게 도대체 무어라 말인가. 그것은 단순히 신체기관에 이상이 있다는 정도 이상의 그 무엇이다. 아버지의 실어증은 신체기관의 이상으로 왔다기보다는 스스로 택한 의지일지도 모른다. 말을 하지 않겠다는, 아니면 입을 닫아버리는 게 당신이 할 수 있었던 최선이었을지도 모른다. 결국 그것은 어떠한 의미로든 '포기'인 것이다. 그래, 결국 아버지는 포기한 것이다. 아버지의 실어증은 눈물과 같이 왔다. 아니, 눈물 다음에. 눈물이 끝난 자리에 침묵이 온 것이다. 어쩌면 아버지의 포기는, 실어증은 준비되어 있었는지도 모른다. 느닷없이 터져 나온 포탄세례 같은 방송 프로가 시작될 때부터가 아니라 훨씬 더 이전부터. 고향과 멀어진다는 생각도 없이 조금씩 멀어지기 시작했을 때부터 그것은 예정되어 있었는지도 모른다. 근 한 달 가까이 아버지는 몇 마디나 했을까. 프로가 시작되고부터 낮이나 밤이나 텔레비전 앞에서 아버지는 침묵으로 일관했다. 어머니가 있었다면 문제는 달라졌을지도 모르지만, 서른이긴 해도 아버지의 과거에 대해선 거의 백지나 다름없는 첫딸인 나나 둘째 홍미가 쉽게 어떤 단안을 내릴 수는 없었다. 사위인 남편인들 우리보다 나을 게 뭐 있겠는가. 나나 홍미가 7월 말부터 짓무른 눈을 훔치며 화면 앞에 앉은 아버지에게 다가가 무슨 방법이라도 의논해 볼라치면 당신은 손부터 내저으며 가거라, 가서 자, 괜찮다. 막무가내였다. 그래선 안 돼요, 아버지 생각이라도 말씀해보세요, 하며 파고들면 방으로 들어가 문을 닫아버리는 것이었다.

그래서 결국 우리는 처음의 충격이 시간의 지남과 반복에 따라 조금 특이하긴 하지만 그냥 하나의 특집 프로에 지나지 않는다고 작정하고, 아버지의 건강이나 심사를 살피는 수밖에 없다고 결정했다. 그렇게 오래 보고 계시면 눈이 아파서라도 눈물이 나오겠어요. 아는 사람이 나오면 전화번호를 적어두세요. 우리가 달려갈게요. 그런 말이라도 하지 않으면 응접실 마루로부터 흘러나오는, 아버지가 새벽까지 켜둔 텔레비전의 빛이 주는 무거운 압박감을 이겨낼 수가 없었다. 더위에도 불구하고 우리가 문을 닫아걸고 누워 있는 밤에도 아버지는 소리를 죽인 채 화면과 싸우고 있었던 것이다. 그건 차라리 당신의 과거와의 처절한 싸움이었는지도 몰랐다. 어느 누구에게도, 딸들에게조차도 이해를 요구하지 않는 혼자만의 기억과. 그러나 이 엄청난 현실이 시나브로 끝날 게 아니라는 짐작과 이미 이 일에 당신의 몫이 남아있지 않다는, 아버지의 손을 떠난 문제라는 뒤늦은 판단이 섰을 때 아버지의 얼굴은 눈에 띄게 초췌해져 있었다. 결국 남편이 다잡고 나서게 된 것이다.

사실 내가 이렇게 병원 문 앞에서 서성댐은 남편을 기다리고 있었던 건지도 모른다. 택시가 멈출 때마다 시선이 달려가곤 했으니까. 앰뷸런스의 경적소리가 가까이 들려오자 아버지를 너무 오랫동안 혼자 있게 했다는 생각이 들었다. 1층 홀을 지나치려니 커피자동판매기가 눈에 띄었다. 커피 냄새가 간절했다. 좋지 않다는 게 더 당기는 건 정해진 이치인지도 몰랐다. 나는 종이컵을 들고 홀짝이며 계단을 올랐다. 임산부에게는 뻔뻔스러움 같은 게 있을지 몰랐다. 내 모습을 흘깃 스치는 사람들을 보자 그런 생각이 들었다.

병실 앞에 섰을 때 전화벨 소리가 흘러나왔다. 급히 문을 열고 수화기를 드는 통에 커피가 손등에 몇 방울 떨어졌다. 따가웠다. 여보세요.

나야.

아버지가 눈을 뜨고 내 쪽을 보고 있었다.

아무도 없나 했어.

홍미 보내고 들어왔어요.

마감이 좀 늦었어. 지금 나갈게.

오지 마세요. 오늘 밤은 제가 지키겠어요.

그래선 안 되지. 어쨌든 내가 갈게.

일일 계산이 막 끝난 천장이 높은 은행의 불빛은. 통화중 신호음만이 이어지는 수화기를 내려놓으려니 남편 사무실 모습이 언뜻 그려졌다. 그때 아버지가 내 쪽을 향해 손을 움직여 보였다. 뭔가를 나타내고 싶은 기색이 얼굴에 역력했다. 으으.

일으켜드려요, 소변요? 아버지가 고개를 약간 끄덕였다. 아버지의 몸은 상당히 위로 솟구쳐 있었다. 나는 허리를 받쳐 앉히고 침대 밑에서 변기를 들어올렸다. 손이 가볍게 떨리면서 허리 끝을 더듬는 걸 보다 내가 나섰다. 아버지 몸에 땀 같은 건 묻어 있지 않았다. 최선은 실어증 외의 다른 병을 막는 것이었다. 안정밖에는 필요한 게 없어요. 따라서 딸자식들이, 아니 내 남편이 할 수 있었던 최선도 독방으로 옮기는 것뿐이었다. 그리고 무엇보다 텔레비전 수상기를 치우는 것.

욕실 문을 열고 변기에다 소변을 쏟아 부었다. 물 내려가는 소리를 들으며 손을 씻고 있는 동안 충동같이 요의가 느껴졌다. 그러나 생각뿐이었다. 임신 6개월. 남편에게는 서른다섯의 첫아이이며 아버지에겐 일흔셋의 첫 손주가 된다. 그런 계산이 어쩌면 이렇게 쉽게 되어 나올까. 아버지는 여전히 비스듬하게 앉아 있긴 했지만 어깨가 베개 가까이나 내려가 있었다. 아무래도 마비는 오고 말 것이다. 나는 허리를 받쳐 반듯하게 눕는 걸 도왔다. 아버지는 몇 번 눈을 껌벅이더니 감아버렸다. 그 모습이 불빛으로부터 벗어나고 싶어 하는 가녀린 소망으로 읽어졌다. 나는 욕실 불을 켜고는 문 쪽으로 가서 형광등 스위치를 내렸다. 병실은 몇 개의 그림자로 눈에 들어왔다. 의자를 침대 쪽으로 당겨 앉았다. 단지 나도 편안히 앉아 쉴 생각뿐이었다. 그러나 시트 밖으로 나온 아버지의 왼쪽 손을 안으로 넣는다는 게 만지게 되었고 그건 곧 꼼지락거림이 되었다. 말라빠진 아버지의 손은 차갑고 굳어져 있었다. 꺼칠함이 눈에 보이는 듯했다. 내 손가락의 꼼지락거림은 이제 비비적거림이 되었다. 나는 침대 가에 가슴을 기댄 채 아버지의 손을 천천히 쓰다듬고 있었다. 무엇이 달라지리라고는, 손이 뜨거워지거나 내 손을 힘 있게 꽉 잡으리라는 기대도 없이. 그리고, 얘야 사흘 동안 난…… 그런 말소리는 더더욱 기다리지도 않으면서 나는 아버지의 손을 주물렀다.

어렸을 때 나는 아버지에게 잘 안기거나 가까이 가지 않았다. 그게 꼭 어렸을 때라고만 할 수는 없었다. 서먹한 거리감은 자라면서 더욱 굳어갔을 테니까. 아버지 손 더러워. 그리고 무엇보다 아버지가 할아버지처럼 늙었다는 게 도무지 납득이 가지 않았다. 내가 아는 내 또래 어느 누구의 아버지도 그렇게 나이 많은 사람은 없었다. 그것은 부끄럽고 서럽다 못해 끔찍스럽기조차 했다. 그러나 그게 바로—마흔이 넘어 세 번째 결혼한 아버지에게 태어난—나의 존재 조건이라는 걸 확실히 알게 된 것은 실제로, 얼마 전이었다.

아버지의 손은 언제나 기름으로 번질거렸다. 국민학교 다닐 때까지만 해도 살림방이 가게에 달려 있어 참기름 냄새가 방 안 어디에도 배어 있었다. 그건 구수한 게 아니었다. 늙은 아버지와 수다스런 어머니 사이에서 자라는 나에게 그 냄새는 죽도록 싫고 부끄러운 환경 그 자체였다. 언제나 물이 괴어 질퍽하고 생선과 푸성귀 썩는 냄새가 떠나지 않는 시장통에 사는, 남 보기에도 어딘가 이상스러운 부부 사이에서 태어난 딸이 나였다. 겨울철이면 어머니가 미리 데워놓은 뜨거운 물에 비누와 수세미로 문지르고 또 문질러도 아버지 손톱 밑의 기름때는 지워지지 않았다. 번질거리는 늙은이의 손이나 손톱의 기름때가 내 유년의 기억에 찍힌 아버지였다. 어머니라고 별로 다를 바도 없었다. 기름때 묻은 앞치마를 두르고 잠긴 목소리로 고함을 질러대던 뚱뚱한 여자. 아버지만큼은 늙지 않았다는 사실이 따스함으로 나를 감쌀 수는 없었다. 나의 가치척도나 기준은 온통 아버지에게만 매달려 있어, 듣기 싫은 사투리를 섞어 쓰면서 1년 만에 한 번씩 조잡스러운 지도나 사 와서 멋대가리 없이 벽에다 붙여 놓고는 라디오 연속극이나 듣는 아버지와 같이 사는 무식한 어머니도 다른 아이들 보기엔 부끄러울 따름이었다. 어머니는 '뚱보욕쟁이'라는 별명을 갖고 있었는데 실제로 내가 어렸을 때 사람들은 우리 가게를 〈성천(成川)기름집〉보다는 〈뚱보기름집〉으로 많이 불렀다. 가게 앞을 가로막는 좌판장수와의 시비나 청소비·야경비 등 기타 자질구레한 외부인과의 접촉은 어머니의 몫이었다. 그리고 시골장으로 깨를 사러 달려가는, 바지런하고 억척스런 어머니였다. 아버지는 오직 검은 고무줄로 건전지를 친친 감은 라디오나 들으면서 깨를 볶고 기름을 짤 뿐이었다.

사실 어머니의 욕 섞인 고함 외에 집 안에 들리는 건 아버지의 라디오 연속극뿐이었다. 아버지의 유일한 취미였다. 화투를 치거나 장기, 바둑을 두는 걸 나는 본 적이 없다. 다만 드물게 술을 마시면 아 으악새니, 두만강 푸른 물이라는 노래를 크게 불러 젖히는 거였는데 노래도 언제나 딱 두 곡이었다. 다만 지도는. 그래 지도로 말하면 할 이야기가 많아진다. 지도는 아마 내가 태어나기 전부터 우리 집에 붙어 있었을 게 틀림없었다. 그리고 그것은 언제나 우리나라 전도였다. 내가 중학생이 되어 〈성천기름집〉의 성천이 함경남도에 흐르는 강 이름이라는 걸 알고, 더 상세하고 보기도 좋은 지도가 있다는 걸 아버지께 말했을 때도 아이다, 모양만 갖추고 있으면 된다. 있는 땅이 어디 가냐며 어디서 사 오는지 조잡스럽기 짝이 없는 지도를 벽에다 새로 붙이는 것이었다. 아마 그림 비슷한 게 집에 붙어 있기로는 그것이 유일한 것이었는지도 몰랐다. 나이 든 사람들이 1년에 한 번 책력을 사듯 아버지의 대한민국전도 사기는 당신의 또 다른 일년행사였다. 그게 어쩌면 조금 남아 있는 아버지의 사투리 외에 유일하게 이북에 고향을 둔 집이라는 걸 알리는 표적이라고 나는 생각해 왔다. 그렇다고 아버지는 한 번도 우리에게 지도 이야기를 한 적이 없었다. 내 스스로 옥호(屋號)의 뜻을 찾아냈을 정도로.

아버지의 나이 외에 우리 집이 다른 집과 또 다른 이상한 점이 있다는 걸 알 때는 설, 추석 같은 명절이었다. 시장 안에서 우리 집은 설날 아침까지도 문을 열었다가 또 가장 빨리 장사를 시작하는 것으로 유명했다. 다른 아이들처럼 때때옷을 입고 할아버지 집이나 어디로 가는 법도 없었다. 모르긴 해도 명절이라고 한복을 입어 본 기억도 없는 듯하다. 제사라는 말뜻을 안 뒤에도 명절제사 외에 다른 날은 없었다. 뒤에 안 일이지만 할아버지 기제사는 아버지가 난리통에 날짜를 잊어버렸고, 할머니의 기일은 알 수도 없으니 그럴 수밖에 없다는 것이었다.

친척이라고 유일하게 찾아오는 사람은 대낮에도 술 냄새가 풍기는 외삼촌이었다. 그는 영도(影島)에 살았는데 나타나기만 하면 아버지가 어디론가 나가버리고 어머니만이 아이고 이 원수야, 술 좀 작작 마시라, 그래갖고 어느 여편네가 붙어 있을라꼬. 오빠에게 욕을 퍼붓곤 했다. 내가 외삼촌이라고 제대로 불러본 기억도 없이 그는 일찍 죽어버렸다. 아이구, 원수 같으니. 잘 죽었다, 그래 살믄 뭐하노. 아버지와 같이 하루 집을 비우고 돌아온 어머니의 말이었다.

어머니는 전쟁고아나 마찬가지였다. 하나 있는 술주정뱅이 오빠 치다꺼릴 하는 억척 노처녀를 아버지께 중매한 사람은 같은 시장에서 포목상을 하는 아주머니였다. 그때까지 아버지는 월남해서 결혼한 여자가 아이를 낳다가 죽고 만 뒤 줄곧 혼자 살아오던 참이었다.

할아버지처럼 늙은 아버지를 담임에게 보이거나 뚱뚱한 욕쟁이 어머니를 학교에 데려오지 않기 위해 내가 할 수 있었던 일이라곤 공부를 열심히 하는 것뿐이었다. 어린 소견으로 가장 무섭고 창피스러운 건 담임이 학교로 아버지나 어머니를 부르는 것으로 알았으니까. 국민학교를 졸업할 무렵 시장에서 조금 떨어진 언덕바지에 방을 둘 얻었을 때가 나에겐 가장 기뻤던 시절이었다. 동생과 같이 지낼 수 있는 방이 있고 무엇보다 참기름 냄새를 맡지 않아도 되었으니까. 그 뒤로 중학교와 여고는 집에서 굳어진 습관대로 공부만 하는, 차가워빠진 철조망 같은 계집애였다.

문이 열리는 소리에 나는 아버지의 손을 꽉 움켜잡았다가 놓았다.

왜 불을 끄고 있어요. 고개를 돌리는 순간 불이 켜졌고 참으로 썰렁하고 심란한 기분이 들었다. 체온계를 아버지에게 들이미는 간호원의 흰 옷이 조금도 시원하게 보이지 않았다. 그리고 바람처럼 그녀는 나갔다. 문을 열어놓은 채. 아버지에게 열은 없어. 나는 문 쪽으로 걸어갔다. 또 벌컥 들어올지라도 문을 닫아두고 싶었다. 그때 다시 문이 열렸다. 남편이었다.

많이 기다렸지. 길이 막혀서. 좀 어떠시지. 남편은 더워 보였다. 손수건으로 이마를 훔치며 그는 아버지에게 다가갔다. 탁자 위에 놓인, 남편이 들고 온 과일봉지와 또 다른 봉투가 화병과 같이 위험해 보여 나는 그것을 옮겨 놓았다.

하나는 만두야.

남편이 손을 잡자 아버지의 눈이 천천히 떠졌다. 그리고는 입이 조금 움직였는데 얼굴 자체로 반가운 기색을 나타내는 듯했다.

괜찮으세요. 내일은 집에 갑니다.

아버지의 입이 움직이고 으, 하는 웅얼거림과 같이 체온계가 입에서 미끄러져 내렸다. 문이 열리고 간호원이 들어왔다. 방금 빠졌어요. 남편이 말했다. 간호원이 차트에 숫자를 기입하며 열은 없어요 했다. 남편이 저고리를 벗었다. 내가 저고리를 옷걸이에 걸고 돌아섰을 때도 여전히 남편은 아버지의 손을 붙잡고 있었고 아버지의 얼굴이, 눈을 감긴 했지만, 남편 쪽으로 약간 기울어져 있었다. 그것은 기묘한 일이었다. 남편의 목소리나 손길을 아버지가 제일 민감하게 안다는 것은. 설명할 수 있다면, 간호원이나 그 외 사람들까지도 모두 아들인 줄 알았다는 남편의 정성이었다.

좀 앉으세요.

당신은? 과일이나 좀 내지. 만두가 맛있을 거야.

나는 포도와 복숭아를 들고 욕실로 들어갔다. 포도송이를 보기만 해도 입에서 신맛이 돌았다. 나는 서너 알 따서 입에 넣었다.

전화해 봐요, 집에.

남편이 가장 혼난 것은 아버지의 가출이었다. 계속되는 아버지의 텔레비전에의 매달림이 우스갯소리로 지나치거나 당신이 어떤 결심을 우리에게 털어놓지 않는다고 그냥 둘 것이 아니라는 결론을 내린 남편이 적극적으로 나섰던 1주일 전이었다.

아버님이 어려우시면 저나 처제가 나서보겠습니다. 반대하실 이유가 없으시다면 접수시키겠습니다. 그날 밤 아버지는 아이야, 관둬 내가 알아, 안다고. 그 말뿐이었다. 그런데 다음 날 아침 산보시간이 지나도록 돌아오지 않고 만 것이다. 밤이 되어도 돌아오지 않고 신고한 경찰로부터 연락이 없자 남편은 여행준비를 서둘렀다. 홍미는 부산에서, 나와 자기는 서울에서 찾아보자는 것이었다.

서울서 내가 느낀 것은 절망이었다. 그 넓은 광장과 방송국 안팎을 메운 인파 속에서 아버지를 찾는다는 건 도저히 불가능하게 느껴졌다. 어슬어슬 어둠이 몰려들기 시작하자 나는 휴게실 의자에 앉아 울어버렸다. 지친 몸으로, 아버지를 이제 영원히 찾지 못하리라는, 그러면서 달려드는 불길한 상상 때문이긴 했지만, 그러나 결국은 내 자신 때문이었을지도 몰랐다. 화면에서 보여주는 어떠한 극적인 장면보다도 나에게 가슴 아프게 다가오는 건 벽보판 사이를 시름없이 오가는 사람들이었다. 내 아버지도 넋을 잃고 저 속에 있을지도 모른다는, 그래서 결국 나의 존재 이유가 바로 이 많은 사람들의 원망과 회한 서린 어느 발걸음에 찍혀 있다는 것을 생각했던 것이다. 늙은 아버지와 뚱보 욕쟁이 사이에서 태어난, 내가 어렸을 때 그토록 부끄럽고 이해할 수 없었던 나의 출생이, 수십 년 동안 각기 다른 세월로 살아온 이 많은 사람들 중의 아버지와 어머니의 사연이라는 사실이 그냥 펑펑 눈물을 쏟게 하는 것이었다.

이러면 안 돼. 당신이 건강해야 아버지께 손자를 보여드릴 게 아니야. 남편이 여관방에서 내 어깨를 다독거릴 때 참으로 그것은 이상스런 감동으로 내 몸을 휩싸고 돌았다. 그리고 비로소 쉰이 지나 막내를 낳기로 했던 아버지의 심경이 단순한 아들 욕심이 아니라는 생각으로 다가드는 것이었다. 그리고 동시에 왜 아버지가 완강하게 텔레비전 앞에서만 버티고 방송국으로 달려가지 않았는지도 집혀왔다. 아버지보다 먼저 저세상으로 가기는 했지만 뚱보 욕쟁이와 세 딸이 당신의 '세계'였던 것이다. 그러기에 기억은 기억으로 묻혀야 한다고 고집한 게 아닐까. 그와 같이 아버지는 이미 화면에서 당신을 찾는 광고를 보았을지도 모른다는 예감이 와락 달려들었다. 그럴 수도 있겠지. 이건 상식으로 되는 일이 아니니까.

홍미의 울음 섞인 목소리로 부산서도 찾지 못했다는 전화를 받은 뒤 그쪽으로의 기대는 엄청나게 불어났다. 뒤는 도저히 생각할 수도 없었다. 아버지가 어떤 할머니와 오십에 가까운 아들을 데리고 나타난다 하더라도 그건 이미 충격이 아니었다. 과묵하고 잔정이라곤 찾아 볼 수 없었던 아버지와 수다스럽고 억척스런 어머니 사이에 태어나, 어딘가 설렁하고 윤택스럽지 못한 가정이긴 해도 한 가족으로 살아온 우리는 이미 엄청난 파도 속에 휩쓸려 들어가 버린 것이었다.

다음 날부터 되살아난 입덧과 같이 열이 오르는 몸에도 불구하고 벽보판 사이를 헤매고 다녔다. 두고 온 가족을 만나지 않았다면 아버지가 할 수 있는 건 집의 텔레비전 앞에서처럼 이 광장 어디에 멍하니 앉아 지나가는 사람들을 바라볼 뿐이라는 생각이 나를 내몰았다.

사흘째 되는 날 저녁에 전화가 왔다. 아버지가 돌아오셨다는 홍미의 연락이었다. 그런데 이상해, 통 말을 안 하셔라는 뒷말을 그 동안의 행방에 대해 입을 다물고 있다는 정도로 나는 들었다. 그러나 아버지는 말을 잃고 돌아온 것이었다. 서둘러 입원을 시키고, 쇼크로 인한 실어증과 치매현상 초기라는 진단을 받는 동안 남편은 병실을 지켰다.

어느 틈엔가 내 앞의 쟁반에 뱉어놓은 포도씨와 껍질이 수북했다. 만두는 남편만이 서너 개 집어 먹었을 뿐이었다.

포도를 안 사 왔으면 큰일 날 뻔했군. 파출부 아주머닌 알아봤어? 마산에도 연락은 해놨지만.

곧 될 것 같아요. 사흘 연가를 냈어요.

마산엔 시가가 있다. 남편에게 무엇보다 미안한 건 비록 셋째긴 해도 시부모님을 제대로 집에 한번 못 모신다는 것이었다. 그 정도야 결혼 전에 알고 이해야 하겠지만 그렇다고 마음까지 가벼울 수는 없었다. 남편은 다시 손수건을 꺼내 안경을 벗고 이마를 훔쳤다. 나이답지 않게 앞머리가 빠진 그의 이마는 유난히 넓었다.

내가 단신 월남한 아버지의 딸이라는 사실을 다시 한 번 온전하게 깨달은 건 결혼 말이 나오기 시작했을 무렵이었다. 그때 어머니는 벌써 고혈압으로 돌아가신 뒤였는데, 어머니가 있다고 해서 조건이 크게 달라지는 것도 아니었다. 중매이야기는 직장에서부터 나왔다. 배선실이라는 나이 든 여선생이 처음 시작한 소개는 가족사항이나 집안에 가서 벽에 부딪치곤 했다. 언제나 점심식사 직후에 앉은자리에서 입술 화장을 다시 하는 배 선생이 그 빨간 입술로 아이구, 집안이 그런 걸 알면서 진작 연애도 안 했어, 라는 말도 웃고 넘길 정도로 처음엔 나는 별로 심각하게 생각지 않았다. 이십사오년 동안 굳어진 내 가족개념이 집안이 변변치 않다는 게 그렇게 결정적 흠이라고까지 여기지는 않았고, 무엇보다 본인이 중요하다는 반발심 같은 고집도 있었기 때문이다. 물론 무엇보다 나이가 그렇게 만든 것이지만. 하기야 나는 막내까지는 안 되더라도 바로 밑의 홍미라도 학교를 마치면 하는 생각도 있었다. 그러나 일곱이 지나갈 때가 되어서는 짚고 가지 않을 수 없었다, 어쩌다 저쪽에서 좋다면 내 쪽에서 내키지 않는, 결혼에 따르는 그런 일반적인 줄다리기가 없지도 않았다. 그러나 대부분은(그것도 두세 번에 불과하지만) 나야 뭐, 저이들끼리 좋다면야라는 아버지의 말 정도로 끝이었다. 아버지의 그런 말이 안경 속으로 날카롭게 나를 뜯어보는 남자 쪽 어머니에게 의뭉스럽게 들리지 않았다면 다행이었을 것이다. 언젠가 해운대 송림공원에 걸려 있던 평안북도 어느 군민회 플래카드가 떠올라서 내가 아버지에게 이렇게 말한 적도 있었다. 아버진 왜 그런 데도 안 나가셨어요. 나도 어차피 그런 데서 만난 남자와 결혼해야 할까 본데요. 처음에야 왜 아니 나가. 그것도 아는 사람 더러 있구 돈이나 행세깨나 해야 재미가 있는 거야. 그때 내가 안 건 아버지가 몇 차례 모임 때 수소문을 해봐도 이북에 두고 온 가족소식을 만나보지 못했다는 사실이었다.

당신 정말 오늘 여기서 지낼 거야?

남편이 욕실에서 얼굴과 손을 씻고 나왔다.

그래요. 어서 들어가기나 해요. 10시가 다 돼가는데.

남편을 보내고 난 뒤 나는 과일껍질을 비닐에 주워 담고 쟁반을 씻고, 어질러진 병실을 대충 정리했다. 아버지는 잠든 것처럼 꿈쩍도 하지 않았다. 간이침대 위에 담요를 깔고 나는 불을 껐다. 어둠이 내린 공간으로 지나가는 자동차소리가 밀려왔다. 남편은 고시 공부를 하다 포기하고 늦게 은행에 들어갔다. 홍미 대학 친구의 사촌오빠였는데, 지레 내가 내 혼담의 실패담을 늘어놓은 게 인연을 닿게 했는지도 몰랐다. 의자에 앉기 전에 벨이 울렸다. 집에 도착한 남편이었다. 전화를 끊고 나니 이제 할 일이 아무것도 남아 있지 않다는 생각과 같이 피곤함과 쓸쓸함 같은 게 밀려들었다. 나는 간이침대로 가지 않고 의자에 앉았다. 뱃속의 미세한 움직임이 눕기보다는 앉아 있는 게 편안할 것 같았다. 다시 자동차 소음이 들려왔다. 밤은 소리만 남아 있게 하는 것일까. 아버지의 숨소리가 제법 크게 느껴져 왔다.

논밭을 부치며 틈틈이 과수원에서 품을 팔던 무지렁이 삼십대 초의 사내가 징집되어 함흥시내 집결장소에서 대기하다 오늘내일 하는 아내의 세 번째 해산과 역시 폐병으로 하루를 점칠 수 없는 홀어머니 걱정을 떨치지 못해 도망친다. 그는 독자다. 그러나 도주하는 형편에 검색을 피하다 보니 접어든 길이 남쪽이었고, 그것이 그대로 월남이 되어 버린다. 그리고는 어쨌을까. 남쪽에 내려온 혈혈단신의 사내는 휴전이 되고 수소문에도 지쳤을 때 어느 여자와 결혼하게 되고 그 여자는 애를 낳다 죽고 만다. 지지리도 복 없는 팔자를 한탄하며 시장통에서 이것저것 닥치는 대로 일을 하다 겨우 참기름집을 열게 된다. 그러다 역시 외로운 노처녀와 마흔넷에 재혼을 한다. 어머니와 아버지에게 단편적으로 들어 모은 이야기는 이 정도다.

손바닥만 한 가게에 조잡스런 지도를 붙여놓고 라디오 연속극이나 들어가면서 겨우 아는 몇 마디 노래로 과거를 밀어내던 아버지에게 이 여름은 무엇이었을까. 그러나 집을 나간 사흘간 아버지의 행적은 어떻게 설명될 수 있단 말인가. 말문이 다시 터진다는 걸 기대할 수도 없지만 입이 열린다 해도 아버지는 이야기하지 않을 것이다. 그 사흘은 소롯이 아버지만의 시간이 되어버린 것이다. 그렇다면 영원히 침묵 속으로 가라앉고 말 그 사흘의 의미는 무엇으로 헤아려낼 수 있을까. 내가 그토록 무심했고 무지했던 아버지의 지나온 행적이 그 사흘 속에 어떤 암시로서 담겨 있을 것인가. 안다고는 해도 이해하지 못할지도 모르는 아버지 시대의 삶의 조건들이 영원한 침묵으로 끝나고 말 사흘 속에 담겨 있을까. 아무도 나를 속박하지 않았음에도 늙은 아버지에게서 태어나 참기름집 딸로 예속된 내가 알아내야 할 시대의 의미가 담겨 있는 사흘일까. 아버지가 그 사흘 속을 헤매고 있다. 아니, 헤매는 건 나였다. 뱃속의 희미한 태동을 감지하며 나는 눈을 떴다. 아버지의 숨소리로 어둠은 높아가고 나는 손을 배로 가져가 제법 큰 느낌으로 다가오는 움직임을 좇았다.

그리고 남편은
오늘 밤도 늦다

남편이 이상한가…… 그럴지도 모르겠다. 그러나 정작 수상쩍은 건 내 생각의 꼬리인지도 모르겠다. 베란다로 나오고부터 두 대째 버스가 지나갔다. 나는 버스를 기다리기 위해 나와 앉았는가. 종점에서 한 구역인 아파트 5층에서는 정류소가 거의 정면으로 내려다보인다. 입주하고부터 주민들은 노선의 신설을 요구하고 있지만 아직도 버스는 99번과 99-1뿐이다. 7시 전후로—대부분 7시가 넘지만—남편은 둘 중 어느 하나에서 내린다. 그가 바꾸어 타는 곳에서 99번과 99-1은 같은 노선이니까. 나는 남편을 기다리고 있는 것이지 버스를 기다리는 건 아닌데도 잠시 그게 그거 아니냐고 여겨지기도 한다. 결국 그게 그거 아니냐고 말할 수 있는 불특정의 막연한 사람들을 떠올리고 나도 그렇지 뭐 해버릴지도 모른다는 생각이 얼핏 들기도 한다.

아직도 남편을 기다려볼 만한 여유는 충분히 남아 있다. 이제 겨우 6시 40분이므로. 앉혀놓은 밥솥에서는 김 나는 소리가 들리지 않고, 그보다 놀이터에 나갔는지 다른 친구 집에 가 있는지도 모르는 준필이가 들어와야 할 텐데. 그러나 둘 중의 어느 하나가 앞이든 뒤든 남편의 귀가 시간보다는 이르고 정확할 것임은 틀림이 없다. 7

시 전후가 아니면 드물지만 10시를 가운데로 하여 자정을 넘겨버리는 게 남편의 귀가 습관이다. 6년을 같이 살면서, 그러나 이 말은 틀리겠다. 왜냐하면 시갓집과 두 곳의 전셋집을 거치는 동안 남편의 귀가 습관은 내 뇌리에 뚜렷하게 남아 있지 않으므로. 결국 2년 전 이 아파트를 분양받아, 그것도 내가 직장을 그만둔 지난해 가을부터 나는 남편의 귀가 시간에 신경 썼다고 해야 옳다.

눈에 익은 게 무서운 건지, 밤색 가방을 든 남편이 건널목에서 신호를 기다리고 있다. 있다고 그려볼 수 있다. 신호 바뀌기를 기다리는 동안 남편은 잠시 새로 들어선 테니스장으로 눈을 돌릴 수도 있다. 그리고는 횡단보도를 지나 개천을 따라 아파트 앞 동네로 다가온다.

베란다에 나와 남편의 귀가를 기다리는 습성은 맨 처음 머리를 스친, 남편은 이상한가라는 상념과 더불어 시작되었는지도 모른다. 남편이 이상하다는 생각과 같이 매일 저녁 정류장을 바라보게 되었는가. 그것이 아니라면 7월 말의 안방과 베란다를 가득 채운 햇살과 관계있을지도. 며칠 내처 비가 온 뒤 오랜만에 해가 났고 시원한 바람까지 부니까. 아니다. 그건 아니다. 어쨌든 가정주부의 오후는 오직 남편과 관계되어 있다. 시장을 보고, 찬을 만들고, 오후 청소를 하고, 아이를 찾아 씻기고 그런 게 모두 기다림 아닌가.

해가 길어진 봄부터 베란다라는 희한한 공간을 염두에 두게 되었다. 베란다는 17평 아파트의 하늘에 뜬 마당이다. 마당의 한구석에 그만그만한 장독을 두고 7개의 화분 중에서 3개는 난간에 걸려 있고, 파를 심어놓은 기다란 플라스틱 화분 둘. 직장 다닐 땐 그냥 물을 주고, 된장을 뜨러 가고, 일요일 오전엔 물로 씻어 내는 타일 조각의 이음에 불과했었다. 테니스장이 만들어지고 있다는 것은 알았지만 주위의 공터나 건물들과는 전혀 다른 불그레한 흑갈색의 그것이 시선을 잡아당기는 순간, 묘하게도 방에 앉아 창 너머로 보는 것과 마당에서 사물을 보는 차이가, 어디서 들려오는지도 알 수 없는 소음과 더불어 생각키운 거다. 그때부터 나는 플라스틱 등의자를 구입하고 자주 베란다에 나와 앉았다. 그런데도 남편이 이상해지고 있다는 염려와 더불어 그 습관이 붙었다는 끈끈이를 떼어내지 못하는 것은 또 어쩐 일인가. 딩동. 방으로 들어서니 압력 밥솥의 힘차게 김 뿜는 소리가 들린다. 가스레인지를 한 단계 낮추고. 문은 닫혀 있지 않은데. 문을 밀자 아이는 보이지 않고 403호 여자가 서 있다. 엄마. 준필은 철수 어머니에게 가려 있다.

"밥 먹었다. 계란 후라이하고."

"철수랑 같이 먹었어요, 잠이 오나 봐요."

"신경 쓰였겠네, 고마워요."

"준필이 안녕."

애는 인사하지 않았다. 나는 문을 잠그지 않았다.

"발 씻고 들어가야지. 떠들면 동생 깬다."

준필은 준호가 자고 있는 작은방부터 달려든다. 아이를 욕실에서 씻기고 러닝과 팬티를 갈아입히고 잠옷을 내주었다. 그러는 동안 나는 불을 제일 낮게 낮추었다.

"우리 준필이 혼자 입을 수 있지."

"그래 텔레비에서 보았어."

그래 텔레비다. 그러나 나는 입 밖으로 내지는 않았다. 아이는 TV를 켜고는 소파에 눕는다.

"밥 더 안 먹을래."

화면에 시선을 고정시킨 채 준필은 고개를 흔든다. 가스 불을 완전히 껐다. 콕을 잠그지는 않았다. 문을 잠그지 않은 것처럼. 그래서는 살지 못한다. 된장찌개는 어떡할까.

"철수 집에는 기차가 기찻길 위로 달리던데, 엄마 나도 사줘."

아이가 일어나 앉는다. 나는 된장찌개에 불을 켜지 않기로 했다.

"그래 엄마가 내일 보고. 아빠께 이야기할게. 넌 대신 할아버지가 사준 장갑차가 있잖니."

"기차가 더 좋아."

아이는 다시 소파에 눕는다. 애들의 자연학습 퀴즈게임이 진행되는 화면 구석 위에 6:53이라 찍혀 있다. 나는 마당으로, 베란다로 다시 나온다. 버스는 서 있지 않다. 대신 테니스장에서 테니스를 치고 있다. 벽치기는 하나. 흰 옷들이 뛰고 있다. 앞 코트의 왼쪽, 모자 쓴 남자가 공을 놓쳤다. 이런 변두리에 저게 들어서서 될까. 땅을 다지고 있을 때, 그것이 테니스장이라는 걸 알고 그런 생각을 했었다.

—격렬하지. 터질 듯한 그 숨가쁨에 가슴의 노폐물이 씻겨진다구.

지난 토요일 모임에서 나 선생의 말이었다. 버스가 섰다. 버스가 비킨 자리에 4명, 가방을 든 남편은 없다. 지난 주 우리집에서 계가 있었다. 그날 그들은 즐겁지가 않았다. 애가. 방 안엔 텔레비전 소리만 있고 준필은 잠이 들었다. 나는 자리를 깔아 아이를 눕혔다. 입가에 침이 흘러 있다. 손으로 침을 닦아주고 나는 텔레비전을 껐다. 남편은 요즘 무릎으로 끄지만 나는 손으로 껐다. 바로 그것이 남편이 이상하다고 여겨지는 몇 가지 요인 중의 하나다. 텔레비전이 켜져 있기만 하면 집에 들어서자마자, 큰방으로 곧장 와서 저고리도 벗지 않은 채 그것부터 껐다. 준필이만이 제 아버지를 조금 이길 수 있다. 처음의 손은 생략되고 요즘은 무릎만 사용한다. 툭.

"왜 보고 있는데."

"볼 게 뭐 있어."

"보니까 보죠."

"소모야. A잡지에 보니까 영어의 경우 TV 아나운서들은 시간당 9천 단어를 말하지만 눈으로는 같은 분량을 세 배 빠르게 읽을 수 있대. 이십 분짜리 TV뉴스는 신문의 삼단기사 분량이래. 그리고 연상작용을 생각해봐. 엄청난 차이지. 우리나라 사람들의 하루 평균 시청시간이 얼마일까. 그걸 찾아봐야겠군. 저녁에 집구석에 앉아 TV 안 보고는 할 짓이 없는 거로 되어버렸으니."

언제부터 당신이 그렇게 정확한 인용을 하게 되었어요라고 나는 남편의 말을 가로막지 않았다. 달라진 버릇 중의 하나니까. 며칠 자 무슨 일보에 났어, 계간지 어디에 누구가 그렇게 썼더라구. 도대체 왜 정확한 출처가 필요하죠. 그때 그는 불안한가봐라고 말했었다.

그러나 요즘은 그런 얘길 하는 법도 없다. 그냥 무릎이다. 툭.

"당신 대학 다닐 때 교지 편집위원으로 TV 공해론을 썼잖아."

"그게 무슨 상관이에요."

그러나 나는 말을 잘못했다. 내 의식의 침잠이나 연속극이나 보는 가정 주부꼴로서가 아니라 그는 싸우기 위해 싸우는 꼴이니까 내가 대꾸할 필요가 없었던 것이다. 대신 남편은 신문을 지독스레 읽는다. 내가 그토록 반대했음에도 조간, 석간 두 개를 본다. 중앙지와 지방지. 조간은 화장실에서 30여 분 동안 읽는다. 큰애가 아무리 급하다고 발을 동동 굴러도 그는 꿈쩍 않는다. 옛날에 제가 쓰던, 지금은 동생이 사용하는 오리 변기에서 일을 본 뒤 그때까지도 내처 앉아 있는 제 아버지더러 준필이가 말했다. "아버지 똥쟁이." 요즘 들어 남편은 신문을 읽으면서 킬킬거리기도 한다. 뭐 그리 재미있는 게 있어요. 노는 꼴들이. 그러나 요즘은 그런 말도 않는다.

대신 킬킬거리는 횟수만 늘고 있다. 아, 있다. 지지난주 남편은 괜히 나갔어라고 말했다. 산사태로 30여 명 이상이 죽은 사고 뒤 신문에서는 그것을 주제로 대담 자리를 마련했었다. 김 기자의 소개였는지 어쨌는지 남편은 세 사람 중의 한 명으로 참석했었다. 그것은 주일에 한 번 있는 고정기획이었다. 괜히 나갔어, 사람들이 이상한 눈으로 봐. 남편은 그 자리에서 피해 가옥 수는 얼마 안 되는데 사상자 수가 엄청난 것은 한 집에 여러 세대가 살았기 때문이다. 이웃의 이런 어려움을 같이 나누어야 한다. 60평, 70평 아파트에 사는 사람들일수록. 그런 이야길 했다.

"60평에 사는 교수가 있어요?"

"아니."

"그런데 왜요."

"그런데."

"당신 느낌이겠죠."

그런데 하루 뒤 시어머니에게서 전화가 왔다. 네가 뭔데 그런 소릴 함부로 하니. 괜히 나갔나 봐. 남편이 다시 말했다.

그것인가. 그 일이 남편을 압박하는가. 그러나 남편은 그 기사 이후에 술을 인사불성으로 마시고 들어오지는 않았다. 갑작스레 술 생각이 났다. 무릎으로 툭 텔레비전을 끄고, 신문을 읽고 킬킬대며, 괜히 나갔어. 이상한 눈으로 봐. 그런 남편에게 생각이 미치자 희한하게도 술 생각이 나는 것이다. 햇살이 조금 비켜서긴 해도 해가 넘어가려면 아직도 한참인데. 그때 두 대의 버스가 서고—종점에서 나가는 것과 동시에 섰는데—나가는 차가 먼저 떠났다. 남편은 없다. 벽치기를 하는 사람이 셋으로 늘었다. 나는 계모임을 위해 준비했다가 남은 위스키를 찬장에서 꺼내 얼음 위에 따랐다. 밥물이 덕지덕지 붙은 압력밥솥이 눈을 당기지만 밥을 풀 마음은 전혀 없다. 된장찌개를 끓일 생각은 더욱.

—입으로 들어가는 것 중 술하고 담배를 덮을 게 없대.

—미식가는 어쩌구.

—대부분의 미식가는 술 담배를 안 해.

토요일 계모임은 재미가 없었다. 화제는 시큰둥하게 겉돌기만 했다. 다만 툭툭 끊기면서도 잠시 이어졌던 광주 이야기 끝에 그곳 비행장은 1950년대에 필리핀 기술자들이 닦았다고 누가 말했고, 어찌된 셈인지 아르헨티나라는 나라까지 들먹여졌다.

입으로 잔을 가져가기 전에 제라늄 위로 나는 지독스레 작은 날벌레 두 마리가 햇살 아래 보였고 잠시 내가 왜 이걸 마셔야 하지라는 생각이 들었다. 남편의 귀가를 기다리는 저녁녘 가정주부의 여유라고. ××. 나는 놀랐다. 그것은 남편의 말버릇이었기에. 나는 한 모금을 털어 넣었다. 그러나 그건 약과다. 술을 마시고 자정을 넘기고 들어와서 해대는 욕설에 비하면. 같이 사는 남편이 무서워 보인 적이 다른 아내들에게도 있는지. 겨울이 끝나가는 3월 초 어느 날 밤, 그는 얼마나 마셨는지 가방을 집어던지고 양복을 찢듯이 벗어던지며 욕을 퍼부어댔다. 나를 보면 나를 향해서 내가 눈앞에 없으면 없는 대로 그냥 욕이었다. 상상을 초월한 입에 담을 수 없는 욕설이었다. ××은 기본이었다. 삼각형으로 모아진 도끼눈에 무엇이라도 집어던지거나 발로 차버리려는 그가 나는 무서웠다. 몸을 섞어 6년을 산 남편이 무섭게 남으로 보여 나는 슬퍼할 사이도 없이 절망해버렸다.

울음소리. 준호다. 나는 잔을 내려놓고 부리나케 작은방으로 달려갔다.

"왜, 왜. 엄마 여기 있다."
아이는 일어나 앉아 있다.
"쉬할까."
"우유."
"그래 쉬하고 줄게."
백일해가 폐렴이 되고, 준호는 이마에 링거를 꽂고 석 달을 꼬박 입원했고 나는 결국 사직을 하고 말았다. 퇴원해서도 한동안 울음이 시작되면 온 식구를 초죽음으로 몰아넣었다. 울다가 숨이 넘어가면 엉덩이를 꼬집고 뺨을 때리고, 택시 택시, 문을 열고 나가서 앙, 다시 숨이 터지기도 했다. 동네 소아과에서 주사를 맞다 숨이 넘어가는 바람에 산소 호흡기를 갖다 댄 적도 있었다.
"당신 닮아, 예민해서 그래."
그러나 그 말은 신경질이 많아서라는 말과 같은 소리였다. 졸업 후 내가 첫 교편을 잡고 있을 때 그가 마지막 휴가를 나왔다. 술집에서 내가 물었다. 남자들은 군대에서 여자를 안다며. 그때 그는 평소의 그답지 않게 실실 웃기만 했다. 그 웃음이 어떻게나 기분 나쁘던지 나는 술잔을 집어던지며 울고 말았다.
"나 같은 신경질쟁이 데리고 가서 어떡하려구."
"애까지 그렇게 될까."
결혼 전에 그런 말을 했었는데 준호는 바스락 소리에도 놀라고 신경질적이었다. 남편은 둘째 애 갖는 걸 반대했다. 뚜렷한 이유도 없이 그가 어정쩡한 태도를 보일수록 나는 오기가 생겼고, 남편이, 모든 남자들이 초라하게 보였다. 준호를 가지던 그 해 남편은 전문대학으로 옮겼다.
나는 다시 술잔을 입으로 가져갔다. 이미 얼음물 맛이었다. 준호에게 젖병을 물리고 잠이 든 걸 보고 마루를 지나올 때 벽시계는 7시 30분이 지나 있었다. 그런데도 밝았고, 나는 다시 거리를 내려다보고 있다. 버스는 5분 배차지만 기다리는 사람에겐 5분이나 10분이나 마찬가지다. 아파트 단지에 빈 택시 두 대가 어정거리고 있다. 제발 남편이 저 택시라도 타고 들어온다면, 나는 술을 마시지 않고, 남편 고집대로 텔레비전도 보지 않고, 아니 이렇게 앉아 내 자신과 이미 주체할 수 없게 된 지랄 같은 상념들에 쫓기지 않을 수 있을 텐데, 아니, 정말 나는 고주망태로 새벽 2시에 들어와 욕설을 해댈 그가 무서운 거다. 첫 일 년을 산 시갓집에서는 물론, 두 곳의 전셋집에서도 술을 마시고 늦게 들어오는 수는 있어도 그의 술버릇을 걱정한 적은 없었다. 그가 술자리에 앉을 기회는 많았다. 고교 동창회, 같은 학교 교수들끼리, 학생들하고, 박사과정 강의 마치고 교수를 모시거나 그냥, 그가 소속된 문인협회, 아니면 문 선생, 나 선생 등 6명 중의 어느 한둘과. 엉망으로 취해 들어오는 날 어느 팀과 어울렸는지도 종잡을 수가 없었다. 횟수가 많기로야 같은 학교 동료나 박사과정, 그리고 계꾼인데 앞의 두 자리가 남편을 그토록 험하게 마시게 할 분위기도 위치도 아니고 보면 결국은 문 선생, 이 선생 등의 친구다. 그들은 고등학교 시절 동인지 활동을 했고 전공이나 대학은 달라도 지속적으로 교우 관계를 맺어온 막역한 사이였다. 문단에 등단한 순서대로 문 선생이 제일 먼저 대학으로 진출했고 전문대학이라도 남편이 다음이었다. 김 기자를 제외하고는 셋은 고등학교에 재직하면서 석사과정을 마쳤거나 박사과정 중이었다.

—박사가 다섯이구나.

김 기자가 놀려댔다.

—줄 사람한테 물어보지도 않고.

—불안한 거야, 모두.

지난 주 그들의 자리는 유쾌하지 못했다. 남편이 필리핀은 칠천 일백여 개의 섬으로 이루어졌고 토속언어가 사십 개에서 구십 개로 추정되며 국어는 타갈로그어를 토대로 한 것이라고 과장된 목소리로 지껄이자 김 기자가 얘 요즘 이상해졌군. 그래서 냉채를 두 번째 내오던 내가 그 말을 받아 저이는 요즘 신문을 보며 혼자 웃어요, 옆 사람 기분 나쁘게. 선뜻 아무도 말을 하지 않다가 이 선생이 나도 그래요 했다. 혼자 웃기군, 사이에 김 기자가 거들고.

—너도 변비냐. 남편의 말.

—변비하고 직거래는 아니고 우회적 관계는 있지.

집어치워. 누군가가 내 등에 대고 말했고. 그때 나는 세 번째 당한, 무섬증이 들도록 달라진 남편의 술버릇 이야기는 꺼내지 않았다. 왜 하지 못했을까, 욕설은 또 어떤데요라고. 남자들은 절정에 도달한 마누라의 잠자리 버릇까지 나눈다지만 남편의 술버릇이 나에겐 수치스러웠던 걸까. 이해할 수 없도록 나빠진 남편의 술버릇으로 그들을 탓할 마음은 없다. 그들의 대부분을 나는 연애 시절부터 알아왔으니까. 그리고 결국은 남편만의 사정이거나 탓일 테니까. 내가 그를 압박하는가. 막 정류소에 닿은 햇살 가득한 버스 위에 그런 생각이 얹혔다. 여섯 중에 남편은 없었다. 해꼬리라도 남아있을 때, 내가 박사과정 합격 축하로 사준 밤색 가방을 들고 푸른 비닐천이 펄럭이는 테니스장을 흘끔 돌아보고는 건널목을 건너고, 개천을 따라 중국집과 의령 쌀가게, 준필이를 '대장'이라고 불러주는 슈퍼마켓을 지나 바로 이 밑으로 걸어와 주었으면. 싸전 한곁에 내놓은 수박을 사 들지 않아도.

이렇게 햇살 걷힌 베란다에 나와 앉아 남편을 기다리는 것 자체가 그를 짐스럽게 하는 건 아닐까. 사실 내가 아이들 때문에 직장을 그만둔 뒤로 생활은 빠듯했다. 우선 무리하게 되어버린 곗돈과 주택부금이 있고—그건 파출부를 쓰지 않으니까 그렇다 하더라도—앞으로 3학기나 남은 남편의 등록금. 그 전까지는 남편 월급과 내 봉급이 엇섞여 이것저것을 막고 처리했지만 이제는 돈이 눈에 환하게 한손에 잡혀왔다. 그것도 빠져나가는 것만. 퇴직금이 있긴 해도 부금을 일시불로 처리할 엄두나 다른 계획을 내어볼 수도 없었다. 오직 움켜잡고 있어야 한다는 생각밖에는. 퇴직금은 없는 거로 하고 나는 살림을 꾸려보았다. 확실히 남편은 호주머니가 궁할 터이다. 그러나 용돈이, 술값이 그를 억누르는가. 두 번째 인사불성으로 들어온 다음 날(그날은 경비 아저씨에게서 인터폰이 왔다. 그는 잔디밭에 누워 있었고 깨운 경비 아저씨와 싸웠다) 나는 친정어머니에게 맡긴 돈에서 50만 원을 찾았다. 필요하다는 액수만큼—버릇대로 구두를 신고 가방을 든 채 문간에서—한 달 동안 내내 주어보았다. 26만 원이 나갔고 유리창을 발로 찬 세 번째 일이 벌어지고 말았다.

외국어 시험을 준비해야 될 것 아니냐, 대학 은사님을 찾아보고 어디 4년제 자리 나는 데를 알아보라는 말을 나는 뚝 그쳤다. 대신 테니스를 쳐보는 게 어떻겠느냐고 권해보았다.

당신이 여기 앉아 내려다보려구. 바로 베란다에서 코트를 내려다보면서였다. 골프를 쳐보라고 권하잖고.

내가 성공한 건 단 하나였다. 아침 목욕이었다. 한 달치를 미리 내고 일어나자마자 달려가는 것이었다.

"우리 학교 선생들도 많이 하는가 봐."

그러나 그것도 일주일이었다.

"제일 깨끗하다고 생각하는 놈들이 가장 더러워."

"왜요."

"신문 들고 변소 갔다가 찬물 한 바가지 끼얹고 그냥 냉탕으로 들어온다구. 구린내가 가득해."

"한두 명이겠죠."

"어쨌든."

무엇이 남편을 억압하는가. 술잔엔 녹은 얼음물만이 조금 남아 있을 뿐이다. 바람이 불어와도 목덜미가 끈끈했다. 샤워를 할까. 밥을 퍼야지. 아니 된장. 나는 잔을 든 채 일어났다. 식탁 위에 그냥 둔 위스키를 처음부터 더 많이 따랐다. 그리고는 고집스레 다시 베란다로 나왔다. 어쩌자는 건가. 7시 55분. 테니스장의 공이 보이지 않았다. 버스가 섰지만 나는 기대하지도 않는다. 없다. 오늘은 어느 자리인가. 어떤 자리의 무슨 이야기가 그를 미치도록 하는가. 짙어지는 그늘이 시원함보다 어떤 불안감으로 가슴을 쓸어내렸다. 10시 전에 들어올 수도 있고 아니 내가 놓친 버스나 택시로 지금 계단을 올라오고 있을 수도 있으며, 그러면 나는 같이 옷을 벗고 샤워를. 아니 자정을 넘긴다 하더라도 과음하지 않고 과음하더라도 예사롭게 그냥 잘 수도 있다. 그는 요즘 대학원 은사의 회갑논문집에 게재할 논문을 준비 중이다. 그래서 방학인데도 학교로 나간다. 그렇다고 나는 알고 있다. 논문이 그를 괴롭히는가. 나는 고개를 저었다. 술버릇만큼 고약한 건 다시없다. 친정어머니가 전화로 말했다. 네가 잘해주는 수밖에. 여자인가.

"우리 교수님은요 여학생 한 명은 절대 안 만나요, 복수지."

"주간님은 복수를 좋아하신다."

편집국장인 남학생이 먼저 웃고 다른 여학생 기자들도 깔깔거렸다. 수습 딱지가 떨어진 그들이 집을 찾아온 신학기였다.

“사모님이 너무 억압하는 거 아니에요?”

시를 쓴다는 문화면 담당의 남학생. 억압이라고 그때 그 남학생은 말했다.

“학장님에게 꾸중 들어도 우리들에겐 내색도 안 해요, 저번 특집만 하더라도.”

그래 신문인가. 아니 학보, 전문대 졸업생의 취업 실태를 다루고 그는 우울해한 적이 있었다. 학보가 문제 제기의 기능도 있지만 홍보 기능도 전문대학의 경우 무시할 수 없지 않느냐는 학장의 질책을 듣고 난 뒤였다. 그럴 수도, 그게 그를 우울하게 할 수도 있다. 그러나 여자가 아니듯이 그것도 아니다. 직장인이라면 얼마든지 있을 수 있는 일 아닌가. 그런 일 정도가 그를 억압한다면 밤마다 이 아파트에 유리창 깨어지는 소리가. 나는 조금씩 두려워지기 시작한다. 어스름이 짙어질수록.

친정 쪽으로 사촌오빠 하나가 온 집안의 화젯거리였다. 술만 마셨다 하면 부수고, 고함지르다 운다는 것이었다. 목격할 기회가 없었지만 친척들이 모이는 자리에서는 아예 숙모가 옆에 붙어 앉았고, 다른 사촌들도 그에게 잔이 자주 가지 않도록 신경을 쓸 정도였다. 결혼해서는 올케를 때려 이혼 직전까지 간 적도 있었다. 그럴 수 없이 착실하고 순하게 보였는데. 또 있다. 내가 근무하던 중학교에 부임한 지 얼마 되지 않는 수학 선생이 있었는데 사흘들이 결근이었고 옆자리 여선생이 술냄새 때문에 오전 내내 피해 있을 정도였다. 동료들도 이상하다는 거였다. 비슷한 양을 마시고 헤어지는데 지각 아니면 결근이라니. 어느 날 10시쯤 출근해서는 서무주임 목을 조른 일이 벌어졌다. 너 같은 새낀 죽어야 돼, 교육의 이름으로. 슬며시 뒤에서 달려들어 실실 웃으며 그가 말했다는 것이다. 서

무주임은 교장을 제외하고는 선생이 손아래 있는, 평판이 좋지 못한 사람이었다. 그 일은 결국 숙취 상태에서 저지른 해프닝으로 처리되고 말았지만 어떤 선생들은 그의 계획된 작전이었을 거라고 말하곤 했다. 남편이 술로 결근한 적은 없다. 하기야 그는 많이 마시는 편이 아니다. 그러나 술버릇만큼 고약한 건 다시없다. 한 번도 아니고 세 번이나. 횟수의 문제가 아니라 이미 시작했다는 사실 자체가 심각한 것이다.

왜, 무엇 때문인가. 그가 이토록 달라져 가는 이유가. 시를 같이 나누어 읽고, 너하고 결혼할 수 있어서 행복하다고 첫날밤 내게 입맞추며 말했던 그가.

시인가, 학교인가. 그는 변호사인 시삼촌의 소개로 고등학교에서 지금의 직장을 옮겼다. 같은 친구들 중에서도 그의 진출은 빠르면 빨랐지 늦은 것은 아니다. 나 선생이나 이 선생에 비하면 그는 운이 좋다고도 할 수 있다. 그러므로 직장에 대한 불만을 생각할 수 없다. 있다 하더라도 그것이 무릎으로 TV를 끄고 30분이나 변기를 타고 앉아 신문을 읽으며 킬킬거리며 어색하도록 인용 자료를 밝히고 술을 마시고 온 세상 욕을 해대는 근본 원인은 절대 아니다. 그래 온 세상인가. 그럴지도 모른다. 내가 처음 베란다에서 남편을 기다리는 것이지 버스를 기다리는 건 아니다라고 했을 때 그게 그거 아니냐고 말할 수 있는 불특정 사람들로 이루어진 온 세상. 그런 온 세상이 그를 불만에 가득 차게 하고 술을 마시게 하고 ××로 시작되는 욕설을 내쏟게 하는가. 그러나 온 세상은 벌써부터—남편에겐 36년 동안이나—있어 오지 않았는가. 그런 온 세상이 몇 달 전부터 갑자기 그를 못살게 구는가. 시가 그를 압박하는가. 하긴 그는 요즘 미리 내게 보여주지도, 발표도 않는다.

"시를 못 써서 괴로워요?"

"내가 괴로워 보여?"

계모임이 우리 집 차례라는 말끝에 나는 시 이야길 묻혀보았다.

"안 써질 때도 있는 거 아니에요."

"누가 뭐래."

그럼 도대체 뭐예요. 나는 기어이 목소리를 높이고 말았다.

"왜 이래, 애들 깨겠어. 술을 마실 일이 연달아 생길 수도 있고 과음할 수도 있잖아. 미안해, 요즘 뭐 그래."

요즘 뭐 그래의 요즘과 뭐와 그래는 무엇인가.

"아니, 술 마시고 해댄 욕설을 기억이나 해요."

"내가 그랬나."

"달라져 보여 무서웠어요, 남같이."

"미안해."

한참 뒤에 그가 말했다.

"우리 이야기 좀 해요, 네."

나는 사정했다.

"그럴 거 없어."

"우린 부부고 애들도 있잖아요."

"애는 넣지 말어."

한참 뒤에 또박또박 끊어지게 그가 말했다.

"그럼 당신 몸 상할 불평도 말아요."

그는 대답하지 않았다.

"우선 술 마시고 그러면 당신 몸만 상하잖아요."

그는 아무 말도 하지 않고 있다가 자기 방으로 들어가 버렸다.

테니스장에 사람이 보이지 않는다. 어둑살이 가득 내려 테니스

코트의 윤곽만이 겨우 눈에 잡힌다. 지나가는 차들이 헤드라이트를 켜고 있다. 나는 마지막 한 모금을 마셨다. 조심스럽게 다가오는 어둠을 불빛이 너무나 빨리 당당하게 물리치고 있다. 사람들은 어둠을 다스릴 줄 모른다. 낮과 밤이 교차하는 이 시간을 사람들은 왜 조심스럽고 여유 있게 다루지 못하는가. 갑자기 내 눈앞에 어둑신한 거리를 달려가는 광기에 찬 어스름한 사람들의 무리가 보인다. 남편은. 나는 잠시 눈을 감고 있었는가. 얼음물도 남아 있지 않은 잔을 나는 들고 있다. 담배. 담배를 피울 줄 안다면. 이상한 건 나다. 남편의 증세를 좇고 있는. 일어나자. 일어나서 텔레비전을 틀자. 불도 켜고. 어두워지면 TV를 켜고 불을 켜야지. (그때 남편이 텔레비전을 발로 차서 박살내는 모습이 보였다.) 인사불성으로 마시고, 화면이 들어와 있을 때. 그는 자기를 괴롭히는 실체를 알까. 요즘 뭐 그래. 나는 모르는가. 나는 몰라서 무엇이 남편을 억압하는가만을 묻고 있는가. 나는 어두운 큰방에서 자고 있는 준필이 쪽을 힐끗 보았다. 준호는. 그를 압박하는 게 직장이라면 직장을 옮기거나 그만두고, 시라면 쓰지 않든지, TV라면 없애버리든지. 다시 어둠 속에 묻혀 있는 아이들 생각이 났다. 그러지는 못한다. 어느 것 하나도 그럴 순 없다. 나는 안다. 남편을 억압하는 게 무엇인지를. 내가 그럴 순 없다고 한 것들의 어느 하나도 아닐 수 있다. 그러나 모른다고 말하는가. ××, 내 입에서 튀어나온 소리와 같이 잔이 깨어졌다. 아, 내 입에서 그런 욕이 나올 수 있다니. 어느 아이도 깨어나지 않는다. 자동차의 불빛만이 어둠을 내몰고 있다. 그리고 남편은 오늘 밤도 늦다.

익숙한 자는 두렵지 않다

피노키오의 그림자가 다시 한 번 크게 흔들렸다. 막바지를 향해 달려가는, 점차 높아지는 소절에서 그가 어깨와 머리를 흔든 것이다.

나는 벌써부터 그의 그림자만을 주시하고 있었다. 마당의 감나뭇잎을 쓰는 바람이 문풍지를 흔들어대는 외풍 심한 방에 앉아 이불을 허리에 두른 채 눈을 감고 심포니에 빠져들고 있는, 어딘가 궁색스런 그를 바로 보느니 조잡스런 벽지 위에 흔들리는 그림자가 그래도 나았던 것이다.

흙벽을 스며 들어온 바람이 등과 코밑을 시리게 했다. 그가 몸을 바로 했을 때 촉수 낮은 백열등 아래 드러나는 얼굴 그림자에서 코는 확실히 돋보였다. 오죽하면 코에 그늘진다는 소리를 할까. 피노키오와 코보라고 불리어지는, 처음에는 우습게만 들리던 코를 둘러싼 얘기가 점차 그의 모든 것인 양 받아들여지고 있는 게 나 스스로도 이상한 노릇이었다. 코가 얼굴의 중심이며 윤곽을 결정짓는 거라고는 하지만 날카롭게 우뚝 솟은 그의 코는 확실히 지나친 데가 있었다. 그러므로 내가 이런저런 그의 경력을 주워듣고는 저 사람의 외로움은 코에 다 몰려 있구나, 그런 생각까지 했었다. 요즘 들어 그의 코를 보노라면 '외롭다'는 말부터 먼저 떠올랐다. 문득 어젯밤, 죽을 사람같이 여자에게 덤벼들었던 그의 모습이 상상되어 웃음이 터져 나왔다.

"아니 왜."

막힌 듯이 쿡쿡거리는 소리에 그가 벽에 기대앉은 내 쪽으로 고개를 돌렸다.

"그렇게 그림자 만들고 앉아 있는 모습하고, 어젯밤 죽을 듯이 덤벼들었다는 걸 생각하니."

"걔가 그랬어?"

"내일 죽을 사람같이."

"아니 그럼, 그 딸애가."

그때서야 엉덩이를 조금 돌리며 그가 관심을 표해왔다.

"오해 말아요. 아침에 우연히 들었으니."

그는 잠시 생각하는 표정이더니.

"전혀 외설스럽지 않은데, 그렇잖아? 하긴 옳게 본 건지도 모르지, 흐흥."

"정말 죽기라도 할 작정이유."

"무슨 소리, 도 선생이 유형지에서 무슨 생각을 했겠어. 살아야 한다는 그것뿐이지."

도 선생이란 베토벤 교향곡 절반쯤에 해당하는 정신의 덩어리로 그가 일컫는 도스토예프스키였다.

"그런데 그림자가 말야, 남들은 빛에 반사되는 허상이라지만 내게는 분명, 나이긴 하지만 나와 다른 그 무엇, 그러니까 밤에만 만나는 진실인 것 같애."

무슨 뚱딴지 같은 그림자론이람.

"안타까운 건 눈을 보지 못한다는 거야."

"눈을 감고 있는 사람이 무슨 눈을 봐요. 계속 감고 있던데."

"뜨고 있어도 안 보이니 차라리 감는 거지 뭐. 이번엔 모차르트가 어때."

그가 몸을 숙여 이미 끝난 테이프를 바꾸었다. 다 떨어지게 썰렁한 세간에서 소니 녹음기만은 유독 은빛으로 빛나고 있었다. 그것은 자신의 주름지고 누렇게 뜬 얼굴과 닮은 그의 삶에서 유일하게 그를 위로하는 녹음기 이상의 그 무엇인지도 몰랐다. 사실 내가 저녁마다 그의 하숙을 찾는 이유도 거기에 있었다. 음악듣기가 아니라면 내 쪽에서 그를 술주정뱅이 이상으로 보지 못할 것도 사실이었다. 그는 실제로 저거라도 없으면 내 삶은 넝마야, 넝마라는 소리를 가끔 하곤 했다.

마흔 다섯이면서 독신인, 시골구석의 음악선생으로 낚시질이나 술로써 세월을 보내는 그가 어젯밤과 같은 일면을 가졌다는 게 오히려 이상하게 여겨지기도 했다. 동성(同性)의 감정으로서가 아니더라도 그에게서 성적인 구석을 찾기란 어려운 게 사실이었다. 그러므로 그가 '전혀 외설스럽지 않지'라고 물은 것은 정말이지 그의 실체를 그대로 드러내주는 서글픈 소리일지도 몰랐다.

서너 시간 전에 끝을 맺은 그와의 ㄱ시(市) 행은 나에겐 고생 이외의 그 아무것도 아닐 수도 있었다.

최근 들어 나는 상당히 우울한 상태에 있었다. 자리를 알아보기 위해 집에 내려갔었던 2주 전의 나들이가 그런 결과를 만든 것이었다. 인사차 찾아갔던 대학 은사는 요즘 교사자리 얻기가 말 그대로 하늘에 별 따기라면서 신학기 때도 어려울 것 같다는 대답이었다.

그러던 차에 바람이나 쏘이러 나가자는 피노키오의 권유는 나로선 반갑기도 했다.

"젊은 사람이 너무 이런 구석에 익숙해지면 안 돼. 집에 내려갈 일 없으면 다른 데라도 가 보자구."

그는 어떤 쪽이냐 하면 빨리 가기 위해서 귀찮게 기다렸다 직행으로 갈아타는 게 아니라 달리다 말다 하는 완행으로 내처 가는 쪽이었기에 어느 구석에서 들어오는지도 모르는 찬바람을 그대로 맞아야 하는 고역이 출발부터 따르기도 했다. 그래도 답답한 이곳을 떠난다는 건 즐거워서 처음 얼마간은 유쾌하기도 했다. "이곳에 처음 발을 디딘 사람은 누구나 먼저 떠날 것부터 생각한다." 그런 소리를 중얼거리기도 하면서. 피노키오도 덩달아 "그럴듯하게 구절이 맞추어졌는데"라면서 맞장구를 쳐왔다.

누구에게 들어서 기억 속에 남은 말인지가 확실치 않은, 내 스스로 생각해낸 것은 분명 아닌, 그렇게 완성된 문장이 피노키오와 내가 몸담고 있는 학교와 지역은 물론 우리들의 형편까지도 잘 드러내주고 있었다.

"몇 년 전만 해도 말이야. 택시 타고 내리지도 않은 채 운동장에서 그대로 돌려서 도망친 사람도 있었어. 오죽 한심하게 보였을까."

"선견지명이 있었군요. 휠터를 보지도 않고 그랬구나."

"그보다 동네를 잘 본 거지."

있어볼수록 참으로 정들지 않는 삭막한 구석이었다. 처음 와서 세 번 놀란다는 곳이 여기였다. 눈에 들어오는 마을 모양새에 비해 주민 수가 엄청나다는 게 첫 번째이고, 그 인구에 비해 농토가 지나치리만큼 적다는 것이 두 번째 놀람이고, 그럼에도 불구하고 뿌려지는 돈이며 흥청대는 품이 읍 이상이라는 게 세 번째 놀람이었다. 흔하게 햇빛에 반짝이던 비닐하우스도 이곳이 가까워오면 싹 모습을 감추는, 고소득을 보장하는 특산물도 없는 평범한 면소재지였다. 그럼에도 읍을 같잖게 보리만큼 웬만한 건 다 갖춘 곳이기도 했다. 그 원인을 대체로 이곳 사람은 높은 교육열과 M합섬 때문으로 꼽았는데 교육열이라는 게 선생 알기를 우습게 아는 거라면 맞는 소리일지도 몰랐다. 서울이나 대도시 대학 진학률이 높고 따라서 그곳에 눌러앉은 자녀들이 많다는 것인데 그러니 눈만 높을 대로 높아, 일 년 넘기기 바쁘게 떠날 준비나 하는 선생들이 아니꼬울 것이고 못 떠나고 여기에 눌러앉은 선생들은 또 그만큼이나 못나 보일 터였다.

회장이 이곳 출신이라 우선 채용의 특혜가 주어진다는 M합섬이 놀기 좋아하고 돈이면 다인 줄 알게 만든 직접적 원인일 것이었다. 그러니까 인력수출이라 할까, 현금이 군농협보다 더 많으리라는 추측이 송금액의 엄청남을 말해 주었고 이곳 지서 근무가 본서보다도 더 알지다는 소문이 대단히 분잡스럽고 말썽 많은 곳임을 설명해 주기도 했다. 내가 처음 이곳에 와서 마을로 들어오는 국도 양변에 늘어선 피어나는 벚꽃이 참으로 아름다워 일 년 정도는 있어볼 만한 데구나, 언제 이런 시골생활을 해볼 거냐며 스스로를 다독거렸는데 벚꽃이 지기가 무섭게 빤지로울 대로 빤지로운 곳임을 알게 되었던 것이다.

이런 곳에서 피노키오는 5년이라니.

"그런데 요즘은 장(長)이 배짱이야. 제 발로 척척 걸어오는 정도가 아니라 이런 데라도 못 와서 야단이니."

피노키오는 선생 구하기 힘들었을 때를 생각하는 듯 다시 말을 이었다.

"전엔 교장이 하는 일이 방학 때마다 선생 구하러 다니는 것이었어."

"그때도 저렇게 요란했나요."

"그렇지. 통치 스타일은 크게 달라지지 않았어. 그의 말대로 교육 철학이 분명한 사람인데 뭐."

누가 먼저랄 것도 없이 웃었다. 먼저 웃음을 그친 그가 납작한 수통을 호주머니에서 꺼냈다.

"추울 땐 이놈이 최고야."

프랑스제라는, 아주 납작하고 작아서 안주머니에도 넣을 수 있는 병에 피노키오는 언제나 국산양주를 넣어 마셨다.

"한 모금 하라구, 딱하게 떨지 말구."

"휠터 생각하니 더 추워지는데요."

이곳에 온 지 이 주 정도가 지났을까, 서무주임이 주민등록을 옮기라기에 무슨 소리냐고 했더니 그는 장(長)에게 물어보라는 것이었다. 따로 물어볼 사이도 없이 다음 날 직원회의 때 장이 답했다.

"새로 오신 선생님께 우리 서무주임이 이야기했을 낍니더만 그건 장의 방침입니데이. 서류 옮기는 기 아무것도 아닌 상 싶어도 귀속감이나 소속감을 알게 모르게 주는 깁니더이. 교육은 그 땅과 지역에 대한 사랑에서부터 나온다는 기 제 철학입니더이. 사람이 휠터를 가진다는 건 결국은 적은 관심이나 애정에서 비롯되는 기거든요."

내가 처음 들은 휠터 소리였는데 긴가민가해서 무엇을 가려내는 안목을 가지라는 그런 뜻이냐고 물었더니 교무를 맡은 이(李) 주임이 옆에 있다가 그래도 강 선생은 낫다, 어느 여선생은 닷새를 고민하다 카메라를 살까 했다는데 하고 웃어댔다. 그래도 어쩐지 좀 어색한 것 같다니까 그는 다시 마라톤 선수가 어느 지점에선가 겪게 되는 최선을 다하라는 뜻의 '흑백의 순간'과 같이 사전적 의미를 이미 떠나 확실하게 굳어진 장의 어록이라고 했다. 그러나 뒷날 피노키오가 내게 얘기해준 바에 의하면 그 현실에 알맞은 토착적 교육론을 가지라는 오금이 박혀 있다는 것이었다. 도시에서도 통할까말까 하는, 책에서나 배운 이상론으로 자기에게 덤벼들지 말라는. 그러면서, 카메라를 살까 했다는 우스개가 맞다. 왜냐하면 카메라에 노란 필터를 끼우면 모든 물질이 그런 색조로 보이게 되는데, 이곳에서는 교장이 끼워주는 어떤 색의 필터로밖에 세상을 보지 못하기 때문이라고 부연했다. 그런데 또 사투리는 왜 저리 심하냐고 내가 묻자 그게 로마에서는 로마의 법을 따르라는, 강 선생도 곧 만나게 될 삼거리 권(權) 씨로 대표되는 토착세력과의 야합 내지 융화에 그 깊은 뜻이 있다고, 피노키오는 정말이지 모호하고 어렵게 설명해주었다.

그리고 일 년여를 지내는 동안 피노키오의 해석이 그렇게 과장되고 모호한 게 아니라는 것을 차츰 내가 알게 된 것은 물론이다. 장은 그렇다 치고, 이(李)에게 생각이 미치자 욕지기가 났다. 피노키오의 숙직날에 권투중계를 보다 이제 두어 달쯤 지내보니 어떠냐는 그의 말에 무심코 웃으면서 우리 장은 좀 독재 같아요 했더니 며칠 후 회의 때 그 소리가 나왔던 것이다.

"그래도 좀 독재라서 다행인 줄 아이소, 선생님들. 첫 기분에야 시시콜콜히 다 간섭한다 싶지만 교육은 원래 거대한 독창성에서 나오는 기 아닙니더이. 제가 일일이 챙기지 않으면 삼천 주민 중 스물하나 대학 나왔다는 여러분들의 긍지도 어느새 무너져버리기 쉬운 기 이런 곳의 생활입니데이."

이 주임은 장의 고등학교 후배라는 어쭙잖은 연줄로 그의 오른팔 역할을 하면서 처음 발을 디딘 이곳에서 결혼하고 정착한, 이곳을 떠나서는 살 수 없게 되어버린 사람이었다.

"가만, 이럴 게 아니라 우리."

그동안 프랑스제 술병을 탐미하고 있던 피노키오가 처음인 듯이 창밖을 내다보더니,

"날씨도 이렇고 하니 다리꺼리에서 내리자구."

엉뚱한 제의를 해왔다.

"거긴 왜요."

"뿌연 오줌 누어 봤어. 물살을 거슬러 올라 용(龍)도 되는, 담수어의 제왕을 한번 만나자구."

들어보니 잉어였다.

"회를 어떻게 먹어요."

"그건 나도 싫어. 이런 독한 날씨엔 기름이 동동 뜨는 따뜻한 매운탕이 오죽 좋을까. 다음다음이야, 다리꺼린."

그는 아예 작정을 한 것같이 서둘렀다. 들어오던 호기심도 있고 무엇보다 가끔씩 그가 내미는 기타제재주가 동태신세를 면하게 해줄 것도 아닐 것 같아 나는 동의하고 말았다. 그러나 강이라기엔 너무나 허풍스러운 모습 하며 버드나무를 후려치는 매운바람에 나는 쉽게 후회하고 말았다.

"우리나라 강, 별 강 있어? 따라오라구."

그런데 막상 뜨끈한 방에 앉아 맵싸한 매운탕을 후후 불어가며 먹는 기분도 괜찮은 것이었다.

"어때, 붕어하곤 다르지."

마을에서 한 십리 떨어진 저수지에서 그는 낚시질로 주말을 보냈는데 그것을 장만하는 솜씨도 보통이 아니었다.

"그러네요. 우선 기름이 뜨니 먹음직하고."

"담백한 게 좋다는 것도 알아야 해. 많이 들라구, 난 국물만 하면 되니."

이가 시원찮아서라는 말을 생략하고는 늘 하던 소리를 그는 되풀이했다. 민물고기를 두고도 그런 말을 하다니, 버릇이 되어 버린 것이다.

"흙냄새가 좀 받치는데."

"그럼 뭐, 압록강이나 양자강에서 잡아 올린 놈인 줄 알았나. 우리가 사는 땅이 그런 거야."

그는 어느새 콧등이며 이마에 땀방울을 달고 있었다.

그런데 거기까지는 좋았다고 할 수 있었다. 정작 문제는 7시에 도착하여 거리를 쏘다니다 술을 한잔 더 하고 여관에 들고부터였다.

"이 좁은 방에서 둘이 자라구, 말도 안 돼."

"껴안고 자라는 거야 뭐야, 왜 이리 추워."

"이런 데까지 와서 사내 둘이 자다니, 처량하다 처량해. 어떻게 해 보자구 제발."

그는 화를 내었다가 애원도 하면서 안달을 했다. 짜증이나 고집이 없던 평소의 그와는 전혀 다른 태도였다. 방 하나를 잡을 때까지도 아무 소리 없다가 12시가 다 된 시각에 투정을 부리는 데는 나도 화가 나기 시작했고 거기다 잉어 매운탕을 먹은 것도 그의 계산된 뭔가 싶어 불쾌하게 여겨지기까지 했다. 그러나 그런 생각까지 있었다면 술값으로 자기 돈을 다 털고 저럴까 싶어 마음을 돌려먹기로 했다.

내일 식사며 돌아가는 차비를 빼고 빠듯한 돈으로 흥정을 끝내고 나는 다른 방에 들었다. 그런데 아침에 칫솔을 사 들고 들어오다 "코는 큼직합니다만 꼭 내일 죽을 사람같이 덤비더라니까요, 이백

팔호실 말이에요." 안내실에서 흘러나오는 여자들의 키득대는 소리를 들었던 것이다. 죽을 사람같이 덤벼들더라는 말에 피노키오의 또 다른 면모를 보는 것 같아 나는 웃음도 나오지 않았다. 그의 방에 드니 그는 일어나 앉아 있었다. 내복 차림으로 궁상스레 앉아 있는 그를 보노라니 도저히 농담을 건넬 기분이 아니었다.

"어, 거긴 어땠어. 내 방에 든 애는 담배를 어떻게나 피우는지 혼났어."

"난 혼자 잤어요."

"이런, 그럼 어떡해, 나 혼자 쑥스럽잖아."

처음 잠자리를 가진 뒤 들킨 사람처럼 전전긍긍하는 그의 모습이 어젯밤의 언짢던 생각도 달아날 지경이었다.

"지난밤엔 정말 미안했어. 오랜만에 도시에 나갔더니 내가 좀 어떻게 되었나 봐."

ㄱ시에서 사온 국산양주병 쪽으로 몸을 구부리는 나를 보고 그가 그것을 건네주며 말했다.

"그게 다 쓸쓸해서 그런 거요."

"아무데나 그런 말을 쓰나."

그는 풍선의 공기 빠지는 소리로 웃어댔다.

"모차르트는 아무래도 천사나 천재가 들어야 할까 봐. 우리 같은 거렁뱅이야, 어디."

짧은 회유곡이 끝났다.

"난 좀 빼줘요."

"그래 좋아, '나 같은'으로 고치지."

"농담이에요."

"누가 몰라?"

그가 다시 한 모금을 들이켰다. 병은 벌써 반이나 비어 있었고 그게 전부 그가 비운 거나 마찬가지였다. 거렁뱅이 같다는 말이며 지금 크아 소리를 내며 술 마시는 걸 보노라니 도대체 이 사람은 무엇을 기다리며 이 바닥에서 5년을 지냈을까 싶었다.

서너 번 따라가 본 저수지 낚시 때도 무료해서 좀이 쑤시는 나와는 달리 변화 없이 잔잔한 수면만 내려다보며 그는 그림자처럼 앉아 버티곤 했다.

10월 초였던가, 그런 그의 모습이 정말 내게는 기다리는 데 아주 익숙한 사람같이 보이기도 해서 "남 선생님은 기다리는 데 아주 익숙한 사람같이 보여요." 했더니,

"그래? 맞는 말인지도 모르지." 선뜻 그렇게 대답하는 것이었다. 잠시 할 말을 잊었다가 언뜻 교장이 떠올라 "뭐, 휠터가 바뀌기를요?" 하고 되물었다.

"아니, 그 사람이 바뀐다고 달라질 것 같애? 마을이 생기면서, 학교가 들어서면서 이런 식으로 된 건데, 누가 오나 지금보다 더하면 더했지 나아지지는 않을 거야. 여긴 또 사립이잖아. 세상부터가 그렇게 되어가는 걸 뭐."

뭔가 뜻있는 소리인 것 같아 곰곰 곱씹고 있는데 그가 불쑥 물어왔다.

"강(姜)은 도시로 나가길 기다리나?"

"우선은 그게 급하니까."

나는 잡히는 돌멩이 하나를 답답하도록 잔잔하기만 한 저수지를 향해 던졌다.

"어어, 고기 쫓지 마."

"도대체 너무 잔잔하잖아요, 재미없게스리."
"그렇다고 달라지나. 잔물결 조금 일다 다시 그대로인 걸. 그래, 도시로 나가길 기다린다, 우선이라고?"
"그래요."
"그렇겠지."
그리고는 다시 그는, 그의 말대로 파문이 일다 만 끝없이 넓고 깊은 본래의 모습으로 되돌아간 저수지 수면만을 내려다보았다. 나는 낚시질을 아예 포기하고 풀밭에 벌렁 드러누워 버렸다.
"강(姜)은 지독스레 기다려본 적 있나. 난 군대서 그런 적이 있는데 말야. 배출대라고 있지 않나."
내 쪽은 보지도 않고 이야기를 시작하는 것이었다.
"거긴 별 기억이 없는데요."
나는 일어나 앉았다.
"그렇겠지."

그곳은 알다시피 신병훈련을 마치고 보충대나 자대로 가기 전에 대기하는 곳이라 기껏 한 사흘 아니면 길어야 일주일이었다. 배출일은 화요일과 금요일이었는데 같이 훈련을 마친 동기들과 더플백을 깔고 앉아 호기심과 두려움으로 특명에 귀를 기울이는데 ○○○○2397은 없었다. 놓쳤나 싶어 다른 애들에게 물어보아도 듣지 못했다는 것이었다. 불려지지 않은 얼마 안 되는 병들을 따로 모아놓고 제 군번을 듣지 못하고 멍청히 앉아 있는 고문관 몇 명을, 호송하는 기간병이 엉덩이를 걷어차며 데리고 갈 때에도 나는 없었으니 불려지지 않은 것이 확실했다.
처음엔 예사 늦을 수도 있으려니 했는데 다음 배출일에도 내 군번은 불려지지 않았다. 얼마 남아 있던 동기마저 떠나고 나니 이거 보통일이 아니다 싶었다. 군가를 부르면서 떠나간, 배출되는 애들이 버린 오물을 주우며 텅 빈 연병장을 바라볼 때, 이 세상에 나만이 내던져진 아득한 기분이었다. 한 주가 가고 또 한 주가 가면서 나의 이유 모를 대기생활은 계속되었다. 좋은 곳으로 빼돌리기 위해 늦게 배출시킬 수도 있다는 기간병들의 얘기였지만 내가 거기에 해당되지 않는다는 것은 누구보다 나 자신이 잘 알고 있었다. 궁금증은 점차 불안으로 바뀌었다. 이거 내 소속이 잘못된 게 아닌가, 어떤 착오로 나는 여전히 훈련병으로 남아 있거나 아니면 입대조차 하지 않은 것으로 된 건 아닐까. 그러면서 무엇보다 내가 다른 아이들 속에 묻혀 있지 못하다는, 개인은 없는, 그냥 앉아 번호로 숫자를 헤아리는 단위 중 어느 하나의 머릿수로 들어 있다는 게 얼마나 행복한 것인가 하는 외로움이 와락 달려들었다. 다른 애들은 아카시아 꽃이 피기 시작하는 정문 밖으로 군가를 부르면서 나가고, 또 나가고, 담을 둘러싸고 피어나는 달착지근한 꽃내음이 불안과 외로움의 냄새로 나를 에워싸기 시작했다.

조망 좋은 언덕에 자리 잡은 그곳에서 찬란한 봄하늘과 들판이 몸서리치도록 서럽게 보이고, 어느날 만장을 펄럭이며 지나가는 장례행렬을 보고는 나는 소리 내어 펑펑 울고 말았다. 결국 기다리다 지친 내 몸에서 땅에서 떨어져 썩는 아카시아 꽃냄새가 나기 시작할 때, 가끔 그럴 수도 있다는 설명 이외의 그 어떤 이유도 알지 못한 채 어느 보충대로 특명이 났지만, 신병훈련을 겨우 마친, 군대라는 거대한 조직의 아무것도 모르는 시기의 그 지독스런 고통은 나머지 군대생활까지도 시들하게 만들어놓고야 말았다.

"제대를 기다리는 일조차 시들했어요?"

"글쎄, 하여튼 혼이 났어."

나는 담배를 한 대 붙여 물고는,

"개인은 없는, 앉아 번호로 불리는 무리 속에 들지 못해 외롭고 불안했다는 말이 의미심장해요."

"군대긴 해도 사회나 거기나 뭐 다를까. 교무실에서 장(長)이 시키는 대로 꾸벅꾸벅 하는 게 낫지, 괜히 삐딱하게 나가다 눈치 보이는 게 얼마나 피곤한 일인가 하는 걸 우린 너무 잘 알고 있잖아."

"군중 속의 행복이군요. 하하. 그런데 그때 이후로 인생까지 시들해진 건 아니유?"

내 농담에 그는 여전히 정색을 하고는,

"그것보다, 이유도 모르는 일방적인 기다림이 주는 공포와 부당성이지. 누군가 끼워주는 휠터 색깔로 세상을 볼 수밖에 없기도 한."

저수지에서의 대화가 생각나자, 그가 평상시 학교나 마을에 대해 내놓고 불평을 안 해도 나와는 다른 차원으로 그런 문제에 대해 상당히 깊게 생각하는 게 아닌가 싶었다. 그는 이번엔 시벨리우스에 맞춰 그림자를 흔들고 있었다.

"그런데 아까 그림자 이야기할 때 안타깝다고 했는데 정작 안타까운 건 낮과 밤이 일치되지 못하기 때문이 아니구요? 교실만 벗어나면 내가 대학 나온 사람이란 걸 까마득히 잊어버리게 하는 이곳의 낮 말이에요."

"응? 그래도 밤이 있으므로 어느 정도 보상받잖아? 온전한 자유는 존재하지 않았어."

"모차르트나 도 선생이 도피처가 되어서야 원. 난 곧 떠날 거요."

뒤엣말은 생각지도 않게 불쑥 튀어나온 것이었다. 졸업 후 어떻게 직장이 잡히지 않아 일 년 정도야 하고 왔던 것이고, 그야말로 곧 겨울 방학이니 그 기간도 다 되어가는 데다 그동안 장(長)의 횡포하며 정나미 떨어지는 동네에 무던히도 압박을 받아온 건 사실이었다. 그렇지만 그러한 나의 심리상태가 곧 떠날 거요라고, 떠나지 못하는 아픔을 지닌 사람 앞에서까지 튀어나올 줄은 정말 몰랐다.

"누가 뭐래."

나는 후회스러웠다. 술이 취하면 강 선생, 이래 봬도 내 소리가 테너였습니다이. 지금은 목도 가고 이도 빠져서 그렇지 하면서 과거를 못 잊어 하고, 시골학교를 전전하며 동생들 뒷바라지에 자신의 꿈도 버린 그에게 차마 할 소리는 아니었던 것이다. 그리고 무엇보다 도시로 옮겨가리라는 희망이 점점 불투명해져 가고 있는 지금의 나로선 그런 말이 객기 이상일 수도 없을 것 같았다.

"아까 참, 우리가 버스에서 내리는 걸 권 씨가 봤으니 내일 모레쯤 교장 귀에 들어가겠지요."

나는 화제를 돌리기로 했다. 우리는 ㄱ시에서 4시쯤 돌아왔는데 내리면서 공교롭게도 그 버스를 타기 위해 서 있는 권 씨와 맞닥뜨린 것이다. 그는 이곳에서 가장 큰 잡화상을 가진, 안으로는 사채놀이도 하는 재력가였다. 언제나 기름을 발라 머리카락 한 올 흐트러지지 않는, 말이 없고 차가운 사람이었는데 군 단위에서 가질 수 있는 사회적 직함을 모두 가지고 있는 휠터의 '교육자문위원'이었다. 그러므로 그가 어디 나가십니까라는 피노키오의 인사에 읍에 볼일이 있어서라고 반말투로 가볍게 응수한 건 아주 당연한 일인지도 몰랐다.

"다음 주에 뭐 하나 꼬투리 잡히면, 지그시 눌러앉아 교육적인 걸 모색하지 못하고라는 소리가 나오겠죠, 장에게서."

"왜, 강은 겁이 나나. 나같이 익숙해진 사람은 괜찮은데. 물론 주의는 되지만."

"똥이 무서워서 피하는 게 아니라 뭐라는 거죠."

"이가(李哥)같이 이곳 사람이 되어버린 사람은 장(長)은 물론이고 권 씨와도 타협을 하니깐 예외지만 나는 뭐지? 나도 여기 사람 다 되어 간다는 소리인가, 흐흐."

"근데 그가 꿈에 보였어요."

내가 왜 이런 이야길 할까. 금세 후회했지만 어쩔 수 없는 일이었다.

"누구, 장?"

"아니 권 씨가."

나는 가방 하나를 들고 권 씨 가게 앞에 서 있었다. 권 씨가 내게 차표를 끊어 주었고 옆에는 이가(李哥)까지 서 있었지만 아무도 어딜 가느냐고 묻지는 않았다. 차표를 끊을 때는 그렇지 않았는데 버스를 기다리는 동안 저 사람들이 없어야 버스를 탈 텐데 싶으면서 조금은 비굴한 웃음을 지어 보이기도 했다. 그렇게 버스 한 대를 보내고 다음 버스가 왔다. 거기엔 피노키오가 타고 있었고 나는 반가워 달려갔지만 그는 아는 척도 않았다. 내가 다시 권 씨와 이 주임을 돌아보고 하는 사이에 버스는 떠나버렸고 피노키오는 운전사였다.

"일 났군, 내년에 도시로 못 나가면 큰일나겠는데."

"그런데 정작 교장은 왜 안 보이죠, 하기야 엉터리 꿈이니까 그렇지만."

"아니야, 그건 그의 통치 스타일이 그렇잖아. 풍문만으로 잔뜩 겁을 주는."

그럴지도 몰랐다. 직원회의 때마다 의자에 묻혀 손을 깍지 낀 채 조용하고 품위 있게 앉아 있는 그를 보노라면 바로 앞에 버티고 앉은 그는 보이지 않고, 달리는 말에 채찍질을 말라는 누군가의 항변에 그렇게 말하는 사람은 달리고 있다고 생각할지 모르지만 옆에서 보고 있는 사람에겐 도무지 서 있는 거로만 보인다고 응수했다는 식의, 그를 둘러싼 무성한 말들만이 먼저 떠오르는 것이었다.

그러면서 그에게 도전한 사람 치고 이곳에 붙어 있는 사람은 아무도 없다는, 극단적인 공갈 섞인 소문이 언제나 뒤에 도사리고 있었다.

"제길 차라리 장이 차표를 끊어 주지 않고, 기분 나쁜데."

"흐흐, 화내지 말라구. 술이나 한 모금 해. 이곳에 익숙해지면 그런 꿈도 안 꾸어져."

"어느 세월 기다려 익숙해져요. 큰일 날 소리."

나는 고개를 절레절레 흔들었다.

"누구는 처음부터 익숙해지나."

내가 도시로 나가지 못하리라는 걸 미리 예측이라도 하고 말하는 것만 같아 나는 언짢았다. 그러나 내년에 이곳을 떠난다는 확실한 보장도 없는 지금의 나로서 언짢다는 건 불안하다는 거나 마찬가지였다. 정말이지 술을 한 잔 하지 않을 수 없는 기분이었다.

"시간이 제법 됐지."

피노키오가 말했다. 나는 그 말이, 그러니 이제 더 크게 음악도 틀 수 없으니 헤드폰으로 나 혼자 들어야겠다는 소리로 들렸다.

바람은 쉬지 않고 마당을 쓸어가고 있었다. 돌담을 스친 바람은 밤새 저렇게 감나무를 흔들어댈 것인가. 나는 잠시 눈을 감았다. 외짝 문풍지가 울어댔다. 일어나서 내 하숙방으로 돌아가야지, 그러면서도 나는 쉽게 몸을 일으키지 못하고 있었다. 피노키오에게 무슨 이야길 할까. 그에 대한 것이 아니라 나의.

밖에 나와 쳐다본 하늘은 굉장히 어지럽게 펼쳐져 있었다. 전체적으로 무겁게 들앉은 구름 떼와 그 사이를 비집고 보이는 푸르무레한 기운, 얼음조각 같이 박힌 별도 몇 개 보이고, 그 틈 어디에선가 차가운 바람이 쏟아져 내리는 것도 같았다.

나는 몸을 한 번 떨었다. 내가 내년에 이곳을 떠나지 못하고 여기에 머물게 될 때, 또는 몇 년, 나는 어떤 식으로 이 땅에 익숙해질까. 아니 나에게도 기다림이 시작되는 걸까. 그런 예감에 몸을 떠는 것인지도 몰랐다.

다시 시작하는 끝

“기억이라니? 점점 모를 소리네요.”

남자는 다시 물잔을 움켜잡았다. 그의 손놀림은 조급하다 못해 거칠어 보이기도 했다.

“애가 지금 몇 살인데 기억을 못하겠어요. 일이 결정되면 어차피 애희에게 이야기해야 할 텐데. 어떤 뜻에서 기억이라는 말을 하시는지 모르겠네요.”

남자가 계속 얘기를 늘어놓기 시작했을 때부터 그녀는 입을 다물고 있었다. 그녀가 침묵을 지키고 있었기에 남자로서는 말을 많이 할 수밖에 없다는 편이 옳을 것이다. 몇 마디 하지도 않았지만 그녀는 계속 겉도는 이야기만 했을 수도 있었다.

남자의 조리 선 말투에 비해 표정이나 행동이 커 보이는 것은 그녀가 했던 이야기가 그에겐 오리무중이었기 때문일 수도 있었던 것이다. 사실 그녀는 아직도 얼떨떨한 기분에 빠져 있는지도 몰랐다. 남자의 출현이나 제의가 거의 황망간이라고 할 만큼 뜻밖이었으니까.

아침에 ‘애희’ 때문이라는 전화를 받고부터 다방에 앉아 있는 지금까지도 그녀는 줄곧 놀란 상태였다. 큰애에게 친외삼촌이 있다는 걸 그녀가 처음 안 것은 아니었다. 그렇다고 그런 사실을 애써 기억해 두리만큼 외가(外家)라는 존재 자체가 표면적으로까지 문제시된 적은 없었다. 다만 큰애에 대한 남편의 정이 유별난 것은 사실이었고 그러므로 한동안 받아야 했던 고통조차도 그녀는 오직 자신의 내부로만 곰삭혔을 뿐이었다. 그러나 그녀에게 중요한 사실은 그러한 수모도 잊혀져갈 만한 때에 외삼촌이라는 사람이 나타났다는 것이다.

"알고 계실지 모르지만 애를 처음 키운 게 제 외할머니 아닙니까. 기억이야 못하겠지만 앞뒤 이야기를 하다 보면 애희로서도 다소 마음이 편할 건 사실이지요. 기실 이런 생각을 낸 것도 어머니입니다. 하나 남은 애희가 애연하다는."

그렇구나, 왜 그런 생각을 못했을까. 전화를 받은 뒤로, 뭔가 뒤가 당기는 듯한 느낌이 줄곧 있었다. 그게 아주 오래된 어떤 눈길 때문이라는 걸 이제야 알게 되다니.

큰애가 바깥에서 놀기 시작했을 때—밑의 애숙이를 낳은 지 얼마 되지 않았을 무렵인데—놀이터나 골목길 어디에선가 다가오는 눈길을 그녀는 감지할 수 있었다. 처음엔 착각인가 싶기도 했지만, 눈길은 집요하고도 조심스러웠다. 등이나 뒷덜미가 가려운 듯해서 뒤돌아보면 쫓아오는 시선은 애숙이를 들쳐업은 그녀를 비껴서 있곤 했는데, 거기에 애희가 있었다.

그래, 그때도 가려웠었다. 그게 본능에 가까운 예감이나 자기보호였을까. 그녀는 갑자기 실내가 무덥게 느껴졌고 춥다 싶어 여러 겹 입고 나온 옷 사이의 몸 어딘가가 가려워오는 듯싶기도 했다. 그러나 그녀는 손등조차도 긁을 수가 없었다.

"나야 배 타고 나가버리고 하니 집 사정을 속속들이 알 수가 있습니까. 속속들이 알아야 할 것도 없긴 하지만, 이번에 하선을 하고 보니 그 양반이 돌아갔다는 말끝에 어머니가 애희 이야길 하시더군요. 애연해서 그대로 둘 수 없다고."

불쌍하다는 표현 대신에 쓸 수 있는 말이 있어 다행이겠구나, 그녀는 그런 생각이 들었다. 내가 그런 말을 들은 적이 있었던가. 얼른 기억이 나질 않았다. 이런 식으로 과거에 매달리는 것부터가 스스로를 주눅 들게 한다는 걸 알면서도 생각은 제 마음대로였다. 전화를 받은 뒤로, 잡혀오지 않던 그 무엇이 이렇게 마주앉아 찾아낸 늙은이의 눈길이었던 것처럼 자신의 전 생애의 시간으로 끌려들어가는 막연한 기분을 지워낼 수가 없었고, 실제로 지금 그렇게 되기도 하는 것이었다. 그녀는 어금니를 깨물었다.

"아버지 없는 애가 어디 한둘일까요. 있는 것보다야 몇 배 못하지만 그렇다고 어디, 다 불쌍하기야 할라구요."

"아니, 애연하다는 게 친외할머니로서는 가질 수도 있는 마음이라는 거지 다른 뜻은 없어요. 저도 죽은 누나까지 해서 남매입니다. 어머니가 배 타는 걸 좋아하실 리 없죠. 우스운 얘기도 되겠지만 그래서 애가 셋입니다. 사내만요. 어머니에겐 딸자식도 자식이니 거기에서 난 외손녀에 대한 사랑도 자별날 수 있다는 거죠."

그녀는 먼발치에서 밟아오는, 뒷덜미를 가렵게 하던 가날픈 체구에 안경 낀 늙은이의 눈길을 남편에게 말하지 않았다. 섣불리 얘기했다가 야기시킬 남편의 감정이 두려웠기 때문이었지만, 무엇보다 그런 정도는 그녀가 감수해야만 할 일이다 싶었기 때문이었다. 재취로 들어와 살아야 할 자신의 입장을 스스로 수긍했을 때부터 큰애의 존재는 그녀가 건너야 할 강(江)이었지만, 그게 세상에 흔하게 있을 수 있는 새엄마의 입장 이상이라는 데 그녀 자신의 문제가 있었다. 그게 순전히 자격지심에 지나지 않을 수도 있겠지만, 문제는 그렇게 생각지 않을 수 없는 그녀의 입장이었다. 남편이 새장가를 들면서 얼마만큼 옛 처가 쪽에 의논했거나 털어놓았는지를 그녀로서는 알 수 없었다. 어느 정도이든 아니든 그게 애희와 자신을 뒤쫓는 늙은이의 눈길과는 상관없을 수도 있었다. 제 딸자식이 뿌려놓은 핏덩이를 살피고자 하는 것은 인지상정일 테니까. 다만 그 눈길이 이웃의 음험한 호기심보다 더 구체적이고 적극적으로 자신의 형편없이 허약한 발목까지 붙잡고 있느냐가 그녀로선 중요할 뿐이었다. 애희에게 다가가는 시선이 그녀의 뒤꼭지를 가렵게 한 것도 그러한 자신의 자격지심 때문일 수 있을 것이었다.

그러나 지금까지 들어본 이야기로선 자신의 발목을 그들이 잡고 있는 것 같지는 않아 보였고, 그러기에 그녀가 내세울 수 있는 주장의 폭은 점점 좁아지고 있는지도 몰랐다. 애희를 내가 키우겠다고 하면 그만일 수도 있을 것 같은데, 그렇게 하려면 그녀가 지금 쫓기고 있는 심정이나 온통 시리도록 허허로운 발목까지 내보여야 될 것 같아 그녀로선 난감해지는 것이었다.

"그러니까 아주머니께서 몇 번 들먹인 기억이라는 건 그 애에게 미칠 수도 있는 상처를 두고 하는 말씀이겠지요."

이제는 남자가 기억을 들먹이고 있었다. 난롯가에 자리를 잡은 게 애초 누구였는지도 기억에 없지만, 그녀는 후회스러울 만큼 답답하고 갑갑했다. 그녀는 다시 가려움증이라도 일어날까 두려웠다. 기억이라는 낱말만큼 자신을 형편없이 두렵게 하는 것도 이 세상에 없을 텐데도 그녀는 벌써 몇 번이나 그 말을 입에 올렸던 것이다. 큰딸은 죽은 제 아버지와 지금의 가족들을 모두 기억할 것이다. 그러나 그렇지 않을지도 몰랐다. 지금 이대로 같이 산다면 그런 것 자체가 아무 문제 될 리 없을 테니까. 기억해낼 게 없다는 사실의 행복을 이 남자는 이해할까. 그녀는 입이 말라왔지만 남자처럼 물컵에 손을 내밀지는 않았다.

"큰애를 전에 만난 적이 없다면 아이는 아무것도 모를 테고, 그렇다면 아이를 위해서도 이대로가 낫지 않을까요."

겨우 그렇게 말해놓고 보니 애희에 대한 친외가 쪽의 동정을 살펴온 것같이 보이기도 하고, 반대로 새엄마 된다는 사람이 그런 데 전혀 무관심했다고 들릴 수도 있겠다 싶어 후회되었다. 그러나 언제인지도 모르게 등을 간질이던 시선이 시나브로 사라져버린 건 사실이었다.

"잘은 몰라도 죽은 자형이 재혼한 뒤로 애희가 이쪽으로 온 적은 없을 거예요. 어머니야 처음 한동안 신경 쓰고 계시다는 걸 아내 편으로 듣기야 했지만 상식으로 생각해서도 애 앞에 직접 나타났을 리는 없겠죠. 어쩌면 아주머니 편에서 더 잘 알 수도 있겠군요."

"아니, 저도 몰라요."

"그러시겠죠. 지금은 아니더라도 그 양반이 살았을 적엔 아예 무심한 게 상책이었을 수도 있을 테니까."

남자는 아가씨에게 다시 물 한 잔을 부탁했다. 바로 옆의 난로 위에 주전자가 끓고 있었지만 아가씨는 다른 데서 물을 가져왔다.

"그런데 처음에도 얘기했지만 문제는 아이의 장래겠죠. 어느 쪽이 나을 거냐는. 지금으로서야 누가 장담할 수 있겠습니까마는 할머니나 내가 충분히 뒷바라지할 것을 약속드리죠. 뒷바라지 얘기에 기분 상하지는 마세요. 그게 서로 체면치레로 덮어두고 지나가야 할 문제는 아니라는 걸 아주머니도 알고 계시겠죠. 아이의 장래가 달려 있는 거니까. 혼자 몸으로 셋을 키운다는 게 벅차다는 걸 어느 세상 사람이 모르겠어요. 그 양반이 보상금조차 제대로 남긴 것도 아니고 보면."

남편이 죽었을 때 이웃이나 회사에서 하는 말도 바로 그거였다. 산 사람을 위해서 하는 안타까움이라는 걸 모르지 않으면서도 섭섭함 이상으로 그 말이 귀에 박혀왔다. 누구 가까운 친척이 없다는 게 어떻게 해야 될지 엄두가 나지 않는 지금이야 한없이 아쉽지만, 남편의 죽음을 속속들이 지켜본 가족이 있다면 '지 남편 잡아먹은 년'이라는 말을 한다 해도 소롯이 당할 수밖에 없을 만큼, 남편은 그녀 자신으로 말미암아 비명(非命)에 죽었다고도 할 수 있어 제대로 받지 못한 보상금은 뼈를 깎아오는 소리였다.

"아주머니가 걱정하시는, 애 마음에 남겨질 상처는 생각해보면 오히려 빨리 보여줄수록 낫지 않을까요. 데려가는 쪽에서 이왕 마음이 선 이상 나이가 들어서 자기의 처지를 알고 받을 상처보다는 국민학교 다니는 지금이 나을 거예요. 기억이라는 것도 시간이 많을수록 희미해지거나 빨리 사라질 테니까."

그녀는 처음부터 자신이 들먹인 기억이 잘못이라는 생각이 들기도 했다. 기억이라는 게 이 남자에게는 겨우 아이에게 줄 상처로만 들렸을 테니까. 그녀는 뿜어 나오는 주전자의 김을 보고 있었다. 하기야 남자가 새기는 뜻이 틀릴 바 없으면서도 기억 운운한 게 스스로 안타깝기조차 했다.

—기억이라는 게 어찌 보면 인간이 다른 동물과 다를 수 있는 가장 큰 요건일지도 몰라요. 어떤 기억은 지극히 슬프기도 하지만 그런 기억을 할 수 있다는 것 자체부터가 행복일 수 있다는 것도 알아야 해요. 길가의 돌멩이 하나를 무심코 참으로 해서 잊혀졌던 기억을 되살릴 수 있다는 게 인간으로 태어난 행복 아닙니까. 드러내기

조차 싫은 때 묻은 기억이 있기에 사람은 아름답게 살려고 노력할 수 있는 거죠. 기억을 여러분 자신의 소중한 자산이라고 생각해 보면 좋을 거예요.

야간 여상을 다닐 때 국어선생의 말이 피어오르는 김에 실려 들려왔다. 그만한 나이에 젊은 선생에 대한 연모의 정은 누구나 비슷하기도 하지만 그녀로선 남달리 애틋했었다. 그러나 그 말을 듣고는 그 선생의 얼굴조차 보기가 무서웠다. 넌 기억이란 걸 갖고 있지 않은 아이같이 보이는구나. 언제나 국어선생은 그렇게 말해올 수 있을 것 같아서였다. 제발 그만두자. 데려갈 마음이 섰다니, 일의 앞뒤를 이 사람들은 다 재어본 것일까. 바쁘게 오가는 상념에 그녀는 가슴이 뛰기 시작했다. 마음만 먹으면 내일이라도 아이를 데려갈 수 있다는 소리였다.

"이 일이 어디 한쪽 의사대로만 되는 겁니까. 참으로 섭섭한 말이네요."

"기른 정이야 누가 모르겠습니까마는 정분 가지고만 따질 것도 아니라는 거죠. 서류상으로 아주머니의 동의는 꼭 필요한 겁니다. 눈앞의 서운함에만 매달리지 마시고 잘 생각해보시라는 겁니다."

"내가 기른 정을 내세운 적이 있나요. 큰애가 어느 하루도 내 아이가 아니라는 생각이 있었으면 지금까지 어떻게 키웠겠어요. 그리고 눈앞의 서운함이란 참으로 모르시는 말씀입니다. 서운한 게 지금 무슨 큰 문제이겠어요……."

더 이상 이을 말도 찾지 못하는 터에 남자가 이야기를 빨리도 받아주었다.

"그러니까 의논하는 거 아닙니까. 근본적으로 아이의 장래를 두고 크게 생각해보자는. 모든 사단이 자형이 죽었기 때문인데 그런 계제에 이런 의논은 있을 수도 있는 거니까요. 우리 제의가 뒷날 아주머니에게 고맙게 여겨질 시기가 있을지 없을지 그런 쪽으로 생각해보십시다."

그리고 남자는 일어날 눈치를 보였다. 하기야 지금 이 자리에서 결정 날 문제가 아니라는 걸 스스로 모르는 바 아니면서도 남자가 일어서려는 데 대해 안타까움을 느끼는 건 아무래도 자기 의사를 변변히 밝히지 못했다는 못난 마음 때문이었다.

"마음만 결정하신다면 나머지 문제는 우리가 해결하겠습니다. 다시 연락드리죠."

나머지 문제라는 게 무엇일까. 애희에 대한 설명이나 설득을 말하는 걸까. 어쩌면 지금 이 시간에 큰애에게 무슨 일이 있을 것 같기도 한 생각이 잡혀와 앉은자리가 불편하기도 했지만 그녀는 일어나지 않았다. 그렇게 조급한 마음들이 일을 해결시킬 것도 아니었다. 왜 첫마디부터 모질게 끊지 못했을까. 주변머리 없이 어정거린 자신의 태도가 책잡힐 일 아니었을까. 망설이는 눈치가 꼭 붙잡아둘 마음도 아닌가 보더라는. 그렇겠지, 진들 무슨 애틋한 정이 있겠노. 어렴풋한 자태만으로 떠오르는 늙은이의 목소리가 연이어 들리는 듯해서 손지갑을 만지작거리는 속도가 빨라졌고 목도 말랐다.

"애한테 눈치 보일 짓 하면 내 손에 죽는 줄 알어!"

본래 쉰 듯한 목소리가 술에 취해 해대는 말을 들으면 오싹, 만정이 떨어질 지경이었다. "정(情) 없이 자란 게 돼놔서 애한테도 안 그럴 수 있어!" 별게 아닌데도 큰애에게 관계 되는 일이라면 남편은 그렇게 못을 박아왔다. 이제는 더 이상 자신의 가슴에 못을 박을 사람도 없지만, 빼어줄 사람도 없었다. 누구는 배다른 자식에게 더 잘해주는 것부터가 눈치 보는 짓이라고 했지만, 그런 남편 밑에서 그녀의 처신은 참으로 힘이 들었다. 그렇게 키워온 자식이기에 내놓기 싫다는 것일까. 그녀는 가만히 머리를 흔들었다.

누구에게 이 문제를 의논해야 한단 말인가. 만나자는 연락을 받은 뒤로 뛰는 가슴은 종내 어디에, 누구에게 털어놓고 이야기해볼 것인가조차 찾아내지 못하게 하고 말았다.

시가 쪽으로 시숙 한 분이 시골서 농사짓고 시누이가 강원도에 살고 있었지만, 시숙은 세상 물정을 자기보다 더 모르는 농사꾼이었고 시누이는 애초부터 왕래가 없었다. 직업하사관과 결혼했다는 시누이는 남편이 죽자 술집을 벌이고 사는 눈치였다.

친정 쪽으로는. 아니 구청이나 그런 곳부터 알아봐야 되는 건지도 몰랐다. 낮에 그런 데부터 들렀다면 좀 더 당당하게 그 남자를 대할 수 있었을까. 그러나 호적이니 어쩌니 하는 그런 이야길 꺼내기는 그녀 자신부터가 싫었다. 주전자의 김은 언제나 그만큼의 높이로 솟다가 흩어졌다. 옆자리에서 내뿜은 담배연기가 김 위에 얹히기도 했다. "엄마, 우리는 왜 외갓집에 안 가? 지연이는 어제도 외갓집에서 잤다는데." 그녀는 매만지던 지갑을 한 손에 움켜쥐고는 일어났다. "칠 번!" 등 뒤에서 아가씨가 말했지만 계산대의 그 칸은 지워져 있었다. 아크릴이라는 건지, 지저분하게 숫자가 쓰인 다른 칸들에 비해 종업원이 외친 7번 칸이 말끔하게 지워져 있는 게 어찌 쉽게도 눈에 들어왔을까. 계단을 내려오면서도 엉뚱하게 그녀는 그런 생각에 매달려 있었다. 누가 찻값을 내든 그게 지금 무슨 상관일까마는 비워진 하얀 칸이 큰애에 대한 어떤 징조일 것만 같아 그녀는 신경이 쓰이는 것이다.

저만큼 버스 정류소가 보였지만 그녀는 발걸음을 옮기지 못한 채 다방 입구에 서 있었다. 바깥출입이 잦지 않은 그녀로선 걸쳐 입고 나온 털스웨터가 너무 초라해 보였다. 갈 곳이 집밖에 없다는 걸 알면서도 그녀는 망설였다. 다방을 오르내리는 사람들의 시선을 느끼고서야 비로소 그녀는 걸음을 옮겼다. 구정(舊正)이 가까워서인지 행인들의 걸음은 바빠 보였다. 해는 보이지 않았지만 그런대로 거리는 아직 밝았다. 굳이 퇴근 시간에 맞출 필요도 없는 사람이 왜 이 시각에 만나자고 했을까.

그녀는 망연히, 해가 걸려 있다 싶은 서편 산자락으로 눈을 두었다. 목적도 없이 멍하다 싶게 하늘 끝을 좇을 때마다 맺혀오곤 하던 물기가 다시금 눈자위를 짓눌러놓고 있었다. 어린 시절의 그 습관이 마흔이 다된 지금까지 계속되다니. 그러나 질끈 눈을 감아 물기를 흘려보내고 나면 다시금 열심히 부대끼고 살아야 할 현실이 확실하고 차분하게 다가오곤 하던 것도 예전과 다를 바 없었다. 애희를 데려가겠다는 것이 그 남자 자신의 뜻이 아니라는 게 다행이다 싶기도 하면서 할머니라는 사람의 주장이 더 무서울 수도 있겠다 싶었다.

이런저런 생각 끝에 매달리는 남자라는 호칭이 서툴고 거북스러웠지만 굳이 친(親) 자를 붙여가며 뭐라고 부르기도 싫었다. 그 사람도 남편을 그 양반이라 했다가 죽은 자형이라고 하지 않았는가. 그녀가 결혼을 하고부터 그들은 사실 남이었다. 큰애가 죽은 제 엄마를 기억한다면야 어쩔 수 없는 노릇이지만 그렇지 않은 이상엔 아이를 위해서도 남이어야 마땅할 것이었다. 내 생각이 틀리거나 속 좁은 여편네의 고집일까. 내가 제 친엄마가 아니라는 걸 알면 애희는 어떤 눈으로 나를 볼까. 그녀로선 상상해보기도 싫을 만큼 끔찍한 일이었다. 일부러 숨기거나 나쁜 의미로 감추는 것도 아닐 바에야 그게 죄 될 리는 없지.

그녀는 건널목에 잠시 멈추었다가 지나가는 버스를 보고서는 무슨 심사에서인지 왔던 길을 재우쳐 올라가기 시작했다. 이야기라도 붙여볼 사람이 그래도 오빠뿐이라는 게 지나가는 버스의 노선번호를 확인하고서야 새삼스레 그녀의 마음을 사로잡은 것이었다. 예나 지금이나 그 동네로 가는 버스는 드물었다. 그녀는 10분 이상이나 서 있다 겨우 버스에 올랐다. 결혼하고 한두 번 갔었지만 남편의 성미나 자신의 채신머리로 왕래가 이어질 수 없었다. 부모 없는 친정이 누구에겐들 서먹하지 않겠는가마는 그녀는 또 달랐다. 큰올케를 생각하면 지금 당장 내리고 싶기도 했지만 그녀는 계속 손잡이에 매달려 있었다. 지금 가고 있는 길이 형편없이 허약한 자신의 발목을 내보이는 거라는 걸 알면서도 지금 그녀의 심사로선 어쩔 방도가 서질 않았다.

연탄공장을 끼고 있는 길은 사람의 왕래도 드물었고 아예 공장 전용도로라도 된 양 시커먼 탄차가 연신 들락거렸다. 다른 샛길이라도 난 것일까. 일 년 다니다 만 여상이지만 집으로 돌아오는 밤길은 무섭기만 했다.

"이년아, 니 발에는 버석거리지도 않나." 날아드는 탄가루는 하루에 몇 번씩 하는 걸레질도 소용이 없었다. 처음 어머니 될 사람의 뒤를 따라 집으로 왔을 때—그때가 국민학교 4학년이 되는 이른 봄이었다—왠지 궁색하고 거칠어 보이는 동네 풍경에 발걸음은 더디기만 했다. 그러나 고아원은 폐쇄 직전이었고 또 다른 고아원으로 옮겨갈 자신이 서질 않았다. "뭐하노 날래 안 따라오고. 어디 대궐 같은 집에라도 갈 줄 알았더나." 쭈뼛거리는 그녀의 눈치라도 읽었는지 여자가 재촉하던 길이었다. "성질이라도 활달해야 한다, 니 신세에 부끄럽타고 하면 오히려 눈치 받는다. 되바라져도 안 되지만 눈 밖에 나지 않으려면 활달하고 싹싹하게 굴어야 한다." 활달한 사람은 새엄마였다.

"이가(李哥)면 됐소. 같은 값이면 성이라도 같아야 지도 덜 서운하지. 병치레는 안 해야 될낀데. 괜히 지만 섧지." 원장실에서 해대는 모습이 무섭기도 했지만 '찌끄레기'로 남아 있는 그녀로선 쓰다 달다 할 형편도 아니었다. 애들 눈으로도 제법 예쁘장하다 싶은 아이들은 맨 처음의 예배당이 있던 고아원에서 학교도 다니기 전에 다 떠나버렸다. 그녀의 기억도 뾰족탑이 있는 고아원에서부터였다. 그때가 몇 살인지, 군복 입은 아저씨들이 큰 차를 타고 가끔 드나들고, 자기도 저 사람들이 데려왔을 거라고 막연히 생각해본 게 자신에 대한 기억의 끝자리였다. 내 새엄마는 어떤 사람일까를 가끔 상상해 보기도 했지만, 국민학교에 다니고 두 번째 고아원으로 옮겨오고부터는 그런 생각조차 포기했을 때 나타난 사람이 땅딸막한 키에 남자처럼 큰 목소리를 내지르는 여자였다. 하는 말의 반은 욕설이었지만 그래도 식구 중에서 그녀 자신을 속으로나 겉으로나 한가지로 대한 사람이 새엄마였다는 것을 그녀는 뒤에 알았다.

"저 양반이 니 아버지고 이 머스마들이 니 오빠들이다. 진짜가 되도록 자꾸만 불러라. 부른다고 주둥이 안 닳을 테니."

큰오빠는 가게에 있었다. 점포는 늘지도 줄지도 않았건만 눈에 들어오는 풍경은 설렁하고 서먹했다. 원래 담배포 달린 이 가게는 남편에게 맡기고 어머니는 부근 시장에 포목상을 내고 있었다. 그러나 신경통이 심해지고, 새올케가 들어오자 어머니는 점포를 큰오빠에게 맡기고 들어앉았다. 같은 시장에서 장사하는 사람의 동생이라는 올케는 성격이 차갑고 이해에 밝은 여자였다. 야간 여상을 그만둔 것도 올케 때문이었다. "저년 하는 꼴 보니 니가 고생하겠다.

아무 기술이나 배워서 나가거라. 그 수뿐이겠다." 자리에 누워 용만 쓸 뿐 큰올케에게는 어머니도 어쩔 수가 없었다.

"어쩐 일고?"

난로를 끼고 앉았던 오빠가 그녀를 멀뚱히 쳐다보았다. 본래부터 아버지를 닮아 붙임성도 없고 물러빠진 사람이 올케가 들어온 뒤로는 잔정마저 말라버렸다. 그때 방문이 열리고 사내애 둘이 밖을 내다보았다. "고모 보고 인사 안 하나." 그러나 방문은 오빠가 먼저 닫았다. 그녀는 동네로 들어오는 길에 정육간에서 산 쇠고기를 쪽마루에 놓았다.

"김서방은 잘 있나?" 오빠는 눈을 쇠고기 든 비닐봉지에 둔 채 물었다. 그제야 그녀는 엉거주춤 마루에 걸터앉았다.

"죽었어요, 한 달 전에."

"죽어? 어떻게……."

"교통사고였어요."

"저런 변이 있나, 보상금은 옳게 받았나?"

"그게, 밤에 비횡단도로에서……."

"술 때문이제, 츠츠. 큰일이구나 앞으로. 애가 몇이 되제."

애가 많지 않느냐는 소리에 그녀는 그만 할 말이 달아나 버렸다.

"에이 무심한 사람, 팔자에 니 사람 아니었던 모양이다. 미장원은 그만둔 지 꽤 되지?"

그녀는 고개를 끄덕였다.

"요새처럼 장사도 안 될까, 포목상도 한물 간 업종이고." 오빠는 돈 이야기라도 꺼낼까 지레 선수를 쳤다. 그녀는 서울이고 울산 소식도 물을 마음이 생기지 않았다.

"큰애가 올해 몇 살이고, 그 애가 문제겠네."

"국민학교 삼학년 올라가요. 그게 법상(法上)으로 어떻게 될까요."

"그 아이 외가 쪽으로 연락이 닿으면 의논해봐라. 법이고 뭐고 있겠나. 지 애비 죽고 니도 무슨 정이 있을 꺼고. 짐부터 덜어야지."

"정이고 짐보다도 아이가 친외가를 알기나 해요?"

"알고 모르고가 무슨 문제고. 데려가겠다면 그만이지."

누구나 함부로 이런 생각을 할 수 있는 것일까. 찾아온 것이 후회되기보다 기부터 찼다. 어두워져 버린 길을 건너다보는 그녀의 눈은 그저 아득하기만 했다.

"가봐야겠어요. 올케는 못 보고 가겠네요."

"늘 늦는 사람이니까."

그녀는 비닐봉지를 들고 부엌으로 들어갔다. 마루에 덜렁 놓고 그냥 가기엔 아무래도 마음이 편치 않았다. "부엌일 시키려고 데리고 온 게 어머니 본심 아닙니까. 그런 애를 학교는 무슨 학굡니까." 큰올케 시집오던 해가 여상에 입학하던 봄이었다. "본심이 어디 있노, 다른 자식 키우듯이 키우는 거지." 큰방에서 싸우던 소리를 그녀는 이 부엌에서 들었다. 처음엔 아버지며 오빠 될 사람들이 무섭다더니 나중엔 이웃의 눈이었고, 그것도 아무것도 아닌 것이 결국은 새식구가 된 올케가 범 잡는 담비였다.

다락을 어떻게 고쳤는지, 머리를 잘못 들면 부딪치던 횟가루를 바른 계단은 없어지고 부엌은 조금 넓어 보였다. 그녀는 앉아서 다녀야 하는 비좁은 다락에서 잠을 잤다. 겨울에는 '유담뽀(湯婆)'를 이불 밑에 넣고. 그러나 미장원에 딸린 방에서 처음 자던 날은 차라리 이 다락방이 그리웠다. 그녀가 기억하는 최초의 고아원에서처럼 다시 혼자였으니까. 어머니가 돌아가셨을 때 눈치 받을 만큼 섧게 운 것도 세월이 그녀를 스스로 이 집 식구로 만들어놓았기 때문이었다.

애희도 종내는 그렇게 된다는 것일까. 차가운 저녁 바람이 부는 연탄공장 사잇길을 빠져나오며 그녀는 한숨을 내쉬었다. 그러나 애희는 자기와는 다를 것 같았다. 기억의 첫 자락부터 그녀 자신은 고아였지만 애희는 아니었다. 애희는 그저 아버지가 일찍 죽은 아이일 뿐이었다. 기억할 것도 없이 내가 제 어미라면 그뿐 아닌가. 그러나 그녀는 알고 있었다. 혼인신고를 위해 난생 처음 구청에서 호적을 떼었을 때 그녀의 난에는 '1959년 3월 12일 입양'이라고 다른 식구의 그것에 비해 길게 쓰여 있었다. 성만 이가(李哥)였어도 될 일이 아니었던 것이다. 그처럼 애희의 생모는 죽은 남편처럼 줄이 그어진 채 언제까지나 호적에 살아 있을지도 몰랐다.

두 번이나 갈아타면서 오랜 시간 버스에서 흔들리며 집으로 돌아오는 동안에도 그녀는 요량이 서질 않았다. 아파트로 걸어 들어오는 길목의 불 켜진 미장원이 크게 눈에 집혀왔다. 남편이 죽고 나서 앞길에 대해 제일 가까이 떠오른 것이 그것이었지만 오늘 밤은 유난히도 뚜렷하게 보이는 것이었다. 혼자 사는 여자는 제 자식도 제대로 건사할 수 없단 말인가. 젖어오려는 눈에 그녀는 만신의 힘을 모았다.

그녀가 남편을 소개받은 것은 전세이긴 하나 혼자서 미장원을 꾸민 지 오륙 년이 되는 서른 살 때였다. 어머니는 물론이고 아버지까지 다 돌아가신 뒤라 친정 걸음도 거의 끊어지고 결혼조차도 접어둔 때였다. 변두리 동네 미장원의 손님이래야 매양 그 얼굴이었는데 죽은 남편의 재종형수 되는 사람이 있었다.

남편은 자기의 봉급에 상관없이 살림만 할 것을 강요했고, 그녀는 모아둔 돈을 본래 남편이 살던 전세금과 합해서 자그마한 단독

주택을 사서 방 하나를 세놓았다. 그러다 남편의 공장이 양산(梁山)으로 옮겨가는 바람에 통근차를 타기 가까운 지금의 아파트로 옮긴 것이었다. 아파트가 보이자 그녀의 마음은 다시 급해졌다. 부식가게에 들러 국거리라도 살까 하다 따뜻한 밥부터 먹이는 게 나을 성싶었다. 바쁜 마음과는 달리 그녀는 계단을 조심스럽게 올랐다. 아파트가 시끄럽게 쿵쾅거리며 오르는 남편의 술 취한 발짝소리에 그녀는 심장병까지 얻었다. 남편은 마시던 술을 석이를 낳은 뒤로는 거짓말같이 끊었다. 그러나 죽기 몇 달 전부터, 그러니까 지난 가을 들어 다시 마시기 시작했다. 남편이 다시 술을 마신 지난 9월을 생각하자 그녀는 다리의 힘이 쭉 빠져왔다. 문은 열려 있었다.

"왜 문을 잠그지 않았니."

"석이가 하도 울어서 아이스크림 사러 갔었어요."

애들은 하나같이 아이스크림을 입에 문 채 텔레비전을 보고 있었다. 막내는 흘러내린 아이스크림으로 앞섶이 다 젖어 있었다.

"이 추운 날 무슨 아이스크림이고, 밥할 생각은 않고." 그러나 큰애가 밥을 해본 적은 없었다. 그녀가 차고앉아 살림을 맡았기 때문이기도 했지만 남편의 눈이 무서워 걸레 하나 제 마음 아니면 빨리지 않았다. 석이를 본 뒤 마음이 달라졌는지 남편이 "엄마 도와 청소해야지."라는 말도 하긴 했지만 그녀의 습관은 쉬 무너질 수가 없었다. 그러나 애희가 예사롭게 다른 애들처럼 보이기 시작했을 때 남편은 죽어버린 것이다.

그녀는 스웨터를 벗고 앉으면서 큰딸의 눈치를 살폈다. 집을 비운 사이에 애희에게 무슨 일이 있었을까 하는 궁금증이 목까지 차올랐다.

"엄마 없는 사이에 누구 찾아온 사람 없었고?"

"응, 아무도……."

큰딸은 텔레비전에서 눈을 떼지 않았다. 우선 달려드는 안도감과 같이 자신이 지레 걱정을 하고 있는지도 모른다는 데까지 생각이 미쳤다. 그들은 그녀의 의사를 타진해 보는 것에 지나지 않을 수도 있었다.

"엄마, 맛있어." 수건으로 턱을 닦아주자 석이가 먹던 아이스크림을 그녀 입에 내밀었다. 그녀는 녹아내리는 물 때문에라도 받아먹어야 했다. 얼굴을 숙이자 석이의 귀밑에 자그마한 점이 눈에 들어왔고, 입안에 차갑고도 달콤한 얼음물이 맴돌자 불쑥 눈물이 솟아올랐다.

"겨울에 사과를 눈 속에 묻어주었다가 뜨뜻한 방안에서 깎아 먹으면 얼어서 바삭바삭한 게 꼭 지금의 아이스크림 먹는 맛이더만. 친정어머니가 아이들 먹는 걸 보고는 그 소릴 하면서 나더러 기억에 없냐는 거예요. 그래 가만히 생각해보니 어렸을 때 먹어본 것 같애. 사과밭도 어렴풋이 생각나고." 그 손님의 고향은 황해도 사리원이었다. 어째서 아이스크림이며 사과에 기억이 얽혀 이야기가 나왔는지는 모르지만, 그날 밤 그녀는 손님이 이야기한 기억이라는 말에 예전 국어선생의 추억까지 겹쳐 밤새 울었다. 처음으로 학원을 마치고 들어간 미장원이었으니 스물도 안되었을 때였고, 혼자 이 세상을 살아가야 한다는 다짐만 가득했을 때라 그런지 그냥 그 말이 서럽도록 되씹히는 것이었다. 자기에게는 왜 그런 기억조차 없는 것일까. 고아원에서, 나이가 같은 아이들 중에 우물이 있고 집 앞에 큰 감나무가 있었다고 기억하는 애들도 있었다. 그런 얘기를 듣고 난 뒤면 무엇을 먹을 때나 물건을 만질 때, 또는 골목이나 담벽을 지날 때도 신경을 곤두세웠다. 그러나 뾰족탑이 있는 고아원과 군복 입은 아저씨들 앞은 언제나 꽉 막혀 있었다. 소리도 냄새도 그녀에게 어떤 기억을 뚫어내지는 못했다. 기억이라는 게 재산일까. 캐내어야만 할 기억이 있다는 사실 자체가 차라리 비극처럼 느껴졌다. 막내에게, 아니 애희에게 오늘 밤의 아이스크림은 잊어버려도 좋을 것이었다. 그녀는 아이가 계속 내미는 아이스크림에 입을 가져갈 수가 없었다.

늦은 저녁을 먹자마자 석이가 먼저 자고, 텔레비전 앞에 붙어 있던 딸애들도 자기 방으로 건너가고서야 그녀는 설거지를 시작했다. 미루어 두었다가 해야 할 일인 것처럼. 그러나 보일러실의 연탄을 갈아 넣은 시간까지 해서도 삼십 분이 채 안 되었다. 너무 조용할까 겁이 나서 내처 켜놓은 텔레비전에선 몇 사람이 둘러앉아 좌담회를 하고 있었다. 그녀는 채널을 바꾸었다. 외국 연속극이었다. 술을 마시지 않고 들어오는 날의 남편은 언제나 텔레비전 앞에 앉아 있었다. 평소에는 말이 없는 대신 술주정이 심했다. 아이 때문에 어쩔 수 없이 재혼이라는 걸 했지만, 망처(亡妻)에 대한 그리움은 소롯이 남편의 가슴에 살아 있었다. 그리고 그녀는 '근본도 모르고 겁 없이 자란' 서른이 넘은 여자였다. 죽은 아내에 대한 그리움은 딸애에 대한 관심으로 쏠렸고 그것은 다시 그녀 자신에게 경계와 증오의 화살로 날아들었다. 그녀에게 남편은 결혼하면 묻히리라 여겼던 자신의 과거를 가장 날카롭게 후벼 파는 존재가 되어 버렸다.

술에 취해 더럽혀진 옷을 수습하다 우연히도 그녀는 남편의 지갑에서 전처의 얼굴을 본 적이 있었다. 처녀 때의 사진인지 여자는 젊고 예뻤다. 그 사진을 보는 순간 그녀는 질투 대신 한없는 절망감에 빠져들었다. 남편의 마음을 되돌려놓을 젊음도 용모도 갖고 있지 못하다는 사실보다 애희를 뒤쫓는 늙은이의 자태까지 겹쳐 '근본도 모르는' 자신의 신세가 서러웠기 때문이었다. 남편은 죽은 아내에 대한 기억에 살지만 그녀는 찾을 것도 기댈 데도 없었던 것이다. 심지(心志) 약한 못난 사내라고 남편을 원망해보기에는 그녀의 과거가 너무나 완벽하게 그녀 자신을 망가뜨려 놓고 있었는지도 몰랐다.

그러므로 그녀가 할 수 있었던 생각은 남편의 아들을 낳는다는 것이었다. 그 애만이 유일한 현재요 미래일 것이었기 때문이다. 애숙이를 낳았을 때 남편은 바로 보지도 않았지만 고집스레 서른넷에 낳은 석이는 달랐다. 지금 경대 위에 얹힌 가족사진도 석이를 낳고나서 찍은 것이었다. 보고 있으면서도 무슨 내용인지 모르는 화면에서 눈을 떼고 그녀는 무릎걸음으로 경대로 다가가 사진틀을 잡았다. 사진 속의 그녀 자신이 자신 있게 웃고 있었다. 큰딸에 대한 가슴 죄던 태도에도 자신이 붙기 시작했고, 그즈음에서야 비로소 애희는 그녀에게 진짜 딸이 되기도 했다. 그때 애숙이나 석이처럼 큰애를 대할 수 없었다면 오늘 그 남자의 출현은 어쩌면 그녀에게 반가웠을지도 몰랐다.

그녀는 먼지라도 닦듯이 사진틀을 조심스레 쓰다듬었다. 그녀는 이렇다 할 사진이 없었다. 주민등록증 사진 같은 증명사진 몇 장뿐이었다. 그게 그녀 자신이 이 세상과 맺고 있는 관계의 상징이기라도 하듯이. 그러나 이대로 같이 산다면 애희는 이 사진 속에서 어떤 다른 기억도 찾아낼 필요가 없으리라. 그게 그녀의 유일한 고집이었고 희망이었다. 그 남자는 기른 정이 어쩌구 했지만 애희에게 그녀는 헤아려내야 할 아이스크림이나 사과와 같은 기억을 남겨주고 싶지 않다는 것뿐이었다. 훗날 성인이 되어 어떻게 사실을 안다 하더라도 그녀가 다른 두 애와 똑같이만 먹이고 입힌다면 큰애도 괴롭지는 않을 것이었다.

텔레비전의 화면이 나가 있었다. 그녀는 사진을 놓고 일어나 스위치를 껐다. 석이는 엎드린 채 곤히 자고 있었다. 그녀는 잠옷으로 갈아입기 위해 셔츠를 벗다 거울 앞에 자신이 서 있다는 걸 알고는 불을 껐다. 그러나 창밖으로 스며드는 불빛이 여전히 경대의 커다란 체경 앞에 서 있는 그녀의 윤곽을 드러내 보이고 있었다. 커튼을 치고 거울을 비켜섰지만 자꾸만 자신의 몸뚱어리가 눈에 잡히는 것만 같았다. 그녀는 흠칫 몸을 떨었다.

그렇게도 잘 참아오던 자신이 어째서 그 고비를 넘기지 못했을까. 나하고는 상관없는 일이라고, 잠든 애들의 얼굴을 보면서 한사코 그녀는 TV를 외면했다. 사람들은 모두 점이나 흉터를 갖고 태어나는 것일까. 하긴 남편부터가 그랬다. 속옷을 입고 있을 때야 보이는 목덜미의 한 가닥 털이 달린 점이 그 무렵엔 커다랗게, 차라리 행복스럽게까지 그녀의 눈에 들어오곤 했다. 그러나 "석이에게도 당신 닮았는지 귀 밑에 점이 있습디다." 소리는 못했다. 애희에게도 애숙이에게도 그런 게 있을까. 예사로 보아오던 딸애들의 몸뚱어리를 벗겨보고 싶은 미친 마음까지 들었다. 남편은 아무 말도 않았고 달라진 것도 없었다. 그러므로 그녀는 예사롭게 TV를 켜두어야 했다. 귀 밑에 점 두 개가. 세 살 때 인두에 덴 흉터가. 잠자리에 들면 온몸이 간지러웠다. 나하고는 관계없는 사연이라고 이를 악물수록 온몸을 스멀거리는 가려움은 심해 갔다. 한 고비가 넘었는가 싶을 때 엉뚱하게 그런 증상이 나타난 것이다. 밤사이에 점이라도 몇 개 돋아나는 기분이었고 잠든 남편의 목덜미 점을 석이의 그것과 번갈아 만져보기도 했다. 남편이 출근한 뒤로는 텔레비전 앞을 떠날 수가 없었다. 그날, 저녁을 먹은 뒤 큰애가 친구 집에 숙제하러 간다는 소리까지 듣고는, 그녀는 막바지에 매달린 애타는 눈들과 사연에 흠뻑 빠져들었다. 지금까지 자기도 모르는 신체상의 특징이 어딘가에 있고 그런 표지를 찾으려고 애쓰는 저 많은 사람들의 어느 하나와 그것이 일치될지도 모른다는 생각에 그녀는 잠겨들었다. 왼쪽 종아리의 화상이 맨 먼저 가려워오기 시작했다. 그것은 중학교 일학년 겨울, 집의 다락방에서 유담뽀의 타월이 벗겨진 부분에 데인 동전 크기만 한 흉터였다. 그녀가 알고 있는 흉터나 표지란 그것뿐이었다. 그러나 그녀는 묘한 고집 속에 빠져들고 있었다. 아이스크림 같은 사과 맛에서 사리원 과수원의 기억을 더듬어 냈던 손님의 이야기를 듣고 그런 사실이 흡사 자신의 기억이 아닌가 하는 착각에 한동안 빠져들었던 것처럼, 등이나 목덜미에 자기가 모르는 그 무엇이 꼭 있을 것만 같았다. 그녀는 자신도 모르게 일어나 거울 앞에서 옷을 하나하나 벗어가고 있었다. 옷을 벗어갈수록 가려움증은 수그러드는 것 같기도 했다. 결국 속옷 하나 걸치지 않고 섰을 때, 그녀는 문앞에서 자기를 뚫어져라 보고 있는 남편의 무서운 얼굴을 찾아내었다. 그녀는 황급히 치마를 들어 앞을 가렸다. 남편은 성큼 방안에 들어섰다. 그녀는 무슨 말이든 해야 했다. "점, 점이 있는가 싶어서……." 얼굴에서 번쩍 불이 나고, 그녀는 쓰러졌다. "이게 미친 계집 아니야!" 그리고 다시 밤늦게 계단을 오르는 구두소리에 그녀의 가슴은 얼어붙기 시작했다.

그녀는 잠옷을 다 갈아입지도 못한 채 언제부터인가 꺼억꺼억 울고 있었다. 잠든 막내의 얼굴에 눈물을 비비다 아이가 손을 젓는 바람에 그녀는 정신을 차렸다. 옆방 문을 열었을 때 애희가 무슨 잠꼬

대를 중얼거리고 있었다. 큰애의 얼굴은 조금 찡그린 듯했다.

다시 안방으로 들어왔을 때 계단을 오르는 구두소리가 났다. 그러나 이제는 무서워할 것도 기다릴 사람도 없었다. 내일은 구청이든 어디든 가보아야지. 애희에게 그 애가 찾아내야 할 어떤 기억도 남기지 않으려는 자신의 고집이, 아직은 알지 못하는 법률보다도 힘이 있을 거라는 희한한 자신감이 솟아나기 시작했다. 그녀는 걷어찬 막내의 이불을 다시 다독거리며 희미해져 가는 발짝소리를 지우며, 창을 울리는 바람소리에 귀를 기울였다. 어차피 다시 시작해야 할 시간들이 저 바람 속 어딘가에 잠겨 있을 것만 같아 그녀의 가슴은 천천히 두근거렸다.

동생의 3년

버스가 출발했다. 손수건으로 헬멧 밑의 이마를 닦고 있는 헌병이 창밖으로 보였다. 뒤돌아보니 흙먼지 속에 그는 그대로 서 있었다.

나는 조금 전에 검문을 받은 4명의 승객 중 하나였다. 나이 때문인지 아니면 옷차림 때문인지 나는 계속 검문대상이 되었다. 이번에도 순경 하나와 헌병이 올라와 차렷자세로 정중한 경례를 붙이고는 승객들을 살펴나갔다. 그러나 중간에서 조금 뒤쪽에 앉은 나에게 "실례지만" 인사말 뒤에 주민등록증 제시를 요구해 왔다. 헌병이었다. 나는 안주머니에서 지갑을 꺼냈다.

"무엇 하십니까?"

"회사 다닙니다."

나는 지갑에서 사원증을 찾았다. 그것은 출입증을 겸한 것이었기에 커다란 상반신 사진 밑에 이름이 쓰여 있었고 뒤편에 직인이 찍혀 있는 것이었다. 헌병은 다시 한 번 내 얼굴을 살펴보더니 다른 자리로 갔다. 사실 그는 나와 상관없는 사람일 수도 있었다. 나는 민간인이니까. 그리고 무엇보다 떳떳하지 않는가. 만기 제대한 예비군이니까.

생각했던 대로 검문은 철저했다. 이골이 난 듯 이 지역 승객들은 예사로웠지만 나는 그럴 수가 없었다. 차가 검문소 앞에 설 때부터 콩닥거린 가슴은 거수경례를 붙이고 내려갈 때까지 계속되었다. 그것은 차라리 당연한 심리상태인지도 몰랐지만 태연하거나 예사롭지 못한 스스로에 대해 화가 치밀어 오름 또한 사실이었다. 이번 검문에서는 "무슨 일로 가느냐?"라는 질문은 없었다. "동생 면회하러." 나는 그 말 또한 회사원입니다. 뒤에 몇 번이나 덧붙여야 했다. 헌병에 대한 두려움이나 눈치 살핌은 제대복을 입고 자대를 떠날 때에야 겨우 끝났다고 할 수 있을까. 자대에 처음 떨어져서 고참에게 배운 군대요령 중 하나가 약점을 가지고 헌병을 만났을 때 장군 빽보다도 더 좋은 건 삼십육계다였는데, 벌써 그때부터 헌병에 대한 두려움은 깊숙이 드리워져 있은 셈이었다. 그러나 나는 전역한 지 5년째였다. 잠재적으로 자리한, 제복근무자에 대한 막연한 경계의식일까.

검문이 심하리라고 짐작은 했었지만 군대생활을 후방에서 한 나로서는 지금 찾아가는 곳에 대한 분위기는 그냥 막연한 정도였다.

차창을 스치는 건 산이었다.

어디고 산의 연속이었고 버스는 그러한 지형의 어느 한 자락을 스치고 있었다. 자연스런 풍광임에도 불구하고 어딘가 낯설고 서먹한 시선이었다. 사람의 호흡이 덜 묻어서인지 모든 것들이 뻣뻣하고 거만스러워 보였다. 햇빛은 산의 어느 모퉁이나 틈서리를 비집고 차창으로 흘러들어왔다. 나는 벌써 몇 시간째 흔들리고 있었다. 특히 춘천에서부터는 거의 비포장이라 글자 그대로 흔들리고 있는 셈이었다.

토요일, 출근을 하자마자 나는 과장실을 찾았다

"동생 면회? 무슨 일이 생겼소?"

과장의 말투에는 동생이 무슨 사고라도 냈느냐는 뜻이 숨어 있었다. 하기야 그건 당연한 발상일 수도 있었다. 가족 중의 누구를 군에 보내놓고 항상 생각의 끈이 닿는 것은 사고일 테니까 말이다.

그래서 나는 조금 구차하게 설명해야 했다. 훈련을 마치고 자대에 떨어진 동생에게서 면회를 와주었으면 하는 편지가 왔다. 동생은 막내로서 철이 없다면 없을뿐더러 몸도 약한 편이다. 여러 사정으로 가족 중에서 가볼 만한 사람은 바로 위인 나뿐이다. 그러고는 노모가 막내라 그런지 특히 걱정을 하고 있다는 말을 덧붙였다.

생각해 볼 수 있는 반응은 두 가지였다. 요즘같이 좋은 시절의 군대생활 뭐가 걱정이냐는 것과, 그래 그거 한 번쯤 가봐야지요였다. 그것은 생각하기 나름이었다.

"어디요?"

나는 내가 처음 들은 강원도의 어느 지명을 들먹였다.

"아이구 전방이군."

그 말이 왜 허락으로 들렸을까. 과장실을 나온 뒤에 잠시 생각했던 것 같다.

"나도 강원도에 있었지, ○사단. 어떻게 해냈는지 아득해."

과장은 잠시 자신의 군대생활을 입에 올렸고 그것이 끝나자 나는 출발을 서둘렀다.

과장의 승낙은 아마 군대생활이란, 남자들만이 갖고 있는 공감대에서 나온 것이리라 싶었다. 남자라면 누구나 갔다 와야 하는, 자기 삶의 3년이란 일정한 기간을 보낸 특수한 조직의 경험에서 오는 공감대 말이다. 누구나 알고 있는, 그래서 거기에 대해 제각기 자기 목소리를 넣을 수 있고, 모두 비슷비슷한 것 같으면서도 조금씩은 다른 색깔을 지닌 게 군대생활 아니겠는가. 그래서 군대 이야기는 가장 특수하면서도 지극히 보편적인 화제가 되는 것일지도 몰랐다. 만일 과장이 군대에 갔다 오지 않은 사람이라면 승낙을 하지 않았을 가능성도 전혀 배제할 수는 없는 일이었다.

나는 담배를 한 대 피워 물었다. 스치는 풍경에 무료하게 눈을 주고 있느니 그런 생각에 매달려보는 것도 괜찮을 것 같았다.

직장 동료들과의 술자리에서도 어쩌다 화제가 군대로 빠지면 지금까지 입을 다물고 있던 사람들도 모두 한마디씩 자기의 3년을 떠올리지 않는가. 그것은 어떤 친구 사이거나 자리에서도 마찬가지이고 이야깃거리가 궁색해지는 법 또한 없는 것이다. 그런 자리에서 군복무를 면제받은 자들의 재미없는 표정이나 다문 입을 보노라면 어딘가 슬며시 3년에 대한 보상이라도 받는 것 같은 기분조차 드는 것이다.

군대 이야기에서 시선을 모으는 사람은 당연히 입담도 좋아야겠지만, 의외로 화술이나 입심과는 관계없을 수도 있었다.

그러한 예가 자료계의 김선기지. 나는 어렵지 않게 김선기를 찾아내었다. 그는 사무실 안에서 오가는 농담이나 화제에 거의 빠지는 쪽이었다. 그럼에도 불구하고 어느 순간에는 좌중의 주목을 받을 때가 있었다.

트럭 사고로 죽은 병사의 사체를 옮기는데 떨어져 나간 다리가 하얀 시트 밑에서 꿈질거리더라는 따위인데, 그런 이야기도 내놓고 시작하는 것이 아니라 신문 사회면을 차지한 엽기적인 살인사건 같은 게 화제가 되면 "아, 그런 거 가능해요. 내가 군대 있을 때" 하는 식이었다. 위생병으로 야전병원에서 근무한 그는 별난 것들을 목격할 수 있었던 것이다.

김선기의 예는 군대 갔다 온 사람이면 누구든지 다 나름대로의 체험의 폭을 갖고 있다는 이야기가 되겠다. 그러고 보면 군대 이야기는 복무해 본 사람이라면 누구나 별다른 부담 없이, 몇 번 되풀이해도 재미없거나 지루하지 않는 화제요 안주감인 셈이다. 모두 제 나름의 3년을 가지고 있으니까. 그러면 나는. 나는 흩어지는 담배연기를 바라보며 생각해보았다.

나도 화제가 그쪽으로 넘어가면 지루하게 여기거나 재미없다는 표정을 짓는 편은 물론 아니었다. 그렇다고 빠지지 않고 끼어들어 굉장히 쇼킹하고 재미나는 경험담을 늘어놓는 축도 아니었다. 입담도 없을뿐더러 무엇보다도 특별한 체험을 갖지 못했기 때문이다. 내가 보낸 3년은 병과 탓도 있겠지만 그저 평범하고 무난했다고 할 수밖에 없다. 특히 김선기 같은 부류와 비교했을 때 나의 체험은 실로 아무것도 아니었다.

그러나 그것은 어디까지나 내 쪽에서의 생각만일 수도 있었다. 누구나 제각기 나름대로의 체험은 있는 것일 테니까.

나도 할 이야기는 있었다. 한밤중에 수용연대에 도착했을 때 열차에서 남긴 건빵을 뺏으러 온 정체불명의 불한당들이 다음 날 알고 보니 대기장정이라더니, 후반기 교육을 받는 어느 날 조금 일찍 기상하여 잠들어 있는 내무반의 모습과 희미하게 트여오는 새벽을 보았을 때 느낀 '이놈의 삼 년을 어떻게 보낼까' 하는 한심하고 암담스러운 기분. 또는 첫 외박 나와 술집여자에게 빼앗긴 동정이며, 어느 겨울 무단이탈하여 술 마시다 팬티바람으로 방화수 안에서 덜덜 떨었던 일 등.

그러나 결국 그것도 대단한 건 아니었다. 또 하나 얘깃거리가 있다면 전입 간 게 되겠는데 흔히 있을 수 있는 일이라면 그뿐이었다.

그러면서도 한편 평범했다고 몰아서 생각하려는 이면에는 편치 않는 기억을 뭉개버리려는 내심이 자리하고 있을지도 몰랐는데 그것이 바로 전입 때 겪은 일이었다.

하기야 군대 이야길 하면서 "아이구, 내 졸병 때 지독하게 얻어터졌네." "참, 그 고참새끼한테 당한 걸 생각하면 지금도 이가 갈리네." 하더라도 그게 부끄럽거나 수치스러운 일은 아닌 것이다. 시간이 흘렀다는 데서 오는 기억의 퇴색도 이유가 되겠지만 무엇보다도 결정적인 것은 군대라는 특수한 집단에서의 일이었기 때문일 것이다.

그러니까 그런 추억은 대개 졸병으로서 고참에게 시달림을 받았다거나 장교에게 기합을 받았다는, 위계질서의 힘에 의한, 당연하다면 당연하달 수 있는 데에 기인하기 때문일 거라는 거다. 또 말은 그렇게 하면서도 마음은 벌써 이해나 체념이랄 것도 없이 풀어질 대로 다 풀어진 상태에 와 있는 것이다.

내가 가진 기억 중의 하나가 불편한 거라고 말한 것은 아무래도 기억의 발단이 어쩔 수 없는 위계질서적인 힘에 의한 것이 아니라는 말도 되겠다. 그렇다고 뭐 대단히 특별하거나 심리적인 측면이 개입되는 것도 아니다. 어쩌면 군대니까 겪을 수 있는 물리적인 현상에 딱 들어맞는 것이기도 하겠다.

20개월을 조금 넘었을 때 기구개편으로 내가 근무하던 자그마한 단위부처가 해체되어 버렸다. 그것은 참으로 재미없고 불행한 일이었다.

지금까지 익숙했던 업무를 그만두어야 한다는 면도 있겠지만 그보다 더 크게 마음을 압박하는 것은 내무생활이었다. 나름대로 그동안 틀 잡혀 어느 정도는 차라리 정까지 든 내무반생활이 깨어져

버리는 것이다. 자연스럽게 몸에 밴 상하질서가 무너지고 새로운 질서를 익혀야 한다는 것은 분명 고통스러운 일이었다. 지금까지 고참 졸병의 동기가 정해져 틀 잡혀 돌아가던 톱니바퀴가 멈추어 버리고 생소한 톱니바퀴에 하나의 톱니로 끼어들어야 하는 것이다. 그것은 정말 아찔하고도 아득한 소식이었다. 전입고참이라는 말이 그냥 생긴 게 아닐 테니까 말이다.

군대생활이 아득하게 남은 새카만 졸병이거나 닷새 후에 제대특명을 받을 왕고참을 제외한, 특히 중간고참들이 받는 심리적인 압박은 큰 것이었고 그것이 곧 물리적인 압박으로 변할 것이었다.

20개월 정도 했으니 나도 거기에 속하는 셈이었다.

우리 내무반 40여 명은 사단 예하대로 뿔뿔이 흩어졌다. 나는 일등병 하나와 공병대대까지 내려갔다. 경리를 보다 공병대로 배속받은 것 정도야 아무것도 아니었다.

이튿날 밤에 신고식이 있었다.

최 일병과 내가 그들에게 가장 많이 들은 욕설은 "사단에서 빼기던 좆 같은 놈들!"이라는 거였다.

물론 내 생각에 불과하겠지만 최 일병은 그런대로 참을 수 있을 것도 같았다. 그는 나보다 열 달이나 모자라는, 이래저리 졸병이니까 남은 군대생활을 어디서 하나 마찬가지다라고 여기면 마음 편할 테니까. 그러나 나는 군대가 어떤 곳인가를 제법 알 만한, 그릇수로 따져도 어느 정도 해낸 쪽이 아닌가. 그래서 집중적으로 그들의 표적이 되었다.

"이십 개월? 지랄하고 있네! 여기서는 새로 시작해. 복창해 봐. 군대 좋다!"

나는 내무반 통로에서 사방으로 토끼뜀을 하면서 복창했다.

"군대 좋다!"

신고를 시키는 놈은 나와 같은 계급의 상병 둘이었는데 관물대에 기대 앉아 키들대는 놈들 속에는 일등병도 수두룩했다.

물론 예하대로 흩어지기 전에 같은 내무반 애들은 전입신고에 대해서 많은 이야기를 나누었다. 사전대비라고 할까, 그런 것이었다. 처음부터 당해놓으면 남은 기간도 계속 그렇다, 그러니 한번 크게 깨질 각오하고 여차하면 휘저어야 된다는 강경론이 그때 분위기로서는 가장 잘 먹혀들었다. 그렇게 해야만 겨우 자기 밥그릇을 찾을 수 있다는 얘기였는데 그것은 생각할 수 있는 일이었고 가능하기도 한 일이었다. 그러나 누구나 할 수 있는 게 아니라는 데 문제가 있었다. 쉽게 말하자면 체질이랄까, 그런 것과 연관되는 성질이었다.

나는 당했고, 그런 덕분인지 2개월 밑에 애들과 동기가 되어 1개월 앞의 예비사 군번을 고참으로 대우해 주어야 했다.

줄빳다가 있거나 동기집합이 있을 때면 정말 속이 온통 뒤집히는 순간도 있었다. 그러나 엎드려뻗쳐 있는 동안 건너편 관물대에 보이는 야전삽을 움켜잡아 보지는 못하고 말았다.

완전히 김새고 맥빠진 후반기 군대생활이었다. 교련 혜택으로 조금 빨리 나왔기 때문이기도 하겠지만 결국 제대로 고참노릇 한 번 못 해보고 전역한 것이다.

내 이야기라 해도 쉽게 넘기면 "전입 가서 개피 봤다" 정도일 테고 흔히 있을 수 있는 일이기도 했다. 물론 성격이나 체질의 문제이기도 하겠지만 죽도록 수치스럽거나 치욕스런 일도 아니라는 것이다.

물론 그러한 이야기를 친구들이나 술자리에서 한 번도 꺼내보지 않은 것은 아니었다. 내 경험에 대한 다른 사람들의 반응은 대개 비슷했다. "그걸 참고 있었어? 확 엎어버리지." "못난 짓 했구먼! 아무리 군대라지만 배알이 그래가지고서야, 원." 물론 제대한 뒤이고 남의 일이니까 그렇게 수월하게 말할 수 있는 것도 사실이지만 그럴 때마다 스스로에 대한 부끄러움의 감정이 스며들지 않는 것도 아니었다. 듣기 좋은 소리도 몇 번일 텐데 하물며 그런 말까지 들어가면서 되풀이해야 할 이유도 없을 것이었다. 그러니 더욱더 가슴속에 딱지처럼 앉아 버렸는지도 모를 일이었다. 물론 시원스럽지 못한 성격 탓도 크게 작용하겠지만 말이다.

하기야 나는 군대 이야기조차도 솔직하게 하지 못하고, 재미를 떠나서 윤색하고 각색하려는 사람 치고 인간적으로 좋은 사람은 없을 거라고 생각하는 쪽이다. 그것은 내 나름대로의 판단인데, 업무나 생활면에서 어딘가 가식되고 진실성이 없는 사람은 군대생활 이야기도 어쩐지 재미없거나 아니면 냄새가 나는 듯한 기분을 몇 번 가졌었기 때문이다. 나는 내가 겪은 그 일을 "허허" 웃으면서, 아니면 "아 젠장, 군대라는 게 정말." 그런 허두로 시작했으면 했지 빠져나올 구멍을 만들어가며 이야기해 본 적은 한 번도 없었다. 그러고 보니 내가 여리고 어리석기는 하지만 불성실하거나 비열하지는 않다는 식이 되어버리는 것 같기도 하지만, 나의 마음 편치 못한 기억은 사회생활하는 데에도 어느 정도 마음을 쓰이게 만드는 건 사실이었다. 경우야 다르겠지만 직장에서나 대인관계에서도 되도록 자존심이 상하거나 부당한 일을 당하지 않으려고 애를 쓴다는 그런 얘기가 되겠다.

동생이 입영하기 전에도 나는 '나'를 어느 정도 비껴서 겁먹지 말고 군대생활을 해라, 자기를 내세울 때는 내세우라고 말하기도 했다. 아무리 군대라도 역시 사람 모인 곳이니까라는 단서를 붙여 가며 말이다.

이런저런 생각에 몰려다니는 동안 나는 발밑에 세 개비의 담배꽁초를 버려놓고 있었다. 아까부터 오르던 고갯길을 내려서자 자그마하나 그런대로 반반한 들이 나타났고, 도로 연변에 제법 큰 마을이 보였다.

화천서 버스에 올랐을 때부터 찾아가야 할 마을 이름을 앞자리 영감에게 들먹이자 "내가 내리는 데 내리면 된다"고 했었다. 나는 앞자리에 주의를 기울였다. 영감님이 짐을 챙기더니 돌아보았다.

"다 됐소, 젊은이."

"예, 고맙습니다."

종점은 한 30분 더 가야 된다는 설명이었지만 얼마 되지 않은 승객들은 대부분 여기서 내렸다.

마을은 조용했다. 길가에 세워진 군용트럭 한 대를 제외한다면 내가 발을 디딘 곳이 강원도의 깊숙한 곳이라는 느낌조차도 못 가질 정도였다.

부대는 마을에서 10여 분 정도 걸어 산자락에 앉아 있었다.

나는 위병소에서 면회신청을 했다. 위병이 느티나무 아래의 건물을 가리켰다. PX와 면회실을 겸한 엉성한 바라크였다. 그렇게 썰렁하고 딱딱한 분위기가 전방이라는 기분과 같이 군대라는 걸 실감케 했다. 나는 유일한 면회자였고 민간인이었다. 창이나 문 밖으로 보이는 모두가 삭막하기만 했다. 동생의 3년도 이렇게 삭막하고 썰렁할 거라는 생각이 잠시 들었다.

땅딸막한 키에 어딘가 뒤뚱대는 걸음으로 다가오며 검게 탄 얼굴에 웃음지어 보이는 이등병이 동생이었다.

"어, 형!"

녀석은 꽤나 반가운 모양이었다. 그러나 자리에 앉기 전에 실내를 살펴보았는데 아마 상급자가 있는가 하는 눈치였다. 나는 손을 내밀며 웃어주었다.

"짜식, 살쪘구나!"

"그래? 허허."

"어디 특별히 아픈 데는 없어?"

"응."

녀석은 탁자 위의 내 담배를 한 개비 꺼내 물었다.

"집은?"

"모두 잘 계셔. 아버지가 신경통이 좀 심하셔서 같이 못 오셨다."

"어머니는?"

"괜찮으셔."

"큰형수는 뭐 낳았어?"

그리고 보니 동생이 입대하기 전에 큰형수는 세 번째 임신 중이었다.

"편지에 안 썼던가? 딸."

"또?"

나는 웃으며 고개를 끄덕였다.

"밖에 나갈 수 있어?"

"응."

어딘가 주눅이 들어 보이는 동생의 표정은 부대를 벗어나서도 별로 바뀌지 않았다.

"뭘 맡았어?"

"이사(2·4) 종계인데 지금은 창고에 있어."

"괜찮구나. 사수는 몇 개월 남았어?"

"많이 남았어. 십칠 개월."

그건 동생에게 안된 일이었다. 결국 업무상으로 졸병노릇을 그만큼 해야 된다는 소리니까.

나는 반반한 음식점을 찾다가 결국 대중식사 · 중화요리라는 조잡한 간판이 붙은 문을 열었다.

"요즘은 배고프고, 뭐 그런 건 없지?"

나는 탕수육을 포함해서 음식을 시킨 뒤 말했다.

"응. 자유배식이니까."

"내무생활을 할 만해? 그게 골치 아픈데."

"뭐, 그냥."

"동기가 몇 명이나 돼?"

"세 명 같이 떨어졌어."

동생은 그저 딱딱하고 간단하게 대답했다. 하기야 동생은 지금 제정신이 아닐지도 몰랐다. 훈련 마치고 자대에 떨어진 지 이제 한 달도 채 안 됐으니 무슨 경황이 있겠는가. 마음도 몸처럼 얼어붙어 있을 법도 했다. 그런 건 나를 포함한 형제들의 소심한 성격으로 볼 때 더할지도 몰랐다. 나는 심약한 동생에게 뭔가 안심시키는 이야기를 해주려고 애썼다.

"너무 겁먹을 것 없어. 다 사람 하는 일이니까."

"응."

"인간관계야 어디서나 마찬가지 아니니. 고집을 가질 땐 가져. 상대방에게, 고참이든 졸병이든 한번 허점이나 빈구석을 보이면 계속 그래. 비굴하거나 비겁하게 굴 필요는 없다고."

동생은 고개를 끄덕였다.

"군대생활에서 성격을 바꾸는 사람도 많잖아. 소심하고 나약한 면이 강해진다든가. 군대에서의 체험이 사회에까지 연결이 된다고."

"응."

동생은 쉽게 대답했다. 하기야 내 말도 막연한 것일 수도 있었다. 어쨌든 나는 동생의 겁먹고 주눅 든 모습을 보고 용기를 불어넣어 주고 싶었던 것이다. 비겁하거나 비열하지 말고 당당하고 건강하게 복무하라고 말이다. 그러나 그런 생각 뒤에는 혹시나 하는 두려움 같은 게 따르지 않을 수가 없었다. 막내로 어려운 일 없이 자란 데다 내성적인 성격이 어떻게 여차하여 의외로 커다란 일을 저지를 수도 있는 것이니까. 속에 든 불만을 정상적으로 터뜨리지 못하고 술을 마신다거나, 꿍하고 있다 느닷없이 앞뒤 물불 가리지 않고 감정 있는 놈을 친다던가. 그런 일은 나 자신이 직접 보기도 했을뿐더러 충분히 있을 수 있는 일이었다. 그런 생각 뒤에 따르는 것은 이름을 들먹이기조차 기분 나쁜 지명이었다. 군대에서의 사고라는 게 얼마나 단순하고 우발적이며 재수라는 놈과 붙어 다니는 것이냐.

나는 내 생각을 얼핏 했다. 전입 갔을 때 만일 내가 참지 못하고 곡괭이나 야전삽을 휘둘렀다면 어떻게 되었을까. 잘해야 제 밥그릇은 찾았을 테지만 그게 잘못되었다면.

나는 슬며시 동생이 걱정스러워지기 시작했다.

"그래도 군대니까 조심해. 요령껏 말이야."

"응."

음식이 왔다.

"들자."

나는 그릇을 동생 앞으로 조금 밀었다.

"앞서지도 뒤서지도 말고 중간 정도 하면 돼. 괜히 옳으니 그르니, 부당하니 어쩌니 깊이 생각지 말고 그냥 남 하는 대로 해. 군대사고야 차량이나 총기오발 아니면 내무반에서의 인간관계에서 일어나는 거 아니니. 요즘에야 좋아졌겠지만 내무반 생활을 잘하라고. 앞의 것이야 어쩔 수 없는 거지만 뒤의 것은 참으면 돼. 깊이 생각하면 손해야. 사고 낼까 어머니가 걱정하신다. 몸조심해라. 그냥 군대다라고만 생각해."

동생은 고개를 끄덕이며 열심히 음식을 먹고 있었다. 뭔가 미진한 듯했지만 그쯤 해두는 수밖에 없었다. 그것은 겁먹지 말고 당당하게 해내라는 말을 했을 때도 마찬가지였다.

나는 식당에서 나오기 전에 동생에게 제법 많은 돈을 주었다. 그것도 여러 가지 생각 끝에 천 원짜리부터 오천 원, 만 원짜리까지였다.

"만 원짜리는 비상용으로 꼬불쳐 두었다가 급할 때 써라."

나는 마을에서 동생과 헤어졌다. 돌아서기 전에 동생의 어깨를 두드려주었다.

"잘해 임마! 걱정하지 말고."

동생은 씩 웃었다.

동생을 보내놓고 생각하니 그에게 너무 약한 소리만 한 게 아닌가 싶었다. 최소한 내가 겪은 일 따위는 되풀이하게 해서는 안 되는 건데. 어머니까지 들먹여가며 내가 한 말이란. 버스를 기다리는 동안 나는 조금 짜증스러워지기도 했다. 내가 아무리 배짱 좋게 군대생활을 하라고 하더라도 동생의 성격으로 보아 그렇게 하지 못할 텐데 잔뜩 기죽이는 소리만 늘어놓았으니. 그러나 어딘가 삭막하고 썰렁한 주위를 둘러보면서 생각해보니, 달리 어떻게 할 수 있는 말도 있었을 것 같지는 않았다. 내가 동생에게 원하는 게 둘 다라면 말이다. 둘 중에서 하나만을 택하라면? 그런 거야 있을 수 없지. 아니 뒤쪽을, 어쨌든지 무사하게 보내라는 편을 택하겠지. 나는 입맛을 다셨다. 왜 그럴까.

돌아오는 차 속에서도 군대생활에 대해서 여러 가지를 생각해보았지만 올 때보다는 훨씬 단편적이고 일관성이 없는 것이었다. 의자에 기대어 나는 제법 깊은 잠에 빠지기도 했다.

어윤중

발갛게 달아오른 청동화로가 어둠살 내리는 방안을 여리게 밝히고 있다. 숲속에 가리운 뒤채라 어둠이 빨리 찾아드는지도 모른다. 빨간 꽃술을 터뜨리며 달아오르는 화로의 열기와는 달리 방안은 냉랭하다. 갑작스런 칩거라 방을 미처 데우지 못해서가 아니라 움직임 없이 무겁게 가라앉은 분위기로 더욱 그러하다. 방안 한쪽 편에 놓인 먹감나무 문갑처럼 주인은 움직이지 않는다. 사랑채와는 달리 모든 일에 귀찮아 혼자 조용히 있고 싶을 때나 찾는 뒤채기에 방안은 가구들이 촘촘하달 정도로 들어서 있다. 물푸레로 만든 탁자와 서랍 없이 층널판으로 된 사방탁자, 소나무로 된 문갑이 또 하나 남쪽창 밑으로 놓여 있다. 어스름이라 모든 가구들은 칙칙하고 한결같이 검다. 화로 옆의 학 두 마리 새겨진 나전칠 연상(硯床)만이 발그레 제 색깔보다 짙어 보인다. 장죽을 들고 앉은 주인은 아까부터 가구 중의 하나인 양 꿈쩍도 않는다. 주인의 끝 모르는 상념만큼이나 깊게 방안은 어둠에 먹혀들고 있다. 나무숲을 쓸어가는 바람조차도 방안의 무거운 침묵을 건드리지 못하는 듯 방안은 무겁게 가라앉아 있다.

"아버님, 소자 명찬이옵니다."

인기척도 없더니 소리가 들린다. 소리는 희읍스름한 창호지를 타고 떨린다. 벌써 네 번째 걸음이다. 방안에서 응답이 없자 또 한 번 같은 목소리가 들린다.

"아버님, 제발 뜻을 바꾸십시오. 모두의 뜻이 그러하옵니다. 소자들은 바……."

이야기는 길어질 것 같다. 어윤중(魚允中)은 안석에 묻었던 몸을 마침내 벌떡 일으킨다. 방문을 와락 열어젖히고 층마루로 나선다. 그동안 갇혔던 방안의 어스름과 정적이 한꺼번에 깨어진다.

"뭐냐, 또? 내 몇 번 말했느냐, 아무 일 없다고!"

어윤중의 목소리는 서릿발같이 차가우나 흐린 바깥 하늘처럼 침통함이 어려 있다. 제 형 옆에 서 있던 작은아들이 이번엔 나선다.

"아버님, 한시가 급하옵니다. 종로바닥에 팽개쳐진 두 대감의 시신에 폭도들이 인간으로선 차마 못할 짓을 저지르고 있사오며, 정동파(貞洞派)에서 풀어놓은 보부상들이 장안을 휘젓고 다니옵니다. 아버님, 난시이옵니다. 이럴 때 아버님이 몸이 어찌 아버님 혼자의 몸이겠사옵니까?"

"유길준 대감과 조희연 장박 우범선 이진호 등은 체포되어 가는 길에 일본 병영으로 뛰어들어 간신히 피신하였다 하옵니다!"

다시 큰아들이다.

"그래, 내가 그들과 같단 말이냐?"

어윤중은 자신도 모르게 버럭 언성을 높인다.

"비록 다섯 대신의 이름에서는 빠졌다 하오나 언제 다시 전하의 마음이 변할지 모르는 일이오며, 무지몽매한 폭도들에게 어찌 옥석의 구별을 기대하겠사옵니까? 아뢰옵기 면구스러우나 춘생문(春生門) 건(件)으로 민심이 그렇게 유리하다고도 생각기 어렵사옵니다.

아버님, 제발 뜻을 거두어 소자들의 소청을 들어 주시옵소서!"

"시끄럽다! 물러들 가거라! 내 언제 하늘에 부끄러운 일을 했단 말이냐!"

방문을 다시 닫고 들어온 어윤중이지만 선뜻 보료에 앉지를 못한다. 뒷짐을 지고 방안을 맴돌기 시작한다. 그렇게 돌기를 얼마 만인가, 어윤중은 마당으로 내려선다.

잎 진 나무마다 칼바람 숨긴 어둠이 묻어난다. 뜨락의 연못에 멈추어 그는 가만히 한숨을 토한다. 어스름으로 얼음의 두께는 알지 못하나 얼음 밑으로 잉어와 쏘가리들이 헤엄쳐 다닌다는 걸 그는 안다. 어윤중은 다시 후원을 거닌다. 걸음은 일정하나 마음은 그렇지 못하다. 한 걸음에 열 마음이 뒤엉킨다.

그래, 난시다. 김홍집 대감은 떳떳했는가. 그는 파천(播遷) 소식을 듣고 제 발로 상(上)을 보러 가다 당했다. 설사 고쳐 못할 역당내각이라 한들 일국의 총리대신과 농상공부대신이 폭시(暴屍)를 당하다니. 나는. 나는 그들과 다른가. 다르다고 이렇게 버티고 있는가. 보은(報恩). 화가 미친다면 거긴들. 이진호(李軫鎬)는 일본 병영으로 피하였다고. 지금 불어닥치는 바람이 이 겨울의 미친 바람이라면. 그러나 피한다는 것 자체가 오히려 화를 불러일으킬지 모른다. 떳떳하지 못함이 어디 있는가. 어둠이 먹혀드는 잿빛 하늘을 쳐다보며 어윤중은 걸음을 멈춘다. 느릅나무 높은 가지가 하늘에 닿았는가 싶다. 하늘은 내일의 날씨를 점치지 못하게 어둠에 엉켜들고 있다. 어윤중은 버석거리는 나뭇잎을 밟으며 머뭇거린다. 미친 바람이라면 정녕. 내가 밟는 이 낙엽들은. 어윤중은 몸을 돌려 사랑채로 급히 향한다.

가마를 준비시키고 차비를 차리니 그동안 기대어왔던 한자락 자신감이 일시에 무너져 버리는 듯하다. 신분을 드러내지 않기 위해 일행을 줄이니 가마꾼 넷에 종복 하나다. 준비된 가마를 보니 손닿는 데마다 쩍쩍 들어붙는 얼음 머금은 바람처럼 새삼 위급함이 전신을 휩싼다. 가만히 몸을 한차례 떨고 어윤중은 가마에 오른다.

언제쯤이던가, 한성을 벗어난 것이. 광주 여주로 길을 잡았는데 너무 드러난 길이긴 하나 빠르기로는 어쩔 수 없다. 영창으로 새어든 바람이 맵싸하니 가마 안을 맴돈다. 춘삼월 바람이 매섭다지만 그건 봄을 그려 하는 말이고 겨울은 역시 정월이다. 정초라 나들이 다니는 사람들이 많다. 세상은 어지럽고 살기는 어려워도 차례는 차례인 모양이다. 지나온 마을에서 눈을 보았는데 여기도 왔을까. 영창을 조금 열어 밖을 보니 찬바람이 먼저 눈을 감게 한다. 그렇게 멀지 않은 야트막한 산에 잔설이 희끗희끗 띠를 두르고 앉았다. 밭에 깔린 얕은 눈 사이로 간간이 보이는 파릇한 보리가 천연스럽다.

을미년(乙未年) 8월에 이어 두 번째 걸음이다. 을미년의 걸음은 낙향이라 할 수 있지만 이번은 무엇인가. 잠행하다시피 가는 이 길은. 지난 8월의 해임을 어윤중 자신은 다른 사람들이 생각한 만큼이나 그렇게 서운케는 여기지 않았다. 벌써 세 번째나 바뀐 내각에 몸을 담고 있다는 사실부터가 도대체 불안한 일이었다. 을미사변이 있기 일주일 전쯤 내각에서 물러났다는 것은 오히려 다행스러운 일이 되어 버렸다. 심상훈에게 탁지대신 자리를 내주고 이름뿐인 중추원의 장으로 밀려났으나 그것도 잠시, 척족의 거물 민영환이 주미 전권공사로 임명되던 날 자신은 해임되어 버렸다. 신임 일본공사 미우라(三浦)를 '금강산의 승려'라고 깔보던 왕후가 자신만만하게 행한 조각 때였다.

일주일 후에 죽을 민비가 자신을 해임시켜 역당내각의 대신이라는 오명에서 벗어날 수 있게 한 것을 생각할 때마다 어윤중은 좀 씁쓸한 웃음을 짓지 않을 수 없었다. 어째서 민후는 자신을 친일파로 점찍었을까.

어윤중은 자주 그런 생각에 잡혀들곤 했다. 자신이 가진 개화사상이 그들의 눈에 벗어났단 말인가. 하기야 쓸모없는 기구와 인원을 정비코차 만들어진 감성청(減省廳) 일에 제일 먼저 들고일어난 게 척신들이었으니까.

어윤중은 지나가는 바람처럼 찢기어 흐르는 상념들에 눈을 감는다. 민후는 친일이라 하여 내쫓고 을미사변이 있자 미우라는 다시 자기를 내각에 참여시키고. 충신과 역적 되기가 수라상의 찬 바뀌는 것보다 더 쉬운 요즘이다. 하긴 상께서도 마음 놓고 물 한 모금 못 마실 형편이긴 하지만.

어쨌든 그때 민후의 해임으로 향제 보은에 은퇴해 있었던 것이 자신으로선 여간 다행스러운 일이 아니었다.

그러나 이번엔 내각의 대신들이 능치처참보다도 더한 꼴로 폭도들에게 죽어가는 판에 자신의 결백이 얼마만큼 희게 표백되어 보일 것인가.

아버님, 난시이옵니다. 아들의 말을 떠올리며 어윤중은 한숨을 내쉰다. 가마에 부딪는, 지나가는 바람소리가 으스스 몸을 떨게 한다. 경둥거리는 가마 속에서 어윤중은 발을 바꾸어 포갠다.

마음속 가장 깊이 간직된 괴로운 일을 생각지 않을 수 없다. 결정적으로 한성에 더 버티고 있을 만큼 마음 편치 못함도 여기에 있을지 모른다. 그것은 도대체 무슨 인연의 끈이었던가.

이진호는 왜 하필 자기를 찾아왔을까. 겉으로는 이유야 간단하다. 자신이 탁지부대신과 아울러 군부대신서리를 겸하고 있었기 때문이다. 그러나 그것만으로 충분한 설명이 되지는 못한다. 이진호의 마음을 확실히 치우치게 한 것은 을미사변 때 자신이 내각에 몸담고 있지 않았다는 사실일 것이다.

이진호는 춘생문 사건이 있기 이틀 전에 찾아왔다.

시종(侍從) 임최수와 이도철, 그리고 대감께서 기용하여 사계국장(司計局長)을 지낸 바 있는 김재풍 등이 주동이 되어 국모복수의거를 꾀한다. 물론 이범진과 이완용 등이 뒤를 대고 있다. 국가의 녹을 먹고 대군주 폐하께 충을 바치는 자신으로서는 대의명분이 충분하다 생각되어 그들의 요구대로 춘생문을 열어주기로 했다. 그날이 마침 자신의 숙직영관일이다. 그러나 일단 그렇게 약조를 해놓긴 했으나 다시 곰곰 생각해보니 일개 친위대 대장에 지나지 않는 몸으로 앞만 재었지 뒤를 소홀히 한 것 같다. 아무리 명분 있는 일이라 해도 일에는 앞뒤가 있을 것이다. 대감밖에 이런 일을 의논할 분이 또 있는가. 모든 걸 대감의 뜻에 따르겠다.

이야기를 마친 이진호는 머리를 조아렸다.

"비는 그쳤던가?"

잠시 사이를 두고 어윤중은 물었다.

"네?"

"비가 그쳤는가 묻지 않소?"

"아, 네. 저녁나절부터 수그러졌습니다."

"무슨 가을비가 이리도 오래……."

어윤중은 며칠째 입궐을 피하고 있었다. 무엇을 찾아내기라도 할 듯이 서로를 훔쳐보는 대신들의 얼굴도 보기 싫던 차에 감기 기운이 조금 비쳤던 것이다.

하루 종일 앉아 빗소리만 듣고 있었다. 철 지난 가을비에 그의 마음은 마냥 착잡하기만 했다. 가슴을 적시는 비에 그는 가끔 냉기를 느끼기도 했다. 그러니 비가 언제 그쳤는지 그는 잘 알고 있었다.

어윤중은 무엇인가를 이진호의 얼굴에서 읽어내어야 했다. 이번 거사에 자기를 끌어넣기 위해서인가, 아니면 약속 자체까지를 번복할 결심이 되어 있단 말인가. 그나저나 확실한 건 하나. 이진호의 마음이 흔들리고 있다는 것이다.

허나 자긴들.

어윤중은 장죽에 불을 댕겨 붙이고 가만히 앉아 있다. 거사의 성패 여부는 제쳐놓더라도 어윤중 자신이 가장 잘 알고 있는 내부의 어떤 덩어리가 침묵을 강요하고 있는 것이다. 숙였던 머리를 들어 이진호가 벌써 몇 번이나 자기를 훔쳐보았다는 걸 어윤중은 알고 있다. 방안의 침묵, 침묵의 여울 사이로 헤집고 다니는 것은 한 마리의 고기였다. 되도록 피하려 했지만 그렇지 못하고 어떤 결정적인 문제에 맞닥쳤을 때 한 마리 고기가 생각나는 것은 그의 버릇이었다. 철이 든 후부터 한시도 자신의 뇌리를 떠나지 않는 구차하기 짝이 없는 몹쓸 습관이었다. 을미사변 때의 떳떳함이 이제는 그물로 던져져 오는가. 개화가 아니면 척사이어야 하고 친청 친로가 아니면 친일이 되어야 하는가. 사람의 뜻이나 의사는 꼭 그렇게 맑은 물의 고기처럼 선명한 색깔을 나타내야 하는가. 햇빛 아래 비늘을 번쩍이는 고기처럼 인생은 그렇게 자명한 것인가.

문의 개폐에 대한 판단, 열린 듯 닫혀 있고 닫힌 듯 열려 있는 문.

얼마 만인가. 침묵의 수렁으로 찾아들던 고기는 이제 가만히 비늘을 떨었다.

"별 도리 있겠소. 그쪽이 이미 약속을 하였다니 영감이 승낙한 일,

영감이 알아서 할 밖에."

"네에?"

어윤중은 시선을 천장에다 박아놓고 팔짱을 꼈다. 바람이 싸아하니 나뭇잎을 때리는 모양이다. 시월 들어서는 바람소리가 하루 이틀이 다르다. 그런데 바람은 바깥쪽의 일, 방안엔 숨소리조차 떠돌지 않는다. 짧으나 거북하고 답답한 시간이다.

"이만 물러가시오."

어윤중은 자신이 먼저 보료에서 일어났다. 미닫이를 여니 비 온 뒤의 차가운 바람이 뜰을 휩쓸고 있다. 저녁 무렵에 그친 비가 아무렇게나 굴러다니는 가랑잎을 더욱 궁상스레 보이게 한다. 제 철을 다한 노란 국화 꽃잎이 고인 빗물에 떠돈다. 겨울로 성큼 발목을 들이려는지 웬 철딱서니 없는 늦가을비인가. 달이 나오려는지 하늘 저편에 한 자락 푸름이 퍼지기 시작하고 시커먼 구름장이 한쪽으로 몰려가고 있다. 이진호가 혼란스러운 얼굴로 나간 뒤로도 어윤중은 하나 같이 않은 하늘을 쳐다보며 언제까지나 그렇게 누마루에 붙박이로 서 있기만 했다.

어윤중은 잠시라도 좋으니 내리고 싶었다. 가마 안이 갑작스레 갑갑한 게 자기를 옥죄이는 것 같다. 차가운 바람 속이라도 좋으니 몸을 드러내고 싶었다.

바깥바람은 매서웠다. 자그마한 야산들이 올망졸망 저희들끼리 밀고 밀치어 야트막하게 줄지어 서 있다. 용인에는 아직 이르지 못한 것 같았다. 어윤중은 설친 잠으로 따갑게 내려앉는 시선으로 눈 덮인 야산들을 망연히 바라보고 서 있다. 나무 그루터기에 걸터앉아 내뿜는 가마꾼들의 담배연기가 눈바람에 갈기갈기 흩어진다. 감발 친 발에 눈과 흙이 엉켜 있다.

결국 이진호는 거사 당일, 춘생문을 안에서 연다는 약조를 지키지 않았고, 정동파가 주동이 되었던 국모복수의거는 실패로 돌아가 버렸다. 하기야 이진호의 배신뿐 아니더라도 뜻을 같이했던 안경수가 외부대신 김윤식에게 이미 밀고한 뒤였으니 거사는 실패할 수밖에 없는 노릇이었다. 거사의 주모격인 임최수와 이도철은 체포되어 사형당했고 김재풍은 호위를 맡은 궁내부 순사 유진구(兪鎭九)의 도움으로 집으로 피신했다가 그 뒤 유배당하는 것으로 일단 그 사건은 끝났다.

물론 내각이 을미사변 후 정국의 변화에 전혀 무관심했던 것은 아니었다. 정동파의 거사까지를 점치지는 못했더라도 민심의 동요를 막기 위해 여러 가지로 애쓴 것은 사실이었다. 군부협판 이주회와 일인 고용 박선 등을 민후 시해의 책임을 씌워 교수형에 처한 것이 바로 그것이었다. 그러나 건양년호 공포와 종두법의 실시, 보태어 단발령 등으로 민심은 뒤틀릴 대로 뒤틀려 버렸다. 단발령은 특히 끓는 기름에 화약을 던진 격으로 유생들이 들고일어날 소지를 준 것이다. 같은 내각의 이도재는 '진실로 국가의 이익이 된다면야 한 줌의 터럭쯤 그 어찌 아낄 것이냐만 목전의 내우외환은 국민 상하가 일심 협력해도 극복키 곤란커늘' 하는 상소문을 올리고는 낙향해버렸다.

생각이 이도재에게까지 미치자 어윤중은 초조해진다.

"떠나자, 오늘 밤은 용인 땅이라도 들어 묵어 가자."

가마꾼들도 지쳤을 것이다. 어윤중은 다시 가마 속의 어둠에 갇힌다. 어둠에 갇혀서도 그의 상념은 꼬리를 문다.

의병 진압을 위해 얼마 되지도 않는 친위대의 대부분이 지방으로 내려갔다. 홍천을 겨우 막아 놓으면 이번엔 춘천이 터졌다고 야단이었다. 공관의 수비라는 미명 아래 아라사 수병 백이십 명이 포 일문까지 끌고 한성으로 들어옴을 빤히 지켜보면서도 속수무책이었다. 발등의 불은 의병이었다. 춘생문 사건 후 민심의 동향과 정국의 형편이 그런즉 내각의 대신들은 모두 자기 집에서 자지도 못하고 아예 수정전 내합(內閤)에서 합숙하는 형편이었다. 다만 내각이 의지하고 믿는 데라곤 상을 옹위하여 둘러싸고 있다는 것이었다. 더구나 춘생문 사건이 어떻게 알려졌던지 상은 김홍집과 이재면 부자(父子), 그리고 자기를 불러 동궁과 자신을 잘 보호해달라고 부탁까지 했다.

그러나 상은 상대로 다른 생각이 있었을 것이다. 을미사변까지 당한 후이니 내색은 않더라도 현 내각을 그렇게 탐탁히 여기지는 않았을 것이었다. 상은 차차 노국 쪽에 눈을 주기 시작했고 춘생문 사건으로 아라사 군함 편에 상해까지 피신했다 다시 밀입한 이범진과 몰래 줄을 닿고 있었다. 그러다 을미년의 마지막 밤이 다가오는 날 밤, 상은 삼엄한 궁궐의 경비를 교묘히 피해 아관(俄館)으로 옮겨가 버렸다. 내각은 발칵 뒤집혔다. 궁내부대신 이재면과 내부대신 유길준이 책임 소재를 놓고 언성을 높였다. 화살은 시위를 떠난 뒤였다. 궁녀의 가마 속에 숨어서라도 밖으로 나가겠다는 데야 도리가 없었다.

조선 팔도가 아라사 공관보다도 좁단 말이던가.

어윤중은 가마에 찾아드는 어둠만큼이나 무거운 한숨을 토했다.

대신들이 당황할수록 어윤중은 애써 태연한 기색을 나타냈다. 적어도 그들과는 다른 입장이라는 것을 보여줄 필요가 있었던 것이다. 상이 아관에서 경무관 안환을 풀어 역당내각의 대신들을 잡아들인다는 소식을 듣고서도 어윤중은 버티었다. 하루 낮을 꼬박 후원의 뒤채에 앉아, 또는 서성이며 가늠하고 재기를 수십 번, 살아남아야 한다는 생각과 욕되지 않아야 한다는 생각이 그가 서성인 수천 자국에 뒤엉켰다. 가마가 뒤뚱거리는 게 길이 좋지 않은 모양이다. 다시 발을 바꾸어 포개며 어윤중은 뒤뚱대는 가마 안에서 몸을 바로 하려고 애쓴다. 지나간 생각들이 부푼 신경의 올처럼 이어지고 끊어져 조바심이 더한다. 초조한 마음에 또 한번 영창을 여니 짧은 겨울해가 벌써 해거름이다.

"어디 가까운 마을을 찾아라, 오늘은 쉬어야지."

용인이 가까운 한적한 마을이다. 삼, 사십 호쯤 될까. 단지 길가에 있어 길손을 상대로 객점(客店)이 몇 있을 뿐 여느 시골과도 다름이 없다. 늦은 저녁상을 물리고 자리에 드니 몸은 천근이나 대나무 뿌리처럼 갈래갈래 흩어진 신경은 쉽게 눈을 붙이지 못하게 한다.

기다리기로 하자. 정국이 가라앉고 상의 노여움도 풀리면 사태는 달라질 수도 있다. 상이 내각에 서운한 것은 중전 건일진대 그때 자기는 한성에 있지 않아 무관하니 그것만으로도 일단 다섯 대신의 그물에서 벗어난 게 아닌가. 기다리자.

그런대로 잘 지내온 자신이다.

스물하나에 정시문과(庭試文科) 병과(丙科)에 급제했으니 이십오년이나 녹을 먹었다. 신사유람단으로 일본에도 건너갔었고 청국과 통상체결도 여러 번 해보았다. 내 · 외직 구별 없이 많은 자리를 거쳐왔지만 가장 뼈저리게 마음 아팠고 그만큼 보람 있었던 것은 감성청에서 척신 보수파들에게 밀려난 서북경략사 시절이 아니었던가 싶다. 보은에 모인 동학교도들을 해산시켜야 했던 양호선무사(兩湖宣撫使) 시절도 퍽이나 어려운 임무였다. 해어진 옷과 앙상한 몰골에 퀭하게 핏발 선 눈의 동학도들을 보며 무슨 힘이 흙과 풀 같은 저들의 마음을 뒤흔들어 놓았는지 좀체 생각이 잡히지 않았었다.

얇고도 질 나쁜 문풍지가 바람에 또다시 파닥인다. 어윤중은 벌써 몇 번이나 창호지에다 눈길을 주었다.

저 창호지의 두께보다도 내 신변의 안전은 두터운가. 외풍이 센 방에 누워 어윤중은 한데라도 나앉은 느낌을 떨굴 수 없다. 목구멍 깊숙이에서 가래가 끓어오른다.

오지 않는 잠이라고 내버려둘 수는 없다. 몸을 다시 뒤쳐 누우려니 문득 떠오르는 생각이 있었다. 그것은 섬광처럼 어지러운 머릿속을 꿰뚫고 지나갔다.

'마을 이름이…….'

어윤중은 벌떡 일어나 앉았다. 주막에 들 때 가마꾼들과 주인 사이에 오가던 말 중에서 얼핏 들은 마을 이름이 이제야 생각키우는 것이다.

'어비울이라, 어비(魚悲)라면…… 이 마을 부근에 연못이 있구나…….'

그러나 불길하다는 생각을 어윤중은 떨칠 수가 없다. 하필이면.

곤해 떨어진 가마꾼들은 어지간히 소리를 높여 불러도 대답이 없다. 어윤중은 방문을 열고 밖으로 나갔다. 바람은 귀라도 떼어낼 듯이 차나 이 불길한 마을을 어서 벗어나야 한다는 생각에 그는 추위도 느끼지 못한다. 바람에 우는 우물가 감나무 가지가 매서운 회초리로 등을 후린다.

캄캄 밤중이라 무턱대고 앞으로 나아갈 수만도 없는 일이라 어비울에서 조금 더 들어간 외진 마을의 농가에서 일박을 청하기로 했다.

김 생원(金生員)은 책을 밀쳐놓는다.

눈이 글을 따라가지 못하는 것이다. 글에 뜻이 없다기보다는 글 속에 뜻이 있을 것 같지가 않다. 문풍지를 흔들어놓고 뒤터 대숲을 쓸어가는 바람에 뜻이 있으리라고 김 생원은 생각지 못했다. 그러나 대숲을 울리는 그 바람이 책보다 더한 제 나름의 뜻을 가지지 않았다고 어찌 장담할 수 있으랴. 시절이 바람 같아 책으로 읽어낼 수 있을 것 같지가 않다. 어렵고 짚을 수 없는 시절도 자기들 같은 유생들의 잘못인 것만 같아 김 생원은 항상 북쪽을 보며 송구스러워한다. 몇 년 내처 겨울이 독하게도 춥다. 나라에 일어나는 일들도 하나같이 엄동설한의 바람처럼 매섭기만 하다.

이래저래 심사가 편치 않아 내닫는 상념들에 눈이 더딘 터인데 이번엔 삽짝 밖이 떠시끌한 것이다. 마을 사람들이 웅성거리며 돌아다니는 모양이다.

웬일일까. 유진구와 한성, 김 생원은 발을 포개고 벽에 흔들리는 등잔의 그림자를 바라본다. 그래, 유진구.

글을 읽을 때 눈을 자주 머물게 하던 생각이다. 당장 누구라도 내보내 사정을 알고 싶었으나 세상 어지럽다고 아랫것들 윗사람 알기를 우습게 여기는 인심에 무엇을 더하는 것만 같아 그대로 눌러앉아 있다. 그러나 마음은 편치 못하다. 궁금하다. 내리 몇 대를 벼슬하여보지 못했으니 흙 파먹기로는 마찬가지나 생각과 태도만은 비탈길 내려갈 때 딛는 발자국같이 조심스럽고 단단하기만 하다.

그러나 고집보다는 결국 궁금증이 앞섰다. 농사일에 지친 데다 밤으로는 글까지 읽으라는 성화에 지쳐 잠든 아들놈을 그는 깨웠다.

"밖이 왜 이렇게도 소란하냐? 알아보고 오너라."

아무래도 놓쳐버린 잠이라 어윤중은 밤을 밝히리라 작정했다. 그런데 곰방대 한 죽도 못 태워서 밖이 소란하다. 어윤중은 덜컥 가슴부터 내려앉는다.

무슨 일일까. 대꼬바리 속의 담뱃불이 더욱 빨리 타들어간다. 혹시 한성에서……. 어윤중은 일어나 방안을 서성인다. 예감이 마음 편치 않는 쪽으로만 쏠리어 스스로도 언짢다. 조금 있으니 종복이 방문 밖에서 아뢴다.

"마을 사람들이 신분을 여쭙니다."

마을 사람들이라는 말에 어윤중은 우선 안도의 숨을 담배연기와 같이 토한다. 어쩔까, 비록 상의 버림을 받은 몸이긴 하나 죄인은 아니다. 그리고 제까짓 시골치들이 무엇을 알 것인가. 조정의 어지러움이 이런 데까지 알려졌단 말인가. 정초에다 야밤에 든 길손이 그냥 궁금한 거지. 그러나 아니다. 한성에서 가깝기 지척이니 소식 빠르기 바람 같을 수도 있지 않을까. 괜한 서두름에 의심만 돋운다면.

"지방으로 내려가는 관인이라 일러라!"

어윤중은 마침내 뒷짐 쥔 손을 풀며 말한다.

"지위는 밝히지 않으나 가마가 예사롭지 않더이다."

추위에 뻣뻣해진 얼굴로 아들이 말한다.

"도대체 이 밤중에 그것도 정초에 길목도 아닌 이런 델 지나다니 수상쩍구나. 그래 일행이 몇이더냐?"

"확실히는 모르겠사오나 단독가마 행장이옵니다."

김 생원은 어떤 본능적인 의혹에 휩싸인다. 그는 근자의 한성 소식을 그런대로 잘 꿰뚫고 있는 편이다. 춘생문 사건에 가담하여 한

성 하늘을 얼어붙게 했던 유진구가 자기 집에서 묵다 상(上)의 파천 소식을 듣고는 사흘 전에 부랴부랴 한성으로 올라간 것이다.

"그래 동네 사람들은 다 흩어졌느냐?"

"아니올습니다. 행랑채에 돌쇠 아범 등 두서넛 앉았습니다."

"그래……?"

김 생원은 일어나 마당으로 나선다. 아무리 백면서생이라 한들 어수선한 이 판국에 내 마을에서 일어나는 일에 팔짱만 끼고 앉아 있을 수는 없다.

국모복수의거 때 김재풍의 호위를 맡았던 궁내부 순사 유진구는 거사 실패 후 곧장 피신 생활로 들어갔다. 유진구가 김 생원을 찾은 건 보름 전이었다. 비록 하는 일은 다를지라도 한때 뜻이 통했던 옛 친구라 김 생원은 반가이 유진구를 맞았다. 아무렇게나 뜯은 댓잎만 한 흉터 두 개가 유진구의 귀 밑과 왼팔에 있는 것으로도 그 당시의 위급함을 엿볼 수 있었다.

달도 없는 캄캄한 골목길을 잰걸음으로 걷는 김 생원의 머릿속은 걸음만큼 바쁘게 생각에 쫓긴다. 그러나 바쁜 상념과는 다른 그 무엇이 돌담 어딘가에 숨어 있을 것 같다. 김 생원은 어떤 소리를 기억해내려고 애쓴다.

손이 머무르고 있다는 아랫골은 조용했다. 마을의 초입인 셈인데 용인 나가는 길이 여기로 통한다. 불빛 하나 없이 잠든 마당에 들어서며 김 생원은 숨을 가다듬는다. 농사가 실팍한 윤 서방 집이다. 어느 방인가, 부르는 소리에 조금 있다 방문 하나가 덜컥 열린다.

"뉘시오, 뉘?"

종복인 듯한, 건장한 체구이나 피로에 지치고 불안한 얼굴을 한 젊은이가 눈을 비비며 묻는다.

"네 주인어른을 뵈러 왔다."

"좀 전의 소란으로 깊이 잠드셨소이다."

"아니다, 긴히 여쭐 말씀 있다고 아뢰어라!"

"아까도 동네사람들이 다녀갔소이다. 지나가는 관인이라 이야기 했습니다."

"어서 주인을 불러라. 정초에 웬 관인의 행차며 주막이 저 아래 길 가에 있지 않느냐?"

종복은 그래도 머뭇거리며 말을 묻고 늘어질 기색이다.

"어서!"

김 생원은 다잡는다.

"동네사람들이 또 찾아왔습니다."

종복이 발걸음을 미적미적 옮겨 놓으며 말했다.

어윤중은 모두 듣고 있었다. 새벽이 되면 떠나리라는 생각에 어윤중은 그대로 앉아 있었다.

"그래, 뭣 때문이란 말이냐?"

어윤중은 앉은 채로 물었다.

"본동 사는 김창배란 자인데 아닌 밤중에 마을을 지나는 객의 신분이 궁금하여 그러하오이다."

"지방으로 내려가는 관인이라 일렀지 않았느냐!"

"관리라 함도 직위를 밝힐 수는 있지 않소이까, 떳떳하다면 신분을 밝히시오!"

"일이 급박하여 밤을 새워 목적지로 갈 수도 있고, 또 길을 잘못 들어 역참이나 객점 아닌 곳에 머물 수도 있지 않느냐? 무어 그리 대단하고 바쁜 일이라고 야밤에 두 번씩이나 무례를 범한단 말인가!"

방 안의 말소리에는 노기가 서리기 시작한다.

"내 비록 일개 유생에 지나지 않으나 나라가 워낙 어려우니 내 마을에 들어온 객 하나인들 어찌 소홀히 할 수 있겠소? 떳떳하다면 신분을 밝히시오!"

마당의 목소리도 만만치 않다.

어윤중은 자리에서 일어선다. 무엄하구나. 그러나, 어둠을 가늠하며 서성이기 몇 차례. 그래, 부닥뜨려보자.

"나 탁지대신 어윤중이다!"

김 생원은 온몸이 굳어진다. 당장 방문을 열어젖히고 뛰어들고 싶다. 개화라는 이름의 그 잘난 상투 자른 머리꼴을 보고 싶다.

"잘 알겠소이다. 시골 유생이 감히 당돌하다 여기지 마소서. 나라를 생각하는 마음엔 상하가 없소이다."

김 생원은 뒤따른 사람들을 거두어 바삐 마당을 나선다. 올 때보다 더 바쁜 걸음으로 골목길을 내달으며 김 생원은 뚫어져라 돌담을 바라본다. 어둠의 절벽이다. 그러나 그 차가운 어둠을 똘똘 감아 또아리 튼 돌 틈 사이로 들려오는 것은 웃음소리다. 유진구의 그 호탕한 웃음소리다.

"어 씨가 어부지리를 노렸구나, 괘씸하게도!"

국모복수의거의 자초지종을 들은 김 생원이 들었던 술잔을 내려놓으며 한 말이었다.

"어윤중이란 자는 을미사변 때도 가담했던 역당내각의 한패가 아닌가?"

"아니네, 지난 을미사변 때는 내각에서 떠나 있었네. 이번 일에 조금 애매했다고 그렇게 욕할 위인은 아닐지도 몰라. 그 사람됨이 강직하고 특히 나라살림에는 따를 사람이 없다지 않나……."

김 생원은 유진구의 말허리를 잘랐다.

"이것이 아니면 저것이듯 충이 아니면 역충인 거네!"

"그렇긴 하지. 하지만 어윤중의 지난 행적으로 보아 하는 말일세. 특히 백두산 정계비 건은 훌륭하지 않았나. 배짱도 있는 인물이야."

"그야 나도 들었지. 그렇다고 나라 밖의 일과 나라 안의 일이 어찌 다르겠는가? 영토가 넓어지고—그럴 형편도 아니지만—설사 백성이 배불리 먹는다 하더라도 조상이 두 눈 뜨고 내려다보고 있는데 단발령이 무슨 소리며 국모가 시해당하는 일이 땅덩어리 몇 자 넓어지는 것보다 중요치 않단 말인가? 사람이 사람의 도리를 다 못하는 지경에 땅덩어리가 무어 그리 대수며 사직의 위태로움이 대군주 폐하를 모시는 자들의 책임이 아니라 어찌 말할 수 있겠는가?"

김 생원의 이야기는 계속되었다.

"어윤중 그자는 개화당 골수로 저번 감성청 당상으로 개혁을 단행할 때 상감께 어서 썩썩 결단하라고 윽박질러 사람들이 '어썩썩'이라 하지 않았는가. 누구 안전이라고 그런 무례를 범할 수 있단 말인가? 그런 불손이 개화라면 그런 태도를 가지고 다스리는 자의 백성 보는 눈이 어떠한가는 말하지 않아도 알 수 있거늘……."

"아니, 그건 빨리 행하자는 뜻이라, 맹자도 왕속출령(王束出令)이라 하였거늘 뭐 그리 문제인가?"

"아닐세, 저번 을미사변 때 역당내각에서 빠졌다고 하나 해임만 당하지 않았다면 별소리 없이 가담했을 인물이야, 한 나라의 대신이란 자가 줏대 없이 양다리를 걸쳐 어부지리나 얻으려 하다니, 소신 없는 그런 치는 뜻있는 역적보다도 못한 거야! 자넨 너무 사람이 좋아 탈일세."

김 생원 자기보다 몇 배 더 흥분해야 할 유진구의 처지이지만 오히려 그는 칠 척 거구다운 여유를 보였다.

"허허, 자네 성격 여전하군, 진짜 충신은 바로 옆에 있었네 그래! 핫하하하."

들고 있던 술잔이 넘쳐흐르게, 방안이 떠나갈 듯하던 유진구의 웃음소리가 이제 작두날 같은 찬바람 불어대는 돌담길에서 터져 나오는 것이다.

인연치고는 악연이군. 자기를 옥죄이는 이 엉뚱한 인연에 김 생원은 몸이 떨린다.

어쩔 것인가. 자기를 따라 집 마당으로 들어선 사람은 아들을 빼고 셋. 관아에 연락하기엔 너무 멀고, 또 그들이 어윤중을 당장 잡아들인다는 보장도 없다. 그러나 무엇보다도 어윤중은 곧 떠날 것이다.

마을 사람들을 깨워야지. 모르는 게 죄는 아니지. 국모시해와 상투 잘리는 일만이 분하고 두려울 뿐 무엇을 알 턱이 있는가. 내가 글을 읽었다는 게 무엇인가. 죽은 글 몇 백 권이 살아 주먹 한 번 힘줌만 못할 것이니. 어윤중을 여기서 살려 보낸다면 그 또한 비충이 아닌가. 녹을 먹어 충을 바친 적은 없지만.

죄 없는 담뱃대만 버릇처럼 털어내고 다시 재우기를 몇 차례. 새벽 기운이 창호지로 스며들자 어윤중은 농가를 떠나기로 했다. 바람은 밤보다 조금 누그러졌으나 하늘은 쉽게 갤 것 같지가 않다. 우중충하게 엉겨붙는 게 눈이 또 오려나. 진눈깨비일지도 몰라. 걸음이 더디면. 댓돌을 내려서며 어윤중은 하늘을 쳐다보았다.

간밤에 머문 마을에서 좀 소란이 있긴 했으나 그 정도로 끝난 게 다행이다. 그 유생은 도대체 어떤 자인가. 나라를 생각하는 마음엔 상하가 없다? 으음. 쉽게 들을 수 없는 소리다. 유생 물림이라니 동학일 리는 없고.

가마는 처음 묵었던 어비울을 지나고 있다. 이 마을에 머물지 않았던 것은 잘한 일이었던가. 고기가 슬피 울다니, 상서롭지 못해. 그러나 왜 그런 일에까지 자꾸만 신경이 곤두서는 것일까. 어윤중은 머리가 무거웠다.

그때였다. 뒤쪽의 가마꾼이 황급히 소리친 것은.

"대감마님! 어떤 무리들이 이쪽으로 달려오고 있습니다!"

다급한 목소리는 계속되었다.

"어젯밤에 찾아왔던 사람들 같은뎁쇼!"

"뭐라고?"

가마가 아무렇게나 땅에 내려지고 있다. 낮게 내려앉은 흐린 하늘로 아침 기운이 쉬 펴지지 못하는 시각이었다.

하창기 씨의 주말 오후

어디서부터인지도 모르게 버스는 굼벵이 걸음이었다. 간선도로치고 밀리지 않는 곳이 없는 토요일 오후이지만 차 안의 두런거리는 소리들은 오늘의 교통체증이 통상적인 게 아니라는 걸 하창기 씨에게 일깨워 주고 있었다.

"여기서부터 벌써 시작인가."

"두 시라도 한참 남았는데?"

하창기 씨 개인적으로 오늘은 괜찮은 편이었다. 업무도 그런대로 만족스러운 데다 회사에서 한 시간이나 앞당겨 퇴근토록 했으므로 더할 수 없이 가뿐한 주말인 셈이었다. 하지만 업무 단축만큼 귀가 문제가 신경을 쓰이게 했다. 그러니까 조기퇴근은 귀가시간 때문에 조정된 것이었다. 일부 관공서나 회사에서는 공공연하게 유세장 참석을 조건으로 그렇게 했다고도 하지만 하창기 씨의 회사에서 그런 공기는 없었다. 유세가 오후에 있다 해도 도시 전체가 마비되는 것은 아닐 터였고 따라서 귀가 방향이 유세장 인근인 사람들이 문제일 터였다. 방향이 비슷한 김 과장과 강 대리는 시내에서 시간을 죽이다 가자고 하창기 씨에게 권유하기도 했지만 바둑 급수가 다른 그로선 별로 탐탁치가 않았다. 그리고 무엇보다 둘째 고모

회갑 때문에 마누라를 데리고 저녁시간에 맞추어 가야 할 형편이기도 했다. 하창기 씨는 때 이르게 회사 식당에서 간단한 요기마저 했으니 마음으로는 단단히 작정한 셈이라고 할 수도 있었다. 처음엔 택시를 집어타 볼까도 했다. 회사에서 집까지는 3,000원이 오락가락하는 거리였다. 버스를 두 번 세 번 갈아타면 탔지 좀체로 택시 잡을 손이 치들리지 않는 그로선 꽤나 큰 용기였다. 그러나 택시 잡기도 어려웠지만 방향을 말할 때마다 고개를 흔드는 기사는 괜찮은 편이고 실금실금 웃는 기사를 보고서야 그는 포기해 버렸다. 이런 날 거기 갈 골빈 차가 어디 있겠느냐는 뜻이리라. 그래서 하창기 씨는 늑장을 부리면 얼마만큼 부릴 테냐라는 오기로 덜컥 버스에 올랐는데 미상불 미적거리는 버스 안에서 후회도 되고 신경질이 나기도 했다.

무엇보다 못 견딜 건 차 내의 스팀이었다. 바깥 날씨가 상당히 차갑긴 했지만 그래도 너무 갑갑했다. 다른 사람들은 태연했다. 자기보다 더 두껍게 껴입은 사람들도 아무 소릴 않으니 하창기 씨가 나설 수도 없는 형편이었다. 요란스럽게 껴입은 사람들 중에는 중년의 아주머니들이 많았는데 그들은 일행인 듯싶었다. 차 안의 이야기판은 그들이 다 짜고 있었다. 처음엔 예사로 보았는데 몇 구역을 가면서 들어보니 그들은 모두 유세장으로 가는 게 확실했다. 화제는 시시콜콜한 이웃 험담이거나 자식 이야기들이었지만 그래도 대종을 이루는 것은 각 후보에 대해 떠도는 소문이었다. 그리고 오늘 유세를 하지 않는 다른 후보들을 부정적으로 보는 공통점이 있었다. 그건 당연한 것이었다. 그들이 유세장으로 간다는 건 유세를 벌이는 후보를 지지하는 뜻일 테니까.

무지막지한 스팀보다야 그들의 수다는 지루하던 차에 양념일 수도 있었다. 문제는 그들이 자리란 자리는 모조리 차지하고 앉았기에 질금질금 오줌 누듯이 달리는 차에 내처 서 있어야 한다는 사실이었다. 어쨌거나 버스는 하창기 씨가 가야 하는 방향으로 두 번째 로터리까지 왔다. 그것은 이제 유세장까지 길이 하나뿐이라는 소리였고 또한 서너 정류소 남았다는 의미이기도 했다.

"어이구 굉장하네."

"사람이란 사람은 다 나왔는갑다."

아주머니들의 감탄대로 인도가 넘쳐 차도의 일부까지 인파로 덮여 있었다. 이제 버스는 기다시피 했다. 그러나 30분을 기든 1시간을 기든 이 길만 벗어나면 하창기 씨로선 그만이었다.

"야 이 새끼야, 거기서 차를 돌려!"

기사가 좌회전을 하려고 대가리를 내민 승용차를 향해 고함을 질렀다.

"개판이구나."

"교통순경은 아예 보이지도 않네."

"교통순사 아재빈들 어쩔 거고."

그러나 정작 문제는 다음에 발생했다. 오른쪽으로 이면도로가 보인다 싶었는데 버스가 그쪽으로 방향을 꺾고 있었다.

"오늘은 사정상 여기서 차를 돌리겠습니다. 종점인 셈입니다. 모두 하차해 주십시오."

기세 좋게 기사가 안내방송을 했다. 일단의 아주머니들을 제외한 승객들은 대체로 얼떨떨한 표정이었다. 진짜 종점은 여기서 일곱 여덟 정류소는 더 가야 했기 때문이다. 하창기 씨도 종점손님이었다. 하창기 씨는 벌컥 화가 났다. 그건 엉뚱하게도 마누라에 대해서였다. 아이들 학군이 어떠니 친정이 가까우니, 집 시세가 어떠니 하면서 미적댄 게 아직도 그 동네를 못 떠나고 있었기 때문이다.

"아무리 그래도 이럴 수 있어요?"

하창기 씨 연배의 사내 하나가 기사 쪽으로 다가갔다.

"자 내립시다."

동시에 누군가가 소리쳤는데 모습이 보이지도 않는 남자 말에 아까부터 온갖 입방아를 다 찧던 아주머니들이 우르르 입구 쪽으로 몰려갔다. 하창기 씨는 기사에게 따져볼 양으로 앞으로 걸어갔다.

"도대체 무슨 짓이요, 종점이 여기서 얼마요?"

"이건 횡포요! 엄연히 노선이 있잖소, 노선이!"

"유세장 가는 대절버스요, 이 차가!"

승객들의 분통은 거북이걸음으로 고여 있던 짜증까지 겹친 것일 터였다. 한꺼번에 쏟아져 나오는 항의 끝에 기사가 한마디 했다.

"난들 어쩌란 말이요. 오늘 같은 날에 노선은 무슨 놈의 노선이요! 밖에 나가보세요. 이쪽 노선 아닌 버스도 얼마나 많은데."

아예 통배짱이었다. 그러면서 꽁무니에 달라붙은 버스의 경적소리 때문인지 슬금슬금 차를 앞으로 빼기 시작했다.

"어서 내려주세요."

"이거 원, 아예 내 배 째라군!"

조금 젊어 보이는 사내가 투덜댔다.

"왜 내 배를 째? 말조심해! 차라리 고발을 해!"

할 만큼 했다는 듯이 기사가 고함쳤다.

너무나 갑작스럽게 일이 벌어졌고 동시에 끝나가고 있었다. 짜증스럽게라도 기어가다 이게 무슨 날벼락이람. 하창기 씨도 결국 버스에서 뛰어내릴 수밖에 없었다. 내리고 보니 몇몇 항의를 하던 승객들은 어느 구석에 묻혔는지도 모르게 밀리고 부닥치는 게 사람이었다. 하창기 씨는 난감하고 신경질이 나고 추웠다. 결국 버스가 다니는 어디까지든 걸어갈 수밖에 없다는 게 잠시 동안 망연하게 서 있던 하창기 씨가 내린 결론이었다. 그는 간선도로로 몸을 돌렸다. 자기가 내린 버스 뒤로 줄줄이 이어선 버스에서 승객들이 하차하고 있었다. 그리고 평소에 이 방향에서 보지 못하던 노선의 버스들도 눈에 띄었다. 하창기 씨는 혀도 찰 사이 없이 뒷사람들에 밀리어 앞으로 나아갔다. 온 시내의 버스란 버스는 다 몰려온 성싶었다. 간선도로 입구 모퉁이에 같은 버스를 탔던 게 분명한 아주머니들이 몰려서 있었다. 우스운 건 그 많은 인파 가운데서 그래도 어디서 보았던 얼굴이라고 반가운 마음 비슷한 게 언뜻 하창기 씨 마음을 스쳤다는 사실이었다. 그만큼 사람들이 많았다는 사실 이외에도 낯선 얼굴들 속에 던져진 기분이 찜찜했던 것이다. 어느새 아주머니들의 손에는 태극기와 후보의 이름과 얼굴이 그려진 수기가 하나씩 들려져 있었다. 두꺼운 외투에 띠를 두른 사람도 있었다. 그러고 보니 길가에서 수기와 유인물을 나누어 주는 사람이 보이기도 했다.

"그냥 앞에서 하는 대로 따라하면 돼요. 남 흔들 때 흔들고 외칠 때 외쳐요. 이거 원 시간이 늦어 야단났네."

설명하는 늙수레한 남자가 있었는데 음성이 아까 버스에서 '내리라'고 재촉한 것과 닮아 있었다. 하창기 씨는 담벼락으로 붙어 잠시 걸음을 멈추기로 했다.

"……혹시나 무슨 소동이 일어나도 그 자리를 지키고 섰지, 우르르 몰리지 말아요. 학생놈들이 지랄할지 모르니까."

목에 감빛 수건을 친친 감은 뚱뚱한 아주머니 하나가 끼어들었다.

"……그건 어떻게 돼요? 여기서 주는 게 아닌가요."

그때서야 다른 사람들의 얼굴에도 호기심이 동하고 긴장하는 빛이 있었다.

“아따 을석이 엄마는 또 그 소리요. 여기가 어디 유세장이요?”

사내가 소리를 높였다.

“그건 유세장에 도착하면 주겠소. 비(B) 팔 번이 우리 자리니까 갑시다. 제일 늦겠는데. 자 내 뒤를 따라오시오!”

사내가 피켓을 치들었는데 뒷면에는 〈은경 2-3〉이라고 씌어 있었다.

“어이구 한동네 살면서 사람을 저리 못 믿어서야, 원. 어디 버스 타고 지금 달아날 사람 있을까 싶어서.”

걸음을 옮기면서 뒤에 선 을석이 엄마라는 사람이 투덜댔다. 결국 하창기 씨도 그들 뒤를 따를 수밖에 없었다. 조금 가노라니 당원용 조끼를 입은 여자가 지나가는 사람에게 수기를 건네주고 있었다. 하창기 씨에게도 내밀었지만 그는 파카주머니에서 손을 빼지 않았다. 걸어가면서 다시 어처구니없다는 생각이 솟아올랐다. 버스 기사와 마누라에 대해서 화도 나고 또 한편으로는 자기 자신의 판단에 화가 나기도 했다. 무슨 다른 방법이 있었을 텐데. 마누라를 전화로 불러낸다든지, 아니면 김 과장이랑 접바둑이나 두다가 느지막이 귀가한다든지. 그러나 그런 생각을 안 해본 것은 아니지만 그래도 버스를 타고 가는 게 최선이라는 결론을 내렸던 건 사실이었다. 유세는 유세고 생활은 생활 아니냐. 전쟁이 났다 한들 시내버스가 제 노선을 지키지 않을까. 하지만 온통 세상이 대통령선거로 떠들썩한 판에—그의 다섯 살짜리 막내 놈까지 후보의 이름과 얼굴을 외우고 있었다—어처구니없는 일만도 아닐 수도 있을 것이었다. 합승방향을 말했을 때 슬슬 웃음을 흘리던 기사의 태도처럼 이 시간에 유세장을 통과하겠다는 사람이 제정신이 아닐지도 몰랐다. 그러니 신경질을 내어본들 무엇하랴. 마음을 편케 가지자. 생각이 그렇게 달려가고, 속 좁은 짜증에 시달리다 보니 하창기 씨에겐 슬그머니 이왕 이렇게 된 거 진짜 유세장 청중이 되어 볼까나 하는 오기 같은 것도 솟아올랐다. 흔한 말로 이왕 버린 몸이라는 비유까지 떠오르면서.

참자. 결국 죄라면 유세장 지나 집이 있다는 거 아니냐. 결국 가장 마음 편한 배짱은 철이 선거철이고 이게 또 예사 선거가 아니라 기적 같은 직선제에 봇물 터진 국민들의 아우성 아니냐로 마음을 다독거리는 것뿐이었다. 그리고 국민의 한 사람으로서 어느 후보 유세든지 유세 한번 들어보지 않는다는 것도 문제라면 문제일 것 같았다. 게다가 일부러 먼 거리를 오는 것도 아니고 지나가는 길이니 안성맞춤일 것 같기도 했다. 그렇게 마음을 누그러뜨리고 보니 어디선가 노랫소리가 우렁차게 들려왔다. 가로수 어디에도 스피커는 보이지 않았고 가사도 불분명했지만 가락은 귀에 익은 듯했다. 아, 이게 로고송이라는 거구나. 그러고 보니 저편 유세장 쪽의 하늘에는 차가운 바람에도 아랑곳없이 무지무지하게 큰 오색풍선이 두둥실 떠 있었다. 그러한 발견들이 하창기 씨의 심사를 제법 편안하게 하면서 정말이지 유세장을 기웃거려 볼 마음까지 본격적으로 동하는 것이었다. 당장 구경이 구경인 건 길가의 장사꾼들이었다. 인도 옆으로는 잔디밭이었는데 장사꾼들은 그곳까지 점령해 있었다. 별의별 상품들이 다 보였다. 봉고차를 동원해서 차의 좌우를 옷가지로 덮기도 했고 리어카의 커피장수와 술장수, 난전에 펼쳐놓은 책, 망원경, 퍼즐블록. 한약재라고 늘어놓은 각종 풀뿌리, 무채 써는 칼, 이상스럽게 생긴 종이 뚫는 송곳, 칼 가는 돌, 웅크린 고슴도치 놓고 파는 피부병 연고. 어지간한 장바닥은 저리 나가 앉아라였다.

"따뜻한 ○○○커피 삼백 원."

"○○○소주 한 잔 이백 원."

목에 망원경을 건 남자는 그것으로 유세장을 보는 시늉까지 하고 있었다.

"멀리서 보면 뭘 합니까? 확실하게 봅시다!"

잔디밭 안쪽으로는 노름판까지 벌어지고 있었고 아침부터 마셨는지 영하의 날씨에도 뻗으러져 누운 사람, 일렬로 가만히 서서 오줌 누는 사람. 희한한 구경거리고, 잔치고, 개판이었다. 어쩌면 이게 유세장의 진면목일지도 모른다는 생각을 하창기 씨가 했을 때는 버스에서 내렸을 때보다 그의 마음이 상당히 눅눅해졌을 무렵인데, 그것은 어쩌면 하창기 씨 자신이 자기도 모르게 온전한 구경꾼이거나 청중의 하나가 되어 가고 있다는 의미일 수도 있었다.

〈은경 2-3〉은 저만치 앞서가고 있었다. 여기저기 기웃거리며 가는 하창기 씨보다 그렇게 빠른 편도 아니었다. 하기야 이건 걸어가는 게 아니라 밀려가는 것이나 진배없으니 빨리 가고 싶다고 마음대로 되는 것도 아니었다. 더구나 걸음이 더딘 것은 어떻게 된 셈인지 나오는 사람들도 하나의 물줄기를 이루고 있기 때문이었다. 어렵사리 호주머니에서 손을 빼서 시계를 보니 하창기 씨가 알고 있는 유세 시작 시간보다는 아직도 40여 분이나 남아 있었다. 그렇다면 이들은 누군가. 그들 대부분은 아까 보았던 을석이 엄마처럼 외투에 목도리를 친친 감은 아주머니들이었다. '그것'이 무엇인지는 모르지만, 그걸 미리 주면 버스 타고 그대로 가버릴까 봐 그러냐고 구시렁거리던 말이 생각났다. 이들은 무언가 받을 거 받고 빠져나가는 사람들일지도 몰랐다. 하여튼 거대한 물결이었다. 모두들 얼마나 껴입었는지 이리저리 부닥쳐도 무슨 이불이나 베개에 닿는 기분이었다. 하창기 씨만 해도 양복 위에 파카를 걸쳤으니 별다른 감각을 느낄 수 없었다. 사람들의 움직임은 극히 둔하고 굼떴는데 그게 하나의 거대한 흐름으로 눈에 들어왔을 때, 어쩐지 하창기 씨에겐 무섭게 보이기도 했다. 걸음을 옮겨 놓으면서 무엇이 밟히고 걸리면서 좋지 못한 감각을 주는 것은 버려진 유인물들 때문이었다. 그의 손에도 벌써 두 장의 유인물이 들려 있었다. 오늘 유세를 벌이는 후보의 홍보용이었다. 그러나 담벼락에 붙여진 유인물이나 붉은색 분무기로 쓰인 구호들은 같은 후보를 비방하는 내용이었는데 찢겨지고 지워진 곳이 많았지만, 보통 무시무시한 게 아니었다. 결국 오늘 유세장에도 운동권 학생들이나 반대세력이 나타나리라는 예고나 다름없었다. 요즘의 화제는 유세 자체가 아니라 폭력사태가 일어났는가 아닌가 하는 데에 쏠려 있을 만큼, 예삿일이 아니었다. TV에서 보았던 폭력사태가 눈에 스치면서, 하창기 씨의 마음에도 본능적인 우려가 일었다. 그러면서도 무표정하면서 달뜨고, 천연덕스럽게 걸어가고 있는 사람들을 보노라니 자기 혼자 별놈의 걱정을 다한다 싶기도 했다.

찬조연설의 내용을 담은 스피커 소리가 좀 더 확연히 들려오고, 유세장 뒷자리가 분명하다는 것을 진을 친 장사치들이 보여주고 있는 길목에서 하창기 씨는 잠시 망설였다. 〈은경 2-3〉은 인파 속을 비집고 그의 시야에서 사라지고 있었다. 계속 도로를 따라 여기를 벗어날 것이냐 아니면 뒤에서라도 유세장 분위기를 살펴보느냐 하는, 그러는 동안에도 사람들은 그를 잠시라도 한자리에 서 있게 놓아두질 않고 조금씩 앞으로 내몰고 있었다. 그의 생각은 이랬다. 쉽게 빠져나올 수 있는 끄트머리에서 구경을 하자. 그러다 적당할 때 빠져나오자. 지금 여기 서 있다가는 유세가 마칠 때쯤에는 왔던 방향으로 되밀려 갈 것이기에 역류는 어렵다. 유세가 파장이 되면 교통도 소통이 될 것이니 조금 어정거리다가 타고 가면 될 것이 아니냐. 그는 조금이라도 지금까지 걸어왔던 방향에서 멀어지도록 노력하면서 인파에 뒤섞였다. 그러나 어찌된 셈인지 마음먹은 대로 발걸음이 멈추어지질 않고 뒷사람에 밀리어 점점 연단 쪽으로 나아가고 있는 꼴이었다. 그는 정말이지 사람의 벽 속에 갇혀버렸다. 대단한 인파고 열기였다. 회사 내에서도 꺼냈다 하면 선거 이야기지만 그건 어디까지나 매스컴의 보도나 확실한 출원지도 없는 정보나 흑색선전의 언저리였지 유세장 분위기 자체는 아니었다. 둘러선 인파를 보니 그는 어른들 틈에 끼어 기를 쓰고 구경했던 국민학교 때의 국회의원 선거유세가 기억났다. 한복을 차려입은 박순천과 깡마른 장건상이 붙었을 때인 성싶었다. 그때 자기가 다니던 학교 운동장에 모였던 숫자가 얼마였을까. 졸업 후에 가보는 국민학교 운동장이 우스울 정도로 좁아 보이는 걸로 치면 기껏 천(千) 단위가 아니었을까. 아무리 대통령 선거라지만 요즘은 모였다 하면 50만 100만이니 이러다간 사람 숫자까지 인플레되는 건 아닐지. 이건 숫제 숫자싸움이었다. 하기야 기세와 열기가 득표에 영향을 미치지 않을 바는 아닐 테니 여야 모두 기를 쓸 법도 했다. 어디서 주워들은 기억인지는 확실치 않지만, 홍성기와 김지미, 신상옥과 최은희가 〈춘향전〉을 놓고 벌였던 한판 승부도 결국은 관객동원 숫자로 결판나지 않았던가. 코미디언과 가수가 동원되고 로고송까지 등장한 이번 선거고 보면 화려한 쇼판이고 한판의 흥행일 터였다.

그저 귓가를 왕왕거리기만 하는 찬조연설에는 관심이 없는 하창기 씨였으므로 이왕 잡혀든 기억에 매달리면서 그는 인파에 파묻혀 있었다. 선거유세 중에서 아직도 눈에 선명한 것은 동네 초입의 공중목욕탕 앞에서 어깨에 스피커를 둘러메고 자기 같은 꼬마들이 태반인 몇십 명 청중을 놓고 열변을 토하던 연사의 모습이었다. 그는 자기 동네에서 여섯 번 나와 여섯 번 떨어진 사람이었는데 이름까지 생생했다. "또 나왔다 이상출, 불쌍하다 이상출.' 동네아이들은 그렇게 골목마다 떠들고 다니기도 했다. 그리고 기억은 뚝 떨어져 중고등학교 때는 어찌된 셈인지 명확히 떠오르는 장면이 없었다. 선거가 없었을 리도 없었을 텐데 이상한 일이었다.

그의 기억에 대통령선거는 더욱 그랬다. 요즘 신문의 보도로는 5·16부터 유신 때까지 두세 차례 있은 거로 되어 있는데 말이다. 그러고 보면 성년이 되고 투표권을 행사할 수 있는 기간 동안의 각종 선거나 투표에 대한 기억도 가물가물하기만 했다. 대학 다닌다고 타지에 있었고, 군대에 복무했고, 그렇다손 치더라도 석연찮았다. 그게 기억의 문제가 아니라 어쩌면 기회가 없었거나 관심이 없었다는 의미일 수도 있을 것 같았다. 결국 선거다운 선거가 없었다는 소리일 터였다. 자의로 기권한 투표도 몇 차례 있었으니까.

하창기 씨는 그런 생각의 파편들을 주워 모으면서 사람들에게 이리저리 밀려다니고 있었다. 동행이 있는 것도, 을석이 엄마처럼 〈은경2-3〉에 속한 것도 아니었기에 스스로 생각해도 뼈 없는 사람마냥 흐느적거렸다 싶었다. 하창기 씨가 더 이상 밀려다니다간 큰일 나겠다 싶어 두 다리에 힘을 주고 버티고 섰을 즈음에 그는 연단 왼쪽편으로 꽤나 접근해 있었다. 그런 사실을 깨달았을 때 덜컥 걱정스레 그의 마음을 사로잡은 건 TV카메라에 자신의 얼굴이 잡히지 않을까 하는 것이었다. 집에서 텔레비전을 볼 적마다 지나가거나 클로즈업되는 표정들이 조금은 실없이 우습기도 했으니까. 같은 직장 동료들이나 친구들이 '어, 자네 거기 갔더군, 꾼이야 꾼.' 했을 때의 쑥스러움이 당장 얼굴에 스멀거리는 기분이었다. 하기야 국민의 한 사람으로서 유세장에 갔다가 얼굴이 잡혔다 하더라도 그뿐이겠지만, 마흔이 내일모레인 데다 소심하고 평범해빠지고 그저 익명으로 남고자 하는 하창기 씨 같은 사람에겐 심적 부담이 되는 것도 어쩔 수 없는 노릇일지 몰랐다. 그의 소심증이랄까 결벽증은 사실상 뜻하지 않게 버스에서 내려져 유세장으로 걸어올 때부터 시작되었다고 할 수 있었다. 그건 큰마음 먹고 마누라와 같이 백화점에서 산 7만 원짜리 파카의 색상이었다. 너도 나도 걸쳤다 하면 파카인 이즈음인데다 아예 당원용인지 운동원용인지 통일된 유니폼까지 눈에 많이 띄었다. 같은 디자인이나 색상의 옷을 입은 사람을 만나는 쑥스러움과 같이 시끌벅적하다 못해 폭력사태도 심심찮은 유세장에서 뜻하지 않은 오해를 받기는 싫었던 것이다.

쉿소리 섞인 찬조 연설자의 맺음말이 올라갈 때마다 청중들은 수기와 피켓을 흔들며 고함쳤다. 그렇게 환호를 보낼 대목도 아닌데도 기계적이거나 습관적으로 그것은 오르내렸다. 손에 쥐었던 유인물조차 걸어오다 쓰레기통에 슬쩍 내버린 터라 하창기 씨의 손은 허전했다. 적극적으로 분위기에 호응하는 사람들에 비해 두 손을 호주머니에 찌른 하창기 씨의 덤덤한 태도가 오히려 어색해 보일지도 몰랐다. 열기 있게 외쳐대고 남의 눈치 볼 것 없이 환호하는 사람들의 배포가 하창기 씨 같은 사람에겐 부럽기조차 했다.

처음 해본 투표가 언제였던가. 하창기 씨는 덤덤하게 서 있을 수밖에 없는 자신의 입장에서, 어떤 선거든 선거에서 취했던 자신의 태도를 헤아려 보았다. 그게 꼭 정치에 관계되는 게 아니더라도 자신의 과거나 현재를 가늠해보는 괜찮은 척도가 될 것도 같았다. 따진다면야 국민학교 때의 급장이나 부급장, 또는 어린이회 회장 부회장 선거일 테지만 뚜렷하게 잡혀오는 기억은 없었다. 다만 중학교 1학년이던가 2학년 때를 떠올릴 수 있는데 그건 순전히 호떡 때문이었다. 검정설탕을 담뿍 넣어 그것이 밖으로 군침 돌게 약간은 비어져 나온 호떡이 그 당시의 군것질로는 인기였다. 한자리에서 10개를 먹느니 못 먹느니 내기를 할 정도였으니 양으로도 충분했던 것인데 어떻게 그것이 선거 선심용으로 등장해 버렸다. 하창기 씨로서는 다소 부끄럽기도 하지만 이쪽저쪽 어느 출마자의 편을 드는 기색을 드러내지 않아서인지 양쪽으로부터 호떡을 얻어먹은 기억이 분명히 있었다. 그게 자신의 어정쩡한 성격 탓이거나 누구를 도울 계기가 없어서였지 일부러 그렇게 작정해서는 결단코 아니었다. 일반적인 선거에서도 어느 당을 선호한다든지 어느 특정후보를 지지해야 할 경우는 한 번도 없었다. 지연 · 학연 · 혈연이 뒤섞인 게 우리나라 선거의 특징이라지만 하창기 씨의 좁은 소견머리나 사교범위로 그런 그물에 걸려본 적이 없었던 것이다. 얼핏 보기엔 공평하고 당당한 것 같지만 반드시 그렇지도 못하다는 데 문제가 있다면 있는 것이었다. 대학 다닐 때 고등학교 친구로부터 '동문은 아니지만 동향이니까 총학생회장은 누군가 좋지 않겠느냐'라는 권유를 받았을 때도 하창기 씨는 '그러지 뭐' 정도로 얼버무렸다. 군복무시에는 어떻게 된 셈인지 동기 구분이 명확치 못해 고전(苦戰)이랄까 심리적 부담을 겪은 적이 있었다. 졸병시절 하창기 씨에게는 세 명의 동기가 있었는데 바로 위 고참으로 노기술이라는 일병이 있었다. 같은 계급이었다. 그는 혼자였고 그런 만큼 아득바득 기승을 부려댔다. 어느 날 동기끼리 모였을 때 노 일병이 예비사 군번이라 잘 따지지 못해 그런데 실은 우리보다도 달포 정도밖에 빠르지 않다, 그러니 기세를 꺾든지 맞먹자는 의논이었다. 그때도 하창기 씨는 어물쩡 좋도록 하자고 해놓고는 사태의 추이만 지켜보았다. 기억으로는 노기술의 위치가 더 확고해지고 적극적으로 나선 동기는 시쳇말로 개피를 본 것 같았다.

선거하고야 다른 얘기지만 하창기라는 인간을 파악할 수 있다는 점에서는 적절한 사례일지도 몰랐다. 시위가 한창일 때 버스에 날아든 최루가스 때문에 정부나 경찰을 욕하는 사람과 데모하는 학생들을 비난하는 발언이 난무할 때도 그는 열심히 재채기만을 터뜨렸을 뿐이었다. 따지고 본다면야 하창기 씨야말로 '말없는 다수'일 수도 있을 터였다. 세 아이의 아버지이고 그만한 기업체의 중견사원인 그로선 실재(實在)하는지의 여부는 둘째 치고 그런 테두리에 속하는 게 당연할 것이었다. 요즘에 회자되는 용어로 각 당이 서로 자기세력이라고 주장하는 '안정을 바라는 중산층'일 터였다. 하창기 씨로서도 세상 돌아가는 꼴이나 비민주적인 처사를 두고 정부나 여당을 비난해 보기도 했지만 집에서 마누라를 상대로 해서이거나 친한 친구들끼리 술자리에서 목소리를 낮추어서였다. 그러므로 그것은 글자 그대로 '말없는'거나 마찬가지였다. 지금 이 유세장에 뜻하지 않게 다소의 방관자적인 자세로 서게 된 그의 사정이나 과정이 하창기 씨의 위치와 입장을 고스란히 보여주는 것일 수도 있었다. 무색무취의 소시민. 정치적이거나 사회적이라는 거창한 이름이 아니더라도, 세상살이 전반에 걸쳐 자신의 색채나 주장을 강력하게 내세우는 게 좋은 건지 나쁜 건지 또는 비겁한 건지 아닌지는 뒤로 하더라도, 다소 애매하게 다수의 편에 서거나 중도에 서는 게 살아온 경험에 비추어 그렇게 손해 본 적이 없었던 것도 사실인 듯했다. 남이 비겁하면 나도 비겁해도 괜찮다는 식으로, 결정적 반대나 절대적 지지도 없이 그만그만하게 살아온 인물이 바로 하창기 씨였다.

하창기 씨가 매서운 바람 속에서 그렇게 이런저런 생각에 몰려다니는 동안 옆 사람과의 간격은 군대 말로 '밀착'의 상태였고 발을 옮겨놓기가 어려울 지경이었다. 주위에는 특별나게 〈은경2-3〉과 같은 청중은 없는 듯했는데 다만 앞쪽으로 무리지어 띠를 두르고 피켓을 든 젊은이들이 보였다. 언뜻 보아 대학생들로 보이기도 했다. 그때 찬조 연설자의 연설을 비집고 엉뚱한 구호가 하창기 씨의 귀를 파고들었다. 그것은 스피커 소리의 중간중간을 토막 지우며 조금씩 커지기 시작했다. 소음과 바람 속에서 대충 들은 내용은 지금 등단할 후보를 비난하는 것이었다. 하창기 씨는 결국 일이 벌어지는가 하고 두려움과 호기심으로 고개를 빼어 보았다. 좌우 앞뒤에는 모두 자기와 같이 두리번거리는 얼굴들뿐이었다. 잠시 후 오른쪽 저편에서 검은 연기가 솟아오르는 게 보였다. 청중들의 동요하는 빛이 수런스러운 움직임으로 전해져왔다.

"어쩔려고 저리지." 어느 아주머니가 탄식했고, "오늘은 만만찮을 텐데, 저번에 ○○에서 당해본 경험이 있어서"라는 남자의 목소리도 들렸다. 하지만 그건 목소리뿐이지 얼굴은 찾을 수가 없었다. 이 정도에서 빠져나가자, 라는 생각이 하창기 씨에게 얼핏 들기도 했지만 우선은 몸을 빼기가 궁색했고 구경거리에 대한 호기심이 일어나지 않는 바도 아니었다.

"아직도 정신을 못 차린 애들이 있구나, 어느 놈들이야?"

바로 옆에서 그런 말이 들렸다. 하창기 씨가 재빨리 고개를 돌렸을 때도 빨간 등산모를 쓴 중년의 사내가 말을 계속하고 있었다.

"지지하러 오면 왔지 반대하러 왜 여기까지 와?"

그러나 아무도 대꾸하는 사람이 없는 거로 보아 사내는 혼자인 모양이었다. 앞쪽의 젊은 축이나 주위의 시선이 모였지만 사내는 지극히 당당하고 태연했다.

"……여러분 동요하지 마시고 질서를 지킵시다. 저를 따라 하십시오. ○○○! ○○○!"

스피커가 절규했다.

그러자 곧 유세장은 떠나갈 듯이 복창소리로 뒤덮였고 검은 연기도 아주 가늘게 흩날리고 있었다. 하창기 씨는 귀가 멍멍했다. 후보의 이름을 외치는 소리, 스피커의 왕왕거리는 소리가, 스피커에 뒤섞인 바람소리와 소음들, 그리고 옆 사람은 분명 아니면서도 끊임없이 들려오는 소리와 잡음들, 이런 것들이 거대한 파도나 폭풍으로 그의 귀를 후벼 파고 때리고 할퀴고 무너뜨리고 있었다.

"무슨 지랄을 해도 대세는 결정 난 거야! 애놈들이 무얼 알아, 알긴!"

빨간 모자가 다시 호기 있게 소리쳤다. 하창기 씨는 사내가 야발스럽게 보이기도 하는 한편 부러워지는 마음도 있었다. 어느 구석에 반대파가 있는지도 모르는데 저렇게 당당히 자기주장을 내세우는 배짱이 보통이 아니다 싶었다. 하기야 지금 이 유세장에 모인 청중들은 자발적이든 아니든 유세하는 후보의 지지자들이 압도적일 테니 사내의 호기도 믿는 데가 있기는 했다. 하창기 씨는 주위의 함성과 열기가 거세어지면 질수록 오히려 입과 손이 얼어붙는 듯했다. 하기야 자신이 이 자리에 끼어든 사정부터가 그럴 수밖에 없는 노릇이긴 하지만, 설령 지지하는 마음이 다소 있어서 왔다 하더라도 손이 올라가고 입이 열릴 것 같지는 않았다. 그는 그저 한 표일 뿐이었다. 그러고 보면 한 표 한 표가 무섭다는 게 지극히 타당한 말이라 할지라도 실제 선거나 역사는 언제나 호기 있게 내놓고 외쳐대는 쪽의 것이 아니었나 하는 생각이 달려들기도 했다. 유세장이란 데가 재밌는 곳이긴 하구나, 자신이 그런 생각까지 덜컥 해볼 수 있다니. 하창기 씨의 입가에 보일락 말락 한 미소까지 지어졌다.

"……알리겠습니다. 알리겠습니다. 우리의 위대한 ○○○ 후보가 지금 막 ○○로터리에 도착하셨습니다."

또다시 함성과 피켓이 파도로 넘쳐흘렀는데 지금껏 중에서 가장 열광적이었다.

"우리의 위대한 ○○○ 후보가 도착하시고 계십니다. 연단까지 오는데 차질이 없도록 질서를 지킵시다. 질서를 지킵시다!"

그러고 보니 하창기 씨가 서 있는 쪽이 분잡스러웠다. 어쩌다 이리저리 밀리다 보니 연단 왼편 모서리 쪽으로 접근해 있는 형편이었다. 그러나 사실상 연단과는 꽤나 먼 거리였다. 힘껏 돌팔매질을 해야 겨우 연단에 닿을까 말까 한 거리였다. 하창기 씨가 연단과의 거리를 돌팔매질로 잰 것은 순전히 매스컴으로 접한 유세장 폭력사태나 소란사태에 대한 잠재적의식의 발로이지 일부러 그런 식의 계산법을 찾아낸 것은 아니었다. 어쨌거나 그런 발상법이 머릿속에 자연스레 들었다는 것은 어느덧 하창기 씨도 유세장의 익숙한 청중이 되고 있다는 소리일 수도 있었다.

주위가 소란스러우면서도 한편으로는 긴장감을 느낄 수 있음은 하창기 씨의 거리 계산법이 그저 단순한 발상이 아니라는 것을, 하시라도 현실화될 수 있다는 것을 뒷받침해주는 건지도 몰랐다. 하창기 씨로서야 후보의 얼굴을 먼발치로나마 보나 안 보나 그만이지만, 주위의 극성은 대단해서 다시 이리저리 동요가 일어나기도 했다. 앞쪽으로 얼핏얼핏 같은 색깔의 유니폼을 입은 사람들이 유난히 많이 보이고 앞쪽으로 사람들이 더 이상 나아가지 못하는 거로 보아 그들이 청중을 저지하고 있음이 확실했다. 스피커에선 이제 마지막 피치를 올리기라도 하듯이 후보의 로고송이 쏟아져 내리고 있었다. 하창기 씨는 다리도 꽤나 아프고 피곤했다. 콧물까지 비치어 어렵사리 손수건을 꺼내 닦고는 다시 호주머니에 손을 찔렀다. 유세장은 이제 후보의 이름이 박자에 맞추어 물결치고 있었다. 아주 자연스럽고 거대하고 무시무시한 파도였다. 옆의 빨간 모자는 이제 바싹 하창기 씨 곁에 붙어 섰고 일단의 젊은이들도 흩어지지 않으려고 기를 쓰고 있었다. 열광적인 박수와 함성이 조금씩 가까워지고 있는 거로 보아 후보의 모습이 보이기 시작했는지도 몰랐다. 뜻밖에 하창기 씨는 요의가 느껴졌다. 어림없는 노릇이었다. 어쩌면 그건 열차나 시외버스를 타기 직전에 일어나는 현상과 같은 성질일지도 몰랐다. 그는 오줌생각을 털어버리기 위해서라도 신경을 후보의 등단 쪽으로 모아야겠다고 생각했다. 옆의 사내가 "만세"라고 외쳐대면서 하창기 씨의 소매를 붙잡고 키를 세우고 있었다. 빨간 모자는 사실상 호주머니에 손을 찌르고 서 있는 하창기 씨의 팔뚝에 매달린 꼴이었다. 하창기 씨 주위가 온통 목을 빼고 발돋움을 하며 시끌벅적했을 때 갑자기 무엇이 앞쪽으로 날아갔다. 아주 눈 깜박할 사이였다. 그리고 그것이 이상하게도 그의 앞에 선 젊은이들 쪽에서 던져진 게 아닐까 싶은 순간, 하창기 씨는 본능적으로 고개를 숙이면서 재채기를 터뜨렸다.

"○○○ 물러가라!"

"물러가라!"

확실히 그들이었다. 이럴 때일수록 정신을 바짝 차려야 된다는 생각이 바늘 끝처럼 달려들어 하창기 씨는 고개를 들었다. 어느새 앞의 젊은이들이 이리저리 몸을 빼고 있었고 곧이어 통일된 조끼와 파카를 입은 일단의 청년들이 손에 손에 무엇인가를 들고 달려오는 게 커다랗게 열린 그의 눈에 들어왔다.

"어느 놈들이야!"

"저 새끼다!"

목소리들이 한꺼번에 터지면서 몽둥이가 마구 내질러지고 있었다. 주위는 온통 아수라장이었다. 하창기 씨는 와락 무서움이 달려들면서 '나는 아니다'라는 말이 입 속에서 만들어지고 있었다. 자기 자신이 저들의 표적이 될 수 있다는 생각은 죽어도 못 해볼 일이었다. 앞쪽에서 비명소리가 터져 나오면서 미처 도망치지 못한 젊은 이들이 퍽퍽 쓰러지고 있었다. "저 새끼도 맞다!"라는 소리가 바로 코앞에서 들리고, 그와 같이 "이 새끼도 수상해, 손 찌르고 서 있는 폼이!" 하더니 하창기 씨 어깻죽지로 무엇인가가 둔탁하게 날아들었다. 창졸간의 일이었다. "난 아니요, 난!" 펄쩍펄쩍 뛰며 고함지르는 모습이 앞으로 숙여지는 그의 시선에 얼핏 잡혀들었는데, 그게 분명 빨간 모자이리라는 생각을 하면서, 계속 날아드는 몽둥이와 발길질에 하창기 씨는 완전히 고꾸라지고 말았다. 자기도 저렇게 팔짝팔짝 뛰면서 외쳐야 된다고, 가물한 의식이 속삭였지만 그의 입은 열리지 못했다. 하창기 씨가 투덜대면서 버스에서 내린 지 한 시간이 가까워져올 무렵이었고, 그가 마누라와 같이 고모댁 회갑연에 갈 시각까지는 새침하게 흐린 하늘의 해로 보아서도 아직 한참이나 남아 있을 때였다.

은어와 바다

그들이 은어에 대해서 아는 바는 별로였다. 깨끗해서 회로 먹을 수 있는 몇 안 되는 민물고기라는 것과 오염 안 된 강이 없으니 귀하다는, 그런 상식의 수준이었다. 그러므로 무엇보다 향수 어린 호기심이 깔려 있었고 그 점이 그들을 이렇게 나서게 했다고 할 수 있었다.

"예전에 고향에서도 예사로 잡았던 모양이에요. 어머니 말씀 들어보니."

햇빛은 거의 수직으로 내리박혀 사방 어디고 눈이 따갑지 않은 곳이 없었다. 냉방된 차장으로 보는 들과 산이 실감도 없이 불 끓듯이 달아오르고 있는데 우선은 팔이나 가슴께로 서늘한 감촉이 좋을 뿐이었다. 윤선보로서는 차를 바꾼 게 무엇보다 에어컨에 신경을 쓰게 되지 않아서 좋았다. 그는 두 달 전에 1500에서 1800cc로 바꾸었다. 동생 선재의 계속되는 은어 이야기에, 요트경기장이 들어서고 나서 오염이니 정화니 떠들썩했던 수영강 끝의 민락동에서 꼬시래기 잡은 게 언제냐고 거들까 했지만 그의 신경이나 감각은 온통 운전대에 가 있었다. 역시 핸들에 묵지근한 힘이 들어가는 중형이 운전하는 맛도 달랐다. 생활수준이 나아진다는 것은 삶의 여러 모습들을 중후하게 바꾸어가는 것과 비례한다고 그는 생각하고 있었다. 품위 따위의 어휘 대신에 찾아낸 중후함이 그를 흡족케 했다. 그러나 다른 건 몰라도 몸이 불어나는 것만은 달갑지가 않았다. 허리는 제쳐놓은 지 오래지만 요즘 들어 아내는 목까지 굵어진다고 잔소리였다. 그는 바쁘게 먹었다 싶은 냉면국물을 트림으로 올리고 목을 좌우로 움직였다.

"물살을 차고 오르는 놈이니 작긴 해도 힘이 오죽하겠어요."

선재는 전화를 걸 때부터 줄곧 은어타령이었다. 동생의 집요함은 남다른 바가 있었다. 그런 애가 어째 대학 선생이 아니라 사무직원이 되었는지 이상하다 싶을 때도 있었다. 하기야 공무원을 원한 동생이니 문교부라는 것만 다소 특이할 뿐이었다. 윤선보는 은어가 어떻게 생겼는지 본 듯 만 듯했다.

"뭐 오줌이라도 부옇게 나온다든? 양식 아닌 진짜 민물장어가 기중 나아."

"민물장어가 오염된 강에서 가장 오래 살아남는 놈이래요."

사실 은어낚시를 가자는 전화를 받고 선보는 웃었다. 사 먹으러 간다면 또 모를까 낚시라니.

"아, 저녁에 어차피 만날 거고, 강에 발 한번 담그는 것도 괜찮잖아요. 요즘 세상에 은어낚시가 어디요? 얼마 안 있어 잊혀진 이름이 될 텐데."

선보가 마음을 정한 건 직접 몸을 움직여 맛보려는 어정쩡한 중산층적 감상기 묻은 호사보다도 저녁에 어차피 만날 거라는 대목에서였다. 그들은 숙모와 사촌동생에게 저녁을 사기로 했던 것이다. 하나뿐인 아들도 없이 딸들과 사위들로 회갑을 지낸 숙모와 감옥에서 이 년 가까이나 고생한 종제에 대한 위로가 겹친 거였다.

동생은 재학 중 구류나 잠적을 거듭하다 이번엔 실형을 살다 풀려 나왔다.

“신문에 났을 정도면 알 사람 다 안다는 소린데 많이 몰려오지 않았을까.”

희뜩희뜩 지나치는, 나무 그늘에 수박을 내놓고 손을 흔드는 노천상을 보며 선보가 말했다. 진영서 부곡 온천 가는 국도에서 오래 전부터 볼 수 있는 풍경이었다.

“그래도 어쩌겠어요, 그렇게 아는 수밖에. 하루 삼, 사만 원 벌이가 된다니 많이 잡히는 건 사실일 테죠.”

“그건 꾼들 얘기겠지.”

그들은 수산다리를 지날 때 강을 보았다. 멀찍하니 거리를 두고 높게 쌓은 양편의 둑 때문인지 강은 왜소해 보였다. 그래도 햇빛에 반짝거림이 흐름 같은 걸 느끼게 했다. 남강과 합쳐져서 삼랑진 쪽으로 흘러가는 낙동강이었다. 서너 척 배가 수산 쪽으로 매달려 있었다. 다리 끝에서 경찰이 손가락을 까닥거리며 차를 통과시켰다.

“조금 전에 과적차량 검문소 보았어요?”

“아니. 화물차량이 도로 파손할까 조사하는 거 말이지.”

8통 이상의 과적차량 한 대가 포니 3만 대의 도로훼손율과 맞먹는다는 그 보도는 트럭운전사들이 예사로 위반을 할뿐더러 검문소가 빤히 보이는 주유소 같은 데서 밤이 되길 기다렸다 집단으로 검사에 불응하고 도망친다고 했다. 적발되어 고발을 해도 서너 달이나 걸려 겨우 일, 이십만 원 벌금을 무는 게 고작이라는 것이었다.

“서부영화가 아니라 미국영화 같은 장면이구나. 우리나라 같은 데선 여간 신나는 일이 아니겠는걸.”

신문을 읽었을 때 방금 형이 말한 내용 비슷한 게 연상되었기 때문에 그 기사가 기억되는 게 아닐까, 선재는 생각했다.

"검사원을 구타까지 했다니 재미있는 구석이 그래도 도처에 있는 모양이죠. 공권력이 미치지 않는 데가 없으면서."

"그나저나 너는 언제 차 살 거니. 왜 운전도 배우지 않고 그래. 참 답답하네."

선재는 또 자가용 이야기다 싶어 짜증 비슷한 게 치솟으면서 지금까지 제법 신나서 이야기하던 기분이 사그리 죽어들었다. 처음 한두 번, 나까지 차 사면 도로가 막힌다느니 기계 만지는 데는 손방이라서라는 우스개도 통하지 않게 되어버릴 만큼 운전에 대한 형의 견해는 하나의 이데올로기에 가까웠다. 차를 못 살 형편이거나 필요치 않는 동생에게 자가용의 편리함이나 들려주는 이야기가 아니라 이제는 차를 가진 그 자신과 가지지 않은 동생 사이의, 가치관의 확실한 경계선이라도 되는 양 성화였다.

주말에 미혼인 동생과 같이 사는 부모님 댁에 갔다가 돌아갈 때 자가용이 야기하는 미묘함에 몇 번 부닥치기는 했다. 처음 차를 샀을 때 선보는 동생네 세 식구를 반강제로 태워 집까지 즐겁게 데려다 주었다. 방향이 같았기 때문이었다. 그때는 그래도 필요에 따라 선재가 택시를 타고 가겠다면 예사로 그럴래, 라고도 할 때였다. 그러나 선재의 애가 둘이 되고 큰놈이 국민학교를 들어가고부터 할머니집 계단을 내려오기 무섭게 같이 타겠다고 몇 차례 고집을 부리면서 형은 매우 불편해했다. 덩치 큰 조카들까지 두 식구가 타기는 도저히 무리였다. 그런 면에서 선보의 운전 강요는 큰아빠로서 조카에 대한 잔정일 수도 있었다. 왜 차를 살 형편이 되면서, 또 언젠가는 반드시 사고 말 거 애 기죽이면서 서로 기분 찜찜하게 만드느냐는. 그러나 선재는 택시를 기다리고 합승이라도 하는 게 불편하기는 해도 당연하다고 여길뿐더러 마음도 편했다.

형제간에 왜 자가용이 개입되는 걸까. 그게 뭐라고. 통근버스가 있고 나돌아다닐 일도 없는 선재에게는 필요성부터가 없었다. 주말이나 휴가 기간에 아쉬울 적도 있긴 하지만, 그 아쉬움이 자동차문화니 생활패턴이니 따위의 어쭙잖음을 넘어서지는 않았다. 지금이야 우스운 기억이지만 중학교 다닐 무렵 신호등 걸린 버스에서 눈 아래의 까만 승용차에 타고 앉은 여자나 또래들을 보고 침이라도 뱉고 싶을 때가 있기는 했다. 그렇다고 선재의 기억 속에 아주 절박하게 가난했던 찌꺼기가 묻어 있는 것도 아니었다. 아버지가 철도에 나가고 어머니가 포목상을 하면서 그런대로 다 떨어진 운동화를 신고 다니지는 않았다. 근검과 절약의 생활분위기였다. 그러다 어머니가 발 벗고 나서 늘푼수 없이 부산 근교나 도는 아버지를 퇴직케 하고 퇴직금에 다른 돈을 보태어 변두리에 자투리땅을 늘리고 늘린 게 오늘의 안정을 이루긴 했지만, 선재로서는 갑작스럽다거나 이상스럽지도 않게 그냥 졸업하고 취직하면서 살아왔을 뿐이다. 형처럼 사업을 하는 것도 아니고 자기 앞을 자기가 닦아온 셈이니 특별히 관심사가 될 것도 아니었지만, 생활태도나 사고방식에서 확실하게 달라진 것만은 사실인 가족들을 보노라면 자신의 적응력이 조금은 모자라지 않나 하는 생각을 가져보기는 했다. 그러나 그런 발상부터가 선재로서는 대체로 스스러웠다.

"아무리 차가 불어나도 차 다닐 길은 있기 마련이다. 시내서 파킹할 데가 없어 쩔쩔매도 그게 도시인의 일상인 걸 어쩌니. 너라도 면허가 있으면 이럴 때 교대로 운전하면 오죽 편해."

선보는 아무 말 없이 심각하게 앉은 동생에게 끝말을 누그러뜨렸다. 동생에게 조금은 이상한 구석이 있다는 걸 그는 알고 있었다.

작년 6월, 세상이 온통 시끄러울 때 혹시나 하고 지나가는 말로 "너 어제 서면 나갔지?"라고 하니 "아니, 형이 봤어요. 그냥 걷는 재미로." 그렇게 얼버무렸던 것이다.

형인 내가 운전을 안 해도 되니 운전을 배우라는 말에 선재는 멋쩍게 웃고 말았지만 자가용이 형제간에 애매한 문제를 야기시키고 있다는 사실을 스스로 인정해야 된다는 게 그로서는 정말이지 찜찜했다. 어느덧이 아니라 벌써 우리는 확고한 중산층이란 말이지. 그래도 이런 건 아니지 않은가. 확실히 형에겐 안정된 중산층이 내뿜을 수 있는 모든 냄새와 자기 땅을 디디고 선 무게가 잡혀 있다 싶었다. 아주 익숙한 몸짓이었다. 그러나 선재는 자신이 그 속에 포함된다는 걸 인정하면서도 형 선보나 동생 선규만큼 익숙한 몸짓을 할 수가 없었다. 어쩌면, 자기도 모르게 몸짓은 그렇게 하면서도 문득문득 이런 게 아닌데 싶어 손놀림을 거둘 때가 있다는 편이 더 정확할지도 몰랐다. 냉면집에서 점심을 들며 형이 입은 옷이 남방이면서도 그렇게 단조롭지 않고 점잖아 보인다고 하자 형은 이렇게 말했다.

"상표가 뭐냐, 희소성의 다른 이름이야. 같은 옷을 사 입은 사람과 부닥칠 확률이 적으면서 자기를 유지하는 거야. 어차피 닮아가면서 조금씩 다르게 살려는 게 오늘의 세상살이 아니냐. 선해나 그런 애들이 가진 생각이 평등이라면 그건 그런 생각을 가진 애들이 모르는 사이에 서서히 되어가고 있는 거야. 먹는 거, 입는 게 다르면 얼마나 다르니. 조금씩 다르게 살아갈려는 열망의 차이 정도지."

형 선보의 생각이 틀렸다가 아니라 당장 선재에게는 캠퍼스 복도에 스프레이로 쓰인 '부르주아의 돼지들아 자각하라'는 구호가 떠올랐다. 그때마다 선재는 사촌동생 선해를 생각했다. 선해는 잠수

함을 탔을 때 그에게 한 번도 연락하지 않았다. 힘쓸 것도 없지만 서울 쪽이라 더욱 그랬고, 얘기로나 그 어려움을 짐작할 뿐이었다. 숙모와 두 번 면회 갔을 때 선해의 얼굴은 깨끗하기만 했다. 그 눈에서 선재는 복도의 구호를 읽을 수는 없었다. 확실히 지나친 구석이 엿보이기도 하지만, 더불어 잘 살자는 것이나 독재와 외세를 벗어나 진지하게 분단의 벽을 허물자는 주장이 틀리지 않는다는 걸 알면서도, 그의 발은 머리와는 달리 잘 떨어지지 않는 듯한 기분에서 벗어나지를 못하고 있었다.

그들은 밀양읍으로 들어서는 다리를 지나 잠시 멈추었다.

사실 선재가 알고 있는 건 비가 온 뒤로 강에서 은어가 많이 잡힌다는 것뿐이었다. 물에 들어가야 한다는 건 확실히 알았으므로 직장에서 나올 때 슬리퍼만 비닐백 속에 넣어 왔을 뿐이었다. 강이 불었다 해도 물살만 제법 빠를 뿐 대부분 무릎까지였다. 그러나 장소에 따라서는 그늘이 져서 바닥이 거멓게 보이는 깊은 곳이 있기도 했다. 이끼가 묻은 돌은 미끄러웠다. 강의 가장자리로는 다른 찌끄레기까지 묻어 불결해 보였으나 물은 대체로 깨끗한 편이었다. 선보는 읍내에서 다소 짜증이 나기도 했다. 바람 쏘일 겸 나온 걸로 여기면 그만이겠지만 구경만 할 수도 없으니 낚싯대를 사고 낚시꾼이 모인 곳을 물어 차를 몰고, 그보다 퍼붓는 햇살이 겁이 날 지경이었다.

그들은 역(驛) 조금 못미처 삼거리에서 다리 쪽으로 가 둑에 차를 세웠다. 예사로 기차를 타고 지나갈 때 보트놀이하는 걸 보았는데 그건 보통 남천이라 부르고 역 앞으로 흐르는 건 밀양강이라는 것도 처음 알았다. 제법 떨어진 거리의 강 아래쪽으로 개 두 마리가 낚시질하는 주인 부근을 자맥질하고 있는 게 보였다. 그들은 낚시

점에서 대강 듣기도 하고 또 강에서 다른 사람들 하는 걸 보아 훑치기낚시의 방법을 알았다. 그냥 멀찍이 던져서는 물살을 거슬러 훑어 올리는 거였으니 특별히 방법이고 어쩔 것도 없었다. 여울을 따라 계속 강 위로 옮겨가는 사람도 있었다. 형 선보가 제법 활기차게 바지를 걷어 올리고 물로 들어가는 걸 보고 선재는 옆에 사람이 잡은 은어를 구경했다. 옷차림으로 보아 그냥 소일하러 온 젊은이들이었다. 한 시간이나 되었는데 세 마리밖에 못 잡았다는 거였다. 가운뎃손가락보다 긴 길이에 그만한 굵기의 몸피는 검누르고 흰색이었다. 이놈이 수박향내를 내다니.

"잘 잡는 사람은 하루벌이가 된다던데."

선재는 역시 자기처럼 강가의 자갈밭에 앉은 젊은이에게 담배를 권했다.

"바로 저기 있네요. 벌써 폼이 다르잖아요."

가슴까지 오는 푸른색 비옷을 입은 사내와 빨간 색깔의 저고리가 눈에 띄는 사내가 허리께까지 오는 물살 가운데 서 있었다.

"또 잡았군, 기가 차네."

낚싯줄 끝편에 물살을 차면서 달려오는 게 보였다. 푸른 우장의 사내는 아주 익숙하면서도 조심스럽게 낚싯줄을 당겨 어깨에서 길게 늘어뜨린 그물에 놈들을 튕기듯이 빠뜨렸다.

"야, 저 밑에 안 보이니!"

젊은이가 밀대모자를 쓰고 들어가 있는 친구에게 말했다.

"글쎄 말이야, 대가릴 처박고 달려드네!"

선보도 그 소릴 들었는지 잠시 강 아래쪽으로 눈을 두었다. 그러더니 낚싯대를 어깨에 걸고 턱으로 괸 채 위태하게 바짓단을 더 걷어 올리고는 그쪽으로 다가갔다. 그러나 서너 발자국도 못 옮겨 선재 쪽을 보고 이를 드러내 웃고는 멈추었다.

"백 매 오천 원에 넘긴다니 그게 서너 마리거든요. 그러니 서른 마리만 잡아도 삼만 오천 원이잖아요. 횟집에서는 한 쟁반에 뭐 깔고 뭐 깔고 두세 마리 올려놓고 오천 원 받고. 여기 사람들은 그 돈 갖고 쇠고기 사 먹어요."

잘하면 한 마리나 낚을까, 선재는 여기까지 왔으니 두어 쟁반 맛이나 볼까 싶었다.

"아이구 저 아저씨, 저리 빨리 훑어가지고서야."

젊은이가 혀를 차며 하는 말이 끝나자마자 선보가 소리쳤다.

"야, 너나 해봐라!"

강에 들어서며 선재는 미끼도 없이 바늘 두 개씩 묶어 서너 개 달아 맨 낚시에 은어가 물린다니 우습기도 했다. 전문가 쪽을 보니 한 사내는 던져놓고 오른손을 조금씩 흔들어주고는 한동안이다 싶게 있다 끌어올렸다. 선재도 그렇게 해보았으나 찌꺼기만 달라붙을 뿐이었다. 팔도 굉장히 아팠다.

잠시 뒤 빈손으로 교대하고서 선재가 젊은이에게 들은 이야기는 읍내의 모직공장에서 내놓는 폐수가 강을 못 쓰게 하는 주범이라는 것이었다.

"오늘은 깨끗한 편이죠. 저 사람들은 생업인데 가물다고 안 잡나요. 그때 잡는 건 완전 똥물에서 잡는 거예요. 수박냄새가 어딨어요. 쇠고기가 훨씬 낫지. 대구나 부산서 이야기 듣고 오긴 해요. 네댓 사람 제법 먹었다 싶으면 돈 십만 원 갈 걸요. 어디서 오셨나요?"

아들 둘이 음식점으로 바로 갈지도 모르겠다는 전화를 했을 때 백 여사는 무슨 바람이 불어 은어낚신가 했다. 은어라고 하니 그 말을 오래간만에 들어본 듯하면서도 7, 8월 은어 오르듯이 오른다는 말이 생각났다. 그러고는 가물한 기억 저쪽에 관솔불을 켜 들고 족대와 그물, 물통을 들고 강으로 가던 남편과 시동생들이 어른거렸다. 나중에 잃었지만, 선보 위로 큰딸도 가지기 전이었다. 거기는 배추가 기차게 잘된대서 '배차곳'이라 불리는 부락 앞의 엄천강이었다. 다음 날 해가 솟고도 한참 지나 돌아온 그들은 한통 반의 은어를 잡아왔다. 그녀는 시모와 같이 그놈들을 회친다고 종종걸음을 쳤다.

그녀가 시집갔을 때 처음 놀란 게 시부가 회를 그렇게 좋아할 수 없다는 사실이었다. 피라미 한 마리에도 소주가 한 사발이었다. 그건 물림인지 남편과 시동생들도 그랬다. 남편은 아니지만, 둘째 시동생은 확실히 디스토만가 하는 거 때문에 간이 나빠 죽었을 것이었다. 교편 잡은 사람이 그렇게 무식했을까. 하긴 수재들만 갔다는 사범학교를 나오고도 교감도 못 되고 간 것도 그놈의 되통스런 성깔 때문일 것이었다. 저녁에 만날 조카를 보면 피가 아니라 성질은 못 속인다 싶었다. 그렇지 않고서는 남들 다 하는 데모, 멀찍하니 서서 돌이나 던질 일이지 경찰서로 유치장으로 찾아다닐까. 선해가 수배 중일 때 경찰인가 어디서 몇 번인가 찾아와 집구석을 흔든 걸 생각하면 그때 기분으로서야 따귀라도 한 대 올려붙이고 싶을 지경이었다. 그러나 미우나 고우나 동서고 조카였다. 그녀는 동서에게 줄 금반지를 다시 펴보았다. 큰동서로서 그녀는 아랫동서 둘에게 회갑을 맞으면 똑같은 반지를 해주어 삼동서가 나란히 끼고 다니리라고 진작부터 작정해 두었었다. 그러나 선해가 구속 중이고 보니 딸네들이 상을 차린다고 차렸으나 그걸 꺼낼 분위기는 아니었다. 동서 입에서 아이구 형님, 내 형편에 지금 이게 당하느냐고 울음을 꺼내지 않으리란 법도 없었던 것이다. 둘째 동서는 삼 년 후였다.

벨소리가 들려 벌써 오나 하고 백 여사는 반지를 손가방 속에 넣어 두고 나갔다. 큼지막한 몸으로 현관문을 막고선 건 오 여사였다.

"아이구 집에서도 이리 곱게 차려입고 계시니 막내며느리 될 이가 복도 많지."

"나들이 갈려고 그래. 덥지? 안방으로 가서 에어컨 켤까? 바람은 그래도 맞바람이 제일이지."

"그럼요, 그럼요."

백 여사는 벌써 상대방이 확실한 건수 없이 들렀다는 걸 알아차렸다. 이쪽에서 동할 만한 것을 들고 나타날 때면 입이 무거웠던 것이다. 백 여사가 직업중매장이를 넣어보기는 하나 있는 딸 혜주 다음으로 두 번째였다. 첫째와 둘째 때는 그런 게 있는지도 잘 몰랐을 뿐더러 제 고모와 친구 소개로 별 기억도 없이 가고 말았는데, 하나뿐인 딸이라서 신경을 썼다기보다 사위 고를 만한 형편이 되었다는 게 바른 이야기일 것이었다. 그런데 막내는—그러고 보니 선해와 동갑인데—표가 날 듯 말 듯 다리를 절었다. 불알 하나가 내려오지 않고 위에 붙었다는 것 외에는 이유를 알 수 없었다. 막내를 키우면서 살림이 불었다고 할 수 있으니 재화를 주신 대신 자식우환 하나를 떠맡겼다고 백 여사는 생각했다. 그러므로 선규에게는 매사에 관대하기도 했다. 고등학교와 대학을 거의 돈으로 마쳤다고 할 만큼 막내는 속을 썩였다. 살림이 쪼들리니 어쩌니 해도 위엣것들은 그래도 제 앞막음만큼은 했는데 형편이 펴진다 싶자 엉뚱하게 골칫거리가 생긴 거였다. 가게를 벌여놓은 데다 이리저리 집 보고 땅 보러 다닐 때가 막내의 중고등학교 시절과 맞잡혔으니 그게 탈이라면 탈일 것이었다. 그렇다고 자식 하나 애물단지로 만들었다 해도 백 여사로서는 백번 치부 쪽을 택했을 것이었다. 지금 제 큰형이 하는 소문나게 괜찮은 카페와 여성복 대리점 일을 보고 있지만 그것은 엄연하게 선보의 소유이니 내세울 것도 없다면 없는 신랑감이었다. 그러나 선규는 허우대 하나는 멀쩡했다. 그런 애가 덜컥 연애라도 잘할 수 있으련만 사귄다는 게 찢어지게 가난한 테니스 코치거나 집구석 뛰쳐나온 술집 계집이었다. 집에까지 찾아온, 몸매 하나는 늘씬하게 빠진 체육과 나왔다는 아가씨를 보고 백 여사는 기껏, 선규가 그래도 테니스까지 치니 큰 흠도 없다는 생각만 했다.

"저번에 본 브로크공장 아가씨는 어때요. 그쪽에선 맘이 있던 모양이던데."

오 여사가 몸을 흔들어대며 부채질을 해댔다. 백 여사는 냉장고에서 주스 두 잔을 내오며 속으로 웃었다. 사람을 넣어 알아보니 이름은 공장이라지만 규모가 형편없는 데다 백수 같은 아들 둘이 거기에 매달려 있었다.

"우리야 아직 믿는 사람은 들여보지 않았으니. 그보다 왜 동해식당 한다는 스물여섯 아가씨 있잖아, 궁합도 기중 낫던데."

집안 물림도 있고 형편도 괜찮다는 월급장이네 딸보다는 사업하는 집 쪽을 백 여사는 선호했다. 어차피 선규가 월급쟁이 노릇을 할 건 아니니 같은 물에 논 고기가 물길을 알아도 빨리 안다는 계산이었다. 부동산 재미를 알고서 백 여사가 터득한 게 있다면 월급쟁이 돈이 야물다고 하는 건 돈이 불지 않으니까 하는 소리라는 것이었다.

"글쎄 말예요. 그 나이에 바쁘지 않다고 버틴다니."

"결혼하면 바로야 안 되겠지만 지 형이 뭐를 만들어줘도 줄 거니 자기들 살기는 괜찮을 텐데."

"누가 아니래요, 어른 모시는 막내며느리 귀염이 오죽하겠어요. 내 다시 한 번 알아볼게요."

입에 오르내리던 선규에게서 전화가 오고, 동서와 조카가 들이닥친 건 불과 십여 분 사이였다.

"아이구 덥지, 왜 김서방도 오라 했는데."

김 서방은 조카사위였다.

"뭐 학교에 일이 있다나요. 이런 자리에 사촌처남들 하고 어울리면 느는 것도 있을 텐데, 맨날 그놈의 주변머리가 학교선생이라서."

"백부님은 며칠 등산 가셨다면서요. 형님들은?"

선해는 얼굴부터 씻고 나왔다.

"요새 어디에 은어가 있다고 아닌 밤에 홍두깨로 은어 잡으러 갔단다, 은어. 나중에 올 게다. 선규란 놈은 조금 전에 전화가 왔는데 일이 바쁘다나 뭐, 요즈음은 일에 재미를 붙였는지. 참, 오 여사. 우리 조카도 중신 좀 해. 동갑이야, A대 나오고."

백 여사는 뒷말이 얼른 이어지지가 않았다. 그리고 무엇인가. 괜히 동서나 선해 보는 앞에서 막내 중신 놓았다는 게 우습게나 보이지 않을까 싶어 미리 오 여사를 내보내지 않은 게 후회스러웠다. 오 여사는 중키에 안경을 쓴 선해를 한번 슬쩍 보았다.

"아유, 요새는 어지간하면 다아 짝이 있어요."

그 말만 하고 일어서는 바람에 백 여사는 재빨리 뒤따라 나가 돈 삼 만원을 쥐어주었다.

"은어가 더러 안 있을까요. 민물회는 이 집 내림이니까."

"요새 애들인데, 그냥 재미로 갔겠지."

백 여사는 동서의 회상에 다시 관솔불이 눈에 어른거렸다. 철사를 바가지 모양 엮어 그 속에 도끼로 잘게 쪼갠 관솔을 넣어 작대기를 해서 들고 가던. 그리고는 물통 속을 가득 채운 젓가락보다 조금 짧은 듯한 은어 떼.

"음식점은 요 밑에 바닷간데, 누가 와도 올 낀데."

일곱 시랬지만 여름 저녁 시간이란 게 서글픈 거였다. 해는 아직 한참이었다. 그보다 백 여사는 며느리 중 하나라도 집으로 올라왔으면 동서 보기가 좋을 텐데 싶었다. 선해는 아무 말 없이 담배를 태우며 TV야구를 보고 있었다.

백 여사의 바람대로 큰며느리가 희한하게도 낚시질 간 아들 둘과 같이 들이닥쳤다. 아파트 앞에서 만났다는 거였다. 형제는 인사도 건성으로 던지고는 욕실로 뛰어가기 바빴다.

"아이구 선재 말 들은 내가 그러지. 은어는 둘째 치고 발에서 냄새가 나서 혼이 났네. 물이 맑아 거기선 몰랐는데."

"이 집 대주는 몸이 더 불었네."

"큰일이에요. 숙모님. 운동도 계속하지 않고."

"칠 팔월 은어 오르듯이 오른다는 말도 옛말이지."

"아니 많이 잡혀요, 사람 보고 그놈이 와서 그렇지. 쇠고기 사 먹는 게 낫다는 말에 회도 한 점 못 하고 그냥 왔어요. 시간도 없었지만. 너는 좋아 보이는구나."

말이 엇섞이고, 뒤늦게 욕실에서 나온 선재가 다시 한 번 선해의 어깨를 두드렸다.

"애들하고 동서가 기다릴 테니 그만 가시죠."

그들은 선보 처의 말을 따라 일어섰다. 백 여사는 문단속을 하느라 제일 늦게 내려왔다. 어차피 한 사람이 차에 못 타니 선재는 선해와 설렁설렁 걸어가기로 했다. 아파트 단지를 벗어나 해수욕장을 조금 걸으면 이 도시에서 가장 흔해빠진 이름의 언양불고깃집들이었다.

“방학이시죠. 행정직원도 요즘 교수와 학생들 사이에서 골치 아프죠?”

“대자보나 구호 지우는 게 일이지.”

선재의 말에 선해는 가벼운 웃음을 터뜨렸다.

“넌 무슨 일을 할 생각이냐?”

“해야죠. 오라는 데는 있어도 갈 데는 없는 것 같기도 하고, 그래요.”

선재는 숙모도 연세가 회갑이라는 말을 하지는 않았다. 아파트 단지를 둘러싸고 있는 방파제 곳곳에 낚싯대가 흔들거렸다. 가까워지는 해수욕장엔 온통 자동차와 사람들이었다.

“굉장하군요.”

선해가 놀랐다는 표정이었다. 선재는 차들과 인파를 보다 문득 낮에 이야기했던 과적차량들의 집단도주 장면이 떠올랐다. 왜 그게 여기에 연결될까. 저렇게 많은 사람들도 공권력이라는 핀셋으로 집어 올릴 수 있는 하나의 대상에 지나지 않는다는 다소 막연한 공포감이나 불쾌감 때문일까. 선해에게 이야기를 꺼내 보면 확실하게 정리가 될 수 있을까. 그러나 그런 기분은 내키지 않았다. 언제부터인가 선재는 쫓기는 듯한 기분이었다. 그것은 일종의 위기의식이기도 했다. 학교에서 학생과 교수의 틈바구니에서, 또는 사회 곳곳에서 벌어지는 첨예화된 대립 현장을 보면서 가지는 막연한 위기의식. 그러나 선재에게 막연함이란 진보적 의식을 가져야 된다는 걸 알거나 그걸 가지고 있다고 해도 자신이 디디고 선 땅이 온전하게 그런 토양이지는 않다는 그런 의미에서의 막연함일 것이었다. 따라간다 싶어도 진보란 이름의 그것은 언제나 저만치 앞서 있는 기분이었다. 그것은 지난 6월, 분명 데모군중이었으면서도 상황에 따라서는 재빨리 인도로 올라서야 했던 자신의 걸음걸이 그 자체에 고스란히 매달린 고민이기도 했다. 그러므로 그는 확실히 선보나 선해보다도 더 답답하고 괴로웠다.

드문드문 주고받던 이야기지만 호안도로로 들어서고부터는 그것조차도 불가능할 만큼 길은 복잡했다. 아파트 단지가 들어서고부터 호안도로 부근은 시내서도 둘째가라면 서운하리만큼 값이 올랐다.

오른편으로 모래사장을 보자 선재는 도저히 입을 다물고 있을 수가 없었다.

“너도 같이 갔었나? 옷 맡길 돈 가지고 빙과류 사 먹고 옷은 보자기에 싸서 백사장에 묻어 두었다 나중에 자리를 못 찾아 쩔쩔맬 때도 있었잖아. 그게 불과 얼마나 된다고.”

“불과가 뭐예요 형님. 아득한 옛말이에요. 천천히 잘살면 뭐라나요, 허허.”

그들이 약속한 음식점으로 들어섰을 때 선보의 우렁우렁한 목소리가 들렸다.

“찬 맥주부터 몇 병 달라고 몇 번 말해야 되나, 응!”

방 하나, 테이블 세 개를 둘러싸고 앉은 식구들을 보자 선재는 어른들끼리 자리를 할 걸 잘못했다 싶었다.

“어디 가나 사람이다. 먹는 것도 전쟁이다, 전쟁.”

선보가 계속 투덜댔다.

“아빠 아빠, 은어 잡았어? 큰아빠 말로는 많이 잡아서 놓아주었다는데.”

선재의 큰아들놈이 젓가락을 들고는 눈을 반짝였다.

"아이들한테까지 소문내고 기껏 소금구이집에 앉았으니."

선보가 껄껄댔다.

저녁은 아이들 때문에 너무 시끄럽고 더디게 날라 오는 음식과 구이라는 음식에 따르는 시간성 때문에 기껏 숙모님 많이 드세요, 삼촌도 결혼하셔야죠, 혜주는 잘 사느냐, 그런 이야기였다. 선재는 왜 어머니가 집에서 조용할 때 숙모에게 반지를 주지 않고 이런 데서, 받는 숙모의 기분을 헤아리지 못할까 하고 못마땅해했다. 그러나 어머니는 형수나 집사람은 하나씩 해주지 않고 숙모님들만 챙긴다면서 웃고 넘겼다.

밖으로 자꾸 빠져나가려는 아이들과 지저분하게 펼쳐진 상을 놓고 이야기할 맛도, 또 긴히 해야 할 말들도 없었으므로 그들은 자리에서 일어섰다. 선보가 지불한 돈은 십육만 이천 원이었다. 아파트에 가서 커피라도 한잔 하며 쉬었다 가라는 권유에도 선해와 숙모는 음식점 조금 위의 도로에서 차 잡기를 서둘렀다. 선보는 승용차들이 그야말로 어지럽게 널려진 도로변 어디에서 수월하게 차를 빼내 왔다. 선재로서는 죽었다 깨어나도 이런 북새통에 차를 세우고 꺼내 오지는 못할 것 같았다. 선재는 강가의 땡볕 아래서 담배를 많이 피워 그런지 머리가 조금 아파왔다. 아니면 눈앞에 펼쳐진 해거름 무렵의 해수욕장 주위의 끓고 넘치는 분잡스러움 때문일지도 몰랐다. 하얗고 푸른 삼각돛대의 윈드서핑 두 척이 흐르듯이 지나가고 있는 바다 저편에 돌섬이 눈에 들어왔다. 그것은 요즘 횟집촌이 들어선, 돌출된 매립지 안쪽에 있었다. 그래 저기까지 헤엄쳐 가기가 얼마나 어려웠던가. 국민학교나 중학교 때 그것은 확실한 수영 실력의 척도가 되었다.

"저기 저 바위들 있지, 왼쪽으로 말이야. 할아버지가 아빠를 등에 태우고 저기까지 헤엄쳐 가셨다."

차가 먼저 떠나고 조카들과 아들놈 하나를 데리고 걸으면서 선재가 말했다. 백 원을 넣으면 시간만큼 달리는 배터리 차를 보고 있던 아들놈이 말했다.

"어디, 어디? 보트 타고 가지 왜?"

"헤엄치는 거하고 같애? 수영 경기도 있고 요트 경기도 있잖아!"

선재는 언성을 높였다. 그것은 주위의 시끌벅적한 때문만은 아니었다. 해가 수그러든 바닷가에 아직 네온사인이나 불들은 들어오지 않고 있었다. 바다는 푸름을 잃고 타버린 듯한 구름조각들이 어지러이 널린 하늘의 어둑함과 닮아 있었다. 묘하고 어정쩡한 시간대가 만들어내는 박명이었다. 그건 이른 새벽의 미명과는 전혀 다른, 함몰이나 추락과 관계되는 기운을, 생활오수로 오염된 해수욕장이 내뿜는 냄새와 뒤섞여 있는 듯했다. 걷는 것과 똑같은 속도로 팔뚝을 스칠 듯 지나가는 차량들과 그 사이를 물밀듯이 오가는 사람들이 토해내는 소음과 파도 소리가 엉켜 선재는 정신이 아득해질 지경이었다. 먹고 마시고 즐기고, 세상이 흔들리는 것 같았다. 불어오는 진득한 바닷바람이 팔뚝에 소름을 돋게 했다. 거대한 아파트 숲은 아직 불들을 켜지 않아서인지 엄청난 괴물같이 어둑하게 버티고 서 있었다. 선재는 애들을 챙기면서 그쪽으로 힘없이 빨려들어 갔다. 들어가서 누울 생각뿐이었다. 땡볕에 은어라니, 속살은 죽은 지 오래인 강에서. 악머구리 끓는 속에서의 외식, 결국은 숙모나 선해에게 과시나 자기방어가 아니었을까. 가로등들이 밝혀지고 있었다.

그러나 선재가 지쳐빠져 집에 들어섰을 때 의외의 일이 벌어져 있었다.

"그놈의 자식이 어째 며칠 잠잠한가 싶더니 제 버릇 개 주나! 에

이 미친 자식!"

선보는 누구랄 것도 없이 화를 내고 있었다. 선규가 음주운전으로 경찰서에 있다는 전화가 녹음되어 있었다.

"아까 전화왔을 때 꼭 오라고 할 걸 그랬구나."

백 여사는 큰아들 보기가 민망해 우선은 옆에 없는 막내를 탓했다.

"당신 안색이 왜 그래요?"

선재 처가 형광등이 환한 거실 가운데 선 남편을 보고 말했다.

"응, 더위를 먹었나 봐."

선재는 보고 있지도 않은 TV를 끄고는 소파에 앉았다. 그러나 이내 다시 일어섰다.

"같이 가보죠."

"둘이 간다고 안 될 일이 되나, 나 혼자 가보지."

"그래라 너는 좀 누워라. 뭐 큰일이냐, 차 가지고 있으면 그런 일도 있을 수 있지. 사람 안 다친 거로 치고 말아야지."

"어머니도 자꾸 그렇게 선규를 감싸지 말아요. 한두 번 일을 저질렀나요."

선재가 역정을 냈다. 백 여사는 장롱에서 돈을 꺼내 왔다. 손자들이 큰방에 둘러앉아 TV를 보고 있었다.

"저한테도 있어요. 재수 없으면 요즘은 구속이란 말예요, 구속."

그렇게 말하는 선보도 기실은 크게 걱정하지는 않았다. 당장 귀찮다는 생각뿐이었다.

"몸도 안 좋으니 먼저 가든지 해라. 나중에 전화나 해보고."

그가 동생에게 말했다.

"가긴 왜 가, 내일이 일요일인데."

백 여사가 큰아들을 따라 현관으로 나갔다. 선재는 아내가 가져온 차가운 보리차를 다 마시고 베란다로 나갔다. 바로 눈 아래 잡혀 오는 바다는 이제 완전히 어둠에 빠져 하늘과 전혀 구분이 되지 않았다. 그러나 바람도 없이 후텁지근하지만 했다. 그는 그 자리를 떠나지 않을 것처럼 오랫동안 컴컴한 바다를 보고 있었다. 그러나 불을 보고 달려드는 하루살이보다도 더 확연하게 달려드는 생각은, 언제부터인가 집안을 맴돌고 있는 어정쩡한 중산층이 내뿜는 고기 굽는 냄새와도 닮은, 해수욕장에서 목격한 아우성과 같은 오탁에서 지금 벗어나지 않으면 너나없이 저 어둠 같은 바다의 심연으로 실추하고 말리라는 것이었다. 그는 햇빛 아래서의 은어낚시를 떠올렸다. 은어는 있어도 없는 거나 마찬가지였다. 그러나 선재는 온전한 은어가, 맑은 물살을 힘차게 가르는 은어가 있음을 믿고 싶었다.

사라진 하늘

1

수런거리는 소리와 같이 삽짝이 시끄러웠다.

"한두 번도 아니고 이리 자주 걸음하게 하는 거 보모 우리를 무신 할 일 없는 사람들로 아는 모양이제."

"아직 뜨끔한 맛을 못 봐서 그런 거 아니겠소."

뒤터에서 상추를 솎아내던 학구네는 손을 멈추었다. 파릇한 상추가 자신의 머리칼인 것 같아 피가 몰렸다. 저녁 찬으로 무쳐볼까 하던 상추가 징그러웠다.

사흘 전에 문형태가 자신의 머리채를 끌었던 것이다.

학구네는 흙손인 것도 잊고 아직 볕이 남아 있는 밭 귀퉁이에 눕혀둔 아이를 끌어안았다. 그녀는 바쁘게 아이를 들러업고 어디로 갈까 망설였다. 그래도 창원댁뿐이었다. 걸음을 떼기 전에 그녀는 눈에 띄는 호미를 집어 들었다. 창원댁은 친정고모의 질녀였다. 그러나 보다 더 학구네의 마음을 끈 이유는 다른 데 있었다.

성엽 씨는 집 앞에서부터 걸음을 한껏 늦추었다. 그게 무슨 도움이 될까마는 그래도 피할 가족은 피했으면 하는 마음에서였다. 한 걸음 처져 따르던 도리우찌를 눌러쓴 놈이 그의 등을 사정없이 밀어댔다.

문형태와 이복만이 나타난 것은 성엽 씨가 못자리를 보고 있을 때였다. 성엽 씨는 모종거름을 하고 있었다.

"집에 좀 갑시다! 농사지을 맘 있는 거 보이 우리 말도 들어줄 모양이네."

이복만이 저만치 논두렁에서 그를 불렀다. 성엽 씨는 허리를 펴고 그들을 보았다. 다섯이었다. 왜 셋이나 더 달고 나왔을까. 그것부터 성엽 씨는 걱정이었다.

"어데 있는지를 알아야 기별을 하든가 하지."

"퍼뜩 나오소 마, 누가 세설(細說) 듣자 카나."

밖으로 나오니 맨발이 시렸다. 건너편에서 지금까지 이런저런 얘기를 주고받으며 같이 못자리판을 돌보던 용팔이 쪽을 보았지만 그는 허리를 펼 줄을 몰랐다. 성엽 씨가 논두렁을 나오며 모르는 셋을 가만히 보니 하나는 하리(下里) 변 구장네 둘째아들이었다. 그들에게서는 막걸리 냄새가 풍겨났다. 그것이 삼 세 번째는 본때를 보여주겠다던 문형태의 지난번 말과 어우러져 그를 겁나게 했다.

"그래, 동생한데 기별을 했능기요?"

대청마루에 앉을 생각이 없는지 문형태가 축담 앞에 버티고 섰다. 성엽 씨는 아버지가 집에 없었으면 했다. 폐를 보아도 늘그막의 아버지여서는 안 된다 싶었던 것이다.

"이럴 기 아이라 앉아서 이야기하세, 자……."

"노소! 어데 더런 손 갖고 함부러 잡노. 빨갱이 동생 둔 손몽뎅이는 빨간 물 안 들었겄나."

문형태가 거칠게 소매를 뿌리쳤다.

"형태 성님이 어데 사사로운 몸이가. 이것들이 어데 동네 어른 행사할라카고 있노! 대청(大靑) 일 보는 성님 알기를 사적으로 알았어야 되겠나, 뜨거운 맛을 보여주야 대장님 소리가 절로 나오지."

안면이 없는 젊은 놈 하나가 이때다 싶었는지 냅다 성엽 씨의 정강이를 걷어찼다. 성엽 씨는 불식간에 축담을 짚고 그대로 쓰러졌다.

"그 기집은 어데 갔는지 찾아봐라! 서방 따라 안 간 거 보모 그놈이 밤에라도 기어들어 오는 거 아닌지 모르지."

이복만의 말에 변 구장 아들이 텃밭으로 달려갔고 남은 두 놈은 외양간 옆의 장작더미에서 손에 쥐기 좋은 얍사한 장작개비 하나씩을 들고 왔다. 외양간에 소가 매어 있지 않은 것을 본 성엽 씨는 아버지가 계시지 않아 다행이다 싶을 뿐이었다. 문형태에게 사정하며 빌어볼까 아니면 이대로 도망칠까를 성엽 씨가 채 정하지도 못한 채 엉거주춤 몸을 일으켰을 때 국민복 저고리에 핫바지를 입은 놈이 성엽 씨의 어깻죽지를 사정없이 내리쳤다. 비명소리와 같이 성엽 씨는 다시 쓰러지고 어디 있었던지 성엽 씨의 처 너실댁이 달려오고 막내딸과 조카가 "아부지"와 "큰아부지"를 불러댔다.

"아이고 와 이라노! 이 양반이 무신 죄가 있노! 말만 해도 오금이 지리는데 이리 사람을 개 패듯이 팰 수 있나!"

너실댁이 쓰러진 남편 앞을 가로막자 이복만이 "이놈의 여편네가 어데서 재수없이 나와 설치노!" 너실댁의 어깻죽지를 틀어쥐었다. 그러나 너실댁이 더욱 기를 쓰며 달려들자 이복만은 머리채를 잡아끌었다.

"이년이 빨갱이 시동생 둔 거 유세하나. 어디 상판대기 좀 봐두어라. 이년이 빨갱이놈 형수라."

성엽 씨의 막내딸이 잽싸게 대문 쪽으로 달려가며 "할부지!"라고 외쳤다. 재엽 씨의 아들 학구도 덩달아 뛰었다. 국민복 저고리가 잡으러 갈 모양새를 취하자 " 놔두라, 그래야 그 영감태기도 빨리 올 것 아이가." 문형태가 말렸다.

"놔라 이놈아! 없는 사람을 니거가 찾지 우리 보고 어찌란 말고. 손 틀었으면 고만이지 또 우짜란 말고!"

너실댁이 악에 받쳐 머리채를 잡힌 채 고함을 쳤다.

"손을 틀었는가 씻었는가 나와봐야 알 것 아이가, 보도연맹에 가입을 해야 그걸 안단 말이다. 사상이 안 바뀌었으니 도망간 거 아이가. 말로 해서 될끼 아이라 사람이 나타나야 된단 말이다. 일제 때는 독립 우짜고 하면서 아이들 빨강물 들이고 해방 뒤에는 인민위원회다 뭐다 날뛰더니 우리 이 박사 들어서고는 손 뗐다고 해놓고 똑똑한 사람 다 모아놓은 보도연맹에는 와 안 드노. 말로 해갖고 누가 믿겠노, 그것도 강재엽인데. 일제 때 유치장 한두 번 드나든 기 무슨 벼슬이가. 순전히 딴 맘묵고 해방 바랬제."

너실댁이 이복만의 말과 함께 마당 한 켠으로 밀려 떨어졌을 때 아직도 온전히 일어서지도 못한 성엽 씨의 어깨 위에 또다시 장작이 우지끈 날아들었다.

"찾아낼 끼가, 안 찾아낼 끼가. 오늘은 결판을 내자. 이웃 부락 산다고 아는 안면으로 넘어갈 수 있다고 봤나. 이기 어데 예사 싸움이가. 토지개혁 우짜고 하는 거 보모 남의 것 그저 털어먹으려는 강도놈들 아이가. 그런 빨갱이놈들로부터 나라를 지킬려는 이 박사하고의 싸움이라."

문형태가 닭똥이 흩어진 마당가에 침을 칵 뱉었다. 어깨가 떨어져 나갈 듯한 통증 속에서도 성엽 씨는 문가(文哥)의 말 속에서 사흘 전에 들었던 진주아저씨의 이야기가 생각키웠다.

“이기 무슨 일고. 해방 되모 만사가 잘될 줄 알았더니. 좌익이니 우익이니 듣도 보도 못한 희한한 박수건(보자기) 덮어쓰고 몇 해째 이웃끼리 죽이니 살리니 야단이니 이기 세상 베리는 일 아이고 뭐꼬. 어제도 대청애들이 평촌양반 둘째를 개 잡듯이 잡는데 누구 하나 얼굴을 내밀 수 있어야제. 한동안 안면이고 인심이고 말짱 다 삶아 묵어뿌린 기라. 소작하는 사람 치고 전농(全農) 든 기 무신 큰 죄라꼬. 희한하고도 알고도 모를끼 일제 때 빌붙어 묵은 사람들은 말짱(모두) 이 박사 편이고 동네서 똑똑하다는 사람들은 우째서 그 반대일꼬.”

같이 장이 열린 읍에 갔다 오다 길이 갈라지기 전에 주위를 살피고는 나지막하게 한 소리였다. 진외가가 되는 진주아저씨는 성엽 씨가 가족 걱정을 그렇게 했던 것이다.

“그년은 내뺐는가 안 보이네요.”

변 구장네 아들이 부엌을 돌아 나오며 씨근거렸다.

“상추 뽑다 우리 소리 듣고는 내뺐는가 보네요.”

“동기간에 정이라는 것도 없는 것들이라. 지 동서하고 시숙이 당하는데 도망가는 년이니.”

이복만이 야비하게 이죽거렸다.

“이기 무신 일고 이 사람들아! 법도 없나, 대명천지에 생사람 잡게!”

한실영감이 지게를 벗고는 옆에서 훌쩍이는 손녀에게 소를 넘기고 아들 성엽 씨 곁으로 다가갔다. 그러나 한실영감은 두 발짝도 못 가서 마당에 넘어지고 말았다. 한 놈이 발을 걸고 허뚱이는 영감의 등죽지를 다른 한 놈이 후려갈긴 것이다.

"나라가 섰는데 법이 와 없어, 나라법 안 지킬려는 놈한테만 법이 없지. 이놈의 영감태기, 유식한 아들 두었다고 행티 내나."

도리우찌 쓴 놈이 다시 등짝을 내리찍으며 내뱉었다.

"강재엽이를 사흘 안에 안 찾아내몬 멍석말이를 당할 줄 알아라. 우리 면에서, 아니 군에서 강재엽이 빠진 보도연맹이 있을 수 있냐고 사찰주임이 이 문형태한테 무안 준 걸 생각하몬 이가 갈린다."

시아버지가 폐를 보고 쓰러지자 너실댁이 흩어진 치맛말을 쥐면서 발딱 일어섰다.

"이놈들아, 이 개소만도 못한 놈들아, 니거는 집에 어른도 없나!"

가까이 있던 이복만이가 손을 대기도 전에 변 구장 아들놈의 발길에 너실댁은 힘없이 쓰러졌다. 외양간에 채 끌고 가지고 못하고 고삐를 쥔 채 너실댁의 막내딸이 울고 섰는데 소가 메에힝 하고 덩달아 울었다.

"이놈의 여편네야 니도 소라도 한 마리 끌고 시집왔으몬 온빨갱이 마누라 될 뻰 안했나. 저놈의 소를 어째 징용을 못 보냈을꼬. 형태성님도 보조순사 헛거 했는 기라."

이복만의 말에 문형태와 나머지 셋이 웃어댔다.

"그래도 니거 집 소는 보냈으니 니가 징용을 면했제."

"대학물 묵은 놈에게 시집 보낸다고 얼씨구나 소 한 마리 얹어 보냈더니 순빨갱이 사우 봤구만. 거기도 닦달을 받았을 텐데 이놈의 강재엽이는 산에라도 들어갔단 말인가."

이복만의 소리가 어둠살이 내리기 시작하는 한실영감 댁의 마당을 흔들고도 그들이 거기를 떠난 건 한참 뒤였다.

2

성엽 씨는 저만치서 제수씨가 머리에 점심을 이고 오는 걸 보고는 쑤셔오는 통증을 참으며 다시 허리를 굽혔다. 땅내를 맡아 제법 까뭇까뭇해지면서 장잎이 난 모 옆으로 찰랑찰랑한 물밑에 잠긴 풀을 뽑아 왼손에 옮겨 쥐면서 그는 흙발을 옮겼다. 두어 걸음 앞으로 동생 재엽이 김을 매고 있었다. 결국 멍석말이까지 당한 이틀 뒤에 알고 왔는지 모르고 왔는지 한밤중에 동생이 나타났다.

"지 때문에 고생 많았지요."

재엽 씨는 딱 한마디를 하고는 새벽같이 읍내 경찰서로 달려갔다. 그리고 일주일에 한 번 꼴로 서를 드나들었다.

성엽 씨는 동생의 마음이 궁금했다. 닷새 전에 지서 김 순경이 다니러왔을 때 성엽 씨는 난리가 났기는 났구나 싶었다. 다른 사람들에게는 구장을 통해서 이런저런 기별을 했지만 재엽 씨에게만은 언제나 지서에서 사람이 나왔다.

"소집일도 아닌데?" 재엽 씨의 말에 김 순경은 "전시 아니요, 전시."라고 답했다. 재엽 씨는 그날 본서에서 낮에는 일과에 종사하고 저녁에는 읍내사람들은 경찰서 무덕관에서, 면단위는 지서장 관할하에 국민학교에서 잠을 자라는 지시를 들었다.

이미 착수되고 있던 국민보도연맹 ××군지부에 재엽 씨는 선전부장 자리로 내정되었지만 집에서 거리가 멀다는 것과 다른 핑계를 대어 완강히 거절했다. 관할 경찰서장의 직접 통제를 받는 보련(保聯)은 위원장과 총무 · 재무는 지역의 우익 유력자들이고 사무국장과 조직 · 선전부장이 이른바 전향자들이었다. 재엽 씨는 그저 농사나 돌보면서 오라면 가고 가라면 왔다. 그들은 전향이라고 떠들고 또 도장까지 찍기는 했지만 재엽 씨에게는 전향이라는 말이 어불성설이었다. 일제 때는 나라를 찾고, 해방되고는 바르고 완전한 자주적 통일민족국가를 세우겠다는 생각이 틀린 게 아니라면 전향은 애초부터 있을 수가 없었다. 다만 산(山)으로 들어가지 않은 사람들을 두고 마음을 바꿔 먹었다고 생각한다면 그건 그렇게 생각하는 사람들의 자유였다.

1948년 12월 1일에 국가보안법이 제정 시행될 때부터 재엽 씨는 뭔가 심상찮은 기분을 느끼기 시작했다. 국민보도연맹의 결성은 국가보안법의 구체적 운용대책의 하나였다. 〈오인(吾人)은 천학미력(淺學微力)을 무릅쓰고 결사보국(決死報國)의 지성일념에서 감히 전향자 국민보도연맹을 기성(期成)하고자 하는 바이다〉라는 취의서와 같이 5대 강령이 제시되고, 49년 6월 5일 민전(民戰) 조사부장을 지낸 박우철을 초대 간사장으로 하여 서울에서 국민보도연맹이 결성됐다는 소식이 전해졌다. 재엽 씨는 전향 소속단체가 전농(全農) 전평(全評)을 포함한 20여 개 단체에 이른다는 걸 알고는 이건 공산주의자들의 전향을 빌미로 단정(單政)을 반대하고 이 박사와 친일파를 반대하는 민족주의자들에게 재갈을 물리려는 계책이라는 걸 간파하고는 몸을 피했다. 그러나 가족을 들볶으며 좁혀오는 압력을 이겨낼 수는 없었다. 산으로 들어가는 것을 선택하지 않은 자들에게 오직 하나밖에 남지 않은 길이었다.

한실영감과 성엽 씨가 먼저 봇도랑으로 나가 손발을 씻었다. 세 살짜리 아들놈을 앞세우고 아내가 다가오는 걸 보고 재엽 씨는 허리를 폈다. 흙탕물이 입가에 튀었는지 부근이 간지러웠다. 아들놈이 제 아비를 보고는 뒤뚱거리며 논길을 달려왔다. 손과 얼굴을 대충 씻은 재엽 씨는 그놈을 안고 도랑에서 끈적한 얼굴을 씻겨주었다.

면소로 질러가는 산허리 아래 그늘에 점심이 펼쳐졌다. 소가 조금 더 올라간 산그늘에 눈을 껌벅이며 매여 있었다. 김에 서려 숨이 죽은 삼베보자기를 벗기자 대소쿠리에 가득한 보리밥이며 냉국이 허기를 부채질했다. 재엽 씨는 탁배기를 사기그릇에 가득 채워 아버지와 형님에게 한 사발씩 돌리고 자신도 목을 축였다. 나무 그늘이라 해도 땅열이 들끓어 올랐다.

"진짜 난리가 났는가요? 읍내 갔다온 사람들 말로는 피난가야 할끼라고 한다는데."

너실댁이 시동생에게 말했다. 학구네는 밥을 푸고 있었다. 아들 준구를 안은 남편 입에서 무슨 소리가 나올까 싶어 그녀는 귀를 세웠다.

"가야 어디 갈 겁니까. 진주 아니면 마산이고 또 아니면 부산인데, 여기가 나을지 도회지가 나을지도 모르는 기고요."

성엽 씨는 동생의 말을 듣고는 얘가 어디로 혼자 갈 마음은 없나 보다 싶었다. 하기야 동생이 어떤 행동을 취한다 해도 그걸 사전에 입밖에 내지는 않을 것이었다. 안 듣고 모르는 것이 무서운 추궁이나 닦달을 받기는 마찬가지라 하더라도 가족들 마음 하나만은 편하리라는 걸 동생이 모를 리 없었기 때문이었다.

"삼팔선에서 총질한다는 소리야 장(언제나) 듣는 소리 아이가."

한실영감이 풋고추를 된장에 찍으며 말했다. 매미가 자지러지듯 울어댔고 그 사이에는 아무도 말이 없었다. 합숙을 명하는 것으로 보아 최악의 경우 보련사람들을 부산으로 강제 이송시키지 않을까라는 추측은 가능했다. 도민증이 서에 일괄적으로 회수된 상태에서 운신의 폭이 있을 수도 없었다.

준구놈이 소를 보고는 별으로 나가려는 걸 재엽 씨가 붙잡았다.

"에 덥다, 우리 준구 에 덥다."

그때 지게를 진 같은 부락 툇골영감이 산모퉁이를 지나 걸어왔다.

"어데 갔다 오노."

한실영감이 말했다.

"어제 쟁기를 놓고 갔다가 지고 안 오요."

"목이나 축이고 가거라."

성엽 씨가 주전자를 들었다.

"아이다, 됐다 그마. 많이들 들어라."

툇골영감은 멈추지도 않고 잰걸음을 놓았다. 무안해진 성엽 씨가 쥐었던 주전자를 재엽 씨가 받아들었다. 툇골영감이 나타났던 모퉁이로 이번에는 자전거를 앞세운 김 순경과 이복만이 나타났다. 뜻밖이었다.

"아따 한가들 하시네. 남들은 어른들 모신다고 이 불볕에 야단인데."

이복만이 길가의 돌멩이를 보란 듯이 논으로 차 넣었다. 눈이 따가운 햇볕에 먼지가 푸석거리며 날아올랐다.

"아이고 먼길 오시네. 더분데 탁배기나 한잔 하소."

성엽 씨가 이번에도 술주전자를 들고 일어났다.

"마, 시간 없다. 갑시다."

이복만이 투덜댔으나 김 순경은 잔을 받았다. 하늘빛 푸른 저고리가 땀에 젖어 후줄근했다.

"본서에서 인원점검 한다고 데리고 오라 캐서."

김 순경이 사발을 든 채 숨을 돌리고 재엽 씨에게 말했다.

"인원점검은 무신, 보호해 준다는 거지."

이복만이 뱁새 같은 눈으로 점심상을 내려보며 밸듯이 말했다.

학구네는 이 벌건 대낮에 왜 데려가나 싶어 입에서 말이 뱅뱅 돌았다.

"밤에 하모 안 되는가."

"난리가 났는데 낮이고 밤이고 어디 있소. 전시란 말이요, 전시!"

성엽 씨의 엉거주춤한 말에 이복만이 가래를 돋우었다.

"전향했으니까 그놈들이 보면 변절자고 배신자 아이가, 그러이 우리가 보호 안 해주몬 누가 해주것노 이거지."

"그마 니는 시끄럽다. 무슨 쓸데없는 소리를 해쌓노."

"와 내 말이 틀리요."

지서를 먹여살린다는 말이 틀리지 않게 면에서 두셋째 가는 지주의 아들답게 이복만이 성깔을 부렸다.

재엽 씨가 그때까지 손에 쥐었던 숟가락을 놓고 일어서자 "아무리 그래도 밥 묵던 사람을 데려가는 법이 어디 있노." 너실댁이 쏘았다. 준구가 바싹 제 아비 품으로 파고들었으나 재엽 씨는 애를 아내에게로 슬쩍 밀었다. 재엽의 처가 반쯤 일어나 애를 잡았다.

"갑시다. 우짜것소, 우리도 위에서 시켜서 하는 일이니."

그래도 끝까지 사람 좋게 말하는 김 순경을 보자 재엽 씨는 아버지 한실영감과 아들에게 눈을 돌렸다. 여기까지 데리러 온 거로 보면 일은 심상찮은 것이고, 그러면 결국 상당기간 동안 못 볼 얼굴이었다. 재엽의 처는 남편 얼굴은 바로 못 보고 손을 붙잡은 애에게 남편의 눈길이 가지 싶어 땀나는 줄도 모르고 아들의 손만 꼭 쥐고 있었다. 매미가 다시 자지러졌고 소가 그 소리에 답하듯 길게 울어댔다. 흙 묻은 베잠방이 바람의 재엽 씨는 소울음에 맞추기라도 하듯이 터덜터덜 걸음을 옮겼다.

3

재엽의 처는 며칠째 시아버지의 눈치를 살피고 있었다.

"안 되는 일도 없고 되는 일도 없다 안 캅니꺼. 그러이 돈이나 마련해서 말이라도 한분 넣어보입시더."

왜 그 말을 시아버지에게 바로 했냐 하면 넌지시 비친 자기 말을 큰동서가 그 이야기 같으면 바로 하는 게 낫다고 했기 때문이었다. 그 이야기란 돈마련인데 당장 현금 나올 데가 막막했다. 시집올 때 친정어머니가 해준 패물 몇 점은 남편 옥바라지에 벌써 없앴으니 남은 건 소뿐이었다.

남편이 밥도 뜨지 못하고 읍내로 간 다음 날 보련 가족들에게 식사를 넣어주라는 기별이 구장으로부터 왔다. 집에서 읍까지는 20리 길이 넘었다. 재엽의 처는 시아버지 말대로 읍내 장거리에서 국밥장사를 하는, 돌아가신 시어머니 쪽으로 걸린다는 아주머니에게 식사를 부탁하러 가면서 창원댁엘 들렀다.

"바쁘지만 우짜겠소. 내가 진현이 삼촌 바로 찾을 수는 없는 기고 하이 대신 만나서 이야기나 좀 들어주소. 언제까지 잡아둘 끼며 무신 좋은 방도가 있는 긴지. 내 지금 여름 음식 삼시 세때 나를 수는 없는 기고 해서 밥 부탁하러 읍내 가는 길인데."

논맬 일이 남았다고 멈칫거리던 창원댁은 "일보다 사람이 중하제"라는 남편 말에 일어섰고, 길을 가며 재엽의 처는 일이 잘되면 진현이 삼촌은 물론이고 창원댁에게도 보답을 꼭 하겠다고 몇 번이나 다짐을 주었다.

경찰서 앞은 밥을 나르는 사람들로 장사진을 이루고 있었다. 안에 갇힌 사람들 소식을 모르기는 먼저 온 이들도 마찬가지였다. 창원댁과 헤어진 재엽의 처는 시장거리로 가 국밥 한 그릇을 쟁반에 담아 줄에 끼었다. 그러나 밥만 들어가고 기다리라는 것이었다. 얼마나 지났을까 재엽의 처는 입초 순경이 지켜보는 앞에서 사환으로부터 비워진 그릇을 돌려받았다.

중천에 퍼질러 앉았던 해가 눈에 띄게 몇 걸음 뒤로 물러난 뒤에야 창원댁이 국밥집에 들어섰다.

"아이구 사람 기다리다 말라죽겠다."

창원댁은 물 한 사발을 다 마신 뒤 텅 빈 국밥집을 다시 살피고야 입을 열었다.

"큰 난리가 났는데 쉽게 풀어주겠소 카데. 전부 지 정신이 아니게 뒤숭숭한데 그런 만큼 빈 구멍도 안 있겠느냐고, 아무나 잡아 가둔 판이니 누구 하나 풀어줬다고 표가 날 것도 아닐 끼라면서 손을 쓴다몬 빨리 써야 될 끼라 카데. 자기도 언제 어디로 이동될지 모른다 카면서 시간 없다고 자꾸 안으로 들어갈라 안 카나."

창원댁의 말을 들은 재엽의 처는 솟아날 구멍이 보이는 듯했다. 하룻밤 묵으면서 어떻게 남편 얼굴이라도 볼까 하던 마음보다도 우선 돈을 마련해야 한다는 생각이 앞섰다. 그녀는 밥집 아주머니에게 품에 넣어왔던 은비녀를 건넸다.

난리판에 소가 무슨 값이 있을까마는 그래도 같은 난리판이니 그 돈이 그 돈일 것이었다. 가깝다는 진주나 밀양도 아니고 경성까지 가서 자기 손으로 학비 벌어 전문학교 다닌다는 신랑이니 일등신랑이었다. 온 마을이 사위 하나 잘 봤다고 떠들썩하고, 남자동생은 중학생이니 하나 남은 딸 시집보내는데 삼백석지기라고 소문난 그녀의 아버지가 기분을 내어 소 한 마리 얹은 것이 흉일 리도 없었다. 소야 몇 번 바뀌었지만 학구네에게는 매양 그 소였다. 특히 그 생각은 한실영감에게 더했으면 더했지 못하지도 않았다.

한실영감은 둘째며느리 말이 경우에 어긋난다고 여기지는 않았다. 오죽 답답했으면 그런 소리까지 입에 낼까 싶어 측은하기도 했다. 그러나 이런 때일수록 일은 일답게 처리해야 된다고 생각하는 한실영감이었다. 아들이 귀하고 소가 귀하고의 문제가 아니라, 아들 목숨과 소를 결부지어 생각한다는 사실 자체가 도대체 틀려먹은 거라고 한실영감은 헤아리고 있었다. 그러므로 소를 팔아 아들을 구한다는 식의 계산은 아예 머릿속에 들어올 수가 없었다. 그에게는 소는 소고 아들은 아들이었다. 더구나 둘째아들은 언제나 지금 이런 식으로 욕을 보고 바람을 일으키며 살아왔기에 한실영감은 서둘지를 않았다. 서슬 퍼렇던 일본놈의 감옥살이에서부터 해방되고 피해 다닌 일이며 잡혀간 일이 부지기수였다. 아들의 행적이 뒤숭숭한 시절 탓이기도 하겠지만 그놈의 불같고 바람 같은 성질은 누구를 닮았는지, 거기에 생각이 미치면 한실영감으로서는 가슴이 끓어올랐다. 하지만 두 눈 똑바로 뜨고 배웠고 술 처먹고 계집질 않고 사는 걸 보면 아들놈 생각이나 하는 짓이 틀렸다고는 한 번도 생각해 보지는 않았다. 그러니까 군정(軍政)이나 선거 전까지만 해도 온 면민이나 군민이 옳다고 아들을 따르지 않았는가 말이다. 남의 나라에서도 법대로 재판받고 풀려나고 하면서 명줄을 보존해온 아들이니 해방된 나라에서, 아무리 난리판이라 해도 그보다 못할 짓이야 당하겠는가, 그게 한실영감의 생각이었다.

그러므로 한실영감은 큰아들에게 의논해보지도 않았다. 하지만 시아버지 눈치나 보면서 안절부절못하는 며느리에게는 자기 의중을 말해 두는 게 낫겠다 싶어 오늘은 작정하고 빨래하느라 우물에서 물을 퍼 올리는 며느리에게로 다가갔다.

"그 뭐꼬, 니가 말한 그거는 좀더 기다려보자. 시상이 다 이치대로 가고 사람도 다 지각기 타고난 이치대로 사는 거 아니겄나."

한 바가지 물이 얼마나 무겁겠나마는 시아버지 소리에 재엽의 처는 반쯤 끌어올리던 바가지를 다시 바닥으로 떨어뜨리고 말았다. 출렁이는 우물 속에 흙 묻은 짚신을 신고 베잠방이 바람으로 걸어가던 남편의 모습이 깨어져 흔들렸다.

다음 날 그녀는 업기는 무겁고 걸리기는 어린 준구를 거의 둘러업은 채로 오뉴월 밤기운에 몸 상한다고 남편의 옷가지를 보자기에 싸 새벽 걸음으로 읍내엘 나갔다. 우선 밥집에 들러 아주머니에게 이야기를 들어보니 밥은 삼시 세때 빠지지 않고 넣었고 그릇은 깨끗하게 비워져 나온다는 것이었다. 그녀는 밥보따리를 들고는 서로 갔다. 그러나 밥을 넣고 나서 기다리면서 걱정만 태산같이 해대는 다른 사람들의 한숨 소리만 듣다 밥그릇을 챙겨 들 수밖에 없었다. 재엽의 처는 상리(上里)마을 진현이 삼촌 강 순경을 찾는다고 보이는 경찰마다 붙들고 이야기한 끝에 검정고무신과 옷보따리를 겨우 전달할 수 있었다. 그리고 다시 읍내로 달려간 건 이틀 뒤였는데 가두었던 사람들을 트럭으로 싣고 어디론가 갔다는 청천벽력 같은 소문을 듣고서였다.

이틀 전까지만 해도 굳게 닫혔던 경찰서는 지키는 사람도 없이 휑하니 비어 있었고 뒷마당에 퍼질러 앉은 사람들은 목을 놓아 통곡하고 있었다. 주워들은 이야기로는 어젯밤 경찰 철수와 같이 마산 쪽으로 싣고 갔다는 것이었다. 누구는 군인이 싣고 갔다고도 했다. 70리 길이 문제가 아니라 재엽의 처에게는 어제까지만 해도 어쨌든 국밥을 비워 내던 사람이 저 속에 있었는데 오늘은 없다는 사실이 기가 막혔다. 어수선하기 짝이 없는 경찰서 주위와 읍내를 넋이 나간 채 바라보던 재엽의 처에게는 어젯밤 날짜를 기억해 두어야 할지도 모른다는 생각이 달려들어 그녀를 더욱 무섭게 만들었다.

4

재엽 씨가 철사에 셋이서 묶이고 다시 포승줄로 두름처럼 엮힌 건 첫 잠이 겨우 들락 말락할 때였다. 카빈을 겨눈 경찰이 둘러싸고 눈 아래를 수건이나 보자기로 가린 사람들이 들이닥친 건 순식간이었다. 삼백 명이 채 못 되는 보도연맹 사람들은 서 앞의 트럭에 태워졌을 때야 군인들이 바깥에 또 있다는 사실을 알았다. 인근에 군부대가 없다는 걸 아는 재엽 씨였기에 그들이 후퇴 중이거나 일부러 파견된 부대라는 생각을 쉽게 할 수는 있었지만, 이토록 빨리 전황이 전개되고 뒤죽박죽으로 그들 자신이 처리된다는 사실은 쉬 받아들일 수가 없었다.

어둠이 주는 중압감 때문인지 둘러싼 경찰과 군인들의 숫자에 눌려선지 연맹 사람의 어느 누구도 소리 하나 지르지 못했다. 마산으로 호송한다는 사찰주임의 말을 믿지 않을 이유도 없었고, 오히려 그 말에 매달리고 싶은 심정이었다. 카빈을 겨눈 경찰과 군인이 올라타고는 차량은 불도 켜지 않고 어둠 속에 잠든 읍을 빠져나갔다.

꿇어앉거나 쪼그리고 앉은 옆 사람의 얼굴도 제대로 분간 못할 어둠이었다. 조금이라도 움직이는 기색만 보이면 어디서 날아오는지 개머리판이 사정없이 떨어져 옆 사람의 엉덩이에 깔린 다리도 빼낼 수가 없었다.

재엽 씨는 김 교장이나 그냥 전농에 가입했다는 거로 잡혀온 사람들의 마음이 어떨까 싶었다.

전향하라고 해서 전향한 사람들과 또는 그냥 마을서 말 깨나 한다는 사람들을 우격다짐으로 몰아넣어 놓은 게 보도연맹이었다. 일제 때도 보호관찰제도는 있었지만 그것은 어디까지나 사상범의 보호관찰이었다. 〈시국대응전선사상보국연맹〉을 흉내 낸 게 틀림없는 보련은 선정 기준이 애매하고 마구잡이였다. 이건 아예 대청과 경찰의 몽둥이와 총에 의해 급조된 단체였다. 기껏 한두 번인가 도에서 나왔다는 사찰계통 사람의 이 박사 선전 같은 훈시를 듣는 것이 사업의 전부였고 내놓고 대청의 행패에 몸을 던진 꼴이었다. 자신처럼 건준이나 인민위원회, 민전에 직접 가담한 사람도 있었지만 대부분은 해방되고 군정이 힘을 발휘하기 전까지 마을에서 말깨나 하던 사람들이었다. 말깨나 한다는 건 결국 자기 의견이 있거나 반대할 줄 안다는 것이고 반대란 점령군으로서의 군정정책과 친일배를 업은 이 박사의 남한단독정부수립 반대였다. 같이 묶인 김 교장만 해도 짧은 인민위원회 시절 교실 빌려주고 등사기 빌려주었다는 사실과 여운형이나 김구가 암살당했을 때 이 박사 때문에 나라가 걱정이라고 한 말밖에 잘못이 없는 사람이었다. 그런 사람에게 전향할 이쪽과 저쪽이 따로 있을 리가 없었다. 3백만이나 가입했던 전농(全農)에 이름만 그냥 얹었다가 평소 대청패들에게 밉게 보인 사람도 끌려와 있었다. 그런 거로 보면 위에서 할당된 인원이 있을 것도 같았다.

재엽 씨는 여기 서에서 심사를 하든지 아니면 마산이나 부산 가서 제대로 심사를 할 터이니 안심하라고 김 교장이나 그 비슷한 처지의 사람들에게 갇혀 있을 때 위로하기도 했지만 지금은 자신이 없었다. 서에서 자체적으로 심사를 하고 분류를 했는지는 모르지만 보련사람들은 그걸 알 리도 없었고, 지금 이렇게 같이 묶어 싣고 가는 걸 보면 갑이고 을이고 하는 것도 아무 소용이 없는 노릇이었다.

그러나 전쟁포로도 죽이지 않는다는 사실을 알고 있는 재엽 씨로선, 그리고 상황이 바뀌어 협조하거나 부역한 것도 아니기 때문에, 그냥 심정적인 좌익이라고 해서 어떤 일을 함부로 하리라는 생각은 트럭이 어디선가 멈추었을 때까지도 할 수 없었다.

어쨌든 트럭 중 어느 한 대가 고장이거나 휴식이 아니라면 차가 멈춘 게 좋은 일은 아니었다. 그들로서는 마산이든 부산이든, 어느 수용서거나 감옥에라도 빨리 들어가 앉아야 했던 것이다.

"하차"라는 소리와 같이 그들은 길바닥에 굴러떨어지고 내팽개쳐졌다. 도무지 어느 곳인지도 알 수 없는 길가였고 길의 폭이 국도도 아닌 것 같았다. 달려온 시간으로 본다면 그들이 출발했던 군(郡)은 벗어나 있었고 마산으로 곧장 가지를 않았다는 것도 알 수 있었다. 두리번거릴 사이도 없이 그들은 총구에 밀려 산모퉁이로 접어들었다. 인가(人家) 한 채 보지 못한 채 돌에 채이고 나뭇가지에 긁히면서, 같이 묶인 사람 중 하나가 헛발을 놓으면 같이 엎어지면서 그들이 숨차게 도착한 곳은 어느 못가였다. 그러나 물을 다른 데로 뺐는지 저수지를 따로 만들고 그냥 내버려 두었는지 거의 늪 같은 곳이었다.

재엽 씨는 '이게 아닌데'하는 그런 생각뿐이었다. 못을 뒤로 하고 손이 뒤로 묶인 사람들이 개머리판의 난무 속에 서너 줄로 늘어섰을 때 재엽 씨는 별도 없는 먹장 하늘을 우러러보았다. 이렇게 죽일 리가 없다. 우리는 백번 양보해서 전향자일 뿐이다. 무엇인가 잘못된 것이다. 끌고온 저들이 받은 명령대로 하고 있지 않은 건 아닐까. 저들이 적(敵)이라 부르는 적을 보지도 못한 우리가 왜 죽어야 하는가. 우리는 밀고 내려오는 쪽에 동조 협조할 우려가 있다는 애매한 판단 하나로 민주적 식자계급을 몰살시키려는 흉계의 희생물이 되고 마는 것인가. 그는 아내나 아들의 얼굴 하나 어두운 하늘에서 찾아내지 못했다. 그리고 자신의 생각이나 추리가 맞다 하더라도 그것을 인정할 이유도 물론 찾아낼 수는 없었다.

"누구의 명령인가? 이런 일을 나라에서 시킬 리가 없다!"

재엽 씨는 고함을 쳤다. 그와 같이 대열이 무너졌고 고함소리와 비명소리가 터져 나왔지만 곧 총소리만이 아직 새벽이 오기 전의 골짜기를 가득 메웠다.

5

마산 가는 길의 산 골짜기에서 콩 볶는 소리가 났다는 소문이 있어 성엽 씨가 새벽에 나가 해거름에 돌아왔지만 그는 동생을 찾지 못했다. 삼백 명쯤 된다는 소리도 있고 그보다 더 된다는 소리가 있는 그 많은 사람들이 도대체 어디로 갔단 말인가. 알려줄 리도 없지만 경찰도 이미 철수한 뒤였고 문형태나 이복만이는 그보다 먼저 사라져버렸다. 인근의 저수지나 골짜기이라는 소문이 그 뒤에도 있어 가보았지만 성엽 씨는 허탕을 쳤다. 그리고는 처음 보는 군인들이 나타난 뒤로 그는 마을 밖을 벗어나는 일이 자유롭지 못했다.

재엽의 처는 읍에서 남편을 싣고 간 날을 꼭 기억해 두어야 한다는 생각이 달려들 때마다 하늘이 깜깜했다. 부산 제 고모집에서 여학교를 다니는 큰딸이 이 난리판에 부모 찾는다고 시골로 올라올 리도 없겠지만 그것도 걱정이었다. 밤에는 옆에 잠든 이 애들이 영영 지 아버지를 못 보는 게 아닌가 싶어 이불을 덮어쓰고 한없이 울었다.

산이 흔들리는 것 같은 엄청난 소리를 내며 하늘을 나는 비행기를 보는 날이 잦아졌고 그럴 때쯤에는 성엽 씨나 재엽의 처도 사라진 사람을 찾는 일도 그저 마음뿐이었다. 그때부터 한실영감은 소를 끌고 자주 앞산의 굴로 들어갔다. 무슨 종이쪼가리 같은 걸 주고는 소를 끌고 간다는 소문이 있었던 것이다. 그렇게 크지는 않지만 저절로 생긴 굴이 일제말기 때는 엉터리 방공호로 불리기도 했다. 그러나 사용된 적은 한 번도 없었다. B29인가 쌕쌕인가 하는 것이 닭똥 같은 걸 쏟아 부으면 온통 불바다가 된다고 그것을 직접 보았다는 사람들이 늘어갔다.

피 묻은 광목을 두른 군인들이 매일같이 북으로 올라가던 어느 날 한실영감은 오랜만에 소를 끌고 집으로 돌아왔다. 육십 평생 처음 가져보는 소라서 애지중지한다기보다는 아들놈 바람이라도 재워보려고 서둘러 장가를 보냈고 그때 머느리가 데려온 소였기에 그로선 소중한 놈이었다. 그리고 이제는 아들이 살아 돌아올 가망이 거의 없는 지경이기에 소를 살려야 했다.

재엽의 처는 언제부터인가 소가 보기 싫어졌다. 오늘도 그녀는 시아버지 손에 끌려 집으로 들어서는 눈만 꿈벅이는 그놈을 애써 외면했다. 그러나 얼마 뒤 집이 흔들리고 대밭이 울렁이자 외양간에 제일 먼저 달려간 건 그녀였다.

"아—들이나 데꼬 날래 피해라!"

한실영감은 고삐를 틀어쥐고 재빨리 집을 나섰다. 너실댁과 재엽의 처는 애들을 몰아 거기가 거기인 대밭으로 뛰어들었다. 비행기가 날고부터 동네사람들이 앞산의 굴로 뛰어든 적은 한 번도 없었다. 도대체가 비행기 소리만 났다 하면 간이 얼어붙는 판에 멀리 어디로 뛴다는 건 생각해 볼 수도 없었다. 그러나 한실영감은 소 때문이라도 한사코 굴을 찾아들었다. 그날따라 그냥 가슴만 콩알처럼 졸여놓고 소리만 남기고 지나가던 비행기가 한참이나 마을 위를 맴돌았다. 한실영감은 논을 가로질러 소와 같이 뛰었다. 그는 아예 하늘은 쳐다보지도 않았다. 그러나 무슨 불 같은 무쇠꽂이가 눈두렁에 퍽퍽 박히고 껑충 뛰어오르는 소와 같이 그도 논바닥에 쓰러지고 말았다. 한번 자빠진 소는 다시는 일어설 줄을 모르고, 숨이 막힐 듯 가슴 뜨끔하게 쇳덩이가 박힌 한실영감의 배에서는 피가 쏟아지고 있었다. 소에서 나는 것인지 한실영감의 몸에서 흐르는 피인지도 모를 피가 물이 찬 논바닥을 적실 때, 하늘에는 그냥 아무것도 없었다.

방화

마루의 벽시계가 열 시를 알렸다. 마지막 괘종 소리가 끝나자 기다리기라도 한 듯이 큰방에서 어머니가 불렀다.

"성훈아, 성훈아!"

어머니는 같은 말을 한 번으로 끝내는 일이 없었다.

"나가봐라, 나가봐. 늦으시는가 보다. 술을 잡수시는 게지."

어머니는 누워계신 채였다. 불을 켜지 않아 방안은 어두웠고 썰렁한 바람이 떠도는 느낌이었다. 나는 열었던 방문을 다시 닫고 내 방에서 점퍼를 걸쳤다. 중학교 3학년인 바로 아래 동생이 책상 앞에서 졸고 있었다. 나는 등을 두드려 그 밑의 동생이 자고 있는 이불 속으로 들게 했다.

대문을 밖에서 닫아 붙이고 골목길로 나섰다. 골목이 끝나면 택시 정도 다닐 수 있는 언덕길이었다. 가게마다 켜놓은 불빛이 경사진 길을 토막지어 놓았다.

삼거리는 제법 활기에 차 있었다. 그러나 내가 기다려야 하는 반대쪽 길은 어두웠다. 나는 도로를 건너 어둠의 저편에 섰다. 거기에는 구획정리가 끝난 공터가 철길을 따라 펼쳐져 있었다. 철길가의 판자촌은 지난봄에 철거되었다.

버스에서 내린 사람들은 재빨리 거리를 가로질러갔다. 정류소에는 칠팔 명의 손님들이 서 있었고 취객들이 자동차의 헤드라이트가 닿을락 말락 한 지점에서 오줌을 누고 있었다. 나는 정류소가 한눈에 들어오는, 자동차의 불빛이 닿지 않는 곳에 서 있었다. 아버지는 좀체 늦는 일이 없었다. 열 시를 넘긴다는 것은 어머니 말마따나 술이라도 마시는 날이었다. 그런 날이면 나는 오늘처럼 정류소에서 아버지를 기다려야 했다. 아버지는 술을 잘 마시지 못했다. 아버지는 동회 사무장이었다.

이상스러운 여자 몇 명이 아까부터 바람 부는 정류소를 배회하고 있었다. 그들은 행인들에게 조심스럽게 다가가 말을 붙여보고는 다시 같은 길을 어슬렁거렸다. 철도공작창이 자리 잡고 있는 곳으로 몇 채의 무허가 하숙들이 있었다. 그것은 11월의 쓸쓸한 불빛으로 납작 엎드려 있었다. 여자들은 거기서 나온 것이리라. 여자 하나가 내 곁으로 다가왔다. 아주 작은 키였다. 나는 외면했다. 여자는 그냥 지나갔다. 그리고는 다시 돌아와 "춥지? 나와 가지 않을래? 따라와도 돼."라고 내 턱 밑에서 말했다. 나는 고개를 흔들었다. 여자의 목소리는 조금 쉰 듯했고 관절의 마디마디를 손으로 어루만지는 것 같았다.

"괜찮을 텐데. 왜 그래? 따라와!"

나는 계속 고개를 흔들었고 조금 비켜섰다. 여자는 슬리퍼 소리를 내며 정류소 쪽으로 걸어갔다.

다시 버스 한 대가 도착했다. 네 명이 내렸고 한 명이 탔다. 아버지는 없었다. 철길 건너 바다 쪽에서 차가운 바람이 계속 불어댔다. 바다 냄새와 석탄 냄새가 뒤섞인 바람이었다. 바람과 흔들리는 풀과 발밑에 밟히는 쓰레기와 그런 것을 둘러싸고 있는 어둠이 재빨리 지나가는 자동차 불빛들과 엇섞여 나를 들뜨게 했다. 아마 키 작은 여자의 쉰 듯한 목소리가 더욱 그렇게 했으리라. 나는 알지 못하는 내 내부의 부풀림과 달아오름에 가만히 몸을 떨었다.

봄에 수학여행을 마치고 돌아왔을 때였다. 가족이 마중을 나온 아이들에겐 선물과 재미있는 이야기와 목욕이 기다리고 있었지만, 갈 때처럼 혼자인 아이들에겐 참으로 어중간한 시간이었다. 4시. 나는 역 광장에 머뭇거리며 서 있었다. 아이들은 가족과 또는 저희들끼리 삼삼오오로 흩어졌다. 그때 같은 반의 아이 셋이 다가왔다. 말대가리와 그의 친구였다.

"야, 별 볼일 없으면 같이 가자."

말대가리가 말을 걸었고 나는 고개를 끄덕였다. 그들은 버스를 타고 어선들이 정박하는 부두로 갔다. 그곳은 지저분했고 비린내와 기름 냄새가 뒤섞여 악취가 났다. 해안통 골목에 자리한 허름한 가정집인데 이층에 올라가니 다다미방이 있었다. 그들은 '밀주집'이라 불렀다. 술을 시키고 여행 가방에서 아이들은 담배를 꺼냈다.

"너도 피워."

말대가리가 한 개비를 던졌다. 두 모금째에 목이 막히고 눈물이 났다. 그러나 무엇보다도 머릿속으로 안개 같은 것이 차오르고 어지러웠다.

"하하하."

그들은 벽에 기대어 크게 웃어댔다. 그러나 젖빛의 빽빽한 술은 담배와는 달리 내 마음과 머리를 조금씩 편안하게 했다.

그들은 부두 쪽이 불빛으로 북적거리자 사복으로 갈아입었다.

"이제부터가 진짜다. 마음 있으면 돈 내고 따라와."

나는 말대가리에게 돈을 주었다. 그들은 몇 개의 길을 익숙하게 빠져나갔다. 여인숙 간판이 자주 눈에 띄는 모두가 엇비슷한 골목이었다. 나는 대뜸 거기가 어딘지를 알아챘다. 교실에서 아이들이 수군대는 '번지'였다.

"네 명이야. 얘는 깝대기고."

말대가리가 싱글거리며 잠옷처럼 긴 옷을 입은 여자에게 말했다.

"알 게 뭐야."

여자는 내 쪽을 흘깃 보더니 내뱉듯이 말하고 앞장서 이 층으로 올라갔다.

계단은 학교의 그것처럼 삐걱거렸다. 나는 제일 끝방에 들어갔다. 햇빛이 잘 들지 않는지 방안은 퀴퀴한 곰팡이 냄새가 났다. 가방을 든 채 멍하니 서 있으려니 문이 열리면서 여자가 들어왔다. 키가 작았다. 여자가 방으로 들어서는 순간 화장품 냄새가 코를 찔렀다. 그것은 눅눅한 방안의 공기에 뒤섞여 내 속을 온통 뒤흔들어 놓았다. 여자는 껌을 씹고 있었다.

"왜 서 있어? 목수가 지었는데."

여자는 재빨리 이불을 폈다.

"야, 서 있다 갈래? 시간 없단 말야!"

나는 주춤주춤 앉았다. 여자는 계속 껌을 씹었다. 불을 끄니 껌 소리만이 이상한 냄새로 가득 찬 어둠을 맴돌았다. 멀리서 자동차 경적 소리와 사람들의 다투는 소리가 들려왔다. 화장품 냄새는 내가 잘 맡지 못하던 것이었다. 어머니는 화장을 하지 않았고 누나도 없었다. 하나 있는 여동생은 이제 국민학교 6학년이었다. 그 대신 집 구석구석에서는 어머니의 한약 달이는 냄새와 빨래 삶는 냄새, 그리고 오래된 집에서 맡을 수 있는 모든 냄새가 배어 있었다. 그러나 무엇보다도 껌 소리에 견딜 수가 없었다. 나는 빨리 서둘러야 한다고 피를 뜨겁게 해야 한다고 스스로를 다그쳤다. 말대가리의 커다란 입과 누런 이빨을 떠올리며 기를 썼다. 저건 시계소리야, 집 마루의. 그것을 멈추게 해야 돼. 그러나 나는 곧 뛰쳐일어나고 말았다. 집으로 돌아가는 밤길에서 나는 자신이 미워 견딜 수가 없었다.

계속 불어대는 찬바람에 귓불이 시려왔다. 공터의 어둠속 어디서 토악질하는 소리가 들렸고 깔깔대는 여자 웃음소리도 들렸다.

그때 아버지가 버스에서 내렸다. 나는 가만히 불빛 쪽으로 나가 아버지의 팔을 잡았다.

"응, 너구나."

아버지는 심하게 비틀거리지는 않았다. 그러나 길을 건널 때에는 내게 몸을 많이 기댔다.

"다들 자니?"

"네."

"술을 조금 마셨다. 거절 못할 자리라서."

아버지는 집이 가까운 비탈길에서 내 손을 가만히 떼어 놓았다.

"혼자 걷겠다."

모든 사람들이 그 동네에서 우리 집을 알고 있었다. 나는 그 집에서 나서 지금까지 자랐다. 아버지는 천천히 오르막길을 올랐고 나는 조금 비켜서서 걸었다. 가게 주인 몇이 인사를 했다.

"오늘은 늦으십니다."

아버지는 아무 말 없이 고개를 끄덕여 답례했다. 그러나 집으로 들어서는 골목길에서부터 나는 아버지를 부축해야 했다.

밤새 아버지는 마루의 요강에다 토했다. 그때마다 어머니가 따라 나와 "아이고 못 자시는 술을 뭐 한다고 이리 자셨소. 못 하시는 술을." 하고 아버지의 등을 토닥토닥 두드렸다.

나는 마루의 소리를 들을 때마다 이불속으로 깊이 파묻혔다. 시계가 두 번을 쳤다. 벽시계의 똑딱임이 크게 내 방으로 흘러들어 왔다. 그러나 12시가 되려면 아직 5분이 남았다. 시계는 언제나 5분이 빨랐다.

"빠른 건 괜찮다. 그래야 사람이 실수가 없지."

시계의 태엽을 감을 때마다 아버지는 말했다.

나는 자리에 누워서도 집안의 모든 구석구석을 손으로 만지듯 집어낼 수 있었다. 대문의 벗겨진 페인트가 어떤 그림을 그리고 있으며 다락에 놓인 물건의 순서, 그리고 비가 오는 날이면 삭아 떨어진 함석통 어디쯤에 물이 새고 있다는 것도. 그러나 화단만큼은 그렇게 잘 알지 못했다. 동네사람들은 우리 집을 〈정원집〉이라 불렀다. 집보다 정원이 더 낫다는 말도 했다. 화단을 가꾸는 것은 아버지의 유일한 취미였고 낙이었다. 그러나 나는 정원 일을 돕지 않았다. 일요일에 아버지가 일을 시작할 쯤에는 무슨 핑계를 만들어서라도 반드시 밖으로 나가버렸다.

모든 꽃나무에서는 아버지의 냄새가 났다. 줄기와 덩굴, 잎들은 아버지의 권태가 무위로 자라나고 꽃 피우는 것 같았다. 정원이라 해서 그렇게 넓은 것도 아니었다. 앞집이 이 층을 올리기 전만 해도 앞이 트여 바다가 보였고 그런 대로 시원한 느낌을 주었다. 그러나 할머니가 돌아가시기 2년 전에 앞집에서 하숙을 친다고 이 층을 올리는 바람에 정원은 아주 좁고 궁색해 보였다.

"아유, 너거 애비 언제 돈 벌어 이 할미 툭 트인 바다 보고 살꼬."

할머니는 자주 그렇게 탄식하였다. 그러나 그 말을 아버지 앞에서 한 적은 한 번도 없었다.

"아이구 저놈의 상장이나 시계 받으믄 뭐하노. 돈을 많이 주든지 높게 만들어주지."

아버지는 본래 장남이 아니었다. 큰아버지가 6·25 얼마 뒤, 병으로 돌아가시는 통에 할머니를 모시게 된 것이다.

아버지는 이제 잠이 들었는지 거친 숨소리가 시계추 소리와 엇갈려 들려왔다. 큰방과 마루에서 뒤섞여 들리는 숨소리와 똑딱임에 나는 조금씩 갑갑해져갔다. 이불을 목에서 걷어내었다. 동생들은 이불을 걷어찬 채 모로 누워 자고 있었다.

그날 밤 나는 어지러운 꿈에 시달렸다. 벽시계를 떼어 꽃밭에 깊이 깊이 묻었고, 어느 쓸쓸한 폐허에서 키 작은 여자와 싸우기도 했다.

아버지는 언제나처럼 7시 40분에 집을 나섰다. 새로 옮긴 동회가 집에서 정반대되는 곳이라 출근이 빠른 편이었다. 나는 어머니에게 공납금을 받아야 했기에 보통 때보다 조금 늦었다.

"내년엔 고등학교가 둘, 중학교가 둘이다. 이놈의 일을 우찌할꼬, 이놈의 일을."

어머니는 돈을 세어 주며 말했다. 나는 마루에 우두커니 서 있기만 했다.

거리는 건조하고 차가운 바람 속에 햇살이 투명하게 부서져 내리고 있었다. 정류소에서 나는 버스를 기다렸다. 우연히 다른 노선의 정류소에 서 있는 아버지가 눈에 띄었다. 좀처럼 없는 일인데 오늘은 내가 조금 늦었기 때문인 것 같았다. 나는 별 생각 없이 아버지 쪽을 지켜보았다. 학교 방향의 버스가 왔으나 나는 타지 않았다. 집 밖에서 아버지를 보는 일은 거의 없었다. 야릇한 호기심이 가슴속을 스멀거렸다. 나는 정류소에서 조금 떨어진 담뱃집 앞에서 아버지를 지켜보았다. 이윽고 버스 한 대가 왔다. 철길가의 철거민들이 우리가 사는 동네 너머 개활지에 이주했기 때문에 버스는 언제나 만원이었다. 버스는 정류소를 약간 벗어나 멈추었다. 아버지는 대부분이 학생들인 무리에 섞여 달려갔다. 세 명이 힘겹게 내렸고 여섯 명이 달라붙었다. 아버지는 발판에 발을 올린 사람 중 제일 마지막이었다. 문을 닫지도 않은 채 버스는 조금씩 미끄러지기 시작했고 차장은 매달린 사람들을 밖으로 밀어내려 했다. 아버지는 한손에 서류봉투를 들고 있었기 때문에 한쪽 팔로 매달려 있었다. 아버지 옆의 고등학생 하나가 무어라 투덜대며 뛰어내렸다. 버스는 속도를 붙이기 시작했고 순간, 아버지의 몸이 휘청 돌더니 그대로 바닥에 떨어졌다. 나는 잠시 눈을 찡그리며 하늘을 쳐다보았다. 아버지 쪽으로 달려갈 수 없었다. 오히려 발은 여름날 눅진눅진한 아스팔트에 달라붙기라도 한 듯 꼼짝도 않았고 손은 땀으로 흥건히 젖어 있었다. 그리고 자신도 모르게 언덕길에서 내려오는 빈 택시에 손을 번쩍 들고는 숨듯이 뒷좌석에 파묻혔다.

학교에서는 바다가 보였다.

학교는 일제시대 때 사립으로 세워져 꽤나 명문이었으나 세월이 지남에 따라 전통과 명예를 곶감 빼먹듯이 빼먹었고, 퇴락하는 목조교사와 같이 점차 3류로 전락하고 있었다. 아이들은 거칠고 언제나 시끄러웠다. 선생들은 자주 "너희들의 선배들은……. 전통 어린 우리 학교가……." 라는 식의 서두를 꺼내곤 했지만 그것은 학생들에게 하는 소리라기보다는 3류 인문계 선생이라는 자신들의 자위책에 가까웠다.

점심을 먹고 나니 바람이 강하게 불어왔다. 창이란 창은 모조리 꼭꼭 닫혀 있었다. 아이들은 햇볕이 드는 창가의 책상 위에 걸터앉아 떠들어댔다. 햇살에 뿌연 먼지가 떠돌았다. 나는 내 자리에 가만히 앉아 있었다. 운동장에는 모래바람이 일어 뛰노는 아이들도 없었다. 내 머리는 어젯밤의 혼란스럽고 비밀스런 꿈과 아침에 목격한 아버지 모습으로 무거웠다. 먼지는 짜증나게도 내 몸 가까이에서만 맴도는 것 같았다. 비듬과 같이 머리가 지근거렸다. 가슴이 답답하고 머리로 열이 올랐다. 목덜미가 간지러웠다. 칼라 때문만은 아니었다. 소매를 한번 털어보니 먼지가 피어올랐다. 교실 안의 혼탁하고도 마른 먼지가 모두 내 몸에 덕지덕지 가라앉는 것만 같았다. 그것은 아이들의 떠드는 소리와 같이 나를 옥죄어 왔다. 나는 견딜 수가 없었다. 나는 자리에서 벌떡 일어났다. 나는 모래바람 날리는 운동장을 뛰기 시작했다. 몸이 천 근이나 무겁다는 생각에 더욱 빨리 달렸다. 두 바퀴를 도니 숨이 찼고 땀이 났다. 그러나 나는 멈추지 않았다. 교사 쪽으로 막 몸을 돌리려니 이 층 내 반의 유리창이 열리며 누군가가 얼굴을 내밀고 소리쳤다.

"야아, 미친놈!"

말대가리였다. 그러나 나는 네 바퀴나 돌고 5교시 시작을 알리는 종소리를 듣고서야 멈추었다. 기름 먹인 나무계단을 오를 때 휘청거리는 다리로 미끄러질 것만 같았다. 하교할 때까지 심장이 요동쳤다.

학교 아래 해안도로 밑으로 방파제가 있었다. 내항을 가로막는 두 개의 방파제 중 하나였다. 내항은 원양어선이나 연안여객선들이 정박하는 곳이었다. 방파제는 출입금지구역이었으나 나는 관계치 않았고 단속된 적도 없었다.

내가 하교 후 그곳을 찾는 데는 집으로 빨리 들어가고 싶지 않다는 것 외에 또 다른 이유가 있었다. 집에서는 방과 후 학원에 가는 것으로 알고 있었다. 그리고 실제로 나가기도 했다. 사흘 동안 밝은 형광등 아래 강사의 목소리와 칠판을 사그락대는 분필 소리밖에 들리지 않는 지극히 정숙하고 깨끗한 강의실에서 단정한 교복이나 사복을 입은 남녀학생들 틈에서 나는 숨이 막힐 지경이었다. 칠판은 언제나 내가 알지 못하는 음모들로 가득 채워지곤 했다. 그러나 무엇보다도 5분 빠른 벽시계의 추처럼 반복되는 질식할 것 같은 집과 아버지에 대한 답답함이 풀리지 않고서는 어려운 수학 문제의 정답도 결코 아무 소용없다는 것을 나는 알고 있었다.

겨울로 다가서는 바닷바람이 파도를 가득 감아올려 방파제의 석축을 때렸다. 몇 명의 낚시꾼들이 두터운 겨울옷을 입고 등대 근처에 앉아 있었다. 건너편 해안에서 뻗어 나온 방파제는 등대에 가리어 보이지 않았다. 하얀 등대 하나가 바다에 떠 있는 것처럼 보였다. 건너편은 산중턱까지 집이 들어차 있었다. 그곳은 커다란 산 하나로 이루어진 섬이었다. 도시는 넥타이를 풀어놓은 것처럼 길었고 거의 모든 집들은 우리 집이 그러하듯 산언덕에 어지럽게 자리 잡고 있었다. 그래서 얼마 전부터 새로운 도시 계획으로 산을 깎아 택지로 조성한 뒤 아파트를 짓고 있었다.

지난 일요일 날 어떻게 빠져나갈 경황도 없이 아버지를 따라 돌을 줍기 위해서 집 뒷산에 올랐을 때—집의 정원은 그렇게 하나씩 날아오는 돌로 꾸며지고 있었다—뻘건 황토의 속살이 파헤쳐진 산허리를 보면서 지나가는 소리로 아버지가 말했다.

"몇 년 전에 이런 야산 하나쯤은 어떻게 하기 쉬웠는데."

그다음 말은 없었지만 시청 사람들과 적당히 해서 불하받을 수도 있었다는 이야기인 것 같았다. 그 말은 참으로 나를 혼란스럽게 만들었다. 그럼 아버지에게도 할머니가 원하던, 돈을 벌어 이 층을 올리고자 하는 마음이 있었단 말인가. 아버지에게도 악의 끈이 드리워져 있었다는 말이 아닌가. 사실 아버지는 내가 장남이라 해도 내 위로 형 하나와 누나 하나를 어려서 잃었기 때문에 나이가 많은 편이었다. 그러나 50이 내일 모레이면서도 만년주사였고 더 이상의 승진은 기대할 수도 없었다. 그러나 나의 혼란은 시간이 지남에 따라 아버지의 새로운 면모를 발견하기보다는 오히려 내가 알고 있는 어떤 사실들을 고정화시키는 것으로 끝났다.

그것은 시장에게서 받은 벽시계와 그 벽시계의 5분 빠름. 그리고 화단의 꽃나무에서 묻어나는 아버지의 체취와 집 밑바닥까지 속속들이 배어 흐르는 한약 달이는 냄새 속에 찌든 일상이었다.

내항 쪽에 정박한 배들이 불을 밝히기 시작했다. 어둠으로 덩어리진 섬이 산중턱까지 불빛의 띠를 두를 때 나는 방파제에서 나왔다.

집으로 돌아간다는 것은 언제나 거북등처럼 두꺼운 곽 속으로 들어가는 기분이었다.

집은 여전히 그대로였다. 동생들은 방과 마루에서 책이나 텔레비전을 보고 있었고 아버지는 신문을 읽고 있었다. 막내동생을 낳은 뒤로 시름시름 앓기 시작하여 자주 자리에 눕는 어머니를 제외한다면 집은 극히 정상이었다. 가끔 나는 내가 집으로 돌아왔을 때 동생 중의 하나가 밖에서 뛰놀다 다리를 부러뜨리거나 좀 심하면 가족 중 누군가가 교통사고라도 났으면 하는 생각에 사로잡힐 때가 있었다.

할머니가 살아계실 적에는 사촌형들이나 친척들이 가끔 찾아오곤 했지만 할머니가 돌아가신 뒤로는 외부 사람들의 발길은 뜸해졌다. 어머니가 언제나 아프기 때문에 동생들은 동네 아이들을 불러와 노는 일이 없었다. 그것은 나도 마찬가지였다.

"이제 오니. 씻고 밥 먹어라."

안경을 벗으며 아버지가 말했다. 아버지는 이발을 하였는지 아주 단정하게 보였는데 그래서인지 오히려 피곤하고 허약해 보이기도 했다. 옛날 대대적인 호적개편작업을 할 때 동서기였던 아버지는 우수공무원으로 뽑혔고 벽시계와 같이 안경까지 덤으로 쓰게 되었다. 아버지를 보는 순간 낮에 운동장을 뛸 때의 숨참이 내 맥박에 다시 한 번 전해지는 기분이었다. 내 방에 놓인 밥상을 끌어당겼지만 목이 말라 숭늉만 들이켰다. 택시비 때문에 내지 않고 그대로 넣어둔, 공납금이 든 책가방 쪽으로 눈이 자주 갔다.

다음 날 나는 학교에 가지 않았다.

아침 거리를 돌아다니다 2본 동시상영 영화관엘 들어갔다. 같은 영화를 세 번이나 보았다. 밖으로 나가니 집으로 돌아가는 중학생들이 보였다. 저녁과 밤을 학교 밑 방파제에서 보냈다.

이틀째에는 모든 사람들이 조금 늦은 아침거리를 걷는 나를 쳐다보는 것 같았고 누군가 나를 불러 세울 것만 같았다.

나는 결코 말대가리 같은 아이들처럼 며칠이고 배짱 좋게 학교를 빼먹을 수는 없었다.

다음 날은 아침부터 비가 내렸다.

담임에게 불려가 잔소리를 듣고 뺨을 몇 차례 맞았다. 무단결석이 잦았기 때문에 담임은 결석생들을 언제나 거칠게 다루었다.

비는 점심시간 무렵에 그쳤고 검은 구름이 비워낸 하늘은 초겨울의 단단하고도 청명한 푸른빛으로 채워졌다. 나는 5교시부터 계속 창밖의 하늘과 바다에 빠져 있었다. 6교시는 물리였다. 이상스러운 공식과 작용, 그 과목은 온통 힘(力)만을 가르치는 것 같았다. 바다는 이제 청동 빛이었다. 교실 밖으로 보이는 바다는 한정된 시계로 조금 단조로웠다. 그러나 바다의 색깔은 햇빛에 의해 자주 그 몸을 바꾸었다.

"사색하시나?"

나는 고개를 돌렸다. 어느새 턱까지 괴고 있었던 모양이다.

"필기는?"

그러나 나의 물리공책은 몇 줄의 낙서와 형체를 알 수 없는 그림뿐이었다. 그리고 교과서 대신 소설책이 올려져 있었다. 나는 아무 표정 없이 선생을 올려보았다.

"이 녀석 보통이 아니군. 잘못한 주제에 빤히 쳐다보기는. 일어서!"

그러나 미처 바로 서기도 전에 나는 주저앉고 말았다. 그의 주먹이 내 얼굴에 날아들었던 것이다.

"일어서!"

겨우 몸을 일으키자 그의 주먹이 다시 한 번 얼굴을 때렸다.

"이따위 소설이 내 설명보다 더 중요해! 응?"

그날 나는 미친개에 물렸다.

그는 좀처럼 학생들을 손대지 않았는데 대신 한번 때렸다 하면 아주 심했다. 거의 괴팍하달 정도로 그는 자기 성에 받쳐 아이들을 때렸다. 그래서 그는 술꾼이라는 뜻의 술고래와 함께 미친개라는 두 개의 별명을 갖고 있었다. 오늘은 내가 걸려든 것이다. 마침내 입에서 피가 터졌다. 나는 급장에게 이끌려 동편 수돗가로 갔다. 입안이 찢어진 것 같았다. 십여 분이 지나 교실로 돌아오니 선생은 수업 대신 다른 이야기를 하고 있었다.

"한번 잘못 디딘 길은 빠져나가기가 힘들어. 지금이 어느 때냐? 길을 찾고 있을 때가 아니야? 일단 한 번 들어선 길은 좀처럼 바꾸기가 힘든 게 인생이야. 가능성이란 언제나 열려있는 문이 아니란 말이야!"

'그래, 선생님 자신처럼.' 나는 부어오른 입술 사이로 가만히 중얼거렸다. 그의 괴팍스런 성질이 자신의 내적 불만에서 오는 것이라는 걸 벌써부터 나는 간파하고 있었다.

그의 실력은 일류고등학교가 아니라 어지간한 대학을 가도 된다고 학생들 사이에 알려져 있었다. 그러나 학교는 사립이었고 그는 오십이 넘어서도 평교사였다. 교장과 내놓고 싸우는 선생도 그뿐이라는 건 공공연히 알려진 비밀이었다.

"인생은 맹목적인 것인데 거기에 의미를 부여하는 게 바로 우리 인간, 개개인의 인격과 이성, 지성인 거야. 어떤 의미를 부여하느냐에 따라 인생은 물과 같이, 채워지는 그릇에 따라 변하는 거지."

그의 물리인생론은 종소리로 끝났다.

"야 깝대기, 오늘은 니가 물렸구나!"

말대가리가 다가와 이죽거렸다. 입안이 쓰렸다. 터진 입속으로 혀를 가져가면 짜릿한 고통이 온몸을 유리조각처럼 찔러댔다. 하교 후 나는 방파제로 내려갔다.

소금기 묻은 차가운 바닷바람은 내 입안을 더욱 쓰리게 했다. 찢어진 입속을 비밀스럽게 가만가만히 혀로 핥으며 고통을 오랫동안 즐기고 싶었다. 출렁이는 물결을 타고 바다 저편에서 어둠이 다가왔다. 방파제에 늘어선 포장술집들이 카바이트불을 하나둘 켜기 시작했다. 비 온 뒤 특유의 맑고 깨끗함이 어둠 내리는 방파제를 둘러싸고 있었다. 석축에 부딪는 파도가 허연 포말로 부서져 발아래까지 튀어 올랐다. 빠른 속도로 어두워 오는 바다를 오랫동안 보고 있노라니 일렁이는 물결을 따라 내 몸이 서서히 흔들리는 것 같았다.

"무얼 생각하나?"

소주냄새가 목덜미에 와 닿았다.

"자넨 아까부터 한자리에 앉아 있었어. 바다를 오랫동안 보는 건 좋지 않아."

술고래였다. 나는 자리에서 일어났다. 그의 잠그지 않은 바바리가 바람에 제멋대로 흩날렸다.

"집이 어딘가?"

"○○동."

나는 짧게 대답했다.

"꽤나 멀군."

그리곤 잠시 사이를 두었다 말을 이었다.

"이 도시 사람들이 거친 건 바다 때문이야. 바다는 단순하고 충동적이지. 자네 또래엔 산이 좋아."

내항 쪽에서 하얀 선체의 원양어선 한 척이 불빛을 출렁이며 등대를 빠져 나가고 있었다. 불빛이 닿는 바다는 푸르죽죽하게 넘실댔다.

"선생님은 저희 학교에 이십 년이 넘게 계셨죠?"

스스로, 생각지도 못했던 말이 불쑥 튀어 나왔다.

"으음, 그렇게 되지."

"조금 지루하시겠네요. 한 직장에 그토록 오래 계시니."

손을 찌르고 있던 바바리 주머니에서 그는 담배를 꺼냈다.

"그야 뭐……."

그는 성냥을 세 번이나 그어야 했다. 첫 모금의 연기가 순식간에 흩어졌다.

"오래 반복되는 일은 얼핏 보면 때 묻어 지루한 것 같아도 그 속엔 기실 미끄럽도록 잘 조화된 질서와 안정된 리듬이 흐르고 있어."

배는 이제 항구 밖으로 완전히 빠져나와 있었다. 바람을 타고 엔진 소리가 부풀어 올랐다.

"안정된 리듬은 권태와 크게 다른 말일까요?"

"자극은 누구나 조금씩 원하고 또 필요한 것이지만 지나치게 표피적이고 단순하지. 오래 계속하는 일에서 힘도 생기고 융화도 발견하게 돼."

바람 탓이기도 하겠지만 담뱃불은 지나치게 빨리 타들어 갔다. 복어처럼 조금 통통한 느낌을 주는 배는 빠르게 바다 가운데로 나갔다.

"천직이란 말이 있죠?"

"응, 그래. 그런 말이 지금 네 나이에 거부반응이 온다 해도 이상스러운 건 아니야."

"사람들은 자신의 일상적인 생활이 혐오스러울 만큼 싫어질 때가 있는 모양이죠. 그런데 그런 내부의 욕구를 조화니 천직이란 틀 속에 넣어 적당히 말랑하고 부드럽게 변화시키는 것 같아요."

그는 잠시 아무 말도 하지 않았다. 다시 새 담배를 피워 물고는 다 탄 담배를 던졌다. 그것은 잠시 빨간 선을 그리더니 석축 아래 바닷물에 떨어졌다.

"자넨 너무 오래 바다를 보고 있었어. 오늘은 이만 돌아가. 그러나 내게 대해 아무렇게나 짐작은 하지 마. 너만 한 나이 때의 혼란스러움은 이해하지만 결코 단순하게 모든 문제가 해결되는 것은 아니야."

그는 나를 뚫어지게 한번 바라보더니 껑충한 몸을 돌려 걷기 시작했다.

나는 바다 쪽으로 돌아섰다. 원양어선은 이제 하나의 커다란 불빛으로 어둠 가운데 떠 있었다. 초겨울의 차가운 바람을 맞으며 나는 계속 그 불빛을 지켜보았다. 어둠에 묻혀 불빛이 작아갈수록 내 몸 깊숙한 곳에서 뜨거움이 밀려 오르고 있었다. 바짓가랑이를 휘감는 해풍 속에서 내 몸은 서서히 알지 못하는 힘으로 팽창하기 시작했다.

그날 밤부터 나는 아주 혼란스럽고도 무서운 꿈에 시달렸다.

마루의 벽시계가 찌그러진 채 폐허가 된 정원에 버려져 있기도 했고, 집 아래 철길가 공터의 잡초더미가 바람에 날리는 쓰레기와 같이 불타기도 했다. 그러면 그 불은 곧 낡은 우리 집으로 옮겨 붙는 것이었다. 불은 잡초나 쓰레기 대신 기름 먹은 걸레에서 일어날 때도 있었는데 그러면 학교의 퇴락한 목조건물이 불길에 휩싸여 폭삭 무너져 내렸다.

꿈의 마지막은 언제나 바다였다. 바다는 움직임 없이 굳어 있어 마치 잔디에 불이 붙듯 붉은 보랏빛으로 띠를 두르며 타들어갔다. 그 불길 속에서 나는 얼굴도 모르는 키 작은 여자와 싸우기도 했는데 그곳은 바다가 아니라 쓰레기 날리는 바닷가 가까운 매축지일 때도 있었다.

그러면서도 아침이면 평상시처럼 학교엘 갔고 학원이 끝날 시간에 맞추어 집으로 돌아왔다. 그러나 하교 후의 시간을 방파제 대신 학교 도서관에서 보냈다.

며칠간 유의해 보던 신문의 일기예보를 나는 보지 않았다. 내가 사는 도시는 언제나 바람이 불었다. 꽃샘바람으로 시작된 바람은 사철 이 도시를 들쑤시고 다녔다. 미친개에게서 또 다른 내 아버지를 발견한 뒤로 바람은 나에게 참으로 필요한 것이었다.

운동장의 모래는 낙조로 부드럽게 반짝였다. 그러면서도 바람이 가끔 모래를 감아올리기도 했다. 운동장 건너편의 악대부 건물에서는 서투른 트럼펫 소리가 텅 빈 운동장과 시린 듯 투명한 겨울 하늘로 울려 퍼졌다. 악대부 뒷벽으로는 국민학교가 있었다. 평행봉에는 일주일 전부터 얼굴이 익은 3학년 학생 하나가 런닝 바람으로 불그레한 어깨를 드러내 놓고 매달려 있었다. 낙조는 아주 빠른 속도로 스러져 갔다. 바다는 이제 마지막 푸름의 뒤척임도 끝낸 뒤였다. 이상스럽게도 해거름 무렵의 바다는 호수처럼 가득 차오르는 것 같아 숨이 가빠지곤 했다. 나는 운동장을 ㄷ자로 돌아 교사 쪽으로 갔다. 화단의 백엽상 위에 달린 풍향계는 방향이 제멋대로였다.

바다 쪽에서 바람이 분다면 3학년 1반을 택해야 했다. 그러나 그것은 지극히 위험했다. 별관이 바로 옆에 있는 데다 교문이 가까워 늦게 나가는 선생들이 서편 현관을 이용했다. 중앙현관 쪽의 4반이나 5반은 더 위험했는데 교무실이 있고 교무실 앞은 숙직실이었다. 결국 일주일 남짓 내 머릿속의 결론은 동편의 3학년 8반 교실이었다.

오른쪽 바지 호주머니의 그것은 딱딱하면서도 조금 찌그러져 손에 잡혔다. 소지품 검사는 불시에 있기도 했지만 어제 생활검열을 치렀기 때문에 어느 정도 자신이 있었다. 나는 화단을 따라 별관으로 들어갔다. 별관은 학교건물 중 유일한 콘크리트였다. 1층은 특별실, 2층은 도서실, 3층은 강당이었다.

아이들은 제각기 탁구대 같이 넓은 책상 위에 엎드려 책을 보고 있었다. 높은 천장의 형광등에서 쏟아놓는 강한 불빛이 니스칠을 한 책상 위에서 미끄럽도록 반사되었다. 나는 열람대에서 잡지 한

권을 빼서 뒤적거렸다. 그러나 자주 고개를 들어 가운데 벽에 걸린 둥근 시계를 올려보았다. 7시, 운동장은 컴컴했다. 1학년 때 같은 반이었던 아이 하나와 눈이 마주쳐 고개를 끄덕였다.

8시가 조금 지나 나는 자리에서 일어났다. 머리를 식히거나 서편 현관 뒤의 변소엘 가기 위해 자리를 비우는 것은 흔히 있는 일이었다. 10시, 폐관 시간까지 버티는 아이들은 학교 밖에서 라면을 사 먹고 오기도 했다. 뒤따라 나오는 아이가 없음을 확인하고서야 나는 별관 입구에서 급히 화단 쪽의 어둠으로 몸을 숨겼다.

나는 향나무가 심겨진 화단의 어둠을 따라 걸었다. 바람에 키 큰 향나무가 이리저리 쏠려다녔다. 모래가 내 운동화 밑에서 사그락거렸다. 중앙현관을 지나기 전에 잠시 멈추었다. 교무실의 불빛이 수목 사이로 운동장에 흘러나왔다. 사흘 전, 교무실 창 밖에서 훔쳐본 11월 행사표의 오늘 숙직은 내가 잘 모르는 선생이었다. 2학기에 새로 온 영어 담당으로 1학년 교실에만 들어갔다. 그러나 그런 것이 바람이나 내 마음의 변화보다 결코 중요할 수는 없었다. 나는 중앙현관을 재빨리 건너뛰었다. 동편으로 세면장이 있어 세수하러 간다고 말할 수도 있으리라. 바지 호주머니에다 손을 찌른 채였는데 손에서는 땀이 배어나고 있었다.

동편 문은 소리 없이 열렸다. 나는 창가의 복도에 붙어 섰다. 바깥과는 달리 너무나 조용했다. 골마루 저쪽의 교무실 앞에 켜진 백열등 빛은 3학년 7반 앞문까지 뻗쳐 있었다. 나는 발꿈치를 들어 걷기 시작했다. 학교에서는 일주일에 한 번씩 기름걸레로 교실 바닥과 복도를 닦았다. 그래서 귀찮게 국민학생들처럼 실내화를 신어야 했지만 그것이 이제는 내가 하고자 하는 일을 수월하게 해줄 것이었다. 아주 조금씩 틈을 만들며 교실문을 들어섰을 때 교실 안은 완전한 어둠이었다. 나는 다시 문을 닫아 붙이고 시간표가 붙여진 벽에 등을 기댔다. 빨리 어둠에 익숙해지기 위해 눈을 감았다. 밀폐된 교실 안을 엷게 묻어나는 기름 냄새와 깍두기 냄새, 그리고 발 냄새가 건조한 공기 속을 헤집고 다녔는데 거기엔 내가 도망치듯이 자위행위를 하고 났을 때 손과 몸에서 나는 냄새도 섞여 있었다. 나는 가만히 책걸상 사이를 지나 뒤쪽으로 걸어갔다.

청소함은 교실 벽 귀퉁이에 들어맞게 짜인 삼각형의 베니어판이었다. 나는 곧 일주일 내내 머리가 뜨거울 만큼 되풀이 생각해 왔던 대로 움직이기 시작했다. 뒷벽에서 네 번째 줄의 책걸상을 밀치고 거기에다 속을 드러낸 청소함을 옮겼다. 손걸레를 청소함의 열어놓은 문으로부터 네댓 개 좌우로 늘어놓고 막대걸레도 그렇게 했다. 그리고 나머지 손걸레는 청소함의 두 번째 칸에 올려놓았다. 나는 쭈그리고 앉아 성냥을 꺼냈다. 운동장 쪽의 창이 몇 번 덜컹댔지만 나는 줄곧 복도에만 신경을 곤두세웠다. 그래서 청소함 위에다 책상을 올려놓는 것도 포기해야 했다. 성냥을 쥔 손에서는 땀이 끈적하게 났고 성냥은 찌그러져 있었다. 나는 바지에다 땀을 닦았다. 땀으로 끈적거리거나 축축하게 젖은 손을 나는 참으로 싫어한다.

"어머니는 아프시다."

어스름 속에서 아버지가 말했다. 나는 국민학교 저학년이었다. 아버지는 내 손을 꼭 잡고 천천히 방안을 맴돌았다.

"슬로슬로 퀵퀵."

나는 아버지의 허리띠 조금 위에 묻혀 갑갑했다. 어머니는 두 돌 지난 막내 여동생과 큰방에 누워 있었다. 남동생들은 할머니가 데리고 나갔는지 보이지 않았다. 봄이 끝나는, 해가 아주 늦게 지는 때였다.

"너는 맏이니까 잘해야 돼, 무엇이든지."

그러고는 다시 또 "슬로슬로 퀵퀵." 내 손을 잡은 채 방안을 돌았다. 나는 땀이 나는 손을 빼고 싶었다. 밖으로 나가 아이들과 깡통차기를 하거나 차라리 내가 싫어하는 도둑놈잡기라도 하고 싶었다.

후텁지근한 그날 밤 이후로 나는 손에서 땀이 조금만 나도 당장 수돗가로 달려가는 버릇이 생겼다. 그러나 이제 곧 눅눅하고 축축한 손의 끈적임도 없어질 것이다. 탁 하는 소리와 함께 인 냄새가 코를 뒤흔들었다. 성냥불을 손걸레의 한 귀퉁이에 갖다 대자 그것은 소리도 없이 작은 불꽃으로 타들어갔다. 또다시 성냥을 그어 이번엔 막대걸레로 가져갔다. 연기가 아주 낮고도 가늘게 피어올랐다. 생각보다 훨씬 빨리 걸레는 타들어갔다.

운동장에서 나는 뛰지 않았다. 천천히 화단가를 되돌아 걸었다. 건너편 섬은 어지러운 불빛으로 떠 있었다.

바람의 방향을 나는 알 수 없었다. 8반 옆을 지날 때 향나무 어둠속으로 희불그레한 밝음이 흔들리는 것 같았다. 그러나 그것은 착각일지도 몰랐다. 중앙현관 근처의 화단에 있는 풍향계는 쇳소리와 바람소리를 내며 헝클어져 돌고 있었다. 서편 현관과 수위실의 외등이 만들어 놓은 불빛을 막 지날 때 누군가가 내 앞을 막아섰다. 변소 쪽에서 나오는 숙직선생이었다. 그의 손에는 회중전등이 들려 있었다.

"어디 갔다 와?"

"손 씻으러……."

"도서관에 아이들 많아?"

"한 이십 명쯤……."

"바람이 부니 쓰레기 소각장이 걱정인데……."

그는 나를 비켜 내가 왔던 길을 걸어갔다. 나는 돌아서서 그를 지켜보았다. 쓰레기 소각장은 세면장과 악대부 건물 사이에 있었다. 직선으로 가면 밑변을 위로 그은 직각삼각형의 빗면을 따라가게 된다. 그런데 그는 계속 화단을 따라 걷고 있었다. 나는 숨이 막힐 지경이었다. 손전등을 흔들며 그렇게 곧추 걸어가던 그는 중앙현관에서야 비로소 비스듬히 운동장을 가로지르기 시작했다. 그렇게 몇 걸음인가를 걷다 가는 문득 고개를 동편교사 쪽으로 돌렸다. 잠시 멈추어 서더니 곧 걸음을 빨리하여 그쪽으로 걷기 시작했다. 그리고는 그리 크지 않게, 신음하듯이 내뱉었다.

"어어, 불!"

그러나 이번엔 째지듯이 고함쳤다.

"불이야, 불! 불이야!"

순간적으로 나는 돌아서서 교문을 향해 뛰었다. 수위 영감이 신문을 던지고 벌떡 일어나고 있었다.

"임마 거기 서! 불이야, 불! 임마 거기 서!"

그러나 나는 더 이상 숙직선생의 고함소리를 들을 수가 없었다.

해안도로를 건너뛸 때 택시 한 대가 내 몸 가까이에서 급정거했다. 나는 계속 뛰었다. 방파제에 이르러 가쁜 숨 그대로 바다에 뛰어들고 싶었다. 숨을 헐떡이며 바다를 보고 있으려니 눈물이 났다. 잠시 뒤 해안도로 쪽에서 소방차의 사이렌 소리가 들려왔다. 그러자 석축을 때리는 파도처럼 맹렬한 호기심이 알지 못할 욕지기와 같이 솟아났다. 확인하고 싶었다. 나는 학교가 내려다보이는 언덕길을 알고 있었다.

나는 다시 숨을 헐떡이며 왔던 길을 되돌아갔다. 학교 부근의 동네사람들이 웅성거리며 몰려가고 있었다.

"불이 났어, 고등학교에!"

"국민학교라던데?"

또다시 사이렌 소리가 들려왔다. 사람들에 섞이어 걸으며 나는 마음이 달라졌다. 그래서 그들과 같이 학교로 갔다.

시커먼 연기가 뭉클뭉클 피어오르고 있었다. 웅성거리는 구경꾼들 사이에 파묻혀 나는 불길을 찾았다. 그러나 소방관 옆에서 손전등을 흔들며 무어라 이야기하고 있는 숙직선생이 먼저 눈에 띄었다. 바람은 연기의 방향으로 보아 북쪽으로 불고 있었다.

이윽고 나는 연기 속에서 다홍색보다 조금 엷은 불길의 일렁임을 찾아내었다. 그것은 내가 꿈꾸어왔던 빛깔과는 달랐다. 그리고 불길은 이미 3학년 6반 쪽에서 차단되고 있었다. 연기의 색깔도 조금씩 여리어 갔고 다홍색 불길은 오렌지에 가까운 색으로 변하여 몇 개의 공처럼 튀고 있었다.

내 눈앞에서 일렁이는 불길을 간직하고 싶었다. 나는 돌아섰다. 태연하게 도서관으로 올라가 책가방을 챙겼다. 책들이 어지러운 채 실내는 텅 비어 있었다. 나는 학교를 빠져나왔다.

거리는 텅 빈 듯했다. 내항 쪽의 불빛이 선명하게 눈 아래 들어왔다. 차가운 바람이 거리를 쓸고 다녔다. 나는 방파제 대신 냉랭한 바람으로 술렁이는 내항의 불빛을 향해 걷기 시작했다. 아무런 생각도 없었다. 오늘 밤 집으로 돌아가지 않을 것이라는 것 외에는.

은경동 86번지

첫째 날

승강구 밖으로 나오자 바람이 몰아쳤다. 열차에서 내뿜는 스팀의 증기가 다리를 휘감고 재빨리 흩어졌다. 승객들은 종종걸음으로 서둘러댔다. 첫 무리는 벌써 계단을 다 올라 구름다리를 지나고 있었다.

냉랭한 바람 속 어딘가에서 바다냄새가 묻어나는 것 같았다. 문영호는 외투주머니에 손을 찔러 넣으며 그런 생각을 했다. 차표가 딱딱하게 손에 잡혔다. 토퍼를 잘 입고 왔다. 기온이야 몇 도 높겠지만 바람이 있으니까. 바다의 출렁임으로 솟아 따가운 소금기로 귓불을 아리게 하는 바람은 이 도시 특유의 것이었다. 메마르고 건조하다는 느낌보다는 풋풋하고 끈적이는 삶의 숨결이 묻어나는 해풍이었다.

그는 계단을 올랐다. 왼편으로 바다의 야경이 흔들리면서 눈앞에 펼쳐졌다. 선박에서 흘러내린 불빛들이 차갑게 바다를 흔들어대고 있었다. 오른편의 커다란 어둠과 어둠의 밑바닥에 깔린 불빛을 보고, 그곳이 섬임을 그는 알 수 있었다. 어둠과 불빛이 뒤섞인 항내는 알지 못할 설렘과 충족감으로 술렁댔다. 몇 해 만인가. 그는 오랫동안 항내를 바라보다 몸을 돌렸다.

역 광장은 바람 속에 들떠 있었다. 거리를 달려가는 자동차들의 불빛들도 바람에 휩싸여 떠다니는 것 같았다. 그는 담배를 붙여 물며 가만히 몸을 떨었다. 추위와 더불어 막연한 설렘이 냉기로 가슴을 타고 흘렀다. 건너편 언덕바지의 밀집한 불빛들이 쏟아질 듯 명멸했다.

바다로 밀어닥친 산자락을 타고 주거지가 형성된 도시였다. 그가 지금 가고자 하는 곳도 그러한 언덕바지에 자리한 동네였다. 내일부터 헤매고 다녀야 할 지역 중의 하나이지만 결코 사전답사는 아니었다. 은경동엘 가보고자 하는 생각은 서울을 출발하기 전에도 있었지만 열차가 희뿌연 겨울강을 끼고 이 도시로 달려들 때에는 온통 그의 가슴을 벅차게 했다. 그래서 서 형사가 대구서 먼저 내린 뒤에도 지루함보다는 어떤 기대감으로 나머지 시간을 보냈는지도 몰랐다.

그는 담배를 비벼 끄고 발걸음을 옮겼다. 그리 늦은 시각이 아니다. 그리고 무엇보다 역에서 가까운 거리가 아닌가.

어림하여 두 정거장째에서 그는 내렸다. 막상 내려놓고 보니 주위의 풍경이 기억과는 터무니없는 곳이어서 그는 잠시 당황했다. 그러나 희한하게도 정류장 표지판의 이름이 예전 그대로였다. 그것은 참으로 신기한 일이었다. 구획정리 후 공터로 남아 있던 기억 속의 땅에 3, 4층까지 건물들이 드문드문 들어서 있었다. 공사 중인 건물들도 눈에 띄었다. 정류소 근방은 통행인도 드물고 어딘가 새로 개발된 변두리처럼 엉성하고 황량해 보였다. 본래 철도 담벽을 따라 판자촌이 들어섰던 곳이었는데 그가 고등학교에 입학했을 땐가 엄청난 도시계획의 일환으로 철거되었다. 철도 접경지역과 언덕바지의 불량주택이 집중적인 재개발 대상이었는데, 그가 살던 동네도 계획선이 어디로 그어지느냐에 따라서 희비가 엇갈렸다. 결국 작은 길 하나를 두고 위쪽이 철거되었는데 그것은 자기 또래의 아이들이 말해오던 '우리 동네'의 뜻을 애매모호하게 만들어버리고 말았다.

15분쯤 걸릴까. 그만큼 철도와는 가까운 거리였다. 국민학교나 중학교 저학년일 때에는 동네 아이들과 같이 벽돌담의 개구멍으로 들어가 철길에서 석필을 주웠다. 덕분에 동네 담이나 대문은 빠끔한 데 하나 없이 그림이나 낙서로 가득했었다. 딱지니 구슬과 같이 석필 따먹기를 할 정도였는데, 조금 큰 아이들이면 돈이 될 만한 석탄이나 조개탄을 훔쳤다.

그는 잠시 그가 드나들었던 개구멍만큼의 폭으로 옛날 생각에 빠졌다.

삼각형으로 이루어진 녹지대를 벗어나자 도로가 또 하나 나타났다. 전차가 다니던 길이었다. 그래, 한때는 이 길밖에 없었지. 거무튀튀한 아스팔트가 달려가는 자동차의 불빛에 차가운 몸뚱어리를 드러내었다. 이 좁은 도로로 어떻게 버스며 전차가 다녔을까.

전차 레일을 생각하자 뜨거운 쇠붙이의 열기가 그의 손끝에 전해지는 것 같았다. 아이들은 집에서 가져오거나 길에서 주운 긴 못을 숫돌이나 시멘트 담벽에 단검같이 갈아서는 차고 다녔다.

길을 다 오르자 그의 기억이 가장 옹골차게 모여진 삼거리가 나타났다. 약방과 다방, 제과점과 중국집, 사진관과 몇 개의 잡화상이 밝은 불빛으로 삼거리를 둘러싸고 있었다. 그는 합승을 위해 제과점 앞으로 바싹 붙어 급정거하는 택시를 피해 길을 건넜다. 삼거리라고 했지만 실은 다섯 갈래의 길이 엇갈리는 곳이었다. 그가 살던 동네로 오르는 길과 국민학교 쪽의 작은 길은 차가 다니지 못했기에 동네 사람들이 그냥 '조 아래 삼거리'라고 불렀다.

그는 동네로 오르는 입구에 섰다. 동네를 생각하면 가파른 계단과 꼬불꼬불한 골목, 그리고 우물이 제일 먼저 떠올랐다.

그렇지만 그것은 동네 전체에 대한 것이었고 동네로 접어드는 입구에서 기억나는 건물은 서주태 한의원이었다. 위로 치켜 올라간 언덕길을 올려다보면서 주위를 살폈으나 일본식 이 층 목조건물은 보이지 않았다. 짐작되는 자리에 하얀 타일의 여인숙 건물이 서 있었다. 어렸을 때 동네 아이들에게 서주태는 '침놓는다'는 무서움과 같이 신화적인 이름이었다. 언젠가 한번은 한의원에 강도가 들었다. 자다 일어난 서주태는 벽으로 붙어 서 단검과 장총으로 위협하는 두 놈을 냅다 던져놓고 보니 장총이 부러져 있었는데 갱엿에다 니스칠을 한 것이었다. 그 일은 동네 아이들에게 그의 유도가 5단이나 6단이니 하는 시비를 다시 한 번 불러일으켰다. 육중한 체구만큼이나 많은 이야기를 만들었던 인물이었다. 문영호는 차갑게 빛나는 여인숙의 아크릴 간판을 다시 한 번 올려다보았다.

거기서부터 계단에 이르기까지 그가 기억할 수 있는 특징적인 건물은 없었다. 외등이 없어 대체로 어둑한 길을 따라 오르다 왼편으로 길게 이어진 담을 보자 생각이 미치는 데가 있었다. 장(張)부잣집. 그래 맞아. 그러고 보니 담이 끝나는 곳으로 골목이 나 있었고 그 맞은편에는 담배포가 달린 잡화상이 있었다. 시꺼멓게 구멍 뚫린 골목은 장부잣집에서 울려나오는 피아노 소리를 들으며 국민학교로 가던 길이리라.

이윽고 계단에 이르렀다. 사실 거기서부터가 이른바 '우리 동네'였다. 국민학교 다닐 때는 계단을 경계로 아랫동네 아이들과 장대와 연탄재로 자주 동네 싸움을 벌이기도 했었다. 거리상의 문제만이 아니라 또 다른 의미로 보더라도 서주태 한의원과 장부잣집은 확실히 같은 동네 사람들이 아니었다. 계단을 오르내리고 우물물을 사용하는, 그러면서 골목이 떠나갈 듯한 어른들의 싸움 소리와 아이들을 부르는 고함에 익숙한 사람들만이 '우리 동네' 사람들이었다.

집들은 계단을 따라 점차 높아져 갔다. 몇 개의 골목이 좌우로 있었지만 아까부터 그의 시선은 계단 오른쪽의 어느 한 곳으로 쫓기고 있었다. 그가 살았던 집은 산동네로 질러가는, 꽤나 폭이 넓으면서도 긴 골목길 입구의 바로 아래였다. 친구들의 대부분은 이 골목을 중심으로 해서 살았고 우물도 거기에 있었다. 어딘가, 그는 망설였다. 쉽게 찾아낼 수 없는 게—위치는 확실한 것 같은데—무언가 분명 달라져 있었다. 그가 제일 가깝게 생각해 볼 수 있는 곳은 세탁소였다. 좌우를 다시 살펴보았으나 지금 서 있는 곳이 틀림없었다. 그제야 그는 세탁소 옆으로 자그마한 대문이 나 있는 것을 발견했다. 그래 세탁소 자리는 길가방이었을 거야. 공부방이라고 부르던. 그렇게 생각을 하고 다시 대문과 세탁소를 바라보았으나 생경스럽고 낯설긴 마찬가지였다. 세탁소에서 흘러나오는 형광등 불빛은 그를 완강하게 밀어내는 듯한 느낌까지 주었다. 머리가 조금 벗겨진 사내가 다림질을 하고 있었다. 계단을 훑어 지나가는 바람이 그의 가슴을 서늘하게 쓸어갔다. 달라지지 않았으리라고는 기대치 않았지만 자신이 동생들과 십여 년이나 뒹굴던 방이 세탁소라는 곳으로 고쳐진 것을 보니 마음속 깊이 일어나는 서운함을 감출 수가 없었다. 낮이라면 대문을 열고 들어가 볼 수도 있으련만. 시간나면 옛집이나 한번 둘러보라던 어머니의 지나가는 말이 아니더라도 스스로 가보고 싶었던 것이다.

그는 골목길로 들어섰다. 스치는 대문만으로는 도저히 누가 살던 집인가를 알 수 없었다. 다만 기억나는 친구들의 이름이나 드문드문 떠올릴 수밖에 없었다.

산동네로 오르는 골목의 중간쯤에 우물이 있었다. 홍식이 집 옆이던가 우물은 그의 기억으로는 아주 어렸을 때부터 그 자리에 있었다. 수도 사정이 나빴을 적에는 동네의 유일한 급수원이었다. 동네의 자질구레한 일에는 이해가 엇갈렸지만 우물에 대해서는 신통하리만치 어른들의 의견이 들어맞기도 했으며 동네 어른들끼리 술 마시고 싸우다가도 "우물물 마시고 술 좀 깨고 와서 이야기해라"라는 말을 자주 했다.

특히 철거 때 뇌진탕으로 죽은, 윗골목에 살았던 문식이 아버지 같은 사람은 계단이나 골목이 떠나가게 고래고함을 지르곤 했지만 일단 우물가에서 물을 한 바가지 들이켠 뒤에는 술이 깼는지 어떤지 조용해지는 것으로 유명했다. 아이들끼리의 "니는 우물물 안 마시나?"라는 말은 너는 이 동네 살지 않느냐라는 뜻일 정도로 우물은 동네의 개념을 확실히 해주는 곳이었다. 그러나 그가 상당히 눈여겨보면서 걸었음에도 불구하고 우물은 보이지 않았다. 어두워서였을까. 천막 교회로 내려가는 가파른 돌계단 모퉁이였는데 골목이 거의 다 끝나가고 저만치 불빛이 흔들리는 큰길이 나왔다. 그는 잠시 고개를 갸우뚱했다. 없어졌단 말인가. 도저히 그냥 지나칠 기분이 아니었다. 서울에 올라가서 집식구들에게—아버지 어머니 정도겠지만—이야기를 하기 위해서라도 확실히 해두어야겠지만 그보다 당장 자신의 마음이 허전했다. 역시 없었다. 그 자리에 담벽이 들어선 것 같기도 하고 길이 바뀐 것 같기도 했다. 그런 확인과 같이 지금 자기가 서 있는 이 골목과 동네가 갑자기 낯설게 생각되었고 동시에 이곳을 떠난 지가 십오 년이나 되었다는 사실이 실감 나게 떠올랐다.

내일 시간이 나면 다시 한 번 찾아와 볼까. 그러나 그것은 너무 희박한 바람이었다. 자신이 이 도시에서 할 일이 옛날 살던 동네를 더듬어보는 그렇게 한가한 놀음이 아니라는 걸 스스로 잘 알고 있으니까.

그는 골목을 빠져 큰길로 나왔다. 같은 동네였지만 도시 재개발 지역에 해당되어 철거된 곳이었다. 원래는 아주 작은 길이었는데 차가 다닐 만큼 넓혀져 있었다. 많은 사람들이 그가 지나온 골목을 빠져 아파트 쪽으로 가고 있었다. 몸을 돌리니 시야가 툭 트여왔다. 그가 지나왔던 동네는 거무죽죽한 어둠으로 가라앉아 있었고 바다가 썰렁하게 가슴을 내려앉게 했다. 바람이 찼으나 그는 크게 심호흡을 했다. 맑고 청명한 대기가 그럴 수 없이 좋았다. 그와 같이 친구들 중 누군가가 배를 탈지도 모른다는 생각이 언뜻 머리를 스쳤다.

둘째 날

다음 날 아침, 학생들의 등교 시간보다 조금 늦게 그는 수첩에 적어 온 고등학교를 찾았다. 그가 서울로 갈 때까지는 없었던 공고였다. 학교는 변두리의 산자락에 자리하고 있었다. 그는 제증명발행이라고 써놓은 서무과의 문을 열었다. 세 명의 직원이 난롯가에 둘러서 있었다. 그는 제법 나이가 들어 보이는 남자에게 신분증을 내보이고 이원재라는 졸업생의 학적부가 필요하다고 말했다.

"왜, 무슨 일입니까?"

직원은 다소 놀라는 눈치였다.

"뭐 좀 필요한 게 있어서……."

"김양, 교감 선생님 내려오시라 캐라. 졸업년도는 모르신단 말씀이죠?"

"나이가 스물다섯이니 2회나 3회쯤 되겠네."

이십대의 남자 직원이 캐비닛에서 졸업생 연명부를 꺼냈다. 3회에서 이원재를 찾아내고 다시 학적부를 뒤지고 있을 때 교감이 들어왔다. 교감은 주저하며 손을 내밀었다. 그는 간단하게나마 설명하지 않을 수 없다고 생각했다. 교장 선생님이 출장 중이라며 교감은 교장실로 안내했다.

"아직 확실치는 않습니다. 용의선상에 오른 정도니까요."

피해자는 자그마한 기계 부속품 공장 사장인데, 수사의 초점은 단순강도와 원한관계 둘로 나누어 수사 중이었다. 사건의 추이로 보아 살인미수까지는 갈 정도가 아닌 게 면식범일 확률이 높았고 특히 사건 발생 한 달 전에 일부 공원을 권고 형식으로 해고시킨 일이 있었다. 형식적이나마 마련된 신상명세서를 공장에서 파기시켰기 때문에 해고공원들의 행적을 추적하기가 어려웠다. 서울에 살고 있는 4명을 통해 지방으로 내려간 다른 3명의 인적 사항을 알아본 결과, 이원재의 본가가 부산시 은경동이라는 것과 졸업한 고등학교까지만 알 수 있었다.

교감이 커피를 권했다. 잠시 후 서무 직원이 카피한 이원재의 학적부를 봉투 속에 넣어가지고 왔다. 그는 꺼내어 잠시 살펴보았다. 그런데 놀랍게도 용의자의 현주소가 은경동 86번지 16통 3반이었다. 통반은 모르지만 번지는 어젯밤 그가 갔었던, 자신이 옛날 살았던 동네였다. 그는 깜짝 놀랐다. 재학 시의 주소기 때문에 변경될 수 있는 일이지만 그로선 약간 당황하지 않을 수 없었다.

"애들이 다소 거칠죠. 다루는 것도 기계인 데다 사회에서 받는 대우도 그렇고 하니."

교감이 복도로 따라 나오면서 말했다.

"네. 그렇겠군요. 그럼 이만 실례하겠습니다."

학교는 신설된 지 얼마 되지 않아서인지 아니면 산자락에 붙었기 때문인지 엉성하고 황량해 보였다. 교감의 마지막 말은 주위 풍경의 삭막함 때문이 아니더라도 수긍할 수 있는 이야기였다. 실업계로의 진학이 자기 소질이나 재능에 의한 것이 아니고 인문계를 가지 못하는 실력과 가정 형편 때문인 것은 누구나 아는 사실이니까. 특히 그는 셋째 동생의 재수를 보아 잘 알고 있었다. 형편상 상고에 진학시켰는데 1학기도 다 못 채우고 동생은 뛰쳐나와 버렸다. 덕분에 그 자신이 대학을 포기해야 했다.

그는 구청부터 찾았다. 자기가 살던 동네가 86번지라는 걸 알고는 있었지만 몇 동인지는 몰랐고, 또 이원재의 학적부에도 동은 나와 있지 않았다.

86번지는 은경3동이었다.

동회는 어렸을 때 몇 번 지나가 본 적이 있는 구청에서 멀지 않은 곳이었다.

목조의 동사는 콘크리트 2층으로 바뀌어져 있었다. 오전인지라 제증명 발급창구는 붐볐다.

그는 사무장을 찾아 협조를 구했다.

"16통 3반이라. 어이 김 주사! 16통 주민등록표 가져오라고."

그동안 그는 전출입 대장을 뒤졌다. 전출입 대장은 첫눈에 모아도 대충 엉성하게 정리된 것이었다. 12월은 물론 11월과 1월에도 이

원재라는 이름은 없었다.

“여깄습니다. 이형달 씨의 이남(二男)이군요.”

사무장이 비닐커버가 씌워진 주민등록표를 내밀었다. 그런대로 쉽게 찾아 다행이다 싶었다. 그런데 가족 관계를 살피다 깜짝 놀랐다. 이원재 위에 이원태가 있었던 것이다. 사진을 보니 틀림없는 같은 동네의 원태였다. 그러고 보니 호주 이형달 씨의 사진도 어렴풋이나마 기억할 수 있는 원태 아버지였다. 그는 낮게 신음했다. 새로 담배를 꺼내 물자, 무엇으로 머리를 얻어맞는 듯한 아득한 통증이 느껴져 왔다.

“복사를 해 드릴까요?”

“아, 네.”

그는 확실히 당황하고 있었다. 힘이 조금 빠져, 햇살이 퍼진 거리로 내려왔다. 사진 속의 이원재는 뚜렷한 기억을 몰아주지 못했다. 스물다섯 살이면 여섯 살 차이구나. 그럴 만도 하지. 그는 고등학교 1학년 때 서울로 전학을 갔었다. 꺼칠한 입술을 혀로 적시며 그는 다방을 찾았다.

난로는 두 개였는데 연탄을 금방 갈았는지 가스 냄새가 실내를 싸돌고 있었다. 구석진 곳에 앉아 그는 커피를 주문하고 제록스한 것을 다시 찬찬히 살펴보았다. 원재의 사진은 제대 직후에 찍은 것인지 머리가 짧았다. 형인 원태와 닮은 점은 하관의 빨음과 곧추선 코였다. 그러면서도 원태보다 어딘가 단단하고 강한 인상이었다. 원태 란에는 김복례라는 처와 네 살짜리 정아라는 딸이 기재되어 있었다. 원태 아버지는 56세였다. 이형달, 그냥 원태 아버지로만 지나치다 이렇게 이름을 알고 보니 기분이 묘했다. 그 당시 원태 아버지는 부두에 나갔었다. 키도 큰 편에 아주 건장한 체격이었다. 원태

어머니는 나순심, 54세. 그녀는 남편에 비해 아주 작은 체구로 공장에 나가는 억척이었다. 뚜렷한 기억은 원태 어머니가 막내를 낳았을 때였다. 동네의 화젯거리였다. 사십이 넘어 무슨 창피냐는 동네 어머니들의 수군댐이었는데 특히 원태가 아주 부끄러워했다. 남희가 열일곱이니 실상은 서른일곱에 낳은 게 된다. 원태 바로 밑의 남순은 출가하여 삭제되어 있었고 스물한 살의 원수가 있었다.

두 번째 엽차를 마신 뒤에 그는 일어섰다.

밖으로 나오니 난로 가까이에 앉았던 게 후회될 만큼 오싹 몸이 움츠러들었다. 햇살이 찬연한데도 바람은 차가웠다. 그는 토퍼 주머니에 손을 찌른 채 관할 경찰서로 향했다.

혈색이 좋은 사십 줄의 계장은 자리를 권하며

"우리도 통보받았습니다."

그가 적어준 원재의 인적 사항을 담당계에 넘겨주며 말했다.

"그런데 이쪽은 어느 정도요?"

"그냥 용의선상에 오른 정돕니다."

"공장 사장이었지 아마."

"자그마한 기계 부속 공장인데 자수성가한 사람입니다."

그런 만큼 피해자는 편협되고 비인간적인 면도 있었던 것으로 밝혀졌다.

"전과는 없습니다."

몇 마디 주고받는 사이에 담당직원이 다가왔다.

"소재지 파악은 했나요? 여기 데리고 와서 족쳐보지."

"이제부터 해야죠. 전화를 좀 쓰겠습니다."

그는 서울 본서를 불렀다.

"문영훕니다."

그는 마침 자리를 지키고 있는 계장에게 이원재의 인적 사항을 이야기한 뒤 몇 가지 추가 정보와 지시를 받았다. 다른 데서는 아직 연락이 없다니 그가 빠른 편이었다.

"지금 당장 인원이 필요한 건 아니지요? 여기는 터졌다 하면 굵은 게 돼놔서."

수사계장이 마침 벨이 울리는 수화기를 들며 말했다.

"네, 아직."

문영호는 결국 이야기하지 못했다. 다방을 나와서 경찰서까지 걸어오는 동안은 물론이고 지금 당장 인원이 필요하냐는 계장의 말이 나올 때까지도 문영호는 줄곧 망설였다. 그러나 원재는 어디까지나 용의자 중의 하나가 아닌가. 잘못하다간 일이 번거롭게 될뿐더러 원재에게 엉뚱한 피해를 줄 수 있었다.

경찰서를 나온 그는 큰길을 따라 삼거리로 올라갔다.

그가 어젯밤 내렸던 정류소가 보였고 삼각형의 녹지대도 눈에 들어왔다. 하나로 뻗어오던 길은 거기서부터 두 갈래로 갈라졌는데 그때서야 그가 걷고 있는 구도로가 시내로 들어가는 일방통행로라는 것을 알 수 있었다. 녹지대에서는 무슨 공사가 진행 중이었고 어젯밤에는 보지 못했던 파출소가 보였다. 위치로 보아 관할인 것 같았다.

삼거리에서 그는 천천히 숨을 가다듬으며 동네로 오르기 시작했다. 여인숙을 지나면서부터 집들은 어디서나 볼 수 있는 납작납작한 슬레이트와 함석지붕이었다. 어디서나 볼 수 있는 것이라고 했지만 지붕들은 담벽과 같이 낡고 퇴색하여 매우 우중충하게 보였다. 가끔은 이층 슬레브도 있었지만 조잡하고 엉성하긴 마찬가지였다. 국민학교로 들어가는 골목 어귀에 장부잣집이 보였다. 낡은 기와집이었지만 담이 길다는 점 외에는 크게 눈에 띄는 것도 아니었다. 그러나 그가 어렸을 때의 동네 형편으로는 그만한 기와집은 드물었을 것이었다. 그리고 무엇보다, 그래 텔레비전이었지. 그때 문영호의 눈에 바람에 조금 흔들리는 TV안테나가 들어왔다. 그때는 유일하게 장부잣집 지붕에만 은빛의 안테나가 솟아 있었다.

계단에 이르러 이른바 우리 동네라고 부르는 데서부터 집들은 한층 더 우중충하고 볼품없었다. 어젯밤과는 달리 모든 게 투명한 햇살 아래 제 모습을 내놓고 있었다. 자신이 살던 동네를 다시 찾게 되었다는 게 계단을 오르면서도 실감되지가 않았다. 오늘부터 바쁘게 뛰어다녀야 할 것을 예상하고 어젯밤에 스쳐본 것인데 이 동네가 바로 자신이 뒤져야 할 장소가 되어버렸다니. 문영호는 마른 입술을 축였다.

그가 떠날 때 간직했었던 동네 풍경이 그렇게 큰 변화 없이 전개되고 있었다. 담벽과 잇대어진 낮은 지붕과 한 집에 여러 세대가 복작대어 언제나 열어두는 대문들이 계단을 따라 펼쳐졌다. 문영호의 몇 걸음 앞에 자전거를 밀고 올라가는 사람이 보였다. 짐을 실은 자전거를 하수구 위로 끌고 가는 것이었다. 산동네에서 흐르는 급하게 경사진 하수구는 복개되어 있었다. 비가 오는 날이면 온 동네를 분뇨냄새로 가득 채웠던 하수구였는데 그때 아이들은 '또랑'이니 '수채'라고 불렀다.

문영호의 눈에 들어온 전체적인 동네의 모습은 십 몇 년 전에 비해 그렇게 낯설지가 않았다. 그것은 생소함보다는 차라리 나은, 어린 시절의 자취나 땟자국이 그대로 남아 있다는 데서 오는 푸근함이나 안도감을 주기도 했다. 만일 동네가 몰라보리만큼 변모했다면 알 수 없는 거부감이나 당혹감을 느꼈을지도 몰랐다. 달라진 길과

집들에서 그는 끊어진 어린 시절의 추억과 건너뛴 시간의 씁쓸함을 맛보았을 것이었다.

그러나 다른 한편으로는 꼭 집어낼 수 없는 답답함과 부끄러움 같은 게 계단을 오르는 데서 오는 거친 숨결과 같이 그의 가슴에 차올랐다. 쌀쌀한 바람이 묻어나는 엷은 햇살 아래 드러난 우중충한 동네의 모습은 자신이 옛날에 살았던 곳이 이토록 게딱지같이 더러운 동네였을까 하는 수치스런 당혹감을 몰고 오기도 했다.

복개된 하수구 위로 오르던 자전거는 오른편 골목으로 꺾어 들었다. 골목 어귀에 서서 그는 잠시 그곳을 살펴보았다. 그 골목은 국민학교 때까지만 해도 드나들기를 꺼렸던 길이었다. 아이들 사이엔 도둑놈 골목이라고 불렸다. 실제로 도둑질하는 집이 있느니 없느니 시비를 불러일으키기도 했지만 부두나 역에서 석탄을 훔쳐 파는 집이 몇 채 있었음은 사실이었다. 특히 술쟁이 할머니는 내놓고 알려진 경우였다. 손자와 손녀 하나씩을 데리고 살았던 그녀는 십오륙세 되는 손자와 같이 역에서 석탄을 훔쳐 파는 것으로 생계를 유지했다. 손자는 좀처럼 동네에 얼굴을 내미는 일이 없었지만 우물에 물을 길어올 때 어쩌다 보노라면 깡마른 체구에 해사한 얼굴을 하고 있어서 석탄을 훔칠 만한 배짱이 어느 구석에 있을까 싶었다. 그러면서도 동네 아이 치고 누구 하나 그에게 제대로 말을 걸지 못할 만큼 두려움을 주는 구석이 있었다. 낮에는 자고 어두워지면 나간다느니 석탄은 남 보라고 하는 짓이고 진짜는 가정집 물건을 훔치는데, 손가락이 우리보다 두 배는 길다는 등의 소문이 언제나 그를 따라다녔다. 특히 동네에서 도난사고가 일어나면 모두 그 골목을 먼저 쳐다보았다. 성훈이네 제니스 라디오를 잃어버렸을 때도 마찬가지였다. "이 우물물 묵는 사람들 물건에 손을 댔으면 내 손에 장을 찌지요!" 우물가에서 할머니가 방성통곡을 하면서 고함을 지른 것도 그때였다. '새끼 도둑'이라고 아이들 사이에 손가락질 받던 손자는 단속반원을 피해 도망을 가다 달려오는 열차에 치여 죽고 말았다. 같이 도망치던 할머니는 다리 하나를 잘린 끔찍한 사고였다. 그때부터 할머니는 손녀가 공장에서 벌어오는 돈으로 술만 마셨다.

그 당시 애들의 놀이 중에 도둑놈 잡기라는 게 있었는데 이 골목에 숨었다 하면 시간이 끝이 없었다. 저녁을 먹고 난 어스름 때나 밤에 가위바위보로 도둑과 순경패를 갈라 숨은 도둑을 잡는 놀이였는데 단골로 이 골목에 숨는 애는 찬기였다. "야, 찬기 새끼 니 그 안에 숨었제!" 순경이 된 아이들은 차마 들어가지는 못하고 골목 입구에서 그렇게 고함만 질러댔던 것이다.

걸음을 옮기며 문영호는 그제야 자기를 눌러오는 가슴 답답함의 또 다른 이유를 알 것 같았다.

변하지 않은 동네의 모습에서 오는, 내가 살았던 동네가 이토록 빈민가에 가까운 곳이었을까 하는 충격 외에도 이곳을 찾게 된 동기부터가 그렇게 기분 좋은 것이 아니기 때문이라는 쪽으로 생각이 몰렸던 것이다.

특히 이원재가 원태의 동생이라는 사실을 알았을 때부터 그의 마음은 뭐라 말할 수 없이 어지러웠던 것이다.

문영호는 찬바람을 맞으며 가파른 계단을 천천히 올랐다. 지금부터 자신이 해야 할 일이 그저 난감하게만 느껴졌다. 문영호는 그가 살았던 집 부근에서 걸음을 멈추고 호흡을 가다듬었다. 삼거리에서 계단의 끝까지를 셈하면 삼분의 이 지점이었다. 지나온 길을 내려다보니 항내가 들어왔다. 부두의 모습은 엄청나게 달라져 있었다. 4부두로 알고 있는 곳 옆의 방파제와 석탄 저탄장은 보이지 않고 기중기와 울긋불긋한 컨테이너들이 눈에 가득 들어왔다. 옛날 저탄장 앞의 방파제는 동네 아이들의 낚시터였다. 말이 낚시지 두세 발의 낚싯줄을 나무토막에다 감은 게 기구의 전부였고, 시장에서 주워 온 조개를 미끼로 쓰는 엉터리 낚시였다. 합판공장에서 방파제 안쪽으로 띄워놓은 원목 위에 위태롭게 쪼그리고 앉아 통나무 사이로 낚싯줄을 드리우면 '꼬시래기'라고 부르는 손가락만 한 고기들이 몰려들었다. 바닷물은 맑아서 몰려드는 고기떼들이 눈에 환하게 보였으며 우선 한 마리만 잡으면 미끼는 그것으로 대신했는데 낚시에 매달린 제 살붙이를 보고 그놈들은 달려들곤 했다.

문영호는 담배를 붙여 물며 몸을 돌렸다. 〈일류 세탁소〉라는 페인트 글씨가 가게의 유리창을 크게 차지하고 있었다. 달아낸 가게는 부엌과 공부방이 틀림없었다. 책상 앞에 앉아 있으면 계단을 오르는 사람들의 발길 소리가 어수선했고, 너무 신나게 뛰어놀아 피곤해서 지쳐 잠든 밤이면 지나가는 발걸음들이 꼭 자신의 가슴팍을 밟고 지나가는 것 같아 깜짝깜짝 놀라기도 했던 방이었다.

그런 곳이 이제 세탁소로 바뀌어 드나드는 사람들의 잡담이 오가는 데가 되어버렸다니. 문영호는 입술이 말라오는 듯했다. 본채는 동향이었지만 대문과 공부방은 남향으로 유리문에는 햇살이 제일 아래 창틀부터 비쳐들고 있었다. 그는 세탁소 문을 열었다. 사내가 손놀림을 계속하며 고개를 들었다.

"말씀 좀 묻겠습니다."

사내는 극히 무뚝뚝한 표정이었다.

"이형달 씨라고 이 근방에 사실 텐데."

다림질하던 양복의 소매를 돌려놓고는 사내가 잠시 일손을 멈추었다. 딱딱한 사내의 태도와 더불어 흰 회를 바른 벽이 낯설기만 했다.

"잘 모르겠소. 이사 온 지 얼마 안 돼서."

비닐을 씌워 천장에 걸어놓은 세탁물이 얼마 되지 않은 이유를 알 것도 같았다.

"네……."

실내를 다시 한 번 살펴보았으나 예전의 방을 떠올릴 수는 도저히 없었다. 문영호는 난감했다. 십 몇 년이 지났으므로 그것은 오히려 당연할 수도 있는 것이지만 고집처럼 솟아나는 서운함은 어쩔 수 없었다. 이곳에서 처음으로—그게 중학교 몇 학년 때이던가—심장이 파열될 것 같은 내밀스런 행위를 했다니. 유리창을 타고 드는 투명한 햇살을 보자 갑작스레 은밀스러운 부끄러움이 그를 휩쌌다. 가게 주인의 손놀림은 피어나는 김 속에서 아주 능숙했다. 그 모습이 참으로 자기와는 상관없는 일인 양 생각되어 문영호는 곤혹스러웠다. 아니, 십수 년 만에 다시 찾은 방에서 가장 선명하게 생각키워 부끄러움으로 그를 휩싸는 게 자위행위라는 것부터가 도대체 당황스러운 것이었다.

"실은 옛날에 이 집에 살았어요."

말을 해놓고 그는 금방 후회했다. 그게 이 사람과 무슨 상관인가.

"그래요? 요 앞에 주인이요? 전세금 문제가 걸린."

"아닙니다. 실례했어요."

그는 밖으로 나왔다. 그러나 바로 옆의 대문을 바라보자 도저히 그냥 지나칠 수가 없었다. 그는 반쯤 열린 대문을 밀었다. 마당에 사람은 없었다. 세탁소에서 안마당으로 나오는 작은 문이 달려 있었다. 손바닥만 하던 장독대는 없어지고 그 담벽에 창고 같은 게 들어서 있었다. 본채의 축담이며 현관은 그대로였다. 대문 옆의 변소가 눈에 띄자 그는 엉뚱하게 요의를 느꼈다. 오줌은 갑작스런 요의와는 달리 참으로 길었다. 변소에서 나오자 현관에서 키 작은 반백의 할머니가 나타났다.

"누고?"

문영호는 참으로 머쓱했다.

"아, 집을 보러 왔습니다."

"셋방은 벌써 나갔다."

"네, 그랬어요."

조금 달아오는 얼굴을 손으로 문지르며 문영호는 밖으로 나왔다. 대문 맞은편에 싸전이 있었다. 그곳은 철주네 약방이었던 곳이었다. 철주는 문영호 또래보다 두어 학년 아래로, 창백한 얼굴에 수염투성이였던 그의 형님과 같이 살았다. 부모가 없는 철주에게는 아버지와 다름없는 형님이었다. 그런데 한 가지 이상한 일이 있었다. 약방에 손님이 찾아오면 그의 형님은 잠깐 기다리게 해놓고는 방으로 들어갔다가 나오는 것이었다. 언젠가 한번은 철주 형님이 자리를 비운 사이에 철주를 꼬여 방으로 들어가 보았다. 책상 위에는 커다란 스크랩북이 몇 권 있었다. 그 속에는 신문이나 잡지에서 오린 약광고가 가득했다. 〈임산부 빈혈에는 헤모글로빈, 허약체질 밥맛이 없을 때는 역도표 서울약품의 원기소…….〉 아이들은 라디오 광고 흉내를 내며 떠들어댔다. "이빨이 아프다. 발라봐요 됴고약" "아직도 오줌에 손 씻는 처녀들, 동동구리무가 왔어요" 찬기의 엉터리 익살에 배꼽을 잡고 있는데 철주 형이 느닷없이 들어와 아이들에게 벼락을 내렸다. 그리고 얼마 뒤인가 철주 형네 약방은 문을 닫았다. 어른들 말로는 자격증이 없기 때문이라는데 삼거리까지 내려가서 약을 사 오는 일이 아이들에겐 귀찮을 뿐이었다.

문영호는 싸전으로 들어갔다. 중년의 사내가 석발기 옆에 서서 쌀을 붓고 있었다.

"말씀 좀 묻겠습니다. 이형달 씨 집이 어딥니까?"

"누구요?"

석발기 소리가 꽤나 시끄러웠다.

"이형달!"

"아, 요 위 골목 안 가게 다음다음이요."

"혹시 원재라는 아들이 집에 있을까요?"

"글쎄 아들이 몇 되는 모양이던데, 모르겠소."

문영호는 그쯤에서 물러섰다. 담배포가 달린 가게는 골목의 첫 집이었다. 옛날에도 구멍가게가 있었던 것 같았다. 골목가게 치고는 꽤나 규모가 컸다. 다음 집은 문패가 없었고 그 옆에 이형달이라는 문패가 칠이 다 벗겨진 감색 대문 위에 서투른 먹글씨로 붙어 있었다. 예전의 그 집이었다. 문을 열면 개부터 짖어대던. 문영호는 닫힌 문 앞에서 망설였다. 열고 들어갈 엄두가 나지 않았다. 집 안에서 들려오는 인기척도 없었다. 문영호는 잠시 머뭇거렸다. 원태네가 언제나 개를 키웠다는 생각만 엉뚱스레 났다. 음식 찌꺼기가 남으면 원태네 집에 갖다 주었고 원태네 집에서 가지러 오기도 했다. 동네에서 개를 잡았다 하면 그 집이었고 어른들의 술판이 벌어지는 날이기도 했다. 되돌아 나오는 동안에 저 멀리 항내를 가로막은 산과 바다가 눈에 들어왔다. 어디서나 부두와 바다가 보이는 동네였다.

문영호는 우물이라도 찾으면서 방법을 생각해 보기로 했다. 이마에 굵은 주름살이 많아서 뻰데기라고 부르던 홍식이 집 근방이었다. 어제는 밤이었으니까 눈에 안 들어왔을 수도 있었겠지. 그는 윗

동네로 올랐다. 홍식이 집은 짐작할 수 없었다. 다만 천막교회로 내려갈 수 있던 흙으로 다져놓은 엉성한 계단은 제법 시멘트로 반듯하게 고쳐져 있었고 우물 위의 흙언덕도 시멘트 축대로 변해 있었다. 우물은 없었다. 축대에 들어갔는지 계단으로 파묻힌 것 같았다. 문영호는 엉거주춤 서서는 몇 번이고 축대며 계단을 살펴보았다. 왠지 자신이 전혀 모르는 처음 와보는 동네에 와 있다는 기분이었다. 동네 하면 계단과 우물이 제일 먼저 떠올랐는데. 그리고, 동백나무가 있었지. 문영호는 축대를 멀거니 바라보았다. 우물가 언덕에는 동백나무가 몇 그루 있어 겨울이 끝나갈 즈음이면 시리도록 빨간 꽃이 피곤 했다.

문영호는 마른 입술에 침을 바르며 다시 골목을 내려왔다. 원태 집은 여전히 조용했고 대문은 닫혀 있었다. 어떡한다. 골목 입구의 가게를 생각하고 우선 그리로 들어갔다.

"담배 한 갑 주세요."

붉은 털모자를 쓴 꼬마에게 김 나는 찐빵을 건네준 주인 여자가 담배 진열장 뒤로 들어갔다. 문영호는 일부러 오천 원짜리를 냈다.

"잔돈 없어요?"

"없는데요."

문영호는 호주머니에 손을 넣어보며 말했다.

"담배 한 갑에 오천 원짜리 바꾸고……."

두툼한 입술에 얼굴이 둥근 여자는 짜증스러운 표정을 숨기지 않았다. 문영호는 값이 꽤 나갈 것 같은 빵을 집었다.

"아주머니, 윗집에 원재 총각 지금 집에 있나요?"

"원재요? 아, 정아 삼촌 말인가베, 글쎄 얼핏 보이는 거 같더니."

주인 여자가 건넨 우유는 호빵 통 속에 들어 있어서인지 상당히 따뜻했다.

"요새 그 집에 우환이 들어서."

"우환이라뇨?"

그때 플라스틱 바가지를 든 여자가 스웨터 자락을 움켜쥐고는 잔뜩 웅크린 채 들어왔다. 물통 속에 든 두부 한 모를 건져준 여자가 앞치마에 손을 문지르며 다가왔다.

"무슨 일이 있나요? 그 집에?"

"누구, 정아네요? 정아 할배가 아파서 입원한 지 한 달이 다 되어갈끼요. 가만있어 봐라. 이 사람이 점심때가 다 됐는데……."

여자가 가게 뒤로 난, 안채로 통하는 문을 열고는 소리쳤다.

"욱아! 니거 아부지 가게 나오라 캐라."

작으면서도 야무져 보이는 여자였다.

"그런데 아주머니, 정아 삼촌이 언제 서울서 내려왔던가요?"

"글쎄요. 한 달쯤 됐는지……."

한 달 전이라면 12월 해고 뒤를 말하는 것이겠지. 그렇다면 원재는, 얼른 셈해 보니 날짜가 맞지 않았다.

"몇 신데 동네 시끄럽게 고함질러 쌓노!"

안채로 통하는 작은 문이 열리고 사내가 머리를 들이밀었다. 허리를 편 사내는 말랐으나 키가 껑충하게 컸다. 짧은 스포츠형 머리가 추워 보였다.

"몇 시라니요, 열한 시가 지났건만은. 이 손님 삼천구백오십 원 잔돈 주고, 콩나물집에 연락해서 빨리 한 통 가져오라 카소. 아침부터 팔았으믄 반 통은 팔았것다."

여자는 앞치마를 풀어 의자 위에 놓고는 안으로 들어갔다. 문영호는 우유를 한 모금 마시며 사내를 바라보았다. 주인 사내가 서 있는 쪽은 약간 어둑한 편이었다. 사내가 금고 쪽으로 몸을 돌리려다 다시 문영호를 향했다.

"으응, 혹시……."

사내가 햇볕이 드는 가게 앞쪽으로 걸어나왔다.

"영호 아니가, 문영호?"

"응?"

"그래 맞구나, 내 동근이 아이가, 김동근이!"

문영호는 깜짝 놀랐다. 밝은 데로 나온 사내는 틀림없는 동근이었다. '살짝이'라고 부르던. 둘은 잡은 손을 한참 만에야 풀었다.

"이기 몇 년만이고?"

문영호는 동근이가 밀어놓는, 밑이 터져 스펀지가 비어져 나온 의자에 앉았다. 햇살을 받은 동근이 얼굴에 코 옆의 얽은 자국이 희미하게 퍼져 있었다.

"얼굴이 그대로네."

"너도 그렇구나. 사장이군."

"잔돈에 사람 늙는다. 새벽시장 봐놓고 한숨 안 잤나. 그래, 여기는 어짠 일이고?"

"장사 좀 한다고, 해산물을 취급해볼까 해서. 부모님은 어때?"

"아버지는 벌써 돌아가셨고 어머니는 동생 회복간하러 가셨다. 장가는 갔을 끼고 아이가 몇이고?"

"둘이지. 너는?"

"나도 둘이다. 큰놈이 내년에 학교 간다."

동근이는 자기가 제대 직후 결혼했으며 이 가게를 전세로 들었다는 것 등을 설명했다. 문영호의 기억으로 동근이는 상고를 다닌 것 같았다.

“하사로 차출되어 좆뺑이쳤다.”

말끝에 하사 제대를 두 번이나 들먹이는 게 실상은 꽤나 자랑스러운 모양이었다.

“그래 다른 아이들은 어때, 모두 사나?”

“가만있어 봐라, 니가 언제 이사 갔노? 중학교 졸업하고가?”

“아니, 고등학교 다니다 안 갔나?”

“그렇나? 난 고등학교 때는 별 기억이 없다.”

“나도 그래.”

기실 동네 친구들에 대한 기억은 시험에 의해 제각기 흩어지기 전의 국민학교 다닐 때가 제일 진했다. 그때 문영호 또래만 해도 10여 명이나 되었다.

“예전보다야 적지만 그래도 몇이 산다. 찬기, 원태, 홍식이, 호야……댓 명 되네. 찬기는 맞춤집 하고, 원태는 공장 나가고, 홍식이는 택시 몰고, 호야는 배 탄다.”

동근이는 친구들의 소식을 진열대 물건값 외듯이 늘어놓았다. 문영호는 원태에게로 이야기를 끌고 갈 때라고 생각했다.

“아까 아주머니한테 들어보니 원태 아버지가 편찮으시다며?”

“그래. 그 집도 영감 때문에 큰일이다. 없는 살림에 병원비가 보통이가. 얼마 전에 입원비가 밀려서 야단이던데.”

“돈이 밀리면 치료가 안 될 텐데.”

“그래 말이야, 어떻게 만들었는지 모르지.”

문영호는 담배를 꺼냈다. 뭔가 들어맞을 수도 있다 싶었다. 담뱃갑을 동근이에게 밀었으나 그는 손을 저었다.

“끊었다.”

“원태는 어디 큰 공장이가?”

"공장이 크몬 뭐하노. 옛날 지거 엄마 나가던 길표고무 아니가. 중학 나와가지고 받으몬 얼마 받겠노?"

"원태 밑에 원재가 있지?"

"원재 글만들 뭐 있나. 번개 같은 놈이 돼나서 집에도 안 붙어 있는데."

"왜 애가 빗나갔나? 서울 있었다면서?"

"내려왔는갑던데, 전에 얼핏 봤다."

"부산에 있으면서도 집에 안 들어와? 언제 내려왔는데."

"글쎄 말이야, 내려온 지 한 달은 됐을 낀데."

원재를 보았다는 말이 그의 아내 말과 일치하는 걸 보면 원재는 퇴사 직후 바로 집에 온 게 된다.

"어디 직장을 잡아야겠군. 원태 혼자는 벅찰 테니까."

"말해 뭐하노. 자식이 본래 말이 없고 고집이 세다."

문영호는 좁은 가게 속을 떠도는 담배 연기를 바라보았다. 만일 원재가 범행을 저질렀다면 그 뒤로 집에 나타나지 않은 게 된다. 집에 들렀다 하더라도 극히 잠깐 몇 번일 테고 병원으로만 드나들었을 확률도 있었다. 결국 원재의 행적은 집식구들밖에—그것조차도 불확실하지만—모르는 게 된다. 그러나 부산에 내려온 원재가 집에 들어오지 않는다면 어디 있단 말인가. 문영호의 생각은 거기서 막힐 수밖에 없었다.

"그런데 원태 아버지는 무슨 병이야?"

"이 동네 어른들 다 걸리는 병 아니가. 술병이지 뭐. 원태 아버지도 이 동네에서 둘째가라면 억울한 술쟁이 아니가, 워낙 몸이 좋아 버텼지. 이 동네 술쟁이가 하나둘이었나."

생각해 보면 골목은 언제나 술취한 아버지들의 고함과 싸움으로 시끌거렸다. 철길의 판자 동네가 장화 없이 못 살았다면 문영호가 살았던 동네는 마누라는 없어도 술 없이는 못 산다고 소문난 곳이었다. 날일이나 막일하는 사람들이 대부분이었기에 단순하고도 매우 거칠었다.

"왜 문식이 아버지 윗골목 철거할 때 술이 덜 깨서 철거반원들하고 시비하다 죽은 거 알제? 얼마 전에 문식이가 사고 쳤다."

동근이는 이야기를 하면서 자리에서 일어났다. 동전 100원을 내민 꼬마가 과자를 고르기 위해 좌판 앞을 서성거렸다.

"사고라니?"

"방위하다가 총 들고 지랄했나 보더라. 시내가 떠들썩했지. 몇 년 받았을 게다."

"그래? 나도 신문에서 보았는데 주소가 여기가 아니던데."

"용호동으로 이사 안 했나. 철거당할 때."

"아, 그랬지. 문식이가? 그 참. 문식이와 원재가 친구쯤 되지?"

"글쎄, 원재가 좀 윌 낀데."

어젯밤에도 이 골목을 지나면서 떠올린 문식이가 바로 신문에 난 문식이라니. 문영호는 놀라지 않을 수 없었다. 신문 보도는 시내의 번화가 다방에서 방위병이 총과 수류탄을 소지한 채 인질극을 벌이고 있다는 극히 짧은 것이었다.

"어쩌다 그랬을까?"

"그래 말이야. 용호동에 갑령이하고 같이 사니까 걔가 속사정을 제일 잘 알 거야. 그리고 찬기는 옛날 동네 아이들과 연락이 있는 갑더라, 길가라서."

"갑령이는 누구지? 갑경이도 있었잖아."

"갑경이는 우린 또래고 갑령이는 말을 조금 더듬고 와 자기 아버지가 철도 안 다녔나. 장림동인가 동서기 한다더라."

문영호로선 쉽게 떠오르는 얼굴이 아니었다.

"찬기는 어디 있어?"

"구청 가다 오른쪽으로 보면 맞춤집이 쭉 있는데 성천사라고, 살만하다. 내려온 김에 아이들이나 만나봐라. 바쁘나?"

"아니. 여기까지 왔는데 원태 어머니께 인사나 할까, 같이 가보자."

"병원에 있지, 지금 원태 처밖에 없을걸."

"그렇구나."

간병을 생각 못하다니, 문영호는 허둥대는 자신이 한심스러웠다.

"저녁에 보자, 찬기 만나 약속하면 된다."

문영호는 고개만 끄덕이고 일어났다.

삼거리의 다방에 앉아 문영호는 수첩에다 이형달 연합병원 내과병동, 이원태 길표고무, 혹시나 싶어 김갑령 장림동 사무소라고 적어 넣었다. 방법은 두 가지인데 가장 적절하고 정상적인 것으로는 원태를 비롯한 가족들을 통한 직접적인 것이고 다른 한 가지는 주위 사람들을 통한 탐문수사였다. 앞의 방법은 문영호 자신이 나설 수 없는 입장이니 현지경찰의 협조를 얻을 수밖에 없는 노릇이었다. 그러나 자신이 나설 수 없는 입장이라는 것과 시간적으로도 그쪽을 택해야 한다는 걸 알면서도 어쩐지 마음이 내키지 않았다. 그 생각은 문영호 자신의 기분과 마음을 온통 차지하여 다른 이유나 설명의 여지가 비집고 들 틈이 없었다.

문영호는 담뱃재를 툭툭 털면서 중얼거렸다. 해보는 데까지 해보고 정 안되면. 우회하여 주위를 맴돈다 해도 오늘 밤이나 내일 아침이면 끝나는 것이다. 거기서도 안 된다면 어쩔 수 없는 게 아닌가. 한편으로는 확실한 이유도 없이 예문식의 이름이 자꾸만 마음에 걸렸다.

그는 담배를 비벼 끄고 자리에서 일어났다. 찬기의 가게는 가까웠다. 그만그만한 맞춤집들이 줄이어 늘어선, 전에 그의 부모가 포목상을 하던 시장 가까이였다. 말이 포목상이지 한복감에서부터 속옷이나 버선까지 파는 소규모였다. 이 길은 문영호가 자주 심부름을 하던, 어머니가 지어 놓은 밥을 가져간다든가, 전화가 없었기에 사소한 일 하나까지도 직접 오가야 했던 낯익은 길이었다. 문영호 자신이 세 살 때이던가, 경남의 시골에서 이곳으로 옮긴 부모는 먼저 정착한 삼촌으로 해서 이곳을 뜨게 되었다. 서울도 그랬지만, 이곳에서의 생활은 언제나 넉넉지 못했고 어려웠다. 가족이 많았던 탓도 있었겠지만 결국은 도시생활에 대한 아버지의 부적응 때문이었을 거라고 문영호는 결론짓고 있었다. 적을 두었던 대학을 제대 후 포기한 것에 생각이 미치자 문영호는 잠시 우울해졌다.

목에다 줄자를 두른 채 옷감을 자르던 찬기가 화들짝 놀랐다.

"아따, 이게 누고?"

가위를 놓고 찬기가 손을 잡았다.

"무슨 바람이 불었노 응? 조금만 기다려라. 다 끝나간다."

작업복과 남방, 특수복 등을 전문으로 하는 곳이었다. 가게는 좁았으나 옷감이며 맞추어 놓은 옷들로 보아 제법 실팍해 보였다. 십오륙 세의 종업원도 셋이나 되었다.

찬기가 일을 끝내자, 둘은 시장입구 다방으로 올라갔다.

"장사가 잘되나 보군."

"잘 벌어야 세 주기 바쁘지."

문영호는 동근이에게 했던 대로 자기가 어떻게 내려왔는가를 말했다.

"십몇 년 만에 본 동네가 어때?"
찬기가 담배를 꺼냈다.
"생각보다 별로 변한 게 없더구나. 어찌 보면 반갑고."
"그래도 니거 집은 세탁소로 안 바뀌었더나."
"그래 하하, 그런데 우물이 없어졌데, 동백나무도. 몇 번이고 살펴보았는데."
"벌써 없어졌다. 수돗물 사정이 좋아지고부터는 별 소용이 없어졌고 살던 사람도 옛날 같잖고."
"그 말 무슨 말인데?"
"아, 자꾸 들어오고 나가고 하니 옛날부터 우물 아는 사람이 몇 되나?"
새로 이사 온 사람들이 당하는 창피도 대개 우물 사용에서부터 시작되었다. 누구 집에 세든 여편네 못 쓰겠더라는 입방아도 근본 원인은 우물에 있었다. 위생관념이니 그런 것하고는 관계가 먼 동네 어른들의 우물에 대한 태도는 참으로 이상할 정도였다. 간섭 없이 내놓고 키우는 아이들이지만 우물가에서 뛰놀거나 더럽히는 것을 어머니들 중 누군가가 보면 당장 불호령이 떨어졌다. 그렇다고 그 우물이 겨울에 따스하고 여름에 시원한 별난 우물도 아니었다.
"와 우물 생각이 자주 나더나?"
"응, 동네 생각하면 제일 먼저지 뭐."
계단이나 골목이야 가파르고 좁고 얼기설기하다는 막연한 느낌을 주었지만 실제적인 장소로서 머릿속에 자리 잡고 있었던 것은 사실 동백나무가 있는 우물이었다. 그런 우물이 사라졌다는 것은 단순한 시설물 하나가 없어졌다는 것과는 다른 어떤 상실감을 문영호에게 주었다.

"문식이 아버지 술 깨는 우물 아니었나, 하하."

"그래 그래. 홍식이가 동백꽃 가지 꺾다 너네 엄마한테 혼이 났지."

"하하, 맞아."

"근데 문식이가 사고쳤다며?"

"굉장했지. 그 일은 갑령이가 제일 잘 알 걸. 걔가 다방에 들어가 설득까지 했으니까."

"갑령이가 동회 나간다며?"

"신평동이다. 용호동 소식은 갑령이한테서 듣는다. 어머니들끼리 계가 있어서. 곗돈 가지고 한 번씩 온다."

"아까 동근이 만나보니 원태 아버지가 편찮으시다던데?"

"며칠 전에 집의 엄마가 병원에 갔었나 보더라. 가망은 없는데 원이나 풀어준다고 있는 모양인데 죽어나는 건 돈이지 뭐."

찬기 어머니는 뚱뚱한 여장부였다. 동네에서 고함소리가 제일 커 마땅한 놀이터가 없는 아이들도 그 집 앞에서는 아예 얼씬거릴 생각을 하지 않았다.

"원태가 어렵겠구나. 원잰가 동생이 있다면서?"

"바람 같은 놈이지. 얼마 전에 옷 하나 맞추어 갔다. 자숙이하고 같이 왔었지 아마."

"자숙이? 언제?"

문영호는 상체를 가까이 내밀며 보리차를 들었다.

"한 달쯤 됐나?"

"자숙이가 누군데?"

"문식이 동생 아니가. 둘이 상당히 가까운가 보던데."

"동생이 몇이나 되나?"

"셋인가, 자숙이가 제일 위지. 문식이 치다꺼릴 한다고 욕본다."

"그렇겠네. 수월찮을 낀데."

"갑령이 말을 들어보니 어디 술집에 나가는 눈치더라."

문영호는 고개를 가만히 끄덕였다. 일이 이상하게 얽힌다 싶었다.

"저녁에 술 한잔해야지, 내가 연락해 놀게."

동근이가 했던 말을 찬기도 하고 있었다.

"다른 일 있나?"

머뭇대는 그를 보고 찬기가 물었다.

"그건 아니지만… 그러자."

머릿속에서는 나중에 당할 자신의 곤란한 입장이 헤아려지고 있었지만 몸이 먼저 나섰다. 그는 확실히 은경동에 와 있었다.

찬기와 헤어져 혼자 걸으면서 문영호는 다시 사건에 몰두했다. 한 가지 사실만은 명확해 보였는데 그건 원재가 자숙이와 어떤 식으로든 연결되어 있다는 것이었다.

부산에 내려왔으면서도 집에 없다는 의혹이 여기서 풀릴지도 몰랐다. 그러고 보니 아까 얼핏 떠올린 문식이가 원재와 더욱 가깝게 다가왔다. 병원은 일단 미루고 갑령이부터 만나자.

정류소 옆의 공중전화 박스에서 장림동과 신평동 번호를 두 개 다 찾아 먼저 장림동으로 다이얼을 돌렸다. 갑령이 근무처에 대해서 동근이와 찬기 말이 틀렸기 때문에 확인할 필요가 있었다. 찬기 족이 더 맞을 것 같아 그는 장림동부터 걸었다.

"장림동 김 주삽니다. 네 누구요? 아, 그 사람. 신평동으로 갔습니다."

"신평 몇 동이죠?"

"네? 신평동은 하납니다."

신평동은 종점이었다.

허허로운 개간지가 눈 아래 펼쳐져 있었고 그곳을 청소차가 들락거리며 쓰레기를 붓고 있었다. 차가운 바람을 타고 역겨운 냄새가 몰려왔다. 매립지 저쪽으로 겨울 햇살에 반짝이는 강자락이 눈에 들어왔다. 그러니까 저기가 낙동강 하구인가. 문영호로서는 처음 보는 풍경이었다. 강 가까이에 공장들이 들어서고 있었다. 동사무소로 가는 길에 초가집 몇 채도 눈에 들어왔다.

갑령이는 이름을 들먹이자, 이내 문영호를 알아보았다. 마침 점심시간이어서 갑령이가 이끄는 대로 가까운 음식점에 들어갔다.

"오, 오랜만이에요."

갑령이가 김 나는 보리차를 한 모금 마신 뒤 말했다.

"그래, 지내기가 어때?"

"뭐, 그냥……."

"갑경이는 뭘 하는데?"

"형은 아파트 수위 해요."

첫머리를 더듬는 말투에 비해 갑령이는 비교적 차분해 보였다. 어딘지 모르게 완강하게 자신을 지키려는 구석이 엿보이기도 했다.

식사는 정식이었다. 파리가 식당 안을 날아다녔다.

"문식이가 일을 냈다며?"

갑령이는 가볍게 고개만 끄덕였다.

"왜 그랬을까?"

문영호는 꼭 대답을 필요로 하지 않은 것처럼 예사롭게 물었다. 갑령이는 잠시 뭔가 생각하는 눈치였다.

"그, 글쎄. 기합받는데 죽은 아버지도 생각나고……뭐 이래저래 그랬나 봐요. 자기 부, 불만 같은 거……."

갑령이는 거기서 말을 끊었다.

"다방까지 내려갔다며. 설득한다는 게 어려운 일이지."

"비, 비겁했어요."

갑령이가 숟가락을 들어 국을 뜨다 말고 말했다. 문영호는 뭐라고 더 말을 걸 수가 없었다. 갑령이는 눈을 내리깐 채 시래기국을 떴다가 놓았다 했다. 문영호는 소리 내어 먼저 먹기 시작했다.

"차나 한잔하지."

점심을 먹은 뒤 문영호가 권했다. 다방은 버스 종점까지 걸어 나와야 했다.

문영호는 갑령이가 식당에서 국을 뜨다 말고 느닷없이 한 말이 주는 묘한 의문의 여운과 같이 가라앉은 그의 태도로 말미암아 분위기가 무겁다 싶었다. 커피와 우유를 시켜놓고 잠시 둘은 그냥 앉아 있었다. 갑령이가 담배를 피우지 않는다는 사실도 문영호에게는 부담이 될 정도로 자리가 어색했다. 갑령이가 주는 그러한 분위기 때문에 문영호는 아직 자기가 부산에 내려온 이야기도 둘러대지 못하고 있었다. 차라리 필요 없을 것도 같았다.

문영호는 두 대째 담배를 피워 물고서야 입을 열었다.

"자숙이에 대해서 좀 물어볼 게 있어서 그러는데, 시내 어디 나간다면서?"

갑령이가 문영호를 똑바로 바라보았다. 이유를 묻지 않는 그 눈길 속에는 문영호가 하는 일이 무엇인지를 알고 있는 듯한 느낌까지 묻어 있었다.

"고, 공장 다니다…… 술집인가 보던데요. 다른 동생들도 벌고 있어요."

"문식이 치다꺼릴 할려면 힘들 거야."

문영호는 갑령이가 이야기하는 술집 이름과 장소를 기억했다.

강 쪽이라 짐작되는 곳에서 비치는 햇살이 창틀을 넘어서고 있었다. 먼지 낀 창문을 바라보며 문영호는 기억에 없는 자숙이를 떠올리려고 애쓰는 자신을 발견했다.

"은경동 원재를 언제 본 적이 있나?"

갑령이는 고개를 저었다.

"가끔 이야기나 듣죠."

"자숙이하고 가깝다면서?"

"그, 글쎄 잘 모르겠네요."

문영호는 찻잔을 천천히 돌렸다.

"집이 여기서 멀 것 같은데."

"아, 아주 멀어요. 그러나……"

갑령이는 잠시 말을 끊고 찻잔을 잡았다.

"어, 어머니가 이사 가길 싫어해요. 은경동 윗골목 살다 용호동으로 들어간 뒤 아, 아버지의 사진을 또 다른 낯선 벽에 걸기 싫다고……"

문영호는 가만히 고개를 끄덕였다. 오히려 더듬거리며 힘들게 하는 말 속에 더 많은 이야기를 담고 있는 듯했다. 알 수 있는 기분이었다. 전에 살던 그 좁고도 낡은 집 마당에 찍혔던 수많은 발자국들이 모두 길이 되었거나 축대로 변했을 것이다. 거처하던 그의 방이 세탁소의 밝은 형광불빛과 대낮의 햇살에 훤히 드러나 문영호 자신의 벗은 몸을 내보이는 것 같았듯이.

"나도 기분이 묘했어. 살았던 방이 세탁소로 되었더군. 어제 간 김에 우리 집 변소에 가서 오줌을 누었지 허허."

"내, 내가 문식이더러 옛날 동네에 가보자면 그, 그놈은 떠난 동넬 왜 가냐고 화를 냈죠. 그러나 난 그 정도는 안 돼요. 버스를 타고 가다 동네 근방이다 싶으면 자꾸만 눈이 차창 밖으로 가요. 그, 그리고 아파트가 보이면 '아' 하고, 빈속에 첫 잔의 소주를 마신 것처럼 가슴이 찌르르 해요."

아침에 동네를 오를 때 느꼈던 우중충하게 가라앉은 압박감이 다시 문영호의 가슴을 눌러왔다. 갑령이가 더 설명하지 않은, 문식이의 사고도 어느 정도 그런 데에 연유하지 않았을까 싶었다. 햇살이 퍼진 밖으로 나와 갑령이와 헤어지면서 문영호는 저도 모르게 먼저 손을 내밀었다.

매일이다시피 골목을 누비며 죽말타기와 깡통차기, 도둑놈잡기며 고생받기같이 거친 놀이를 했으면서도 갑령이가 말을 더듬었다는 기억이 없는 게 이상스러웠다. 어쩌면 갑령이는 더듬는 그의 말버릇처럼 살아가는 길도 그토록 어렵고 답답할 것 같아 버스 속에서 문영호는 못내 우울했다. 저녁에 시간 나면 은경동 삼거리의 다방으로 나오라고 했을 때도 갑령이는 그냥 말없이 씩 웃기만 했다.

문영호는 남포동에서 내렸다. 말이 남포동이지 정류소는 바로 자갈치시장이었다. 그는 잠시 두리번거리다 바닷가 쪽으로 갔다. 좌판 장사와 리어카 장사가 온통 길을 메우고 있었다. 속살을 파고드는 차가운 바닷바람 속에서 복닥거리는 사람들의 시끌댐이 삶의 활기와 치열함을 보여주고 있었다. 비슷하게 생긴 하얀 선체의 원양어선들이 차갑게 떠 있었다. 갈매기들이 더러운 바다 위에서 먹이를 찾아 낮게 맴돌았다. 발밑의 바다에는 기름과 비닐봉지, 나무토막들이 떠다녔다.

왼편으로 커다란 산이 하나 보였다. 영도. 문영호는 어렸을 때 배를 통과시키기 위해 다리가 들리는 것을 몇 번이고 보았었다. 마침 다리 밑을 지나가는 여객선의 꽁무니에서 물결이 일어나고 있었다. 호야가 탄다는 배는 어떤 것일까. 대학을 다녔다면 몰라도, 잘해야 저 원양어선 정도겠지. 그러고 보면 이 도시는 누구나 반드시, 배를 타는 친척과 친구를 갖게 되는 도시가 아닌가. 높게 일렁이는 물결을 보며 문영호는 문득 신문 사회면에 가끔 실리는 통곡하는 가족과 실종 선원들의 사진을 떠올렸다. 문영호는 피워 물었던 담배의 열기가 손끝에 느껴지자 그것을 바다 쪽으로 던지고 돌아섰다. 좌판의 앉은뱅이 걸상에 걸터앉아 멍게와 해삼으로 소주를 마시는 사람들이 눈에 띄었다.

갑령이가 정확한 위치까지는 몰랐기에 바이킹을 찾기에는 시간이 걸렸다. 차가운 바람 속에서도 햇살은 아주 찬연했다. 거리는 건조하면서도 밝게 빛났다. 그는 극장 앞의 구두닦이와 껌장사, 그리고 외제 물건을 파는 아주머니 등을 통해서 남포 양화점 앞의 '바이킹'을 찾을 수가 있었다. 비좁은 골목에서 이층의 바이킹은 밖에서 보아도 큰 규모의 고급 술집임을 알 수 있었다. 그는 전화번호를 수첩에 적었다.

문영호는 번화가를 빠져나와 버스를 탔다.

원태 아버지가 입원해 있다는 연합병원은 부산역 다음 정류소였다. 동근이가 병원을 알려 주면서 "옛날 철도병원 알제? 그 자리다." 라고 했지만 직사각형의 현대식 건물에서 어렸을 때 보았던 병원을 떠올리기는 어려웠다. 그렇지만 전차가 다니던 은경동 윗길과 새로 난 도로 사이의 옹벽이며, 병원 옆에 있던 철도문화관과 거기서 보았던 〈오부자(五父子)〉라는 영화제목이 기억나자 돌담 언덕 위 붉은 벽돌의 2층 전물이 잠시 그려졌다. 가족 중 누군가가 입원했던 것 같기도 했지만 확실치는 않았다. 연합병원은 종교계통의 종합병원이었다. 안내라는 검정 플라스틱 명찰을 단 중년의 사내가 이형달 씨의 입원실을 찾아주었다.

"면회는 네 시부터입니다."

흰 벽에 걸린 커다란 시계가 사십 분을 가리키고 있었다. 그는 담당 의사를 찾았다.

"간경화에 위암입니다. 가족의 청대로 입원을 시켰습니다만 가망이 없어요."

큰 몸집에 손으로 제스처를 써가며 의사는 설명했다

"그럼 퇴원을 시키겠군요."

"벌써 권했죠. 미스 강!"

간호원의 설명으로는 내일쯤 퇴원할 것 같다는 이야기였다.

"고맙습니다."

문영호는 다시 1층으로 내려와 경리과에 들렀다. 이형달 씨의 입원비는 세 번 지불되어 있었고 미납금이 30만 원 정도였다. 특히 눈에 띄는 것은 이틀 전의 60만 원이었다. 그는 복사한 계산서와 영수증을 손에 쥐고 경리과를 나왔다. 스팀으로 따뜻한 복도를 걸으며 뭔가 덜컥, 그의 가슴을 내려앉게 하는 게 있었다. 길지 않은 수사과 근무에서 어떤 예감이 한쪽으로 몰릴 때는 가슴부터 서늘하게 가라앉는 것이었다.

면회가 시작되고 있었다. 구내매점에서 신문을 사서는 이형달 씨의 입원실을 찾았다. 공동 병실이라 행동하기가 좋았다. 그는 문을 열고 잘못 찾아온 문병객처럼 두리번거렸다. 노인 하나가 눈에 들어왔고, 사진이나 기억 속의 얼굴 가까이는 아니었지만 나이로 보아 원태 아버지가 틀림없었다. 보호자로 보이는 사람은 없는 것 같았다. 그는 문을 닫고 나왔다. 병실이 보이는 쪽의 의자에 앉아 신문을 펴들었다. 암이라는 게 무서운 것이구나. 그렇게 기골이 장대하던 사람이. 한동안 주간지를 뒤적거리며 병실 쪽을 살피다 그는 일어나 복도를 거닐었다. 복도는 상당히 길었는데 창 너머로 항내가 툭 트이게 들어왔다. 오후의 느슨한 햇빛이 내려앉아 바다는 밝고 푸르게 일렁였다. 그러한 푸른빛의 흔들림 속 여기저기서 하이얀 물결이 칼날로 번득였다. 정박한 배들이 비슷한 방향으로 뱃머리를 돌려놓고 있는 것으로 보아 바람이 심한 것 같았다. 4시 40분이 조금 지나자 먼발치에서도 그를 긴장시킬 만큼의 뚜렷한 기억 속의 원태 어머니가 보였다. 그러나 면회시간이 끝날 때까지도 더 이상 나타나는 사람은 없었다. 차임벨이 복도를 울리자 문영호는 먼저 내려왔다. 동전을 찾아 그는 커피 자동판매기를 눌렀다. 커피를 다 마셔갈 때쯤에야 짐보퉁이를 든 원태 어머니가 힘없이 계단을 내려왔다. 그는 몸을 돌렸다. 원태 어머니가 정문을 나섰다. 자그마한 체구의 그녀가 차도를 건너 사라지는 것을 지켜보는 동안 문영호는 왠지 지치고 피곤했다. 문득 원태 어머니의 얼굴이 흰 것은 원래 살결이 고와서가 아니라 고무 공장에서 고무가루를 많이 마셔서 그렇다던, 동네 아이 누군가가 한 말이 떠올랐다. 온기가 사라진 종이컵을 필요 이상으로 구겨서 쓰레기통에 던지고 그는 잠시 망설였다. 내일이라도 퇴원비를 가져오면 경찰서로 연락하라고 병원 측에 말할 수 있을 것이다. 특히 혼자 뛰는 입장으로선 그것이 당연한 조치일지도 몰랐다. 그러나 웬지 문영호는 그러고 싶지가 않았다. 그냥 짜증스런 서글픔만이 온몸을 휩쌀 뿐이었다.

그는 공중전화 쪽으로 걸어가 관할 경찰서를 찾았다. 수사계장에게 서울서 연락 온 게 있느냐고 물었다. 없었다는 대답이었다. 그는 힘없이 수화기를 내려놓으며 지금까지 드러난 정황이 언제나 있을 수 있는 수사상의 혼선이었으면 싶었다. 그러면서도 이 사건은 자기만이 해결할 수 있으리라는 쪽으로 생각이 굳혀져감도 사실이었다. 그는 병원 밖으로 나왔다.

동네까지는 멀지 않은 거리였다. 길이 어딘가 눈에 익었다 싶더니 그가 다녔던 국민학교가 나타났다. 원태 어머니를 쫓아 동네 근처에 잠복한다는 것도 부질없을뿐더러 무엇보다 그럴 기분이 내키지 않았다. 친구들과의 약속시간까지도 많이 남았기에 그는 학교로 들어갔다. 교사는 붉은 벽돌 그대로였다. 일제시대 때 지은 아주 오래된 학교였다. 지는 햇살에 벽돌은 타오르듯이 붉게 물들고 있었다. 새로운 건물이 두어 채 지어진 것 같았다. 운동장에는 추위에도 불구하고 많은 수의 아이들이 뛰놀고 있었다. 운동장은 참으로 좁게 보였다. 저기서 6년을 뛰놀았다고 생각하니 그냥 아득해지는 기분이었다. 그는 담배를 꺼내 피웠다. 낙조가 시작되고 있었다. 해는 그가 몇 번이나 소풍을 갔었고, 교가에도 나오는 산 쪽으로 지고 있었다. 그러나 산 이름은 쉽게 떠오르지 않았다. 아이들의 뛰노는 모습이 엷은 낙조에 얼룩져 무척 아름답게 보였다. 동네 친구들은 두어 학년 아래위로 모두 이 학교를 다녔다. 도심지에 가까운 편이었지만 전체 아이들의 가정환경은 중(中)에도 훨씬 못 미쳤을 것이었다. 그가 살았던 동네만 해도 그렇지 않은가. 아침에 발견한 새삼스러운 놀라움, 친구들의 그만그만한 삶. 산 위로 처져 있는 노을을 보며 문영호는 몸을 떨었다. 콧물이 흐르는 기분이었다. 말라빠진 등나무잎이 뒹구는 스탠드 위에서 담배를 비벼 끄다 생각을 고쳐 쓰레기통으로 걸어갔다. 문득 언젠가 신문에서 보았던 시골 국민학교의 화재 사건이 떠올랐다. 장작으로 난로를 지피는 경남 어느 벽촌 학교였다. 난로의 재를 당번 애가 꼭꼭 다져두었는데 거기서 불씨가 살아 화재가 난 것이다. 만일 그 애가 예사롭게 대충 난로를 청소했다면 불씨는 살아나지 않았을 것이다. 신문에도 그런 지적이 있었다. 담임은 여선생이었고 문책을 받은 것으로 기억되었다. 자신과 아무 상관없었던 그 화재 기사가 생각난 것은 무엇 때문일까? 우리의 삶 어느 귀퉁이에는 그런 면이 있다는. 갑령이 때문일지도 모르지. 쓰레기통 속의 담배를 다시 한 번 살펴보고 문영호는 학교를 빠져나왔다. 이제 완전히 어스름이 내려앉은 거리는 더욱 문영호를 움츠러들게 했다. 그는 예전에 학교를 오갔던 길을 따라 걸었다. 바람이 새삼 기승을 부리고 있었다. 장부잣집 골목을 벗어나자 담뱃집이었다. 그는 계단 쪽을 한번 올려다보고는 다시 삼거리로 내려와 옥천집이란 식당으로 들어갔다. 설렁탕 국물이 얼었던 몸을 녹여주었다. 그는 콧물을 삼키며 국물과 깍두기를 더 청하여 말끔히 비웠다.

다방에는 그가 당연히 일착이었다. 석간을 찾아 뒤적거리고 텔레비전을 보면서 시간을 보냈다. 그러면서 제발 원태가 동근이와 같이 와주었으면 하는 생각을 했다. 만일 원태가 오지 않는다면 친구들의 등을 밀어서라도 원태 집으로 가보아야 할 것 같았다. 그는 뜨거운 엽차를 두 잔이나 마셨다. 여름에도 끓인 물을 마시는 성미였다. 식혀가면서 천천히 마시는 보리차가 언제나 좋았다. 텔레비전에는 7시 저녁 뉴스가 시작되고 있었다. 뭐 특별한 거라곤 없었다. 지방 뉴스까지 끝났을 때 찬기가 들어왔다.

"아무도 안 왔네."

둘은 커피를 시켰다.

"일 좀 봤나?"

"그래, 내일이나 모레쯤 끝날 것 같애."

"부산도 많이 변했제?"

"그래 우리 동네 빼고, 허허."

"하기야 밀고, 깎고, 세우는 게 모두 길가에서나 일어났지. 요즘은 길가로 내려오지 않으면 안 돼."

문영호는 찬기의 말이 그럴듯하다고 생각했다. 찬기는 나름대로 장사꾼으로서의 확실한 시야가 잡혀 있는 것 같았다.

"애들 사는 것만 봐도 답답 안 하나, 나도 그중의 하나지만. 일찌감치 이 동네를 떠야 했어."

"왜 그럴까? 나도 사실 아침에 크게 놀랐어. 내가 살았던 동네가 이런 데인가 해서."

"본래 가진 게 없는 데다, 손에 잡을 작대기라도 있어야 일어나기가 수월한데 도통 밑이 있어야지. 그렇다고 공부를 해서 대학을 가는 것도 아니고. 그러니 맨날 그 바닥에서 맴맴이지. 준구라고 안 있나. 우리 위에 말구 형 말이야. 그때 서울대학 갔다고 동네가 벌컥 했잖아?"

"그래 맞아. 이사 갔지?"

"벌써지. 어디 전무라데. 밑에 말구는 은행 다니고. 결국 대학 가서 제대로 취직하거나 아니면 장산데 그게 쉬운 기 아니거든."

준구네 집은 이 동네로 보아선 유별난 경우였다. 문영호의 기억으로는 철도나 부두, 미군부대를 제외하고는 좀 나은 직업을 가졌던 집으로, 국민학교 선생이었던 말구네와 시청인가 어디 공무원이었던 승원이네 정도였다.

"승원이도 있었지."

"응, 꽃이 많은 정원집. 걔는 좀 이상했지. 동네 애들하고도 잘 안 어울렸고. 고등학교 다닐 때 무슨 일이 있었는지 어디로 이사간 성 싶은데."

"어서오세요."라는 아가씨의 말에 고개를 들어보니 낮에 보았던 점퍼차림의 동근이가 들어왔고 작은 체구의 원태가 뒤에 서 있었다.

"야. 임마, 오랜만이다!"

악수를 나눈 원태가 문영호 옆에 앉았다.

"홍식이는?"

"뺀데기 글마야 밤까지 뛰어야지."

"아버지가 편찮으시다며?"

문영호는 옆으로 고개를 돌렸다.

"우짜노. 늙으면 병만 남지."

원태는 매우 창백한 얼굴이었다.

"입원비가 수월찮을 텐데."

"근근이 대지. 아버지가 서운하실까 싶어 버티고 있었는데 이제 퇴원해야지."

"야, 일어나자."

찬기의 말에 이야기가 중단되었다. 원태가 앞장서서 찻값을 치렀다. 넷이 앞서거니 뒤서거니 구청 쪽으로 걸었다. 이렇게 옛날 친구들과 걷고 있으려니 어딘가 달착지근하고 혼돈스러웠던 어린 시절이 손에 잡히는 듯하여 문영호는 밤의 찬 공기 속에서도 포근함을 느낄 수 있었다.

찬기가 안내한 곳은 횟집이었다.

"홍식이는 돈 좀 버나? 요새 택시도 힘들 텐데."

찬기가 주문을 마치자 문영호가 이야기를 꺼냈다.

"남의 차 몰아 무슨 돈, 그 자식도 술 때문에 큰일이다."

동근이었다.

"우리 동네 술은 물림 아니가."

"구청 앞의 최내과에서 그런다잖아, 아직도 그 동네 술쟁이 중에서 산 사람이 있느냐고."

"도둑놈 골목의 술쟁이 할매는 죽었나?"

"벌써지."

"옛날에 문식이 아버지, 호야 아버지, 또 갑령이 아버지, 모두 알아주는 술꾼이었지."

"그뿐이가, 원태 아버지는 어떻고."

동근이 말에 원태가 떫들하게 웃으며 고개를 끄덕였다.

"갑령이와 문식이도 원재 동기냐?"

문영호는 원재 이야기를 묻혀냈다.

"문식이가 한두 살 아래지 아마."

원태가 급히 비운 소줏잔을 문영호 쪽으로 넘겼다.

"원재는 어디 나가나?"

"전에는 공장 나갔는데 요새는 논다. 뭘 하는지 집에도 안 들어오고."

동근이와 찬기는 다른 이야기를 하고 있었기에 문영호는 계속 원재 이야기를 했다.

"집에 어려운 일이 있는데 안 들어오면 어떡해, 공고 나왔다며?"

"그래 말이야. 서울서 내려와서는 한 군데 진득하게 붙어 있지를 못하데. 그것도 기술이라고 어디 들어가면 제 밥벌이는 할 낀데."

"서울서는 이틀 전에 내려왔나?"

문영호는 예사롭게, 그러나 재빨리 물었다.

"아레? 모르겠는데, 다시 올라갔다 왔는지. 집엘 잘 안 들어오니 알 수가 있어야지. 내일이라도 그놈이 와야 수월할 낀데."

"아버지는 내일 퇴원하나? 온 김에 들여다보아야 할 텐데."

"뭘 와봐. 퇴원시키고 싶은데 원재 글마가 자꾸 씨운다(고집 부린다) 말이야."

"뭘?"

"병원에 더 두자고."

"그렇다면 병원에는 자주 오겠네?"

"그렇지도 않아."

"야, 무슨 이야기가 그리 기노? 서울 촌놈 회나 포식해라."

찬기가 끼어들며 잔을 넘겼다.

"그래, 그래."

문영호는 잔을 받아 반쯤 마셨다. 원재가 와야 수월하다는 말은 다른 뒤처리보다 돈 이야기일 것이다. 병원에 계속 입원해 있기를 주장한다는 말은 또 무슨 뜻일까.

"야, 한잔해라. 이렇게 만날 줄이야 생각이나 했나?"

원태가 잔을 넘겼다.

"그래."

문영호는 나머지를 들이켜고 잔을 원태에게 넘겼다. 접시에 올려진 회가 푸짐해 보였다.

"이게 뭐냐?"

아나고라고 부르는 붕장어와 말랑하게 씹히는 것이었다.

"응, 이거 도다리라는 거다. 도다리 하하."

"봄 도다리, 가을 감시이(감성돔)라고 말이 안 있나?"

문영호는 회에 초장을 듬뿍 찍어 입에 넣었다.

"너희들끼리 계 하나 해도 되겠구나."

동근이 잔에다 술을 따르며 문영호가 말했다.

"그럼 되지. 지금 셋이지. 홍식이, 호야, 용호동 갑경이, 우리 위로 한둘 더 넣으면 충분하지."

찬기가 손을 꼽으며 헤아렸다.

"마누라 있겠다, 집에서 달에 한 번 저녁이나 하면 되지 뭐."

문영호는 자기가 꺼낸 이야기가 그럴듯하다고 생각했다. 전학을 가 서울서 고등학교를 나왔기에 이래저래 친구를 갖지 못했는데 군대와 직장에서도 막역하게 지낼 상대를 찾기가 어려웠다.

"찬기 니 동생은 어디 결정됐나?"

동근이가 상추에 회를 올려놓으며 물었다. 동근이의 먹성은 대단했다.

"아직 뭐, 선이나 보고 있지."

"싸게 팔아라. 스물 다섯이면 곧 똥값 된다."

문영호는 원재 이야길 한번 더 꺼낼 때라 싶었다.

"참, 원재도 혼기가 되었겠네."

원태는 우두커니 탁자를 내려다보며 담배를 피우고 있었다.

"응? 벌써로."

"자숙이가 있잖아. 둘이 좋은가 보던데."

찬기가 끼어들었다.

"글쎄 내야 모르겠다."

원태는 피곤해 보였고 벌써 취기가 엿보였다.

"야, 영호 니는 십몇 년 만에 옛날 살던 동네에 와보니 기분이 어떻노?"

상추를 한 입 우적거리던 동근이가 물수건에 손을 닦았다.

"글쎄, 별로 안 변한 걸 보니 반갑기도 하고 서운하기도 하네."

"그렇제! 집값이 올라야지. 여기만 해도 길가라고 네 배 다섯 배 오르는데 그놈의 덴 노상 그대로야. 왜, 태식이 있잖아. 우리 한 해 위에. 두구동 이사 가서 돈 벌었다더라. 세 번 이사하니까 집이 한 채 생기더란다."

"그것도 자기 자형이 돈 댄 거 아니가. 잡을 지푸라기라도 있어야 일어서지, 그냥 되나. 그놈의 동네 백년 있어도 내나(늘) 그 꼴이다. 영호 말마따나 완전 빈민가 아니가."

"아니, 그것보다 내 말은……."

"말이사 바른 말이지 동근이 가게 되는 거 봐라. 엔간하면 슈퍼마켓 들어서는 판인데 거기는 말도 없거던."

"왜? 쌀집 밑이나 담뱃집 밑에 말이 있는갑던데."

동근이는 금방 풀죽은 목소리가 되었다.

"하기야 수준이 안 되니 아직 안 들어섰겠지만 니도 큰일이다. 그게 구멍가게 킬러다."

"어쨌든 거기서 떠야 돼."

"누가 몰라서 못 떠나. 지랄 같은 소리 치아라."

숙였던 고개를 들며 원태가 말했다. 눈동자가 많이 풀어져 있었다.

"그래 그래, 그만하자. 이래봐야 꼬시래기 지 살 뜯는 기고."

찬기가 수월하게 받아넘겼다. 9시 30분이 다 되어 가고 있었다. 문영호는 일어설 때가 되었다고 생각했다. 원태에게 더 이상 기대를 걸기는 무리였다.

"이만 가 봐야겠다. 외삼촌 집이 대신동이거던."

찬기가 술값을 치르려는지 먼저 일어섰다.

"시간 나면 내일이나 한번 병원에 들를게."

밖으로 나오면서 문영호가 원태의 어깨 위에 손을 얹으며 말했다.

"뭘 와? 퇴원할지도 모르는데."

삼거리에서 친구들과 헤어진 문영호는 택시를 탔다.

생각보다 취기가 올랐다. 등받이에 몸을 묻으며 문영호는 담배를 꺼내 물었다. 술을 마실 때나 마신 뒤에는 담배를 피우지 않는다는 결심을 어기고 있었다.

15년이라면 그리 짧은 세월이 아니다. 그런데 친구들은 어떤가. 무엇이 달라졌는가. 어른이 되고 밥벌이를 하며 처자식을 먹여 살린다는 것. 그건 별 의미가 없으리라. 공부를 해서 동네를 떠난 말구네나 부동산 붐에 편승한 태식이 외에 친구들은 옛날 그 땅에 그대로 살고 있지 않는가. 원태는 옛날 그 집에서 방 정도나 옮겼을까. 동생과 같이 쓰던 방을 이제 부인과 자기 애와 쓴다는 것 정도. 기껏해야 장부자나 서 의원 집에 있던 텔레비전이 들어왔다는 것. 문식이와 갑령이는 또. 문영호는 고개를 흔들었다. 목덜미가 뜨거웠고 머리가 뻐근해왔다. 취했군. 달려와 옆으로 스치는 자동차 불빛이 어지럽게 흩어졌다. 가늠할 수 없는 시간의 아득함과 동네의 모습이 또 그렇게 어지럽게 머릿속을 맴돌았다. 그것은 한없는 그리움과 안타까움일 터인데, 그것이 모두 마음 편치 않은 곳으로 몰리고 있었다.

문영호는 택시에서 내릴 때까지 만나게 될 자숙이에게 어떻게 접근해야 하며 또 어떤 식으로 물을 것인가에 대해 아무런 정리도 하지 못했다. 거리를 거닐며 차가운 사이다를 마시기도 하면서 뒤엉킨 감정과 취기를 다스렸다. 거리는 막바지로 치닫는 도심지답게 활기에 차 있었다. 사람들을 스치면서 문영호는 사건 발생일과 원재의 퇴사일, 그리고 원태의 말, 입원비 지급 날짜들을 다시 되짚어

보았다. 아무래도 자숙이와의 만남이 이번 일에 가장 큰 고비가 될 것이라는 예감을 지울 수 없었다. 여기서 벽에 부딪친다면 자신은 뒤로 물러서는 수밖에 없는 것이다.

문영호는 토퍼 주머니에 손을 찌른 채 취객들을 비켜 '바이킹' 옆에 섰다. 택시에서 내려 세 번이나 오갔던 길목이었다. 계단에는 카펫이 깔려 있었고 입구가 가까워지자 밴드 소리가 울려나왔다. 상당히 넓고 화려한 곳이었다. 그는 무대에서 떨어진 구석진 자리를 찾았다.

"예양 있지? 예자숙인데, 여기선 뭐라 부르는지 모르겠군. 본래 집은 용호동이고, 자 이거 받아둬."

천원짜리 석 장을 받아 쥔 웨이터가 허리를 굽히며 물러갔다. 문영호는 맥주를 반쯤 따라 마셨다. 얼마인가, 꽤 기다린다 싶었을 때 키가 썩 큰 아가씨가 다가왔다.

"이십구 번이에요. 전에 오셨나요?"

드레스 차림의 자숙이는 꽤나 세련되어 보였고 문식이를 닮았다고는 전혀 생각지 못할 만큼 몸매며 용모가 뛰어난 편이었다.

"아니, 처음이야. 이름은 많이 들었어."

"친구분들이 오시나 보군요, 그럼."

그렇게 많이 마신 것 같지 않았기에 문영호는 술잔을 건넸다. 시간을 끌 필요는 없을 것 같았다.

"몇 가지 물어보려고 그래. 원재 어디 있지?"

자숙이 술잔을 내려놓았다.

"제가 그런 사람을 어떻게 알아요?"

화장과 조명으로 자숙의 표정을 읽기는 힘들었지만 대답이 너무 빨랐다.

"너하고 같이 있잖아. 다 알고 왔어!"

"이상한 아저씨네. 바쁜 사람 자리에 불러놓고는."

문영호는 피하려는 자숙의 시선을 붙잡았다.

"예자숙! 자꾸 그런 식으로 나오면 장소를 옮길 수도 있어. 원재는 은경동 집에 들어오지 않아. 서울서 내려와 두세 번이야!"

문영호는 연두색의 일회용 라이터를 만지작거리며 말했다.

"전에 한두 번 만나긴 했지만 지금은 몰라요."

"은경동 성천사에 옷 맞추러 같이 갔었잖아! 너는 용호동 집에도 안 들어가고! 어디야?"

시선을 푸르게 반사되는 테이블보에 내리깐 채 자숙은 잔을 잡았다. 문영호는 반잔 정도를 채워주었다.

"더 할 수 있어요. 형사 아저씨."

자숙이 예사롭게 말했다.

"왜, 그 사람에게 무슨 일이 생겼어요?"

"대답이나 해! 비비꼬면 너도 꼬여든다구."

"전 애매하게 답할 것도 없어요. 오늘 어디로 갔으니까요."

"어디?"

"그건 몰라요. 취직 때문이라고만 했어요."

"지금 잘 생각해서 대답해. 너도 걸려들 수 있어. 원재가 서울서 언제 내려왔지?"

"한 달쯤 되었나요? 공장을 그만두었다면서."

"무슨 소리야, 그건 옛날이고 15일에 만났잖아!"

원재가 범행 후 곧장 부산으로 내려왔다면 15일 저녁일 것이다. 내려왔어도 은경동 집이나 여관에서 갔다면 16일에 만났으리라. 그러나 범행 직후의 심리로 여관에서 혼자 잔다는 것은 어려운 일이다. 서울의 동료 직공들은 공장을 그만둔 뒤, 한 번도 원재를 만나지 않았다고 했다. 그렇다면 원재는 해고 후 곧장 부산으로 내려왔다가 집안 형편을 알고 서울로 다시 올라가 범행을 저질렀다? 문영호는 찬물이라도 한 바가지 벌컥벌컥 들이켜고 싶은 심정이었다.

"사흘밖에 안 됐어. 똑바로 기억해봐!"

그는 지나가는 웨이터에게 물을 청했다.

"15일 밤에 왔다가 곧바로 나갔어요, 은경동 간다고."

"자숙이 방 빌려 있는 데가 어디야?"

"……신선동."

문영호는 찬물을 단숨에 들이켰다. 냉기가 자리한 가슴속으로 알지 못할 분노가 허허롭게 차올랐다. 자숙이 맥주를 세 잔째 마시고 있었다.

"같이 가야겠군."

"장사는 누가 하고요? 내 몸이 돈이에요!"

"아직도 정신을 못 차렸군. 너 공범 아냐?"

"네?"

11시가 다 되어가고 있었다. 무대에서는 번쩍이는 검정 옷을 입은 여자가 몸을 흔들며 노래하고 있었다.

"원재 씬 없다고 했잖아요."

"그건 네 말이고 확인은 내가 하는 거야!"

"그럼 11시 30분에 나가요. 술이나 다 마시고. 형사 아저씨니 택시 잡기는 쉽겠네."

결국 거리에 나왔을 땐 11시 20분이었다. 택시 잡기는 어려웠다. 빈 차도 방향을 듣고는 고개를 흔들었다. 문영호는 몇 번 거절당한 뒤, 묻지도 않고 차문을 열고 앉아버렸다.

"신선동 갑시다."

"안 됩니다."

운전사가 시계를 보는 시늉을 했다.

"갑시다. 가는 게 좋을 거요."

문영호는 조금 느릿하게 말했다. 운전사가 그때서야 흘깃 뒤돌아 보았다. 그리고 뭐라 중얼거리며 거칠게 액셀러레이터를 밟았다. 자숙이 재미있다는 듯이 쿡쿡 웃었다. 그러나 웃음은 잠깐이었다. 택시는 금세 영도다리를 건넜다. 왼편으로 돔형의 다리가 또 하나 서 있었고 바다가 서늘한 불빛으로 출렁였다.

"덕분에 택시 타고 와보고 싶은 데까지 왔군요. 언제나 저 밑에 큰길에서만 내렸었는데."

차에서 내려 문영호는 위치를 익히려고 애를 썼다. 학교라고 짐작되는 건물이 보이는 언덕바지였다. 돌아보니 바다와 언덕의 불빛이 멀리 눈에 들어왔다.

문을 닫은 농협 쌀집과 잡화상을 지나 골목길을 두 번이나 돌아 네 번째 문 앞에 섰다.

"잠깐!"

문영호는 자숙을 불러 세웠다.

"몇 번째 방이야?"

문영호는 낮게 물었다.

"제일 끝 방요."

"그냥 주인 아줌마를 불러. 그리곤 넌 여기 가만있어. 소리치면 정말 재미없는 줄 알아."

대문이 열리자 문영호는 재빨리 끝방으로 다가갔다. 불은 꺼져 있었고 신발도 보이지 않았다. 그러나 그는 벽 쪽에 붙어 서서 문을 활짝 열었다.

잠시 후 자숙이가 뒤따라 들어왔다.

"없다니까요."

자숙이 스위치를 올렸다. 문영호는 잠시 눈을 깜박였다. 어떡하든 저 방엘 들어가야 한다. 그러나 그보다 주인 여자가 웬일인가 하여 마당에 서 있었다.

"방에 들어가지 말아!"

문영호는 아주머니에게 다가갔다. 부엌의 불을 켜게 하고는 제록스한 원재의 사진을 보여주었다.

"어제 아침에 나갔어요."

문영호는 주인 여자를 들여보냈다.

"이야길 좀 더 해야겠군."

문영호는 신발을 벗고 먼저 방 안으로 들어갔다. 엉거주춤 자숙이 뒤따라 들어왔다.

방 안의 세간은 간이옷장과 앉은뱅이 화장대 등으로 극히 단출했다. 구석 벽 쪽에 놓인 나무색 가방은 제법 큰 것이었다.

"저건 원재 꺼지?"

뒤따라 들어와 매서운 눈으로 쏘아보고 있는 자숙은 아무 말도 하지 않았다.

"가방 열어본 적이 있어?"

가방을 방 가운데로 끌고 나오며 문영호는 자숙을 올려다보았다. 자숙은 고개를 흔들며 문고리를 잡았다. 열어놓은 방문으로 바람이 세차게 들어왔다. 가방 속에는 옷가지와 책 몇 권이 있었다. 가방 안에 붙은 서너 개의 지퍼를 열었으나 비어 있었다. 그는 옷가지와 책들을 하나하나 뒤지기 시작했다.

검은 가죽점퍼 안주머니에서 오천 원짜리 다발이 하나 나왔다. 다음엔 책이었는데 월간지 두 권과 번역판 다이제스트 세 권, 수첩, 아주 두껍고도 넓은 1급 기능사 시험 문제집이었다. 그 책의 가운데가 눈으로 보아도 표 나게 불룩했다. 십만 원짜리 두 다발이었다. 피해자의 신고 금액은 백오만 원. 문영호가 찾아낸 돈을 보고서야 자숙의 얼굴이 일그러졌다. 문영호는 수첩을 들었다. 그것은 실상 수첩보다는 크고 노트보다는 작은 잡기장이었다. 일관성 없는 낙서와 베껴 쓴 격언 등이었다. 분량이 얼마 되지 않아 그 자리에서 다 읽어보았으나 별다른 내용은 없었다. 다만 낙서같이 흘려 쓴 글 속에 문식이 이름이 두어 번 나왔다. 문식이를 이해해야 한다. 문식이는 어리석다로 읽어낼 수 있었다. 또 다르게 나오는 낱말로는 빵빵이라는 게 있었는데 문영호로서는 짐작할 수가 없었다.

"문을 좀 닫지."

문영호는 가방을 열어놓은 채 담배를 피워 물었다.

"원재는 어딜 간다고 했지?"

"물어보지 않았어요."

"어제 나간 걸 오늘 나갔다고 거짓말한 걸 보면 아직도 숨기고 있는 게 있어."

여전히 한쪽 방문을 열어둔 채 자숙은 서 있었다.

"앉아."

문영호는 조금 느긋해져야겠다고 생각했다.

멀리 내려다보이는 불빛은 틀림없이 송도 가는 길목이거나 낮에 내렸던 충무동 쪽일 것이었다. 바다는 정박한 배들의 불빛으로 부풀어 보였다. 그의 어머니는 서울로 이사를 간 뒤에도 자주 은경동 집을 들먹이며 밤에는 달이 가득 마루로 올라왔다고 말했다.

"은경동하고 비슷하군."

중얼거리듯 문영호가 말하자, 문가에 거북스럽게 앉은 자숙이 흘깃 그를 바라보았다.

"언덕바지고 바다가 보이는 게 그렇잖아? 오빠는 재판이 끝났나?"

뜻밖이라는 표정으로 자숙이 문영호를 노려보았다. 그 얼굴은 사뭇 혼란스럽기까지 했다.

"오빠는 왜요?"

"나도 은경동 산 적이 있어."

짙은 화장 밑으로 경계심과 놀라움, 피곤함이 묻어나는 얼굴이 곧 본래의 차가운 표정으로 돌아왔다.

"그런 동네에서 형사도 나왔군요."

울컥 가슴으로 무엇이 치밀었다. 그러나 열린 문의 어둠 쪽으로 고개를 돌린 자숙의 옆모습은 딱딱해 보였다.

"그 동네가 왜?"

"술쟁이 아니면 싸움쟁이들만 사는 지독스럽게도 못난 동네잖아요. 나도 결국 떠난 사람이긴 하지만……."

"십몇 년 만에 보는 데도 별로 변한 게 없더군. 친구들도 그만그만하게 살고 있고, 거기서 오빠 소식도 들었지."

"재판이 계속 중이에요. 갇혀 있어도 돈은 들어요. 어쩌면 더 많이."

자숙이 자세를 조금 고쳐 앉았다.

"어려운 일이지."

"집이 어디였어요?"

"골목 들어가는 어귀, 옛날 약방 앞이었지. 지금은 길가 쪽 방을 고쳐 세탁소를 달아냈더군."

"집은 기억하지만 다른 건 모르겠네요. 그런데……."

"원재?"

"네."

"서울 있을 때 어떤 사건에 관련되어 조사할려고 그래. 은경동에도 가 보았고 원재 형도 만났지. 내일쯤 퇴원해야 한다고 걱정하더군."

문영호는 아직도 펼쳐논 대로 있는 책들을 어떻게 할까 생각했다.

"원재는 언제부터 사귀었나?"

"커피 한잔 내겠어요."

자숙은 문을 닫았으나 여전히 어둠 짙은 바람이 들어올 만큼 약간의 빈틈을 두고 있었다. 자숙이 커피를 타는 동안 문영호는 담배를 또 한 대 피워 물었다.

생각할수록 일이 난감하게만 느껴졌다. 어떤 사건이고 사건 뒤에는 인간적인 복잡함이 따르는 것이고 그걸 대부분 무시하거나 외면해 버리지만, 이번 일은 그 속사정을 어쩔 수 없이 다 알아버린 것이다. 그런 가운데서도 문영호 자신이 할 수 있는 일이 별로 있을 것 같지 않았다.

원재를 체포해야 한다는 건 기정사실이지만 자신으로선 참으로 어려운 일이었다. 방바닥에 어질러 놓은 가방부터가 당장 그에겐 고민이었다. 이건 어렸을 때 하던 도둑놈 잡기 놀이가 아니지.

'찬기 새끼 니 그 안에 숨었제!' 문영호는 고소했다.

"설탕을 많이 넣나요?"

"보통, 오빠 밑으로 자숙이지?"

커피 잔을 밀어놓으며 자숙이 고개를 끄덕였다.

"가까이 알게 된 건 작년 여름인가 원재 씨가 제대한 후였어요.

마음을 편하게 해주었다 할까 그 정도예요. 너무 빤히 알다 보니 서로를 속이고 어쩌구 할 필요가 없으니까. 그런데…… 언제나 어려운 일만 일어나는군요. 없는 사람이면 없는 만큼 풍파도 없어야 하는 건데."

"아무 일도 없이 살 수야 없지. 견디기 힘들겠지. 특히 사랑하는 가족이나 또 다른 사이엔."

"아버지 일은 어렸기 때문에 그냥 우는 것으로 끝났지만…… 사랑요? 그런 건 모르겠어요. 그보다 언제나 힘들다는 생각이 앞서요."

자숙이의 말 속에는 아무런 억양도 들어 있지 않았다.

"원재와 오빠가 최근에 만난 게 언제지?"

영호는 아무래도 수첩의 낙서가 마음에 걸렸다.

"글세, 오빠가 사고 내기 훨씬 전…… 확실히 모르겠어요."

"오빠가 사고 낼 때 원재가 부산에 있었지?"

"아뇨, 서울 있었어요. 그런데 오빠는 왜요?"

"그냥 물어본 거야."

원재가 문식이 사건에 직접 관계했을 리는 없겠지. 차라리 갑령이가 가깝다면 가깝지. 그렇다면 이번 범행의 동기는? 아버지의 병환. 그리고 해고? 그렇다 하더라도 은경동이라는 동네로 관계 지으면 눈에 보이지 않는 끈이 두 사건 사이에 닿아 있을 것 같은 막연한 짐작을 문영호는 떨칠 수가 없었다.

바다가 보이는 가파른 계단과 좁은 골목, 지저분하고 시끄러운 집, 아버지들의 거칠고 단순한 삶으로 얼룩진 은경동이라는 동네에서 추출해 낼 수 있는 공통된 감정, 그런 것이 반드시 문식이나 원재에게 있었을 것이었다. 자숙에게 원재가 마음 편했던 것처럼.

원재가 잡기장에 써놓은, 문식이의 마음을 이해해야 한다와 어리석다는 말은 그의 심정을 이해할 수 있고 이해해야 하지만 저지른 일이나 방법은 어리석다는 뜻이 아닐까. 자기 같으면 문식이처럼 인질극 따위는 벌이지 않겠다는. 그래서 이런 범행을 저질렀다? 그는 입술을 축였다. 끝부분이 조금 이상하게 귀착되었지만 원재를 만나보지 않는 이상 문영호로선 나름대로 거기까지 추리해 볼 수밖에 없었다. 어쩐지 마음 한 구석이 빈 것같이 씁쓸했다. 문영호는 문제집을 덮었다. 돈을 그대로 넣어두기로 마음먹은 것이다.

"원재는 공불 계속하는 모양이군."

"1급 기능사 자격을 따면 보수가 좀 나은가 봐요. 공고를 나오면 2급이래요."

잠시 무엇을 생각하는 눈치더니 슬핏 웃으며 자숙은 덧붙였다.

"학교 다닐 때 책가방 속에 언제나 쇠붙이만 가득 넣고 다녔다면서 웃곤 했어요. 인문계 아이들 책가방보다 두 배는 무겁게 해 다녔다나 봐요."

빵빵이란 말도 아마 공고 쪽으로 관계있을 것같이 생각되었다. 원재의 전공이 선반으로 되어 있었지.

"원재가 아버질 끔찍이 생각한다며?"

"아버지 이야길 가끔 해요. 효자하곤 다르죠. 밉지만 생각하는, 뭐 그런 것 같던데요."

"그런데 원재는 어딜 간다고 했어?"

문영호는 어조를 조금 딱딱하게 고쳐 물었다.

"울산이나 창원, 어디 취직자릴 알아보러 갔을 거예요. 그 외엔 말하지 않았어요."

찻잔은 빨리 식었다. 문영호는 일어설 때가 되었다고 생각했다.

끝으로 무언가 오금을 박아두어야겠지.

"왔다고 이야기하지 말어. 주인 아주머니에게도 말해뒀지만 만일 원재가 눈치 채고 튄다면 넌 꼼짝없이 걸려들고 말아. 원재가 하는 대로 내버려둬."

셋째 날

새벽녘에 썰렁한 한기로 잠을 깨었다. 보일러를 꺼버린 모양이었다.

'망할 놈의!' 시계를 더듬어보니 7시가 못 되어 있었다.

문영호는 주전자를 찾아 물을 들이켜고 이불을 목까지 끌어당겼다. 몸이 어슬어슬 추워왔다.

두 번째 눈을 떴을 땐 9시가 가까워지고 있었다. 몸이 천근같이 무거웠다. 어젯밤에 자숙이 집을 나와 서울 본서로 전화를 했지만 너무 늦은 시각이었다. 대구의 서 형사에게 연락을 해서 부산으로 내려 보내겠다는 것으로 통화는 끝났다.

서 형사가 빨리 내려와주면 좋겠는데. 잘해야 오후겠지. 그동안의 시간이 너무 길었다. 어쩌면 오늘이 가장 중요한 고비일지도 몰랐다. 그런 중요한 날의 반나절을 혼자서 버텨야 한다는 게 무척이나 힘겹게 느껴졌다.

문영호는 여관을 나섰다.

어제처럼 맑은 날씨에 바람만이 기승이었다. 텅 빈 속으로는 아침 추위를 면하기가 어려웠다. 머리가 무거웠다. 그는 시장통에서 해장국이라는 천조각이 펄럭이는 식당문을 밀었다. 된장 푼 시래기 국밥을 억지로 먹고 나니 좀 살 것 같았다. 9시 20분. 큰 기대는 걸지 않으면서 그는 자숙이 집으로 향했다. 바람이 지독했다. 산에서 몰아치는 바람을 안으며 그는 숨차게 비탈길을 올랐다. 도대체 이 놈의 도시에서 반반한 평지에 사는 사람들이 얼마나 될까. 바다 가까이까지 밀고 내려온 산을 타고 발달한 도시. '매축지'라고 불리는 동네도 있지. 부둣길 근방의. 그리고 여기는 섬이다. 섬 전체가 하나의 산을 중심으로 거주지를 형성한, 행정상 하나의 구(區)였다.

그가 숨을 가다듬으며 올라선 도로는 산의 허리를 두르고 있는 셈이었다. 항내를 굽어보며 그는 잠시 멈추어 섰다. 어제 낮, 갑령이를 만나고 올라오다 내린 자갈치 앞으로의 내항이 눈에 들어왔다. 방파제 부근의 파도가 꽤나 높았다.

국민학교의 담벽은 성(城)처럼 높았다. 학교 뒤가 바로 산이라는 것도 놀라웠지만 어젯밤에 왔던 동네는 온통 판자촌이었다. 허물어진 담벽이나 나무판자에 써놓은 흰 페인트의 신선 2-15-9라는 글이 재개발 지역이라는 것을 말해 주고 있었다. 자숙이가 사는 집 골목에서 그는 잠복할 만한 데를 살폈지만 마땅한 곳은 없었다. 두부나 푸성귀를 파는 구멍가게 하나뿐이었다. 버스가 다니는 도로도 마찬가지였다. 그는 골목 앞에서 잠시 서성거리다 자숙이를 만나보기로 했다.

대문은 열려 있었고 주인집은 빈 것 같았다. 그는 조용히 자숙이 방앞까지 갔다. 마루 밑의 신발은 여자 것뿐이었다. 그는 조금 긴장한 채 자숙이를 불렀다. 벌써 깨어 있었는지 방문이 곧 열렸다. 화장을 지운 얼굴이 창백해 보였다.

"원재가 왔었나?"

"……."

자숙이 잠시 머뭇거렸다.

"왔었느냐구?"

문영호가 언성을 높였다.

"어젯밤에 은경동에서 잤대요."

"뭐야?"

"퇴원한다고 돈을 가져갔어요."

문영호는 아차 싶었다.

"언제?"

"조금 전에, 한 이십 분 되었나요."

"이야기했어?"

"……"

문영호는 더 이상 대답을 기다릴 수 없었다. 그는 뛰어서 대로로 나왔다. 원재가 은경동 집으로 간 건지 병원으로 바로 간 건지를 알 수가 없었다. 그는 일단 병원부터 들르기로 했다.

병원 문을 들어서자 스팀과 복닥대는 사람들로 갑자기 숨이 막히는 것 같았다.

그는 조심스레 입·퇴원계 창구를 살폈다. 서너 명이 줄 서 있었지만 원재는 보이지 않았다.

문영호는 좀 더 시야를 넓혀 홀 안을 살펴본 뒤 입·퇴원계로 갔다. 이형달 씨의 퇴원비는 지불되어 있었다.

"잠시 지체시켜 드릴까요? 병동을 불러 착오가 있었다고 하면 되니까."

책임자였다.

"아니 괜찮습니다."

그는 전화를 빌렸다. 서 형사가 도착하면 관할서 요원 한 명과 원태네 집으로 보내 달라고 부탁했다.

엘리베이터와 계단이 한눈에 들어오는 곳에서 기다린 지 얼마나 되었을까, 엘리베이터로 내려오는 원태 가족이 보였다. 원재가 아버지를 업고 원태와 그의 어머니가 짐보퉁이를 들고 있었다.

문영호는 그들이 문 밖으로 나가는 것을 멀리서 바라보았다. 택시를 타기가 어려워서인지 아니면 거리상으로 가까워서인지 그들은 곧장 길을 건너 국민학교 쪽으로 올라갔다.

문영호는 한참 처져 걸으면서 이불을 덮어쓴, 원태 아버지의 모습이 그럴 수 없이 무겁게 가슴을 눌러왔다. 눈에 익은 길을 따라, 그들은 장부잣집 골목으로 들어섰다. 원재는 원태와 교대도 없이, 그리고 거의 쉬는 법도 없이 천천히 걷고 있었다. 계단으로 들어서자 원태와 그의 어머니가 받치고 밀다시피 하면서 걸음을 더욱 느려졌다. 문영호는 일단 걸음을 멈추고 바라보았다. 원태 아버지는 이 계단을 밟고 새벽에 나가서는 하루의 노동을 몇 잔 술로 씻고 밤늦게 올라왔을 게 아닌가. 이 동네 모든 아버지들과 같이.

지금은 아들의 등에 업히어—다시는 자기 발로 걷지 못할 것이지만—그 계단을 오르고 있다. 원태 가족이 사라진 계단이 문영호에게는 아득하게 가파르고 높아만 보였다.

문영호는 장부잣집 앞 가게에서 우유 한 병을 사서 마셨다. 자숙이가 원재에게 어디까지 말했을까. 설령 모든 걸 다 털어놓았다 해도 지금 당장 원태 집으로 들어갈 수 없는 입장이었다. 대구서 서형사가 빨리 와주었으면. 그는 손목시계의 분침이 움직이는 걸 한동안 내려다보았다. 문영호는 가게를 나와 계단을 올랐다. 원재를 잠시라도 확인해두어야 마음이 놓일 것 같았다.

그는 동근이 가게를 얼핏 살펴보았다. 동근이는 보이지 않았다. 혹시나 원태 집에 갔을까. 그러면 자신의 입장이 조금은 수월할 텐데.

“시장에 물건 하러 갔어예.”

동근이 아내는 어제보다는 조금 사근하게 말을 건넸다.

“정아 할아버지는 어떤가요?”

“아, 조금 전에 퇴원했는갑던데요. 마악 업고 들어가는 기.”

“그래요? 어떻게 악화된 모양이죠?”

“아침에 정아 할매가 병원서 와가지고 오늘밤 넘기기 힘들다고 하면서 간호원들이 막 뭐라 하더라 카데요. 정아 삼촌이 아침부터 뛰어쌓더만은 어떻게 돈은 마련했는지. 죽을라꼬 그런가 안 들어오던 자식도 들어오고…….”

문영호는 고개를 끄덕거리면서 골목을 바라보았다. 경찰이라는 자신의 입장이 한심스러울 지경이었다.

“제가 한 번 들여다보죠.”

문영호는 걸음을 옮겼다.

“친구가 오면 와보라고 하세요.”

열린 원태네 대문으로 아주머니 둘이 손수건을 꺼내든 채 나오고 있었다. 문영호는 머리카락을 손으로 빗어 넘긴 뒤, 마당으로 들어섰다.

“원태 있나?”

손바닥만 한 마당은 시멘트로 발라져 있었다. 그의 기억으로는 분명 흙마당이었는데. 개집도 보이지 않았다. 그밖엔.

“누고?”

방문을 열고 원태와 원재가 같이 나왔다.

“어, 왔나?”

“시간이 나서 병원에 들렀다가.”

“올라온나. 원재 니는 갔다오고. 아, 인사해라. 영호라고 옛날 요

밑에 살았던 형이다."

원재가 마루에서 내려서며 고개를 숙였다. 문영호는 손을 내밀었다. 억세고 큰 손이었는데 힘이 없었다.

"잘 모르겠지. 오래 돼놔서."

물들인 야전점퍼를 입은 원재는 큰 키에 매우 단단해 보였다. 얼굴은 이마를 거의 덮은 머리에도 불구하고 윤곽이 뚜렷하여 매우 인상적이었다.

"어디 가는데?"

"대구로 마산으로 알릴 만한 데 연락해 놔야지."

원태가 대답했다. 원재가 축담을 내려서서 뚜벅뚜벅 대문으로 나갔다.

"올라온나. 춥다."

"그래."

문영호는 원재를 한번 돌아보며 구두를 벗었다. 그때 큰방인 듯싶은 방에서 원태 어머니가 나왔다.

"엄마, 알겠나. 영호라고 요 밑에 포목상 하던……."

"아, 그래."

문영호는 고개를 숙여 인사했다.

"오이야(오냐), 엄마 아버지는?"

"잘 계십니다. 마음이 안 좋으시겠습니다."

"우짜노. 아는 병이고, 갈 사람은 어차피 가야지."

"의식이 없는데 들어가 볼래?"

원태였다.

"그래."

남희라고 짐작되는 여고생이 혼자 앉아 손수건으로 눈언저리를 닦고 있었다.

원태 아버지는 꿈쩍도 않고 거의 숨소리도 들리지 않았다. 얼굴로서는 도저히 알아볼 수 없을 만큼 무섭도록 수척해져 있었다. 그 옛날, 동근이 아버지와 싸울 때만 해도 이 동네에서는 알아주는 체구였다. 아이들 싸움이 어른 싸움 된다고 원태와 동근이 싸움이 어른 싸움이 된 적이 있었다. 비오는 날이던가. 원태 집 마당에서 키가 큰 동근이 아버지의 가슴을 원태 아버지가 먼저 받았고, 넘어지면서 올린 발길에 원태 아버지의 코피가 터진, 극히 짧은 순간이었다.

그 싸움은 한동안 동네 아이들의 얘깃거리였다. 원태 아버지가 선방을 놓았다느니, 철길처럼 키만 컸지 동근이 아버지가 벅수라느니. 철도집이라 불리던 동근이네는 아버지가 한 번도 역전에서 보는 새까만 정복을 입은 걸 본 적이 없기에 어느 아이가 "니거 아버지는 뭐하노?" 하고 물었더니 동근이는 얼굴이 벌개져서 "뭘 하긴 뭘 해 임마! 철도 다니지" 하고 성을 내곤 했다. 그러나 푸르죽죽한 작업복만 입고 다닌 거로 보아 선로반원이었거나 수화물 쪽이었을 것이다. 그 반면에 원태 아버지는 내놓고 '부두에서 일한다'였는데 그 말 이상 정확한 표현도 없었다.

"그만 나가자."

문영호는 꿇어앉아 저려오는 발을 일으켰다. 부엌 쪽에서 원태 어머니를 찾아와 소곤거리는 동네 아주머니들이 두엇 보였다.

"춥다, 이 방에 잠깐 들어온나."

"너는 지켜봐야지."

"괜찮아."

원태 살림방인 듯했다.

"담배 한 대 해라."

남색 치마에 붉은 저고리를 입은 인형 옆에서 원태가 재떨이와 담배를 찾았다.

"원재가 때맞춰 들어와서 다행이다. 임종 자식이 효자라는 말도 있는데."

"그래 말이야, 지도 뭔가 짚였던가 보제."

방안은 인형이 놓인 경대와 자그마한 옷장과 이불장 하나가 전부였다. 가구들은 모두 밑부분에 흠이 가 있었고 이불이 넘치는지 장롱의 문이 조금 비어져 나와 있었다. 옷장의 문고리에는 방울 달린 토끼 인형이 달려 있었다. 녹색과 노란색 두 마리였다.

"장지는 어디 결정했나."

"응, 고향이 있긴 하지만 멀고, 또 손볼 사람도 없으니……."

그때 마당에서 구두 소리가 들렸다. 문영호는 긴장했다. 원재가 이렇게 빨리 올 리는 없는데. 원태가 자리에서 일어나 마루로 나갔다.

"전화번호 적어 왔나."

"응, 약도도 그려주고."

"어딘데."

"시장 입구."

장의사 이야기인 것 같았다. 쿵하고 마루 밟는 소리가 났다.

"이 방부터 들어온나."

문영호는 고개를 들었다. 원재는 아니었다.

"아, 니가 원수구나."

원수는 큰 키에 비쩍 말랐다. 원태는 어머니를, 원재가 아버지를 닮았다면 셋째는 그 중간인 것 같았다.

"요 밑에, 옛날 영호 형이다."

엉거주춤 앉으면서 원수가 고개를 숙여 보였다.

"그래 잘 지내나?"

원수가 무표정하게 고개를 끄덕였다. 바깥바람 때문인지 얼굴이 상기되어 있었다.

"가만있거라. 잠시 들어가 보고 올게."

원태가 일어날 때 문영호도 같이 일어났다.

대문을 나서며 시계를 보니 2시가 지나 있었다. 3시나 4시까지 펼쳐진 작은 바늘의 각도가 무척이나 넓어 보였다. 지금이라도 이곳 경찰의 지원을 받을까, 문영호는 마음을 잡지 못한 채 골목을 빠져나왔다. 바다의 한 귀퉁이가 눈에 들어왔는데 그것은 아주 시리게 새파란 유리조각이었다.

군데군데 금이 간 시멘트 담벽 아래로 문영호 자신의 집이라고 생각되는 지붕이 보였다. 차고 놀던 제기가 올라갔거나 연이 걸렸을 때 슬레이트가 깨어질까 조심스레 옆모서리에서 작대기로 끌어내리던 기억이 났다. 자신이 지금 하고 있는 일도 그렇게 아슬한 기분이었다. 원재를 체포해야 할 것 같았다. 임종이 생각났지만 그때는 차라리 더 어려워질 것이었다. 문영호는 동근이 가게를 지나쳐 계단을 내려왔다. 원재가 우체국으로 갔다면 장부잣집 앞의 가게는 꼭 지날 것이었다.

그는 휴지를 사서는 코를 풀었다. 코가 맹맹한 게 맑은 물만 나왔다. 다시 경찰서로 전화를 걸어보기 위해 공중전화 앞에 섰다. 두 사람이나 기다리고 있었다. 전화를 이렇게 자주 하는 게 자신이 없다는 마음을 내보이는 것 같아 언짢았다. 다음 차례로 좁혀졌을 때 삼거리 쪽에서 올라오는 원재가 보였다. 문영호는 계속 차례를 기다렸다. 쥐고 있던 동전을 그대로 두고 그는 손을 자유롭게 만들었다. 바람에 원재의 머리가 잠시 휘날리고 원재는 손으로 그것을 추스렸다. 기묘하게도 책가방 속에 쇠붙이만을 가득 넣고 다녔다는 자숙이의 말이 불쑥 생각났다.

"연락하고 오나."

문영호는 자연스럽게 몸을 돌렸다.

"아, 네."

원재는 놀란 것 같더니 이내 긴장을 풀었다.

"대구에 누가 사나?"

"……네."

"잠깐 이야기 좀 할까."

"무슨 소리요 지금."

얼굴이 일그러지면서 원재의 눈이 매서워졌다. 바람 때문인지 눈물을 흘려서인지 그의 눈은 조금 젖어 있었다.

"……형이? 당신?"

원재가 몸을 솟구치는 순간 문영호는 재빨리 팔을 꺾었다. 그러나 왠지 온몸의 힘이 스르르 풀리는 것 같았다. 원재가 문영호의 손을 뿌리치고 몸을 돌려 아래쪽으로 뛰기 시작했다. 문영호는 아찔했다. 그런데 갑자기 몇 걸음 앞서 뛰어가던 원재가 쿵 하고 길바닥에 쓰러졌다. 누군가가 뒤로 손을 꺾고 있었다. 서 형사와 또 다른 사복이 그 뒤에 서 있었다.

"뭐야? 실수를 하다니."

서 형사가 원재의 몸을 일으키면서 그를 보고 싱긋 웃었다.

"아, 자네군."

사람들이 모여들기 시작했다.

어제 봐두었던 녹지대 옆의 파출소가 빠를 것 같았다. 현지 형사는 거기까지 동행했다.

"구미까지 갔다가 허탕치고 늦게 연락받았지. 확실해?"

서 형사가 원재를 턱으로 가리켰다.

"그런 것 같애."

파출소에서 담배를 한 대 피우는 동안 원재는 내내 의자에 앉아 그대로 고개만 숙이고 있었다. 문영호는 다가가 원재에게 담배를 건넸다.

"그만둬."

원재가 고개를 치켜들며 수갑 찬 손을 모아 담배를 뿌리쳤다.

"비겁하게 사람 죽는 데까지 따라와, 개새끼!"

문영호는 자신도 모르게 원재의 뺨을 갈겼다. 원재가 쿵 하고 벽쪽으로 넘어졌다.

"그래 너는?"

문영호는 갑자기 온몸의 열이 얼굴로 몰려드는 것 같았다.

"다행히 사장은 의식을 되찾았어. 너에겐 천행이야. 아버지와 형, 자숙일 위해서도 네가 뭘 잘했나?"

"아버지 이야긴 꺼내지도 마! 당신이 뭔데, 뭘 안다고?"

원재가 뒤뚱거리며 몸을 일으켰다.

"난 가봐야 돼, 지금! 보내줘, 이 새끼야!"

알 수 없는 분노에 휩싸여 문영호는 또다시 주먹을 날렸다. 까닭모르게 치솟는 울분은 어쩌면 스스로에 대한 것인지도 몰랐다. 아득한 지난날의 시간의 물결들이 원재로 인해서 이 동네 사람들의 자취와 숨결을 한꺼번에 느끼게 하는, 바다에서 출렁거려 은경동과 문영호 자신까지도 뒤덮는 분노의 파도 같은 것이었다.

의자에 쓰러진 원재는 한참이나 그대로 있다가 천천히 몸을 일으켰다. 눈은 충혈되어 있었으나 격렬함은 가라앉은 듯했다.

"당신도 알 거 아니야, 이 동네에서 살았다면. 동네 아버지들이 어떻게 살아왔는가를? 내 아버지를 포함해서 동네 아버지들이 얼마만큼 잘못 살아왔는가를. 지지리도 못난 아버지를 그대로 묻히게 할 수는 없었단 말이요! 잘못 살아온 그들의 모습을 보여주고 싶었던 거요."

원재의 목소리는 조금 떨리긴 했어도 놀랄 만큼 침착했다.

"계속 입원해 있기를 네가 주장했다며?"

문영호는 수갑을 풀어주었다.

"어떡하든지 아버지를 버티게 하고 싶었단 말이요. 아버진 옛날부터 이 동네에서 살아온 아버지들의 마지막 남은 사람이거든. 최내과 말대로 그 동네 술쟁이 중에서 아직도 산 사람이 있느냐는, 그 한 사람이란 말이요. 그냥 죽게 내버려둘 수 없다는 생각이 고집처럼 들었어요. 우리 동네 아버지들의 마지막 표본으로 버티게 하고 싶었단 말이요. 불쌍하다는 말은 할 수조차 없어요. 나나 문식이나 또는 내 형이나, 아버지들이 살아온 삶을 털털 털고 일어설 아들이 우리 동네에서 몇이나 되겠어요. 그랬더라면 아버지들의 죽음은 용서될 수 있었지만…… 그럴 수가 없어요."

문영호는 원재의 말을 들으면서 토퍼 호주머니를 뒤져 담배를 찾았다. 원재의 생각이 뭔가 잘못된 것 같았지만 따질 기분은 아니었다. 어제 만난 친구들과 자신의 아버지를 비롯한 은경동 아버지들이 두서없이 머릿속을 채웠다. 원재에게 먼저 건네고 피워 문 담배는 맛이 없었다.

"넌 문식이가 저지른 일이 어리석다고 했지?"

문영호는 겨우 그렇게 말했다.

"그래, 나도 그렇다는 거요?"

원재는 잠시 생각하는 눈치로 담배를 깊이 빨아들였다.

"그거야…… 알 수 없는 일이죠."

"무슨 놈의 이야기가 그리 길어? 아는 사이야?"

서울 본서에 전화를 끝낸 서 형사가 다가왔다.

문영호는 서 형사를 구석으로 데리고 갔다.

"그래? 그것 참."

대강 이야기를 듣고 난 서 형사가 입을 쩍쩍 다셨다.

"힘들었겠군, 한 이틀."

문영호는 그냥 웃어보였다.

"수고스럽겠지만, 아무래도."

그는 약도를 그려주면서 원태를 불러달라고 했다.

서 형사가 내려올 즈음해서 문영호는 밖으로 나왔다. 그는 포장이 둘러쳐진 곳으로 다가갔다. 그곳에서는 임진왜란 때 공을 세운 인물의 동상이 건립되고 있었다. 콧물이 흐르고 한기가 들면서도 밖에 나와 서성일 수밖에 없는 그에게는 참으로 비현실적인 현장이었다. 얼마 뒤 삼거리 쪽에서 내려오는 서 형사와 원태가 보였다. 문영호는 파출소 조금 앞에서 원태를 붙들었다.

"미안하다."

"추운데 와, 한데 나와 있노."

오는 동안 마음을 정리했는지 원태는 침착했다.

"어차피 당할 일인데 우짜겠노, 마음 쓰지 마라."

원태가 잡은 손을 먼저 풀고 파출소로 들어가고 문영호는 밖에 그대로 남았다. 그런 동네에서 형사도 나왔군요. 바람 속에서 자숙의 목소리가 들려왔다. 공사장의 천막이 날아갈 듯 펄럭이고, 문영호는 몸을 돌려 전차가 다녔던 윗길을 바라보았다. 흐린 하늘 아래 은경동 산비탈이 더욱 우중충하게 눈에 들어왔다. 다시 이곳에 올 일이 있을까. 그런 생각과 같이 은경동 동네가 우울한 그의 가슴으로 밀려내려 오는 듯했다. 문영호는 자신이 보낸 이곳에서의 시간까지 한꺼번에 무너지는 것 같아 흠칫 몸을 떨었다.

병들의 공화국

일병 허수근은 더플백을 내부반에 내려놓은 뒤 얼떨떨하고 겁을 먹은 채 관물대 정리와 석식까지 마쳤다.

본격적인 전입신고는 일석점호가 끝난 후에 있었다. 허 일병 등 전입병 다섯은 잔뜩 얼어붙은 채 침상에 세워졌다.

"이제 시작해."

"처음부터 꽉꽉 밟아야 할 놈들이야. 어디서 깡통계급장 달고 병정놀이하다 왔다고 기어오를지 모르니까 말이야."

"쫄따구부터 시작하라 그래. 여긴 병장도 중고참이니까."

허 일병 등이 처음 놀란 건 하사가 우글거리는 내무반이라는 사실이었다. 지금 소리도 그들의 침상 쪽에서 들려오는 것이었다.

"자, 다들 조용히 해. 내무반장이 의식을 치를 테니."

내무반장이 전입병들 앞에 버티고 섰다.

"신고 시작해봐, 밑에서부터."

제일 아래가 허수근 일병이었다. 그는 배에 잔뜩 힘을 넣고, 먹었던 밥알이 튀어나오도록 고함을 질렀다.

"신고합니다. 일병 허수근은 197X년 2월 X일부로 예비군처 조교요원으로 명받았기에 이에 신고합니다."

"다음."

"네잇, 일병 이삼수는……."

"다음."

"일병 김기태는……."

"다음."

"상병 박종진은……."

"다음."

"병장 이희복은……."

무심하고 나지막한 내무반장의 '다음'소리에 이어 악을 쓰듯 하는 신고가 계속되었다. 의외라고 할 만큼 내무반장은 제동을 걸지 않았다.

"좋아. 몇 마디 하겠다. 여긴 여느 부대 편제와는 다르다. 막강 예비군을 교육시키는 막강 조교내무반이다. 하사 스물에 병 스물이다. 교관을 보좌하는 선임조교와 그 하사조장을 받드는 병조교들이다. 최고참 병장이라 하더라도 여기서는 서열상 스물한 번째이고 새끼조교다. 다음으로는 전입병 여러분들의 특수사정이다. 일반적인 전입은 신병들인데 너희들은 병장에서부터 7개월짜리 일병까지다. 아주 드문 경우다. 너희들이 어떤 사정에 의해 전입을 왔든 전입은 전입이다. 그러므로 계급 따지지 말고 신참이라는 마음가짐으로 모든 일에 솔선수범하여 인화에 힘써라. 차후 내무반에서 특히 병들 사이에 불화가 있을 시엔 모든 게 너희들 책임이다. 너희들을 환영한다. 다음엔 관례에 따라 계급순 신고가 있겠다. 이상."

전입병들이 얼떨떨한 상태로 서 있는데 통로에 국산 야전점퍼를 입은 일등병 하나가 갑자기 나타났다.

"이 새끼들, 내무반장님이 좋은 말씀하셨는데 인사도 없어?"

일등병이 이희복 병장의 복부를 주먹으로 강타했다. 이 병장은 엉겁결에 당한 일이라 배를 붙잡고 뒤로 물러났다. 일등병은 실내화를 신은 채 침상에 올라 다시 이 병장을 두들겼다.

"바로 못 서! 어디서 군대생활을 했으면 임마, 병장 달고 월남은 월남이야. 이게 일등병이라고 아니꼽게 생각하는 거 아니야. 여긴 너희들 시집이야. 어느 놈에게 쫓겨나 첩살이로 기어들어 온 년들이 계급장 따먹기 하려고 그래. 바로 못 서! 알아들었으면 이 병장 네가 내무반장님께 알았습니다, 복창해봐."

이 병장은 옆에 선 전입병들에게 '차렷'을 명했다. 넷은 미리부터 차렷자세로 얼어붙어 있었다.

"경례! 명심, 하겠습니다!"

그제야 내무반장은 경례를 받고 침상에 걸터앉았다.

"잘한다, 조 일병. 확 잡아라."

"저것들 아무리 전입이라도 일병에게 맞고 있어."

건너편 침상 쪽에서 웃음소리와 야유가 터져 나왔다.

"왜, 아니꼬워? 야, 박종진."

일등병이 박 상병의 배를 쥐어박았다. 박 상병은 선 채 아무 말도 않았다. 일병이 다시 사정없이 배를 강타했다.

"아닙니다."

"이 병장, 너는?"

일병이 슬쩍 이 병장의 가슴을 건드렸다.

"아닙니다."

"정말이야, 너희들?"

"네!"

"야, 이거, 군대 정말 큰일 났네. 일등병한테 맞는 게 아무렇지도 않다니. 야, 노 이병, 너도 한번 해봐. 얘들이 아무래도 쓸개 없이 시집 온 모양이다. 돌림빵 당하고 양동이나 자갈마당에 팔려갔던 년들 아닌가 모르겠네."

여기저기서 웃음이 터지고 동시에 이등병 하나가 통로에 버티고 섰다. 그의 주먹엔 반피수갑이 끼워져 있었다.

"고참님이 너희들 쓸개가 없다니 정말인가 아닌가 보려고 그런다."

이등병은 목소리를 바꾸었다.

"나 이거, 나중에 일병 셋에 상병 병장님들께 따구리 타는 거 아닌지 모르겠네. 고참님들이 책임지시오이."

"그래 그래."

"이번에는 아마 달려들 게다."

하사들이 다시 한마디씩 했다.

노일수라는 명찰을 단 이등병은,

"내가 너희들 배를 한 대씩 건드릴 테니까 관등성명부터 대봐."

말을 마치자 그는 먼저 하수근의 배를 쥐어박았다.

"네, 일병 허수근!"

허 일병이 깜짝 놀란 목소리로 관등성명을 외쳐댔다.

"네, 일병 이삼수."

"네, 일병 김기태."

"문제구나 문제라. 얘들이 오죽 변변찮으면 시집에서 쫓겨났을까. 정조도 지조도 없이 아무 놈에게 막 주었구나. 완전 걸레들이네. 이것들이 월남 갔으면 베트콩들에게 나 따먹으라고 가랑이 벌려줄 년들이잖아."

노 이등병은 걸쭉하게 떠들어댔다. 조심스럽던 병들 침상에서도 웃음이 흘러나오고 있었다.

"그래도 상병님과 병장님은 다르겠지."

노 이병이 박 상병의 배를 강타했다. 박 상병의 입에서는 아무 소리도 나오지 않았다. 내무반은 약간 긴장되었다. 그러나 그건 전입병들 외에는 모두가 호기심과 재미로 뭉쳐진 긴장이었다.

"상병님은 역시 달라. 그러나 살짝 쳐서 그런지도 모르지."

노 이병의 주먹이 다시 박 상병의 가슴팍에서 난무했다. 마찬가지였다. 박 상병은 허리를 조금 굽혔을 뿐 다시 부동자세가 되어 정면만을 노려보았다.

"그러면 그렇지, 상병이 어디 나이롱뽕 해가지고 딴 거야?"

"노 이병 저거 곤조통 터지겠는데."

하사 침상에서 한마디씩 해댔다. 노 이병의 주먹은 바빠졌다. 그러나 그는 발길질만은 하지 않았다. 노 이병이 두 손을 모아 가슴팍을 치기도 했지만 박 상병을 침상에 구르게 할 수는 있어도 그의 입을 열게는 할 수 없었다. 노 이병도 박 상병의 입을 열게 하지 않고는 이 병장에게 건너갈 수 없다고 판단했는지 줄기차게 박 상병의 가슴팍만 공격했다. 몇 차례고 박 상병이 침상에 뒹구는 일이 벌어진 뒤에 마침내 노 이병이 말했다.

"지독한 새끼네. 이거 더러워서 이등병은 못 해먹겠다. 야 노일수 임마, 여기 니 점퍼 가져가라."

그가 야전점퍼를 벗자 침상 끝에서 누군가가 쪼르르 달려왔다. 계집애처럼 예쁘게 생겨먹은 이등병이었다. 야전점퍼를 벗어던지자 노 이병은 하사 양천수가 되었다.

"이 새끼 박종진이, 이제는 어때?"

양 하사가 박 상병의 배를 툭 건드렸다.

"네, 상병 박종진!"

"내가 이등병이라고 생각했나?"
"네, 그렇습니다."
"그래서 관등성명을 안 댔나?"
"저는 상병입니다."
"아까 김 하사, 아니, 조 일병한테는 왜 고분고분했어?"
"갑작스러웠고 내무반에 따라 신고식 때는 한 번쯤 있는 일로 여겼습니다."
"그런데?"
"한 번도 아니고 두 번이나 당할 수는 없다고 생각했습니다. 여기는 군댑니다."
"좋았어, 제법이야. 몇 개월 했어?"
"십칠 개월짼니다."
"나중에 안티프라민 발라. 어차피 한 통 사둬야 하겠지만. 이번엔 이 병장을 볼까."
양 하사가 한 걸음 옮겨 이 병장의 배를 쳤다.
"네, 병장 이희복!"
"몇 개월 남았어?"
"9개월 남았습니다."
"근데 월남을 가?"
이 병장이 머뭇거리자 다시 양 하사의 주먹이 날아들었다.
"월남서 현지제대할 줄 알았습니다."
"제대한 뒤 꽁까이 하고 눌러살려고?"
"아닙니다."
"너, 자대서 사고 쳤지?"
"아닙니다."

"병장과 하사와의 차이를 말해봐."
"병장은 병의 최고 계급이고 하사님은 병과 장교의 중간다리 역할을 합니다."
"중간다리란 게 남자라면 누구나 달고 있는 그거 말이냐?"
끼어든 누군가의 말에 웃음이 터졌다.
"아닙니다. 중간적 역할, 교량 역할입니다."
"하사가 무슨 병과 장교 기차 지나다니는 철교냐, 임마!"
"아닙니다. 병장 위가 하삽니다. 분대의 지휘자입니다."
"좋았어, 앞으로 2개월 남은 백 병장 모시고 잘해. 백 병장만큼만 하면 대우는 받을 거다."
침상 제일 위쪽 관물대에 기대 앉아 담배를 피우고 있는, 안경 쓴 치가 백 병장이었다.
"야, 이제 그만하고 진짜 하사 신고 받아야지."
지시봉을 든 새로운 하사가 버티고 섰다.
"나 부내무반장 추 하사다. 너희들 군기담당이다. 지금부터 군인정신을 시험한다."
그는 말을 마치자마자 지시봉으로 이 병장의 어깨를 내리쳤다. 이 병장이 왼쪽 어깨를 움찍거리자 이번에 사정없이 오른쪽을 내리쳤다.
"병은 병이구나. 오른쪽을 쇠파이프로 맞아도 오른쪽 어깨와 왼쪽 어깨는 수평이다. 내가 내리치는 대로 '수평'을 복창한다."
딱!
"수평!"
딱!
"수평!"

추 하사의 '수평잡기'는 허수근 일병에게 내려오기까지 침묵과 긴장, '수평'이라는 악쓰는 고함소리로 내무반을 가득 채웠다.

"좋았어. 이제는 하나 남았다. 야, 백 병장, 아니 이제부터는 정충만이지. 정 상병, 네가 해봐. 그보다 먼저 동기를 정해줄까. 이 병장은 정 상병하고 동기 하고 박종진이는, 이 새끼 앞으로 골통 안 부릴지 모르겠는데, 앞으로 그러다간 뼈다귀도 못 추려, 알았어?"

"네, 알았습니다."

"널 주목하겠어. 딴마음 먹었다간 괴로울 줄 알아?"

"네, 알겠습니다."

"넌 그 다음 김 상병하고 붙고 나머진 정충만이가 적당히 붙여줘라. 이상."

정충만 상병은 눈이 찢어진 게 아주 정나미 떨어지는 인상이었다.

"술 좀 받고 안주 마련했습니다. 즐거운 신고회식 되시기 바랍니다."

정 상병의 말이 끝나자 일등병 몇이 준비한 술과 안주를 나누었다. 기존의 15명의 병들은 병장 하나에 상병 다섯 외에는 대부분 일등병이었고 이등병이 둘 있었다. 전입병들은 석식 후 정 상병의 귀띔에 따라 미리 돈을 추렴하였다. 정충만이가 이른바 병들의 장(長)이었다. 그는 전입병들, 특히 이희복 병장을 눌러버리려는 기색이 역력했다.

"자, 이제부터 아리랑신고에 들어간다. 모두 뒤로 돌앗! 엉덩이로 자기 집주소를 정확히 쓴다. 실시!"

전입병들은 자기들대로 열심히 엉덩이를 돌려댔다.

"이것들이 월남문자 쓰고 자빠졌네."

"얘들 파월교육대에서 모포부대하고 재미보다 꼬질대 새는 거 아니야. 물총 새는 놈 있으면 자수하라 그래."

하사들이 떠들어댔다.

"이게 술 사고 안주 산 거냐? 아무리 배고픈 공반기에 목구멍 벗긴 지 오래지만 막걸리에 두루치기라니, 내 참."

"애들이 무얼 아나, 교육을 나가봐야 맥주 양주가 술이라는 걸 알지."

술이 들어간 하사들은 더욱 방만하고 난잡스레 떠들어댔고 정 상병의 아리랑 신고는 더욱 가열차 갔다. 노래신고가 한 순배 돌고 있을 때 건너편 침상의 하사 하나가 허수근을 건너오게 했다.

"너 정글화 몇 문이냐? 쫄따구가 그런 거 신고 있다간 어차피 뺏길 테니 내 워커하고 바꾸자."

그러나 발 문수가 맞지 않아 허 일병의 A급 정글화는 다른 하사의 형편없이 낡은 워커와 바뀌었다. 야외 교장에 워커를 신고 나가기 때문에 소모가 심했다. 양말과 정글복은 물론 이제 야전점퍼까지도 그런 식으로 얼렁뚱땅 교체되었는데 박종진이도 예외일 수는 없었다.

다음 날 이희복 병장의 정글화도 바뀌었는데 이 병장이 미리 알아서 진상했다는 말이 있었다. 그는 세면장에서 다른 졸병 전입병들에게 속삭였다.

"나는 어젯밤 이등병과 일등병이 하사라는 걸 알았다."

그래서 비겁하게 당한 게 아니라는 소리였다. 박종진이 이 병장을 아니꼬운 듯이 바라보다가 한마디 했다.

"철수 개피를 보더라도 월남이 여기보다야 낫겠다. 우린 제대하기 하루 전날까지 피 보고 지내는 거야. 자대로 원복이 백번 나은 건데 후방이라고 얼씨구나 했다가 절씨구나 되었구나."

그들은 전국 각지의 부대에서 지원 내지 차출되어 파월교육을 받았다. 그러나 부산 3부두로 열차를 타고 오다 부두가 아니라 보충대로 들어갔다. 파월명령이 갑작스레 취소된 것이다. 보충대에서 지루한 대기상태로 있다가 재배치되었는데 원대 목귀가 원칙이지만 국내 봉급을 6개월 마이가리한 데다 사기문제도 있어 연고지 중심으로 후방에 배속되었던 것이다.

그들이 전속되었던 때는 2월이었다. 예비군 순회교육은 겨울에는 없었다. 이른바 공반기였다. 자체교육이란 명목이지만 교관들에게 지극히 형식적인 기본훈련을 받거나 사역으로 날을 보냈다. 이런 일과라면 전방에서 박종진이나 허수근이가 겪은 벙커 구축하던 고됨에 비하면 가히 특과였다. 그러나 저녁이 괴롭고 불안했다. 도대체 하사 스물에 병들은 숨도 제대로 못 쉴 지경이었다.

"지금은 공반기니까 하사들에겐 멘스기간이야. 갇혀 있는 데다 쇠푼이 없으니까 미칠 지경 아니겠어."

다소 친숙해진 어느 병의 말이었지만 밤만 되면 이 트집 저 트집에 이놈저놈의 집합에 빳다였다. 자기들끼리 회식을 하다 술김에 집합시키는 일도 잦았다. 주로 추 하사와 양 하사가 심했다. 민가에 접한 부대라 술판이 잦았고 하사들은 무탈을 예사로 했다. 원래 조교들은 사령부 예비군처 소속이어서 본부중대 내무반에 기거하는 게 원칙이지만 차량편승의 편리를 위해 직할수송대 내무반에서 생활했다. 중위나 대위인 교관, 조교 두 명과 운전병이 일개 예비군 교장의 팀이었다. 사령부에서 도로 하나 건너에 있는 수송대는 운전병내무반과 조교내무반이 있었고 점호나 외출외박도 수송대 선임하사의 통제를 받았다. 하지만 편제상으로는 엄연히 본부중대 소속이어서 이중적 관리체계였고 그러므로 어떤 공백이 존재했다. 그러한 틈은 하사 스무 명의 막강한 파워를 더욱 부채질했다.

박종진은 동기인 김 상병과 급속히 친해졌다. 김 상병의 이야기 요점은 두 가지였다. 앞으로 시작될 예비군 교육시의 짭짤한 재미와 하사 스물의 전입 배경이었다. 그건 결국 이권에 관계된다는 점에서는 하나로 귀결되었다.

예비군 순회교육 중 기합으로 철조망통과를 시킬 때 예비군들이 흘리는 동전은 예사 금액이 아니었다. 지역에 따라서는 훈련을 수월하게 받는다는 명목으로 예비군들이 돈을 걷어주기도 했다.

그러니 훈련만 시작되었다 하면 내무반은 흥청망청이고 어떤 하사는 예금이 얼마며 다방레지를 꼬셔 반동거생활을 하는 하사도 있다는 소문이었다. 하사들이 기를 쓰고 덤비는 모든 것의 귀착점은 돈이었다. 전입병들을 혹독하게 다룬 것도 그런 면의 숨은 뜻이 있다는 김 상병의 설명이었다.

하사 스물이 한꺼번에 오게 된 이유도 예비군훈련의 부조리와 관계지어져 있었다. 이 도시와 전혀 연고가 없는 타 지역 출신으로, 그것도 동기만으로 구성하게 된 건 그런 부조리를 막아보자는 뜻에서였지만 집이 가깝지 않고 피교육자 중 아저씨뻘이나 친구의 형님이 없다고 해서 부정이 근절될 수는 없었다.

교육장이 늘어나고 제대병이 많기도 했지만 하사 스물의 전입배경은 근본적으로 그런 데에 있었다. 그러나 그들의 전입은 병들로 이루어졌던 조교내무반에 치열한 싸움을 몰고 왔다. 하사들은 하사관학교를 갓 졸업한 자들이라 개월 수로는 일등병 중고참과 비슷했다. 그러나 그들은 여러 가지의 강점을 갖추고 있었다. 하사 계급에 같은 지역 출신에다 동기였다. 또한 군대생활을 처음 시작하는 곳이라 하사관학교에서 배운 대로 하려는 자부심이 있는 데다 주도권을 뺏느냐 뺏기느냐에 따라 나머지 군생활이 좌우되는 판이었다. 병들이 밀리기 시작했다. 병장 둘이 만기제대하고 3명의 고참병들이 이런저런 이유로 전출되는 것으로 권력투쟁은 끝났다. 백 병장은 그 싸움에 적극적으로 나서지 않고 타협했기 때문에 형식적인 대접을 받으며 열외가 되었고 정충만이는 병들을 이간질하고 무력화시키는 데 이용되었다. 내무반의 역사를 아는 병들에게 백 병장은 비겁자이고 정 상병은 배신자였다.

"내가 있던 부대에서 하사는 개밥의 도토리였다. 단풍하사 갓 떼고 전입 온 하사가 에프엠대로 까불다간 사흘 만에 바보 되는 거야. 그런데 여긴 하사공화국이구나. 저들만 쫓아내고 신병만 받는다면 허수근이 네가 몇 번째 고참이 되냐?"

외박 나온 술자리에서 김 상병의 이야기를 듣고 난 박종진이 불쑥 물었다.

"이등병 스물 받으면요?"

허수근은 꿈같은 얘기다 싶었다.

"지금 내 밑에 둘이니까 마흔 명 중에서 열여덟 번째가 되네요, 허허."

그러나 박종진 상병은 소주잔을 입으로 씹을 듯이 이를 갈았다. 졸병인 허수근과 중고참인 박 상병이 하사에 대해 느끼는 감정은 완전히 다를 수밖에 없었다.

"너 임마, 이 소리 이희복이한테 하지 마라. 그 새끼, 하사들 개가 다 되었어."

이 병장이 하사들에게 알랑방귀를 뀐다는 건 눈에 보일 정도였다. 어느덧 병들은 박 상병 중심이 되어가고 있었다. 박종진은 머리가 빨리 도는 데다 배짱도 있었다. 이목구비도 반듯한 편이었고 특히 눈이 날카로웠다. 그러나 전체적으로 딱 집어낼 수 없는 천박함이 떠돌고 있었다. 드물었지만 외박외출을 박 상병은 언제나 만만한 졸병들과 같이 나왔고 어떤 사소한 계산도 자신이 하는 법이 없었다. 돈에 인색하다는 면에서 박 상병을 싫어하는 병들도 있었지만 그래도 인기가 앞섰다.

"하사들도 약점이 많잖아. 걔들 자기 하사관학교 졸업기수 붙인 계를 한다면서 계금도 붓고… 이 새끼들, 어디 두고 보자. 하사공화국만 있으란 법이 있나."

그날도 술값은 허 일병이 한 번, 김 상병이 한 번 치렀다.

박종진 상병의 터무니없는 꿈은 공반기가 끝나가고 교장에 나갈 희망에 하사들이 들떠 있을 때 갑작스럽고도 엉뚱하게 펼쳐졌다.

그날도 하사들은 술판을 벌였고 10시 취침 후 얼마를 지났을까, 억지로 잠을 청하고 있던 병들에게 집합명령이 떨어졌다. 기합을 받지 않고는 차라리 발 뻗고 잠들 수 없는 생활이었기에 백 병장을 제외한 모든 병들은 신속하게 침상 3선에 동내의바람으로 앉았다. 그러나 곧 그들은 팬티바람이 되었다. 오후의 자체교육 중 병들이 잘못해서 하사들까지 기합으로 포복을 하였다는 이유였다.

"이, 추 하사 신경 거스르지 말아다오. 하사들이 일 · 이등병놈들과 같이 기게 됐어? 그리고 요즘 너희들 개판 오분 전이야. 교육 나갈 날이 내일 모레라서 그런가? 이것들이 엉뚱한 생각만 하고 있는 모양인데 손 좀 봐야 되겠어. 일과 끝나면 내무반에는 졸병 두어 놈만 붙어 있고 너도 나도 피엑스다 어디다 살살 빠져나가고. 너희들이 그럴 처지냐. 오늘은 큇대 맛 좀 봐라."

피엑스 휴게실에서 슬쩍 해왔는지 당구 큐대가 추 하사의 손에 쥐어져 있었다. 사흘 전에도 양 하사가 보초순번을 두고 병들이 다

튀었다는 트집으로 빳다를 쳤기 때문에 병들의 엉덩이에는 아직도 안티프라민 냄새가 가시지 않고 있었다. 어쩌면 오늘 기합은 예비군 교육이 시작되기 직전에 병들을 잡아놓자는 계산에서 이루어지는 건지도 몰랐다.

"고참놈들부터 맛 좀 봐라. 이것들이 짬밥 몇 그릇 더 먹었으면 그만큼 알아서 행동해야 될 것 아니야. 이희복이 너 이 새끼, 어떨 땐 슬쩍 맞먹으려고 할 때가 있어."

이 병장에게 추하사는 빳다 10대를 올렸다. 이 병장은 두 번이나 엎어졌다가 일어나곤 했다. 정충만이에게 치는 빳다는 어느 정도 봐주는 듯했다. 그러나 잔소리는 훨씬 많았다.

"잘 다스려 임마, 네가 잘하면 내가 왜 이 짓 하겠냐. 누구 삐딱하게 구는 놈 있으면 말해. 확 밟아줄 테니. 기어오르거나 말 안 듣는 놈 있어?"

"없습니다!"

"박종진이는 말 잘 들어?"

정충만이는 잠시 머뭇거리다 답했다.

"괜찮은 편입니다."

박종진 상병은 다섯 번째에 엎드려뻗쳐 있었다. 추 하사의 타작 소리가 세 번째 상병의 엉덩이에서 예리하고도 무참하게 터지고 있을 때 갑자기 박종진이 일어나 외쳤다.

"에이, 씨팔놈들. 너희는 끝장이다!"

그리고 박 상병은 이미 내무반에서 보이지 않았다. 누가 붙잡고 자시고 할 틈도 없었다. 그때 병들 외에 통로에 서 있었던 하사는 추 하사뿐이었다. 실내화바람의 그는 그저 "어, 저새끼가 토껴." 소리만 지를 뿐이었다. 잠시 후 팬티바람에 맨발인 누군가가 길 건너

쪽으로 뛰어갔다는, 수송대 정문 보초로부터의 보고가 있었다. 길 건너는 사령부였다.

"야, 추 하사. 이게 뭐야. 시끄럽게 됐잖아."

하사들이 투덜대기 시작했다.

"별거 있겠어. 지가 사령부로 뛰어들어가 어쩌겠다는 거야, 이 밤중에. 맞기 싫어 도망친 거야."

추 하사가 자신 있게 뻰대었다.

"어쨌든 귀찮게는 되었잖아. 야, 맞은 놈들, 안티프라민 바르고 취침해. 앞으로 어떤 외부의 질문이 있어도 기합은 절대 없었던 거다. 알았나?"

병들은 "네."라고 복창하고 모포를 둘러썼다. 하사들은 한참 뒤까지도 이러니저러니 저희들끼리 시비를 하고 있었다.

새벽 3시에서 4시까지 외곽보초를 서기 위해 허수근 일병이 일어났을 때도 박 상병은 돌아와 있지 않았다. 교대보초는 수송대 당직이 중사가 사령부 일직사령실로부터 연락받고 내무반에 들러 주의를 주고 갔다고 말했다. 그뿐일까. 그 정도로 끝나서야 박 상병만 당하게 되어 있었다. 허수근 일병은 밤하늘을 보며 지금 박 상병은 어디에 있을까를 생각해 보았다. 그리고 '병들의 공화국이 못 들어서라는 법이 없다'던 박종진의 말을 떠올렸다.

다음 날 오전 여전히 박 상병의 소식을 모른 채 불안하고 긴장된 마음으로 교보재 정비를 하다 내무반으로 왔을 때 본부중대장으로부터 점심식사 후 전원 내무반에 대기하라는 지시가 내려왔다. 대부분의 하사들은 얼굴이 활짝 펴지면서 중대장으로부터 '쬠빠'를 먹는 정도라고 희희덕거렸다. 이희복 병장과 정충만 상병은 박종진이 때문에 하사들 기분만 틀어지게 되어 괴롭게 되었다고 노골적으로 투덜댔다. 내무반장의 병들에 대한 입단치기 훈시가 몇 차례 반복된 뒤에 내무반 문이 열렸다. 처음 들어선 사람은 분명 보부중대 중대장 김 대위였지만 그 뒤로 대령과 중령·소령들이 줄을 잇고 있었다. 맨 끝에는 백바가지를 들러쓴 헌병장교까지 있었다. 내무반장이 얼어붙은 목소리로 인원보고를 했다. 대령은 경례를 받는 둥 마는 둥 하고는 김 대위에게 고갯짓을 했다. 김 대위가 말했다.

"병들은 전원 하의를 남김없이 벗는다."

병들은 극히 신속했다. 그들의 엉덩이에서는 안티프라민 냄새와 같이 빳다로 줄무늬친 흔적이 역력했다. 장교들 사이에 혀 차는 소리가 들려왔다. 군의관인지 소령 하나가 몇몇 병들에게 허리를 굽혀보라고 했다. 척추를 다친 병들이 있을지도 모르니 나중에 의무대로 와서 검사를 받으라고 소령은 말했다.

명들이 하의를 모두 입고 나자 대령이 입을 열었다.

"내무반장!"

"네, 하사 강종식!"

"태워."

헌병장교가 강 하사에게 손짓했다.

"부내무반장."

"네, 하사 추현식!"

"태워."

허둥대는 양 하사까지 태운 백차가 떠난 뒤 김 대위만 남고 장교들도 나갔다. 김 대위는 넋이 나간 나머지 하사들을 밖으로 내보내고 병들에게 소원수리를 받았다.

박종진 상병은 성공했다.

나머지 하사들이 서너 시간 만에 뿔뿔이 다른 부대로 전출된 저녁에 박 상병은 돌아왔다.

그는 영웅 대접을 받았다.

허수근 일병은 이등병 스무 명이 온다는 소문에 완전히 제정신이 아니었다. 자기 밑에 스물두 명의 졸병이 생기는 것이었다. 그러나 이틀 뒤에 온 신병은 열다섯이었고 나머지 다섯은 의장대에 있던 일병 셋에 상병 둘이었다. 허 일병은 약간 서운했지만 한 달 정도 앞선 의장대 출신 일병들을 박종진 상병이 동기로 붙여주었기에 만족하기로 했다. 상병 둘 중 하나는 박 상병과 개월 수가 비슷했고 하나는 빨랐다.

내무반장은 이 병장이 되었지만 정충만이와 같이 병들로부터 철저하게 배척당했다.

실권자인 박종진 상병의 첫 명령은 마이가리계급장 달기였다. 구렁이 같은 예비군 아저씨들 앞에 일병이나 이등병 달고 나가 봐야 노리개밖에 안 된다는 것이었다. 조교들은 교장에 입고 나가는 A급 피복에는 마이가리계급을 달고 내무반에 돌아와서는 원래 계급장이 달린 상의를 입기로 했다. "교육을 앞두고 쫓겨났으니 하사놈들이 얼마나 원통하겄노. 눈에 삼삼해서 미칠 거다. 노다지판을 병들에게 빼앗겼으니 안 미치겄나." 하사들 밑에서 박종진 상병과 가까이 지냈던 김 상병이 병장 마이가리를 달고 조교 파이버까지 쓴 채 거울 앞에 서서 폼을 잡았다. 내무반에서 그의 발언권은 상당히 세어져 있었다. 병들은 묵시적으로 잔류병 · 신병 · 의장대 출신 등으로 구분되었지만 신병이야 쫄따구들이니 시비거리가 못 되었고 의장대 출신들이 잔류파의 상대가 되기에는 엄청 역부족이었다.

"밥그릇 숫자로 계산하는 병들의 공화국에서 우리끼리 무슨 불미스러운 일이 일어나겠느냐. 자기 밥그릇 숫자 헤아려서 잘 행동해

라. 집합과 빳다는 절대는 아니더라도 거의 없다."

박종진 상병의 내무반생활 방침은 그대로 지켜졌다. 병들의 공화국에 봄이 온 것이다.

신병들을 포함한 졸병들에 대한 박 상병의 이해와 관용은 각별한 것이어서 하사들 밑에서 무시무시한 시절을 보냈던 허수근 일병들에게는 시기와 불만을 살 정도였다. 특히 정훈시간을 이용한 오락이 자주 벌어졌는데 노래 잘하고 입담 좋은 졸병들이 박 상병을 업고는 기어 오르려는 놈들도 있을 지경이었다. 박 상병의 졸병들, 특히 신병들을 풀어먹이는 것이 하사들 시절에 중고참들이 당했던 고초에 대한 반작용이라고 대부분 이해하는 편이었지만 한편에서는 박 상병이 다른 걸 노리고 그런다는 시각도 존재했다. 그것은 박 상병의 돈에 대한 욕심이라는 것이었지만 소수 의견에 불과했다. 모든 병들의 관심이나 내무반의 분위기는 예비군 순회교육에 뒤따르는 재미에 쏠려 있었다.

허수근 일병도 상병계급장을 달고 졸병 하나 받아서 교장엘 나갔다. 과연 예비군 조교는 할 만했다. 점심은 예비군중대장이 내는 사식으로 하는 데다 담뱃값도 생겼다. 예비군들 도움으로 교보재를 설치하고 차트를 넘기고 인원을 통제하고 드물게 시범을 보이는 게 일과였다. 휴식시간이나 점심시간에 여기저기서 예비군들이 허 조교, 허 상병이라고 부르며 담배를 권하고 음료수를 권했다. 노골적으로, 수고하는 조교들에게 담뱃값이나 만들어주자며 예비군 모자를 벗어 100원씩을 걷는 중대도 있었다. 교장에서 돌아오면 여기저기서 철조망통과 등으로 걷어들인 동전으로 '짤짤이'가 벌어졌다. 박종진 상병은 그런 걸 방치했고 그 자신부터 그것을 즐겼다. 내무반은 눈에 보이는 일이나 보이지 않는 일 모두가 박 상병의 영향하에 움직여져갔다. 어떤 졸병들은 그에게 돈을 잃어주기도 하고 빌려주기도 했다. 빌려준다는 건 말이었지 상납과 마찬가지였다. 하사시절이 연합내각이었다면 지금은 박 상병 한 사람에게 모든 권한이 집중되어 있었다. 허수근 일병은 수시로 하사시절에 고참들이 당했던 고통과 박종진 상병의 영웅적 행위에 대해 졸병들에게 이야기했다. 그는 박 상병과 자신이 파월교육대 동기라는 사실을 놓치지 않고 강조하기도 했다.

백 병장—물병장이라고 불리기도 했지만—이 제대할 때 박 상병은 제대기념으로 반지나 하나 마련해 주자는 제안을 했다. 누구 하나 반대할 입장도 아니었지만 제대반지를 내무반의 전통으로 한다는 데 있어서야 더 할 말이 없었다. 병들은 돈을 추렴하여 백 병장에게 금반지를 하나 해주었다.

실제 거둔 금액과 백 병장이 받은 반지와 다소 차이가 난다는 소리도 있었지만 그뿐이었다. 돈을 걷어 반지를 마련해 온 사람이 박 상병이었기 때문이었다. 박 상병은 내무반의 다른 일에는 거의 무관심한 듯한 태도를 취하면서도 돈에 관계되는 일에는 직접 나섰다.

"나야 귀찮지만 살림이나 살지 뭐. 복지제일주의 살림."

박 상병이 자주 하는 소리였다. 집이 먼 병들에게 그는 외박비라는 명목으로 돈을 줄 만큼, 추렴을 관례화했다. 그는 자기 이름으로 통장을 만들어 공금을 관리했다.

여름이 다가올 때 박 상병의 돈 걷는 일에 불평이 터져 나오기 시작했다. 주로 의장대 출신들에게서였다. 그러나 하사들의 철권 밑에서 지냈던 졸병들은 그래도 이게 몸으로 때우는 것보다야 낫다고 생각했다.

"전입 온 새까만 놈들이 처음부터 어려움 없이 쇠푼이나 만지게 되어놓았으니 그따위 소리나 하고 자빠진 거야. 옛날 같으면 짤짤이 할 돈이나 생겼겠어? 아무것도 모르는 것들이 겁대가리 없이 떠들어. 어떻게 이루어놓은 내무반인데."

박종진의 신경질이 늘어나면서 집합이 잦아졌다. 돈이 좋으면 몸으로 때워보라는 소리였다. 병들은 서서히 분열되기 시작했다. 돈 몇 푼씩 내고 어디 어떻게 쓰는 건지 모른 척만 하면 편하게 지낼 수 있는데 괜히 박 상병의 성질을 건드린다는 쪽이 있었고, 내무반을 위한 박 상병의 공헌이야 인정하지만 좋은 세상이 왔으면 좋은 세상대로 살아야 한다는 쪽이 있었다. 정확하게 헤아려낼 수는 없지만 시간이 갈수록 대세는 뒤쪽으로 기우는 듯했다. 의장대 출신들이야 의장대 의리로 뭉쳐 불평을 한다손 치더라도 신병들이 좀처럼 박 상병의 계산대로 되지가 않았다. 어떤 신병은 "하사시절을 툭하면 들먹이는데 그건 그때 당했던 고참들의 사정이고 우리들은 새 시대에 속하기 때문에 권리를 찾겠다."고 겁대가리 없는 소리까지 하고 있었다. 박 상병의 집합과 빳다는 눈에 띌 만큼 잦아졌다. 그동안 표면에 나서지 않던 박 상병보다 개월 수가 빠른 의장대 출신 상병이 박종진 상병의 행동에 가끔씩 제동을 걸고 나와 내무반 분위기는 매우 험악해졌다. 박 상병은 졸병들을 못 잡아먹어 길길이 뛰었지만 이미 자유로운 내무반 생활과 돈맛까지 알아버린 졸병들은 좀처럼 박 상병의 의도대로 휘어들지를 않았다. 이 병장과 정충만이까지 은근히 의장대 애들에게 붙어 있었기 때문에 박 상병은 고군분투였다. 그러면서도 그는 돈 만지는 일을 내놓으려고 하지는 않았다. 허 일병은 그래도 파월교육대 동기라고 박 상병에게 슬쩍 이런 귀띔을 해보았다.

"내무반 살림을 밑으로 넘기죠. 돈 걷는 일도 줄이고."

박 상병은 화를 냈다.

“내가 돈 때문에 오해를 받는다면 벌써 내놨다. 어디 내가 한 푼이라도 삥을 치는 줄 아나. 모두 통장에 들어 있잖아. 다른 음모가 있는 거야.”

하지만 허수근 일병이 볼 때 모든 문제는 돈에 걸려 있는 것이 확실했다. 지금까지 부당하게 착복한 돈이 얼마가 될 거라는 소리가 들려오면서 신병들을 풀어먹인 의도도 오직 돈 때문이라는 게 확실한 정설이 되어버렸다.

하사들을 쫓아낸 영웅적 행동으로 돈 정도야 마음대로 주무를 수 있다고 판단했다가 계산에 금이 가기 시작했다는 어느 잔류병의 지적이 아주 그럴듯했다.

박 상병은 내무반 분위기를 어느 정도 읽었는지 통장을 공정하게 관리한답시고 인감도장을 일병 하나에게 맡겼다. 그러나 그는 박 상병의 ‘따까리’나 마찬가지여서 여론만 나쁘게 만들었을 뿐이었다. 인감도장의 분리를 두고 몇몇 병들은 박 상병이 보기보다 머리가 매우 나쁘다는 말을 해댔다. 잦은 기합에 내무반은 어느덧 옛날 하사공화국을 방불케 했다. 그러나 어느 누구도 내놓고 박 상병의 권위에 대들지는 못했다. 허수근은 너무 드러나게 박 상병 편을 드는 것도 신상에 좋지 않겠다고 판단하기 시작했다. 그래서 의장대 출신들을 중심으로 어떤 음모가 벌어진다는 낌새를 느끼면서도 박 상병에게는 함구했다. 지옥 같은 의장대에서 빠져나올 정도이니 만만찮은 자들임에는 틀림없을 것이었다.

7월부터는 학교 방학기간을 이용한 교사 · 학생교육이나 보충교육만 있을 뿐 지역순회교육은 끝이 났다. 반 공반기나 마찬가지였다. 조교들은 직무상 여름과 겨울 공반기에 정기휴가를 갈 수밖에 없었는데 여름에 나가는 숫자는 겨울보다 적었다. 병들은 휴가서열에 신경을 세우면서 진급도 있었기에 내무반 분위기가 조금 풀어지는 기분이었다. 박 상병은 병장으로 진급했다. 그러나 일찌감치 병장마이가리를 달아왔기에 감흥이 없기는 다른 진급한 병들과 마찬가지였다. 보충교육만 끝나면 정기휴가가 실시될 판이었다.

그런데 오랜만에 좋아진 내무반 분위기를 다시 얼어붙게 하는 일을 박종진 병장이 저지르고 있었다. 보충교육이 있으면 자기 지역이 아닌데도 만만한 졸병을 밀어내고 선임조교로 그 자신이 나서는 일이었다. 동전푼이나 담뱃값을 위해 그 짓을 하는 박 병장에게 해도 너무하다는 볼멘소리가 병들로부터 터져나왔다. 허수근 일병도 그 일을 당했다. 기분이 좋을 리가 없었지만 투덜대는 것 외에 그가 할 수 있는 일은 없었다.

의장대 출신 일병에게 그런 강요가 있던 날 밤, 짤짤이가 벌어졌다. 본래 조장이었던 우 일병이 조장을 박종진 병장에게 양보하고 새끼조교로 나갔다 와 같이 동전 따먹기를 했다. 아주 예사로울 수도 있는 일이었다. 하나(이찌)에 삼백 원을 걸었니 사백 원을 걸었니 하는 시비가 벌어졌을 때만 해도 그게 엄청난 사건으로 번질 줄은 아무도 몰랐다. 구경하던 허수근 일병도 언뜻 보기에 우 일병이 건 돈은 삼백 원 같았는데 우 일병은 사백 원이라고 집요하게 우기고 있었다.

"어 이 새끼, 미치겠네!"

박 병장은 속이 답답한 듯 소리를 질렀다. 더운 날씨라 대부분 포제 러닝바람이었고 박 병장은 아예 그것도 벗어던진 채였다.

"백 원은 돈 아니오. 졸병 돈이라고 마음대로 해도 되는 거요!"

우 일병은 씩씩거리며 덤벼들었다.

"야 이 새끼야, 보고 있는 사람이 몇이냐? 그리고 내가 언제 졸병 돈을 그냥 먹었어? 말하는 게 이 새끼 아주 삐딱하네."

박 병장이 주먹으로 우 일병의 뺨을 한 차례 때렸다.

갑자기 우 일병이 "에이 씨팔!"이라면서 머리로 박 병장의 얼굴을 치받았다. 상상도 할 수 없는 일이 벌어지고 만 것이다. 곧이어 박 병장이 가릴 것 없이 우 일병의 얼굴을 난타했고 마침내 앞니 두 개를 나가게 하고 말았다.

"아이구, 내 이빨! 아이구, 고참이라고 쫄병 이빨도 마음대로 빼는 군대가 있나!"

피범벅이 된 우 일병은 미친 듯이 빠진 이를 손에 쥐고 침상에서 뒹굴었다. 당황한 박 병장이 달래고 빌었지만 우 일병은 계속 "아이구, 내 이빨!" 소리였다. 그러나 내심 그는 만세를 부르고 있었다. 박 병장도 어렴풋이 우 일병의 숨은 뜻을 알아차렸는지 본격적인 사태수습에 나섰다.

박 병장은 통장을 내무반장 이 병장에게 정식으로 넘기겠다고 했지만 이희복 병장은 그저 덤덤할 뿐이었다. 박 병장은 하사들을 쫓아내고 병들만의 내무반을 만들기까지의 자신의 공적을 들먹이면서 앞으로는 자제하고 일선에서 물러나겠다고, 의장대 출신 고참과 동기에게 사정했다. 그러나 별무효과였다. 그들은 물론이고 어느 누구도 발 벗고 나서서 사태를 수습하려고 하지 않았다.

다음 날 박종진 병장은 영창을 갔다.

본부중대 김 대위가 헐레벌떡 뛰어와 자체수습을 했다. 다시 소원수리를 받았지만 거기에는 금전에 대한 이야기는 한마디도 나오지 않았다. 내무반장 이희복 병장의 교육이 있지 않아도 제 발로 돌아온 돈에 대해 시끄럽게 까발릴 바보는 없었던 것이다.

헌병대 입창 10일이라는 소식이 전해져 왔고 그후 박종진 병장은 전출되었다. 며칠 뒤 신병 하나가 A급 더블백을 메고 와서 전입신고를 했다. 그날 밤 허수근 일병은 제대 석 달을 남긴 이 병장을 아예 빼고 자기 위의 고참 숫자를 오랜만에 다시 헤아려 보았다.

해설

진정으로 정치적이라는 것

전성욱(문학평론가)

1

모든 시작은 끝을 예언한다. 시작 안에는 끝으로 펼쳐져나갈 시간의 유전정보가 들어 있다. 그러므로 시작은 곧 역사의 지평이다. 그러나 시작과 끝이 인과적인 필연성의 고리로 긴밀하게 이어져 있다는 믿음은 금물이다. 시작이 끝을 결정한다거나, 끝에서 시작을 연역할 수 있다는 생각은 위험한 편견이다. 차라리 시작은 끝에 이르는 그 지난한 역사를 생성하는 힘이다. 그렇게 끝은 시작으로부터 발생하는 태초의 빛이다. 지금은 절판되어버린 조갑상의 첫 소설집 『다시 시작하는 끝』(1990)의 재출간 원고를 앞에 두고, 나는 다른 어떤 생각들에 앞서 먼저 이런 사념에 사로잡힌다. 이미 환갑을 넘은 중견의 작가가 다시 펴내는 처녀작의 존재론. 그 엄청난 무게가 나의 해석학적 충동을 억누른다. 그러니까 그 무게의 구체적 질량은 이런 것이다. 등단을 하고 난 뒤로 이런저런 지면에 발표했던 27편 정도의 단편들 속에서 첫 창작집으로 묶을 작품들을 다시 솎아내는 한 사내의 고뇌. 무엇을 뺄 것인가, 아니면 무엇을 넣을 것인가? 그는 과연 어느 쪽이었을까? 처음은 끝을 내포하므로, 시작의 그 고뇌는 미래를 점지하는 결단의 고투였으리라. 그렇게 해서 그의 첫 책은 17편을 골랐고, 10편을 버렸다. 버렸다, 라는 말은 아프다. 그러나 '작가의 말'을 보면 그는 버려서 아픈 것이 아니라, 골라낸 것에 민망해 하고 있다. 그 심란한 심정의 토로에서, 버려서 아프고 골라서 민망한 첫 책의 복잡한 심사를 가늠할 수 있다. 그러니까 그는 쉽게 시작하지 않았던 것이다. 달뜬 마음도 없진 않았겠지만, 가볍게 즐기지 않고 무거운 자괴감으로 출발했다. 그리고 그 시작은 이미 그의 소설이 나아갈 길을 비춰주고 있었다.

조갑상의 첫 소설집을 지금 다시 읽는다는 것은 무엇인가. 그것은 반평생을 몸담았던 직장에서 정년을 맞고, 몇 권의 장편과 단편집을 출간한 지금의 자리에서, 그 출발의 자리를 더듬고 회고하는 그런 것으로만 설명되고 말 일이 아니다. 기원을 기념하고 오연한 감상에 젖어드는 것은, 현재의 불미함을 덮어버리는 일종의 자기합리화가 되어버릴 수도 있다. 끝에서 생각하는 처음의 자리는 감상적 회고의 대상이 아니라, 다시 거듭날 수 있는 새로운 출발의 지점이다. 그러므로 이 책의 재출간이란 말 그대로 '다시 시작하는 끝' 이어야만 한다.

2

여러 개의 옹골진 기둥들이 떠받히고 있는 이야기는, 그 든든한 골격으로 인해 쉬이 무너지지 않는다. 조갑상의 소설을 떠받히고 있는 여러 기둥들 중에서도, 이야기의 장소(place)는 아마 가장 실한 버팀목일 것이다. 소설가이기 이전에 연구자로서, 그는 오랫동안 부산의 소설 지지학(地誌學, topography)을 천착했다. 편저와 연구서를 출간하기도 했지만, 무엇보다 소설 속의 부산 곳곳을 직접 답사하고 그 감상과 함께 작품들의 결을 따라 읽은 『이야기를 걷다』(산지니, 2006)로 보람을 얻었다. 흘러간 시간이 소멸시키고 변질시켜 놓은 것들, 그 쇠락하는 것들에 대한 애틋한 정조가 그의 지지학적 탐색의 근본을 이룬다. 그 장소사랑(topophilia)의 애틋함은 등단작 「혼자 웃기」(1980)에서 이미 오롯하다. 작가가 20여 년을 살았던 부산 동구의 수정동은 그 소설의 심상지리적 원형이다. 이 소설과 함께 탈영사건의 모티프를 공유하는 중편 규모의 「은경동 86번지」는 그 장소의 기억을 더 드라마틱하게 풀어냈다. 방금 잠에서 깨어난 사람이 마치 자신의 꿈을 해독하는 것처럼, 작가의 기억은 의식과 무의식을 오가며 실화의 파편들을 단서로 전혀 새로운 이야기를 직조해낸다. "어린 시절의 자취나 땟자국이 그대로 남아 있다는 데서 오는 푸근함이나 안도감"과 함께, "이토록 게딱지같이 더러운 동네였을까 하는 수치스런 당혹감"이 뒤엉킨 곳. 동백나무가 있던 우물이 사라진 것에서 느끼는 상실감. 사라지지 않고 있었다면 좋았을 것들은 하나둘 소멸하고, 정작 사라져야 할 것들은 끈질기게 남아 있는 곳. 추억이 되어버린 그곳에는, 가난과 울분이 아직도 대를 이어 끈질기게 남아 있었다. 이처럼 조갑상의 소설은 소멸과 지속의 척력과 인력을 특유의 아이러니로 포착한다. 저 두 소설에서 아버지라는 이름은 바로 그 소멸과 지속이 어긋나는 아이러니의 결절점이다. 무장탈영을 해서 인질극을 벌인 문식이나(「혼자 웃기」), 강도짓을 한 원태는(「은경동 86번지」) 모두 아버지 때문에 일을 저질렀다. 아버지는 오래도록 함께 해야 할 존재이면서도, 동시에 소멸되어야 할 고통스런 대상이다. 원태의 이런 절규는 착잡하다. "어떡하든지 아버지를 버티게 하고 싶었단 말이요. 아버진 옛날부터 이 동네에서 살아온 아버지들의 마지막 남은 사람이거든. (중략) 우리 동네 아버지들의 마지막 표본으로 버티게 하고 싶었단 말이요. 불쌍하다는 말은 할 수조차 없어요. 나나 문식이나 또는 내 형이나, 아버지들은 살아온 삶을 털털 털고 일어설 아들이 우리 동네에서 몇이나 되겠어요. 그랬더라면 아버지들의 죽음은 용서될 수 있었지만…… 그럴 수가 없어요." 남루하지만 외면할 수 없는 우리들의 과거, 그 근대화의 역사가 곧 아버지다. 아버지는 우리가 맞닥뜨린 현실의 벽이고, 우리의 마음 깊은 곳에 있는 죄의식이다. 그들은 가난했고, 그 가난을 견디기 어려워 방황하거나 방탕하였다. 그들은 나름 성실하였으나, 아들들에게 그것은 그저 한심한 순응으로 느껴졌다. 아버지를 극복한다는 것, 그것은 아버지를 지속시키면서 동시에 아버지를 소멸시키는 역설을 통해 가능한 일이다. 문식을 설득하러 지하 다방으로 들어가던 김갑령의 갑작스런 웃음. 그것은 예의 그 역설과 아이러니에서 터져 나오는 일종의 발작이다. 서술자나 인물의 입을 빌려 자의식을 쉽게 노출하지 않는 이 작가는, 예나 지금이나 그 발작을 통해 표현할 뿐이다. 그 발작이 이미 그의 등단작에 지문으로 새겨져 있었다는 사실이 흥미롭다.

근대화란 개발이면서 파괴였다. 개발과 파괴의 각축 사이에서, 지속되어야 할 것은 파괴되고 소멸되어야 할 것은 지속되었다. 그러니까 아버지는 지속과 소멸이었고, 무엇보다 바로 그 근대화였다. 그렇게 아비의 연대기는 우리들의 장구한 역사와 하나로 포개진다. 조갑상에게 근대란 무엇인가. 그것을 가늠할 수 있게 하는 뜻밖의 단서가 있다. 조갑상은 이태준의 「석양」을 이야기하는 어느 자리에서 김동리를 떠올린다. "상허 이태준의 작품을 읽을 때면 김동리 선생이 떠오른다. 강의 시간에 김동리 선생이 무슨 이야기 끝에 그에 관한 이야기를 잠깐 했다."(『이야기를 걷다』, 97쪽) 개발근대화가 적극적으로 추진되고 있을 그 무렵, 대학 강의실에서 『문장』의 전통주의자 이태준을 회고하던 김동리가 그에겐 무척 인상적인 기억으로 남아 있는 듯하다. 서구적 근대성에 대하여 조선적인 것의 고유성으로 맞섰던 김동리는, 반근대와 탈근대를 넘어 근대초극에 이르는 형이상학적 모색을 거듭하였다. 상허 역시 「복덕방」과 「패강랭」에서 근대화의 파고로 사라져가는 것들에 애잔한 눈길을 보냈던 염결한 전통주의자였다. 동리가 회고했던 상허를 다시 떠올리는 조갑상은, 그들과 함께 근대화에 대한 어떤 위화감을 공유한다. "땀내 나는 우리네 삶의 풍경을 효율성을 앞세운 도시의 풍경이 압박하고 재편하리라는 생각은 농사짓던 박성운과 점이의 고향인 대저도 개발제한구역에서 풀려 곧 '강서 신도시'의 모습을 갖출 거라는 점에서 더욱 절실하게 다가온다. 강물을 따라 그들도 그렇게 시간 저편으로 흘러가는 모양이다."(『이야기를 걷다』, 39쪽) 합리와 효율에 떠밀려 시간 저편으로 흘러가버리는 것들에 대한 아쉬운 마음. 그런 아쉬움에도 아랑곳없이 추진되었던 개발근대화의 우악스러움. 우리네 아버지란 그 거대한 역사의 추진에 동원되었던 일꾼이었고, 그 재빠른 개발의 속도에 적응하지 못하고 뒤처진 낙오자였다. 그 아버지를 바라보는 답답하고 미묘한 아들의 마음이 곧 역사를 읽는 작가의 마음이다. 그의 첫 소설집에 실린 작품들은 모두, 요란한 이념과 자극적인 구호가 난무하던 시대에 쓰였다. 그는 그 시대의 소란스러움으로부터 조금 거리를 두고 떨어져서, 자기만의 방법으로 역사와 대면하고 있었던 것 같다. 그렇게 그는 홀로 고고하게 아버지들과 싸우고 있었던 것이다.

31년의 공직 생활 끝에 그 자리에서 밀려난 아버지를 쌀쌀하게 대하는 가족.(「바다로 가는 시간」) 그 아버지는 낚시나 수석, 신문 따위에 매달리며 소외감을 견뎌보려고 한다. 직장에서, 그리고 집에서도 안주할 곳을 잃어버린 그 아버지의 처지는, 어느새 공간을 빼앗기고 반이나 매립되어버린 바다처럼 쓸쓸하다. "시내에서 가까워 사람들이 즐겨 찾던 곳이었는데 이제는 그 이유로 매립되고 있었다. 해수욕장을 폐쇄하고 아파트를 짓는다는 건 생각할 수도 없었던 일이었다. 그리고 무엇보다 그렇게 넓어 보이던 바다를 반이나 메울 수 있었다는 사실이 눈앞에 보면서도 실감되지가 않았다." 오래된 해수욕장은 효율 앞에서 소멸을 앞두고 있다. 그 아버지도 역시 세속의 효율에 밀려 갈 곳을 잃었다. 점점 좁아져 끝내 매립될 바다의 역사가 이 아비의 살아온 날들을 유비(類比)한다. 그렇다면 아들은 이런 아버지를 어찌해야 할 것인가. "아들이 이 세상에서 아버지께 할 수 있는 일 중의 가장 큰 하나가 배신이 아니라면 결국은 연민이다." 배신과 연민, 그러니까 거부하거나 끌어안거나. 아비로부터 달아나거나, 아니면 답답한 마음으로 그저 지켜보는 것이 전부일까? 「방화」의 아들은 〈400번의 구타〉(프랑수아 트뤼포, 1959)의 앙뜨완느처럼 결국은 아버지를 배신하고 달아나 바다로 간다. 5분 빠른 벽시계처럼 부지런하고, 화단을 가꾸는 것이 그저 유일한 낙인 아버지를 지켜보는 아들의 마음은 답답하다. 그리고 갑갑하기는 학교도 마찬가지. "칠판은 언제나 내가 알지 못하는 음모들로 가득 채워지곤 했다. 그러나 무엇보다도 5분 빠른 벽시계의 추처럼 반복되는 질식할 것 같은 집과 아버지에 대한 답답함이 풀리지 않고서는 어려운 수학 문제의 정답도 결코 아무 소용없다는 것을 나는 알고 있었다." 이 아버지는 시간에 밀린 낙오자가 아니라, 변함없이 일관하는 진부한 지속에 갇힌 노역자다. 집으로 돌아가지 않을 결심을 한 소년은 학교에 불을 지르고 바다로 간다. 학교와 집을 버린 아이의 미래는 어떠할까. 염려를 하는 마음으로 읽었다면 이 소년의 성장기를 잘못 이해한 것이다. 어른들의 그 염려가 바로 학교이고 집이니까.

연민과 배신의 대상이 되어버린 아비들, 그들의 지난한 삶은 화해될 수 없는 아포리아다. 그 아비들은 살아낸 역사란 무엇이었나? 제국과 식민의 역학 속에서 근대를 모색했던 아버지들은 처참하게 피살되었다.(「어윤중」) 피살된 아버지의 딸들은 제국의 노예로 팔려가 몸과 마음을 버려야 했다.(「살아 있는 사람들」) 그 치욕은 가해자의 사과로 그냥 청산될 수 없는 지독한 앙금으로 남았다. 그들은 지금도 여전히 악몽의 기억 속에서 현재를 산다. 스스로 일으켜 세우지 못한 나라는 끝내 두 동강으로 갈라졌고, 참고 살았던 이산의 아픔은 불현듯 다시 나타나 실어증으로 발병했다.(「사라진 사흘」) 그 딸은 오래도록 아비를 증오했으나, 행방이 묘연했던 그의 사흘을 생각하며 연민에 가까운 화해의 마음에 이른다. "안다고는 해도 이해하지 못할지도 모르는 아버지 시대의 삶의 조건들이 영원한 침묵으로 끝나고 말 사흘 속에 담겨 있을까." 이렇게 마음이 누그러진 것은 자기의 뱃속에 아이를 품었기 때문이다. 그러나 이산의 고통만이 다는 아니었다. 어떤 아비들은 막연한 이념의 대결을 핑계로 너무도 어이없이 학살을 당하고 말았다.(「사라진 하늘」) 훗날 작가는 이 이야기를 『표적』이라는 제목으로 연재하다가 중단했고, 마침내 『밤의 눈』(2012)으로 마무리했다. 분단의 시간은 독재의 시간으로 연장되었고, 수배와 도주를 반복하며 그 우악스런 시간에 저항하는 사람들이 있었다. 그리고 그들을 외면하고 만 죄의식이 또 다른 희생을 낳았다.(「폭염」) 우리의 아비들이 살아온 역사의 시간이란 이처럼 숨

막히는 것이었으니, 쉽게 망각하지도 못하고 크게 숨 쉬지도 못하는 그 주눅 든 아비들의 답답하고 갑갑한 마음을 어찌해야 할 것인가. 연민과 배신? 그것으로 해결하지 못하는 결핍과 잉여의 시간이 저 아비들의 역사다.

3

숨 가쁜 시간이 지나가면 사정이 좀 나아질까? 우리의 아비들은 그것이 섣부른 기대였음을 이내 깨달았다. 이른바 급속한 산업화와 고도성장이 가져온 경제적 풍요는, 그 성장의 밑천이었던 정치적 억압을 더 이상 견딜 수 없게 만들었다. 시민들의 궐기가 개헌을 이룩했지만, 처음 맞는 민주주의가 생소했던 사람들은 어찌할 바를 모르고 촌극을 펼칠 수밖에 없었다. 「하창기 씨의 주말 오후」가 그리고 있는 것이 그 우왕좌왕하는 촌극이다. 직선제 이후의 첫 대선을 앞두고 펼쳐지는 대규모 유세현장에 휘말려든 하창기 씨. 그가 겪는 어느 주말의 봉변으로 드러나는 민주화의 실상은 한편의 소극이다. 여기서 조갑상 소설의 어떤 계열을 발견하게 되는데, 그것은 바로 '중산층의 소시민성'에 대한 차갑고도 예리한 시선이다. 이 대목은 좀 길게 인용해볼 만하다.

> (…) 따지고 본다면야 하창기 씨야말로 '말없는 다수'일 수도 있을 터였다. 세 아이의 아버지이고 그만한 기업체의 중견사원인 그로선 실재(實在)하는지의 여부는 둘째 치고 그런 테두리에 속하는 게 당연할 것이었다. 요즘에 회자되는 용어로 각 당이 서로 자기 세력이라고 주장하는 '안정을 바라는 중산층'일 터였다. 하창기

씨로서도 세상 돌아가는 꼴이나 비민주적인 처사를 두고 정부나 여당을 비난해 보기도 했지만 집에서 마누라를 상대로 해서이거나 친한 친구들끼리 술자리에서 목소리를 낮추어서였다. 그러므로 그것은 글자 그대로 '말없는' 거나 마찬가지였다. 지금 이 유세장에 뜻하지 않게 다소의 방관자적인 자세로 서게 된 그의 사정이나 과정이 하창기 씨의 위치와 입장을 고스란히 보여주는 것일 수도 있었다. 무색무취의 소시민. 정치적이거나 사회적이라는 거창한 이름이 아니더라도, 세상살이 전반에 걸쳐 자신의 색채나 주장을 강력하게 내세우는 게 좋은 건지 나쁜 건지 또는 비겁한 건지 아닌지는 뒤로 하더라도, 다소 애매하게 다수의 편에 서거나 중도에 서는 게 살아온 경험에 비추어 그렇게 손해 본 적이 없었던 것도 사실인 듯했다. 남이 비겁하면 나도 비겁해도 괜찮다는 식으로, 결정적 반대나 절대적 지지도 없이 그만그만하게 살아온 인물이 바로 하창기 씨였다.

직접적인 설명조의 서술을 기피하는 이 작가에게는 다소 의외의 장황한 서술이다. 그만큼 중산층의 소시민성에 대한 작가의 비판적 자의식이 뚜렷하다는 반증이다. '중산층'이란 1960년대의 산업화가 만들어낸 말이고, 그것은 역시 근대화와 단단히 결부된 개념이다. 그러니까 중산층은 저 숨 가쁜 역사의 시간을 겪어내고, 이제는 좀 먹고 살 만하게 된 사람들을 가리키는 일종의 세태 반영적 신조어였다. 이들은 적당히 타협하고 체제에 순응하며, 공적인 부조리에 눈감는 대가로 사적인 안일을 보상받으려 한다. 「은어와 바다」에서는 중형 자동차가 주는 과시와 편리에 흡족해하는 어떤 중산층의 보신주의적 안락함의 이면을 들춘다. 자동차와 유명 브랜드의 옷으로 자기를 과시하는 형. 이러저런 말썽으로 분란을 일으키는 동생. 운동권 학생으로 구류와 잠적을 반복하는 사촌동생. 이들 사이에서 남자는 한 소시민으로서의 고뇌를 토로한다. "따라간다 싶어도 진보란 이름의 그것은 언제나 저만치 앞서 있는 기분이었다. 그것은 지난 6월, 분명 데모군중이었으면서도 상황에 따라서는 재빨리 인도로 올라서야 했던 자신의 걸음걸이 그 자체에 고스란히 매달린 고민이기도 했다." 여기서 1987년 6월 항쟁 직후의 어떤 사회적 기미를 가늠할 수 있다. 당시 정치의 물적 토대를 훨씬 초과해버린 시민들의 진보적 의식. 그 괴리가 불러일으키는 막막함과 답답함. 그 괴리의 위태로움을 중산층의 자아도취로 해소해버리는 가족을 지켜보며 남자는 위험을 감지한다. "언제부터인가 집 안을 맴돌고 있는 어정쩡한 중산층이 내뿜는, 고기 굽는 냄새와도 닮은, 해수욕장에서 목격한 아우성과 같은 오탁에서 지금 벗어나지 않으면 너나없이 저 어둠 같은 바다의 심연으로 실추하고 말리라는 것이었다." 이것은 경제적인 풍요에 도취되어 정치적 주체로 거듭나지 못하는 중산층의 소시민성에 대한 경고라 할 만하다. 그럼에도 '은어'의 상징성을 통해 그 소시민성을 지양하고 난 뒤의 중산층에 대한 정치적 기대를 포기하지는 않는다는 데 주의를 기울이게 된다. 그러니까 중산층의 소시민성에 대한 비판은, 단순한 힐난이 아니라 기대를 건 질책이라고 할 수 있겠다. 그리고 기대를 걸고 있는 만큼 그 비판은 철저하다.

정치는 비약적인 경제성장을 따라가지 못했다. 분배정의는 실현되지 못했고, 물질적인 풍요는 공공성과 무관한 사적인 성공의 보상인 것처럼 여겨졌다. 한 회사의 중역으로 성공한 50대 남자는 이성과 물질을 신봉한다. 이에 반해 남자와 동거를 하게 된 20대의 여자는 피아노를 치고 소설을 즐겨 읽는 감상파다. 「사육」은 이 둘의 만남과 동거와 결별을 이야기한다. "나는 연이에게 물질적 안정과 풍요를, 연이는 내게 활력과 낭만을 주는 것으로 우리의 관계는 이루어질 수 있는 것이 아닌가." 철저한 교환가치의 셈법으로 여자를 대하는 남자는 언제나 합리를 내세우지만, 결국 그것은 천박한 자본의 논리일 뿐이다. 정치의식이 결여된 경제적 성공이라는 것은, 언제나 이처럼 사람을 비인간적으로 만든다. 이른바 '소외'와 '물화'는 사회의 그런 비인간화를 가리키는 말이다. 남자는 모든 관계를 타산과 공리의 차원에서 이해한다. "사람은 어쩌면 원래부터 제 입장과 분수를 모르고 태어나는 존재일지도 몰랐다. 그런 생각은 직장에서 노사문제에 부닥칠 때마다 한 번씩 해보는 것이기도 했다. 근로자들의 요구라는 건 어쩌면 끝이 없는 것이기도 하니까." 이성과 논리로써 자만하는 남자는 사람의 정당한 요구를, 분수를 모르는 욕심으로 매도한다. 중산층의 소시민성은 이처럼 부르주아의 속물근성과 하나다. 말 그대로 남자는 주고받는 타산의 논리로 여자를 사육했고, 여자는 끝내 분열증의 발병과 함께 병원으로 보내진다. 그것은 이별이라기보다는 유기(遺棄)이고, 논리와 능률로 감성을 압살하는 폭력의 한 사례다. 그럼에도 남자는 마지막까지 그 모든 파국의 원인을 다른 데서 찾는다. "사람이 다른 사람들 때문에, 그것도 지어낸 이야기에 지나지 않는 소설로 인해 고통이 시작되고 마침내는 파멸할 수 있다는 사실"을 놀라워하며 앞으로도 다시는 소설 따위를 읽지 않겠다는 다짐을 하는 남자. 다른 사람의 입장에서 생각할 수 있는 공감의 역량을 길러주는 것이 소설이다. 그러나 부르주아적 속물성의 가장 큰 폐단은, 바로 그 공감하는 능력의 상실에서 비롯되는 타자의 멸시라고 할 수 있을 것이다. 그러므로 그

네들은 끝끝내 그들의 갑질에 들끓는 민심을 진정으로 이해할 수 없을 것이다. 이렇듯 공감하지 못하는 무능력은 사람을 괴물로 만든다.

사람이 어떻게 괴물이 되는가? 「그리고 남편은 오늘도 늦다」는 남편의 귀가를 기다리는 아내의 사념을 통해 중산층에 진입한 남자의 불안과 병리를 추적한다. 부부는 전세를 전전한 끝에 아파트 분양을 받아 이사를 했고, 드디어 내 집 마련의 꿈을 이루었다. 교사로 있다가 전문대 교수가 된 남자는 여자에게 "시를 같이 나누어 읽고, 너하고 결혼할 수 있어서 행복하다고" 말했던 사람이다. 그러나 역사의 진창을 포복으로 건너온 아비들처럼, 이 남자는 역시 어떤 부담감 속에서 다른 사람으로 변해버렸다. "무릎으로 TV를 끄고 30분이나 변기를 타고 앉아 신문을 읽으며 킬킬거리며 어색하도록 인용 자료를 밝히고 술을 마시고 온 세상 욕을 해대는 근본 원인"을 소설은 끝내 자세하게 말해주지 않는다. 그것은 굳이 해명될 필요가 없는 시대적 징후로서의 불안이기 때문이다. 그러니까 남자의 이상행동은 사회학적이다. 이루었지만 더 이루어야 하고, 올라갔지만 더 올라가야 한다는 압박. 올라갔지만 언제 떨어질지를 알 수 없다는 불안. 그 불안과 압박이 힘들게 중산층으로 편입된 이들의 심리를 규정한다. 이렇게 불안해하는 사람들이 정치적인 대의를 위해 행동할 수 있겠는가? 그러니까 그 불안이란 체제에 순응하게 하는 통치술의 한 방편인 셈이다. 그 불안이 중산층을 소시민으로 순치시키는 통치의 힘이다. 푸코가 콜레주 드 프랑스에서 진행했던 강의가 바로 그 신자유주의의 생명정치적 통치술이었다. "결론적으로 권력이 개인을 조정하는 원리는 바로 이 호모 에코노미쿠스라는 종류의 그런 틀일 뿐인 것입니다. 호모 에코노미쿠스, 이는 통치와 개인의 경계면인 셈입니다."(미셸 푸코, 오트르망 옮김, 『생명관리정치의 탄생』, 난장, 2012, 353쪽) 자기를 기업의 논리로 경영하는 신자유주의 아래의 사람들을 푸코는 '호모 에코노미쿠스'로 명명한다. 다시 말해, 기업화된 개인의 경영 압박이 심리적 불안을 조장함으로써 그 사람을 시장의 노예로 전락시킨다. 요컨대, 조갑상이 파고든 중산층의 소시민성은 현대의 생명정치적 통치술로부터 주조된 바로 그 노예의 감각이다. 권력은 그 특유의 메커니즘으로 지배의 질서를 재생산하고 통치를 항구화한다. 「병들의 공화국」에서 소묘하고 있는 군대 내의 권력 다툼, 그것은 역시 이권을 둘러싼 암투의 한 사례이며, 「동생의 3년」에서 회고되는 군생활도 대물림되는 지배와 순응의 영원한 반복을 암시한다. 결국 그 안에서 살아남기 위해서는 자기의 내면에서 소시민성이라는 항체를 만들어내야 한다. "앞서지도 뒤서지도 말고 중간 정도 하면 돼. 괜히 옳으니 그르니, 부당하니 어쩌니 깊이 생각지 말고 그냥 남 하는 대로 해." 갑갑한 아버지를 답답해하던 아들은 그렇게 소시민이 되고, 결국은 스스로도 갑갑한 아버지가 되고 말 것이다. 그렇다면 이제는 알 수 있을 것이다. 불의 시대에 쓰인 조갑상의 소설이야말로 진정으로 정치적이었다는 것을.

4

첫 책의 존재론을 궁리했던 글을 이제 마무리할 때가 되었다. 『다시 시작하는 끝』은 1980년에 등단해 1990년에 펴낸 조갑상의 첫 창작집이었다. 갓 서른을 넘기고 등단을 하여, 갓 마흔을 넘기고 낸 첫 책이다. 그 십 년은 1980년 광주의 5월로부터 시작되었고, 1987

년의 6월 항쟁을 거쳤으며, 마침내 1990년의 소련 붕괴로 일단락되었다. 그 십여 년은 경제적 번영과 함께 민주화의 진전이 가시화되던 시간이었다. 조갑상은 그 불의 시대를 통과하면서 한 가족의 아버지로, 대학의 선생으로, 그리고 무엇보다 소설을 쓰는 이야기꾼으로 살았다. 그러나 그의 소설은 흥분에 들뜬 당시의 분위기에 편승하지 않았다. 노골적인 정치의 이념과 구호를 생경하게 발설했던 당시의 언어들에 거리를 두었다. 그리고 그는 정치에 대해 쉽게 발설하지 않고 진정으로 정치적인 것을 탐색했다. 그 탐색의 진정성은, 설명해대지 않고 담담히 보여주기만 하는 그의 남다른 소설적 문법이 담보하고 있다.

다시 되풀이하거니와, 모든 시작들은 끝을 예언한다. 머무름 속에서 떠남을 골몰하는 것처럼(「익숙한 자는 두렵지 않다」), 시작으로부터 우리는 끝을 예감할 수 있다. 기억이 현재에 미치는 영향만큼이나(「다시 시작하는 끝」), 시작되었던 과거는 끝나게 될 미래를 태어나게 한다. 왜 다시 조갑상의 첫 책을 읽어야 하는가? 그것은 그와 함께 우리 모두가 다시 시작하기 위해서다. 그 시작을 선부른 희망으로 응원하는 것보다는, 그와 함께 고단한 길을 같이 걸어가겠다는 다짐이 더 절실한 마음이다. 이 짧은 글도 그 다짐의 마음으로 썼다고 전하고 싶다.

작가의 말

첫 소설집을 도서관에서도 찾아보기 어렵더라는 말을 들을 때마다 만들어낸 물건이 분명 있기는 한데 사람들에게 직접 보여줄 수가 없어 안타까운 그런 심사였다. 등단해서 꼭 10년 만에 펴낸 첫 작품집은 내 자신은 물론 독자들에게도 그동안 물목만으로 존재해 온 셈이었다. 절판된 책은 물론 거기에 담긴 한 편 한 편의 작품들도 잊히는 게 마음 아팠지만 책 동네의 순리라 여기며 지내오다 산지니에서 선뜻 건넨 말이 고마웠다.

다시 읽으면서 몇십 년 전의 이야기 내용과 형식이 독자들에게 어떻게 비칠지 궁금하면서도 긴장되었다. 서툴기는 해도 들뜬 열정의 흔적이라도 보였으면 좋겠다. 또한 지나온 세상을 다시 바꿀 수는 없지만 제대로 살펴볼 수 있는 것만으로 위로도 되고 힘이 되었으면 하는, 그런 생각도 해 본다.

오탈자를 바로잡으면서 문장을 조금 고쳐 쓰기도 했다. 그리고 무엇보다 작품 한 편을 바꾸었는데 등단 후 두 번째로 발표했던 「방화」는 데뷔작인 「혼자웃기」와 중편 「은경동 86번지」와 함께 '은경동 3부작'을 이룰 수 있을 것으로 보인다. '국민보도연맹' 사건을 처음 다룬 「사라진 하늘」도 정이 가는 작품이다. 단편집 한 권에 17편을 수록하던 그런 시절이 있었음을 다시 보여준 산지니에게 좋은 일이 많았으면 좋겠다.

2015년, 여름에

조갑상

수록작품 발표지면

혼자 웃기 〈신동아〉 1980년 2월호
어윤중 〈한국문학〉 1980년 5월호
방화 〈문학사상〉 1980년 11월호
동생의 3년 〈부산문학〉 1982년 6월
폭염 〈현대문학〉 1982년 7월호
바다로 가는 시간 〈현대문학〉 1983년 7월호
살아있는 사람들 〈소설문학〉 1984년 4월호
은경동 86번지 〈한국문학〉 1984년 10월호
사라진 사흘 〈현대문학〉 1985년 1월호
그리고 남편은 오늘밤도 늦다 〈소설문학〉 1985년 9월호
익숙한 자는 두렵지 않다 〈한국문학〉 1986년 1월호
사육 〈현대문학〉 1987년 2월호
다시 시작하는 끝 〈87 창비신작소설집〉 1987년 3월
하창기 씨의 주말 오후 〈한국문학〉 1988년 4월호
은어와 바다 〈동양문학〉 1988년 9월호
사라진 하늘 〈한국문학〉 1989년 3월호
병들의 공화국 〈현대문학〉 1989년 5월호

다시 시작하는 끝

초판 1쇄 발행 2015년 6월 19일

지은이 조갑상
펴낸이 강수걸
편집장 권경옥
편집 양아름 문호영 정선재
디자인 권문경 박지민
펴낸곳 산지니
등록 2005년 2월 7일 제14-49호
주소 부산광역시 연제구 법원남로15번길 26 위너스빌딩 203호
전화 051-504-7070 | 팩스 051-507-7543
홈페이지 www.sanzinibook.com
전자우편 sanzini@sanzinibook.com
블로그 http://sanzinibook.tistory.com

ISBN 978-89-6545-281-2 03810

*책값은 뒤표지에 있습니다.
*이 도서의 국립중앙도서관 출판예정도서목록(CIP)은 서지정보유통지원시스템 홈페이지(http://seoji.nl.go.kr)와 국가자료공동목록시스템(http://www.nl.go.kr/kolisnet)에서 이용하실 수 있습니다. (CIP 제어번호: CIP 2015002267)